МИХАИЛ
ДАЙНЕКА
ДИАНА
ВЕЖИНА

БЕЗ ОЧЕРЕДИ В РАЙ

АСТ
ИЗДАТЕЛЬСТВО
МОСКВА
«Астрель-СПб»
Санкт-Петербург

УДК 821.161.1
ББК 84 (2Рос=Рус)6
Д14

Серия «Русский хит»

Дайнека, М.

Д14 Без очереди в рай / М. Дайнека, Д. Вежина. — М.: АСТ; СПб.: Астрель-СПб, 2008. — 415 с. — (Русский хит).

ISBN 978-5-17-045121-0 (ООО «Издательство АСТ»)
ISBN 978-5-9725-0873-0 (ООО «Астрель-СПб»)

Череда загадочных смертей, непонятное поведение окружающих, нелепые случайности, наводящие на мысль о зловещей закономерности... Для Дайаны Кейн, скромного врача обычной «неотложной помощи», привычный мир в одночасье рушится. Кто-то всерьез пытается втянуть ее в паутину мрачной уголовщины. Дайана понимает, что все вокруг нее оказываются далеко не теми, кем поначалу кажутся. Впрочем, и сама она совсем не так проста — ведь Дайана не только доктор, но еще и мастер каратэ. И живет она по собственным законам.

УДК 821.161.1
ББК 84 (2Рос=Рус)6

Подписано в печать 14.02.08. Формат 84x108 $^{1}/_{32}$.
Усл. печ. л. 18,48. Тираж 4000 экз. Заказ № 2268.

Общероссийский классификатор продукции
ОК-005-93, том 2; 953000 — книги, брошюры

Санитарно-эпидемиологическое заключение
№ 77.99.60.953.Д.007027.06.07 от 20.06.2007 г.

Андрею Измайлову,
(со)автору «Русского транзита»

Для змей основная проблема с загнанными в угол маленькими пушистыми зверушками состоит в том, что один из этих невинных зверьков на поверку может оказаться мангустом.

Терри Пратчетт

Всякое совпадение имен и фамилий героев с фамилиями реальных прототипов является случайным и ненамеренным.

ПРОЛОГ

Подумать странно, что когда-то я была нормальным человеком. Наверное. Давно. Недели три назад.

Смешно подумать, да. До слез, блин, обхохочешься.

Контора отнеслась ко мне с достаточной серьезностью. Другого, впрочем, трудно было ожидать. Допрос вели два офицера в штатском, майор и капитан. Запоминать их имена-фамилии лично я не видела нужды. Майор и капитан, по мне так с них достаточно.

Бодягу начал капитан:

— Дайана Германовна, если вы заметили, наручники на вас мы не надели. Во-первых, вы умеете от них освобождаться, мы наслышаны. А во-вторых, мы вооружены, а за дверью — несколько бойцов спецназа с автоматами. В случае чего они обязаны вас задержать живой. Но брать живой — не значит невредимой. Они вас в деле видели и рисковать не станут — просто продырявят вам конечности...

— Вы так добры,— не удержалась я.

— Просто не пытайтесь что-то выкинуть. Избегайте делать резкие движения, хорошо?

Респект и уважуха, словом, полные.

— А вы уверены, что всё предусмотрели?

— А разве нет?

— Ну, окна, например. Вы и снаружи ваш спецназ поставили?

— А это лишнее,— ответил капитан.— Окна в этом кабинете зарешечены, мы сейчас на третьем этаже, здание оцеплено ОМОНом. При таком раскладе даже вы...

Майор негромко перебил:

— Распорядись.

Прониклись, блин.

А я усугубила:

— Вы бы еще снайпера поставили...

Майор сарказм как будто уловил:

— А вот это уже в самом деле лишнее.— Покуда капитан распоряжался, он не шутя сказал: — А вы бы при желании ушли. Не так ли, доктор Кейн?

— Хотела бы — ушла. Да только вот куда?

— Вы правы, некуда. Вы профессионал?

— Я просто доктор Кейн. Обычный врач на «неотложной помощи».

— Не слишком верится.— И дружелюбно вдруг: — Ну и видок у вас!

А то я сомневалась.

— Мне нужно зеркало.

— За вами, на стене.

Видок был тот еще. На черном, правда, кровь не очень-то заметна, но руки и лицо... Хотя, учитывая обстоятельства, всё могло быть хуже. Вот только взгляд еще. Неласковый такой. Студеный взгляд, пустой. Да что там говорить — глаза убийцы это называется.

Довольного своей работой, вот в чем страх...

Чужая кровь противно стягивала кожу.

— Мне хочется умыться.

— Здесь есть душ,— заметил капитан.

— Сначала разговор,— сказал майор.— Потом вы сможете, так скажем, освежиться.

Я покачала головой:

— Сейчас. Иначе вы ни слова не услышите.

Майор смолчал.

Взял слово капитан:

— Дайана Германовна, вы должны понять: ситуация для вас предельно напряженная. Допускаю, что для ваших действий были основания. Тем не менее, внизу четыре трупа...

Я перебила:

— Только три на мне. Четвертого не я, чужого мне не надо,— сказала я.— Еще один клиент в подвале, кстати говоря. Тот должен быть живым. Его я ласково.

— Ну вы даете, блин...

Не всем и не всегда.

А на вид такая хрупкая девчоночка...

— Не ведала говядина, что тушенкой станет,— пробормотала я.— А между прочим, да: я никого из ваших суперменов не угробила?

Они переглянулись:

— Будут жить.

— Отрадно слышать. Это я всерьез.— От светошумовых гранат в ушах звенело.— А теперь послушайте меня,— я была настроена решительно: — Говорить пока нам с вами не о чем. Но я согласна *в принципе* сотрудничать. Терять мне нечего...

— Допустим. Доктор Кейн, мы постараемся вас вытащить из этой передряги. Если это *в принципе* возможно,— пообещал майор.— Хоть призрачный, но шанс.

Сомнительно мне как-то.

— Значит, так. Вы прожектора внизу заметили? На кронштейне одного из них находится моя видеокамера. Надеюсь, ваша кавалерия ее не разбомбила. И еще. В моей «десятке», в бардачке, конверт. Машина возле дома. Адрес знаете?

Майор, задумчиво:

— Допустим. Ну так что?

— Возможно, всё. Возможно, ничего. Не желаете сначала ознакомиться? Там довольно любопытный материал. Поверьте на слово. А я пока что в душ, хочу прийти в себя. Договорились, нет?

Договорились, да.

А ведь, как ни крути, ситуация была насквозь неправильной. И всё-таки...

Я как могла отмыла кровь и пот.

А затем меня еще и кофе напоили.

— Теперь готовы?

— Да.

Включили диктофон.

— Ну что ж, рассказывайте.

Что ж...

Я рассказала.

ГЛАВА 1

Интересно, какой зануда выдумал, будто високосный год чреват всяческими неприятностями? Кому как, а мне наоборот. Еще толком не проснувшись, я сразу же начала подозревать, что опять блаженно улыбаюсь — как в детстве, как может улыбаться человек, который точно знает, что сегодня снова что-нибудь произойдет, обязательно что-нибудь особенное и хорошее. А если здравый смысл твердит, что лимит чудес основательно исчерпан и в обозримом будущем ничего особенно хорошего ждать больше не приходится, то — к черту здравый смысл!

За окном разгоралось яркое сентябрьское утро, было ветрено, словно весело, нетерпеливый сквознячок теребил портьеру. Солнечный свет плескал о подоконник, брызгами растекался по пыльному стеклу, солнечные зайчики щекотно бегали по моей до неприличия улыбчивой физиономии. Я радостно чихнула, фыркнула и решительно продрала глаза.

Спать вредно! Но хочется, очень хочется, ну даже оч-ч-чень хочется! Судя по перекрученному одеялу и сбитой простыне, я даже во сне продолжала отчаянно давить на газ и крутить баранку. Позавчера я выехала из родной, любимой, причем чем дальше от нее, тем более любимой Самары, а вчера, крепко за полночь (стало быть, уже сегодня), припарковала в заполошном питерском дворе свою новенькую серебристую «десятку». Без малого две тысячи кэмэ, почти без остановок — вот что отпуск с человеком делает!

Вообще-то я не человек — я врач, но не в этом дело. Я дома! Оказывается, какая благодать — просыпаться дома! Тут вам не там: там я родилась, выросла, там остались лучшие на свете предки. Там всегда мне рады, там тепло и Волга, а тут сыро и Нева, но здесь я — дома.

Черт, черт, черт и еще раз черт! Надо срочно отзвонить родителю, еще надо... Нет, ну что за матерное слово — «надо»! Нет, какое замечательное слово — «надо»! Вставайте, граф, вас ждут великие дела! Дерзай, графиня из графина, чтобы чертиком из бутылки себя не обозвать...

Я таким пинком вышибла себя из койки, что должна была бы заработать как минимум синяк. Хватит, отпуск позади, хорошенького понемножку. Завтра на службу, а сегодня — из великих дел на сегодня намечались следующие: позвонить отцу, сестре и на работу, заполнить холодильник, навести посильный марафет на себя и на обиталище. Нет, еще раз черт и трижды чертов черт!

Мое обиталище — это две смежные комнаты в расчудесной коммуналке на последнем этаже с видом на Владимирскую церковь и замечательной пожилой соседкой. У нас общий холл, которому больше подходит старомодное словечко «зала», налево — просторная комната соседки размером с две моих, направо — дверь ко мне и дверь на кухню, прямо — чулан и все удобства...

Не будите спящую соседку! На самом деле я давно привыкла: она — убежденная «сова», я — типичный «жаворонок». По обыкновению стараясь не шуметь, я в темпе вальса провернула все утренние процедуры, на раз-два-три покрутилась перед зеркалом. Н-да, это нечто — не отражение, конечно же, но обрамление: зеркало антикварное, от пола чуть ли не до потолка, в помпезной бронзовой раме с купидонами. Ничего, что отражение не ах — не ах, положим, но кое-что, даром что ничего особенного: в манекенщицы росточком я не вышла, формами похвастать не могу, загорелая, поджарая, рот до ушей, ноги э-э... от ушей, глаза на полмордахи светятся. Каштанка какая-то, маленькая такая собачонка, которая до старости щенок. Сучонка. Некоторым даже нравится.

Дабы не сбиваться с темпа, я немедленно взялась звонить родителю в Самару. Родитель у меня — нечто в своем роде, причем до мозга костей мужском. Только мужчина в состоянии перепутать возраст собственного чада — почему-то мой папочка был искренне уверен, что в этом декабре мне стукнет двадцать пять, а не как на самом деле — на год меньше. Обижаться, впрочем, не приходится, особенно получив в подарок ту самую серебристую «десятку», столь лихо докатившую меня до Петербурга. Дешево и сердито... То есть нет, как раз не дешево и не сердито, раз сердиться не на что. Так уж он устроен — а для рядового инженера и заядлого раллиста, который еще с началом перестройки азартно врезал по газам и с тех пор на предельной скорости берет все виражи и буераки расейского предпринимательства, устроен он, право же, неплохо.

Так держать, родитель! Автомобили — его бизнес (среди другого-прочего) и моя до поры до времени сокрытая страстишка. Два года назад, окончив институт, я позволила себе приобрести подержанные «Жигули», многострадальную бежевую «копеечку», и на время думать зареклась о чем-либо более серьезном. Мои достойные лучшего употребления потуги жить по средствам фатер воспринимает с тем же ироничным терпением, с каким мужчине до мозга костей положено внимать милым дамским фанабериям. Но при этом он ненавязчиво, однако регулярно подкидывает мне «на шпильки» по меньшей мере столько же, сколько платит молодому лекарю государство — столько же, полстолька и еще четвертинку столька. Потому что платит государство мне, если мерить деньгами, а не рублями, триста «твердых» в месяц. Не слишком щедро, прямо говоря...

Дозванивалась я как обычно долго, разговаривала неприлично мало. Родитель признает только телеграфный стиль. «Доехала отлично зпт люблю зпт целую зпт Яна тчк» — «Очень рад зпт Лерочке привет зпт обнимаю зпт папа тчк». Как хотите, так и понимайте, а я на всякий случай поясню.

Яна — это я, хотя в действительности я — Дайана, доктор «неотложной помощи» Дайана Германовна Кейн. Лерочка — моя младшая сестра Валерия. Сводная сестра — родитель у нас общий, мама у нас Лерина, но — мама. Симпатии в семье всегда распределялись поровну, щедроты тоже: не выдели родители Лере денег на петербургскую квартиру, не видать бы мне «десятки» как своих ушей. Верно и обратное. Правда, вместо скромной однокомнатной квартирки сестренка враз обзавелась трехкомнатной, но здесь не только папа — тут еще и *папик* поучаствовал. Каждому — свое, каждый кувыркается, как может, с кем и сколько может, порицать или завидовать у нас в семье не принято.

Лера на два года меня младше и по меньшей мере вдвое приспособленней. Мы обе из Самары, обе мы добрые самаритянки, каждая по-своему, что в любом случае пристойнее, чем быть какими-нибудь криворожицами или, например, криворожeнками. Обе мы, окончив школу, друг за дружкой перебрались в Питер. Лера тоже поступала в Медицинский университет, но не прошла по конкурсу, однако нимало этим не расстроилась и стала массажисткой. В медицине есть медики, медянки и медюшки. Сестренка принципиально тяготеет к последней разновидности.

Сестричка — девица современная: живи сама, давай другим, и у всех всё будет. Такое вот жизнерадостное существо, в меру беспринципное, взбалмошное и очаровательное. Словно разговор по телефону: «А, приветик, чем ты занимаешься?» Это мне, это вместо «здрасьте» называется — но тут как называется, так и отзывается: «Сижу, тебе звоню».— «Ладно, мешать тебе не буду». Неподражаемое существо — хорошо, если в самом деле трубку не положит...

Короче, Яна это я, а Лера это Лера. Мы мило пообщались, сестренка приняла причитающиеся ей объятия, приветы, поцелуи, живо вызвалась найти покупателя на мою старую «копеечку» и на полуслове отключилась. Ни точек, ни даже запятых — Лерочка знаков препинания (по жизни) вообще не признает.

То ли дело телефон — должно быть, телеграфный стиль оказался на редкость заразительным. И в беседе с фатером, и в разговоре с Лерой, и когда я прозвонилась на работу и уточнила график, в трубке фонило и пощелкивало так, точно аппарат самостоятельно принялся отбивать всяческие «зэпэтэ» и «тэчэка». Или будто подключался параллельный телефон, но вообразить себе мою соседку-полуночницу, интеллигентнейшую питерскую даму, в роли склочной коммунальной недотыкомки, которая с утра пораньше прослушивает общий телефон, это всё равно что представить в той же роли английскую королеву.

Ладно, щелкает и щелкает, и пускай себе сколько хочет щелкает. Странно, разумеется, но чего только с нашей телефонной сетью не случается. Не стану же я забивать себе голову такими пустяками! И не стала забивать — а зря, могла хотя бы удивиться...

Поменяв халат на джинсы, свитерок и привычные кроссовки, я еще раз заценила в зеркале самое себя, словно собиралась на свидание, а не в марафон по магазинам.

Мои апартаменты имеют место быть в самом центре города, у Пяти углов, где Кузнечный рынок, метро Владимирская и Достоевская, рядом Невский, Лиговка и река Фонтанка.

Смешно сказать, но когда-то я этого города натуральным образом боялась. Спрашивается, как можно жить в музее? Теперь я отвечаю: а как прикажете жить где-нибудь еще?

На самом деле этот город у меня в крови. История моей семьи — история, достойная романа, будет случай — расскажу подробнее. Некогда всю квартиру, в которой я теперь живу, занимала ленинградская ветвь моего семейства. После войны квартира превратилась в коммуналку. К моменту моего переезда на историческую родину (я о невских берегах) из питерской родни в живых оставалась лишь моя двоюродная бабка, тетушка моей покойной матери. От нее-то я и унаследовала две расчудесные комнаты, фантастическое зеркало и славную соседку...

Я закупилась, нагулялась и проголодалась. Ключ в замке захрустел, как карамель во рту.

— Яночка!

Коммуналка — штука не всегда удобная, даже в центре города, но на отдельное жилье я свои комнаты не променяю. Хотя бы потому, что — хотите верьте, хотите доверяйте — я чертовски дорожу обществом соседки. Правда.

— Тетя Лиза!

Она сама когда-то настояла, чтобы я называла ее так, попроще, по-домашнему. А вообще-то она Елизавета Федоровна Нарчакова, одинокая пожилая дама, по которой я умудрилась здорово соскучиться. Она, надеюсь, тоже.

— Дай-ка, дай-ка рассмотреть! Ну хороша, хороша — загорела, посвежела! — приобняв меня, констатировала тетя Лиза.

— Ага, похужала, возмудела,— отшутилась я.— Как вы без меня? — Я радостно поцеловала ее в морщинистую щеку.

— Как погода,— улыбнулась тетя Лиза,— переменная облачность с прояснениями, иногда дожди...

— Похудели вы немножечко,— заметила я.

— Это ничего, всё к лучшему. Возраст, Яночка: меньше сил, но легче ноша...

— А я только что пирожные купила, ваши любимые, с миндалем,— лукаво сообщила я.

— Опять на старуху деньги тратишь,— ласково укорила тетя Лиза.— Ладно, ладно, не оправдывайся. Ты иди, разгружай авоськи, а потом ко мне, я по такому случаю кофеек затею.

— Чудесный у вас кофе, тетя Лиза, только нежелательно бы вам...— Я ничуть не преувеличила, кофе она варит фантастически, по какому-то своему особому рецепту.

— Знаю, знаю,— беззаботно отмахнулась тетя Лиза.— А ты вот хоть и доктор, а до сих пор не понимаешь, что ежели нельзя, но очень хочется, то немножко можно. Слыхала про такое?

— Ага, слышала, Жванецкий написал.

— Ага, ничего подобного,— весело передразнила тетя Лиза,— эту хохмочку задолго до всяческих жлобецких сочинили. И даже не в Одессе...

Спорить с тетей Лизой — дело безнадежное. Эта сухонькая, далеко за семьдесят старушка на диво энергична, остра на язычок, а ее ясной голове могли бы позавидовать люди на три десятилетия моложе. Держится она подчеркнуто неброско. В средствах соседка не слишком стеснена — пенсия, которую Елизавета Федоровна получает как блокадница и ветеран войны, вдвое больше, чем моя зарплата. При этом на себя она ничего практически не тратит. Сколько ее знаю, в межсезонье, например, тетя Лиза носит одно и то же старое невзрачное пальто. Дело тут не только в бережливости, присущей старикам, но и в застарелой, въевшейся с годами привычке к неприметности.

А может быть, и в том, что пару лет назад у нее оттяпали значительную часть желудка, назвав причину «злокачественной язвой». Не надо ни эрудиции, ни особого ума, чтобы догадаться, что данным эвфемизмом мои коллеги обозвали рак. Для рецидива было рановато, но на фоне худобы легонькая желтизна на скулах мне как-то не понравилась...

Житейские перипетии тетя Лиза воспринимает с пристальной отстраненностью искусствоведа, каковым на самом деле и является. Стены ее огромной затененной комнаты заняты стеллажами с книгами и полотнами западноевропейских живописцев. Копиями, разумеется,— откуда бы у скромного музейного работника, званиями и чинами не увенчанного, взялись оригиналы. Но имитации и копии очень хороши, кое в чем тетя Лиза меня научила разбираться, Рубенса с Ренессансом я не перепутаю...

В литературе я ориентируюсь чуть лучше, чем в искусстве. Собственной библиотекой я не обзавожусь — мне больше чем хватает тети Лизиной. Лучшим переводам она предпочитает язык оригинала. Помимо русского, Елизавета Федоровна свободно владеет английским, немецким, французским, итальянским и еще (со словарем) испанским. Я, между прочим, тоже — помимо русского (порой со словарем), с детства знаю немецкий и английский, позже научилась сносно изъясняться на французском, а затем — читать на итальянском. Не ах, но Данте в подлиннике я с подачи тети Лизы кое-как осилила. (А теперь спросите у меня, ежели я вся из себя такая жутко умная, почему же я на «неотложной помощи» тружусь, а не на Канарах прохлаждаюсь. Спросили? И что же я ответила?)

Шкаф, тахта, комод, бюро и просторный стол с ультрасовременным компьютером в комнате теряются. А еще в углу имеется всамделишный камин, но дымоход, увы, забит или заложен. Соседка давным-давно на пенсии, но продолжает вечерами корпеть над какой-то монографией, а то и над романом или мемуаром. О предмете ее творческих исканий я не имею ни малейшего понятия: Елизавета Федоровна — не из тех людей, кто, сказавши «а», доходит до последней буквы алфавита. А может быть, из тех, но без нужды о себе она не распространяется, предпочитая слушать, причем делает это с неподдельным интересом. Во всяком случае, когда дело касается меня.

К кофе тетя Лиза выставила марочный коньяк. Если нельзя, но очень хочется, то по наперстку можно. А вот относительно чудовищного «Беломора», в котором Елизавета Федоровна себе и на смертном ложе не откажет, мне даже «ква» сказать запрещено. Были прецеденты...

— С возвращением,— мы подняли бокалы.— И с приобретением,— со значением сказала тетя Лиза.— Ты ведь новую машину привезла, правильно? «Десятку», если я не ошибаюсь?

— Ага...— А ведь я ни слова ей не говорила.— Неужели я вас всё-таки ночью потревожила? — огорчилась я.

— Ага, а вот опять ничего подобного,— улыбнулась тетя Лиза,— это я с утра додедуцировалась. С утра раковина влажная была — значит, ты приехала. Я во двор в окошко глянула, вижу — рядышком с твоей машиной новое авто образовалось. Симпатичное авто, только некрасиво припарковано — тебе из-за него ни за что не выехать. А кто же так без нужды машину ставит, если место для парковки есть? Стало быть — твое приобретение, не иначе как отец презентовал. Верно рассуждаю?

Как всегда: всё просто, как мычание, а ведь впору было заподозрить, что она и в самом деле телефонный разговор подслушала.

Ни в логике, ни в наблюдательности тете Лизе не откажешь. Равно как и живости характера ей не занимать — да еще с толикой авантюризма. Ввязываясь в сомнительные предприятия типа жульнической пирамиды «МММ», тетя Лиза неизменно оставалась в выигрыше. Она и мне когда-то объясняла, что такое финансовые пирамиды, и в чем их принципиальное отличие от сооружений Древнего Египта. Только всё равно я в этом надувательстве ничегошеньки не смыслю. Не в древнеегипетском, разумеется, а в современном, даром что я дочка бизнесмена. Вот и думай после этого, кто из нас дитя эпохи.

— Вы прямо как мисс Марпл у Агаты Кристи! — Елизавета Федоровна только улыбнулась.— Абсолютно верно, тетя Лиза, отец ко дню рождения расщедрился. Сами знаете, мне не по зарплате,— подтвердила я.

— Довольна? — В который раз мой рот сам собою расползся до ушей.— Ну и замечательно,— тепло сказала тетя Лиза.

— Не просто замечательно — всё настолько замечательно, что лучше бы хорошенького понемножку. Тьфу-тьфу-тьфу, не сглазить бы,— я суеверно постучала по лакированной столешнице,— даже страшновато как-то...

— Что, и когда всё хорошо — тоже всё не хорошо? — улыбнулась тетя Лиза.— Эх, человеки-человеки, Бога на вас нет. А жаль,— неожиданно добавила она.

Ого! Это было что-то принципиально новое. Встречаются глубоко верующие люди, встречаются посильно верующие, верующие, но не религиозные, как я, а случаются и глубоко неверующие, как моя соседка. Для Елизаветы Федоровны Бог не персонаж, а фигура речи.

— Бог с вами, тетя Лиза, что на вас нашло? — удивилась я.

— Да ничего, блажь старушечья накатила, к слову просто-напросто пришлось. Впрочем, не совсем. Подожди-ка, раз уж так к слову получилось...— Она взяла с письменного стола плоскую коробку в оберточной бумаге, размером с солидный фолиант, и вручила мне.— Слово к слову, а подарок, стало быть, к подарку. Сдается мне, должно тебе понравиться. Предположительно вторая половина девятнадцатого века. Держи!

Донельзя заинтригованная, я послушно приняла тяжеленный сверток, развернула — и тихо обалдела. Громко — не могла, дар речи я утратила. Под бумагой оказалась дивной красоты икона святого Николая Чудотворца в золотом окладе, заключенная в киот. Нет, оклад, конечно же, не золотой, а золоченый, сразу же сообразила я, и понятно, что на позолоте не камни, а эмаль, но всё равно от такого зрелища захватывало дух.

— Да ей цены же нет!..— ошалело выдохнула я.

— Как же нет — есть, у любого антиквара поинтересуйся и помножь на десять. В этом мире на всё цена находится, тем более на вещи. Главное, на десять помножить не забудь.

— Тетя Лиза...— растерянно проговорила я.

— Не вздумай отказаться! — заявила тетя Лиза.

— Тетя Лиза...

— Не вздумай возражать, обижусь! — строго повторила Елизавета Федоровна.— Считай, что в самом деле блажь такая на меня нашла, и давай без словоерсов обойдемся. Всё! — припечатала она.— Расскажи-ка лучше о поездке. Как твое семейство поживает?

Вот так всегда! Всё опять как двадцать пять! Ясно же, что более всего на свете мне хотелось расспросить тетю

Лизу об иконе! Но я даже и не заикнулась. Знала: раз сама молчит, значит, бесполезно.

— Э-э... Ну, отец по-прежнему... всё в порядке, э-э...— Ошарашенная неожиданным подарком, я некоторое время экала, мекала, сбивалась, собиралась с мыслями, но в конце концов разговорилась и даже увлеклась. Бывают прирожденные рассказчики, а бывают — слушатели. Какая из меня рассказчица — не знаю, но тетя Лиза — слушательница прирожденная. Впрочем, я уже об этом поминала.— ...Вот и всё, а завтра на работу,— полчаса спустя закруглилась я.— Ах да, я еще сегодня с Леркой созвонилась. Вам большой привет. Во-о-от такой!..

— Спасибо.— К моей сестре Елизавета Федоровна почему-то относится прохладно. Ровно, но прохладно.— Я ее не так давно встретила случайно. Она похвасталась, что жилье купила, звала на новоселье. Так спешила, что даже не сказала, где.

— В Купчине, рядышком с работой.— Мы обе работаем в одном районе, в одном здании, считай, в одном учреждении.— У нее теперь трехкомнатная, повезло, до смешного дешево сестренка ухватила. Лихо у нее гешефты получаются, мне бы однокомнатная дороже обошлась.

— Да, сестренка у тебя — девочка не промах. Чужого, может быть, и не возьмет, но уж своего точно не упустит. Ну да ладно, рада за нее,— заключила тетя Лиза.

Внезапно я почувствовала, что вот-вот раззеваюсь самым непристойным образом. И это несмотря на кофе — самый крепкий, самый лучший, самый вкусный кофе. Спать вредно, но не спать не получается, сколько ни старайся. Обидно, правда же: всё спишь да спишь, а отдохнуть и некогда. Или это я с недосыпу заговариваться начала?

— Спасибо, тетя Лиза, засиделась я, пойду... Вот только чур я посуду мою! — спохватилась я.

— Было б чего мыть — чашечки да блюдца! Не дури, хлопот тебе с дороги мало,— отмахнулась тетя Лиза.— Иконку не забудь...

Икону я временно пристроила на прикроватном столике. Никола Чудотворец, покровитель моряков, чудаков и авантюристов, чуть заметно улыбался в мерцающем окладе.

У меня еще хватило сил наскоро прибраться, устроить постирушку, как следует отмокнуть в ванной, отутюжить белый лекарский халат и завести будильник. И прежде чем заснуть, а во сне снова надавить на газ и раствориться в мельтешении огней на полночной трассе, я посовещалась с собой и решила, что быть такой счастливой не грешно и в общем-то не вредно.

ГЛАВА 2

Наплевав на то, что «мастера машинного доения» из Госавтоинспекции могли придраться к моим временным транзитным номерам, я не удержалась и покатила на работу в новом экипаже, нежась мыслью о том, какой фурор, фужер и фураж я произведу.

У здания «неотлоги» меня ждал еще один приятный сюрпризец — удобная автостоянка, образовавшаяся на месте помойки. Соседи расстарались: «неотложка» делит помещение с богатенькими арендаторами. Вообще-то здание целиком числится за нами, но его бо́льшую часть занимает коммерческий спортивно-оздоровительный комплекс «Аргус», в просторечии — «Гусятник». Именно там подвизается моя сестричка Лерочка, так что мы трудимся буквально под одной крышей. Крыша во всех смыслах одна, ибо «Аргус» принадлежит сэру гражданину Басмаеву, мужу нашей главврачихи Зарины Ивановны Басмаевой. Вот уж воистину, муж и жена — одна сатана. Или — один сатана? Один черт, короче.

Трехэтажное здание стоит буквой «Г», короткое крыло наше, длинное — коммерческое. В нашей части, кроме отделения «неотложной помощи», помещаются поликлиническая бухгалтерия и администрация. Собственно поликлиника — напротив, в пятидесяти метрах. Лучше бы подальше, а то участковые терапевты бегают за нами каждый раз, когда у какого-нибудь хроника в очереди обморок случается... Правда, в последнее время такие инциденты случаются пореже. Спасибо нам, вот только лично нам от этого не легче, а наоборот. Дело в том, что напористая госпожа Басмаева пробила в райздраве экспериментальную программу патронажа престарелых и хронических больных. Теперь мы сей досточтимый контингент посещаем на дому регулярно, в плановом порядке: приблизительно раз в месяц снимаем кардиограмму, делаем экспресс-анализы, а при необходимости подлечиваем или консультируем. Теперь мы — передовые и образцово-показательные, но обычных вызовов от этого не слишком убывает.

Под патронажную программу выделена машина, напичканная диагностической аппаратурой, а вечером и ночью она крутится в режиме платной «неотложной помощи». Это то же самое, что за бесплатно, только вежливо и за большие деньги. Но некоторым особо продвинутым клиентам нравится. Нагрузка на коммерческой машине меньше, а зарплата больше, посему трудится на ней наш заведующий отделением плюс некоторые особы, осиянные начальственным благоволением. Принцип — тот же, что везде, такова жизнь, не я ее придумала. Все коллективы по-своему одинаковы, равно как все коллективы одинаковы по-своему...

У входа в отделение курили трое «неотложных» водителей. При моем явлении наши кобели немедленно сделали стойку — не на меня, разумеется, а на серебристую «десятку».

— О, Яночка, привет! Ну ты забурела, мать, на таких понтах приехамши! И с чего ж ты так прибарахлилась? Ограбила кого? Или весь отпуск напролет на панели кувыркалась?

— Ага, ударница-многостаночница, тяжелый труд легкого поведения, злонравия достойные плоды! — отшутилась я, увернулась от дружеского шлепка пониже талии и нырнула внутрь. А за мной уже неслось: «Эй, мужики, глянь сюда — Германовна на новой тарантайке прикатила!»

Диспетчерша Люсенька Пятнашкина махнула мне рукой, не прерывая разговора по телефону: «Да-да, я понимаю, месяц назад вашего мужа увезли в больницу. И вы его ищете. Вчера начали искать. А увезли в позапрошлом месяце. А вы начали вчера, я вас понимаю. А откуда его увезли? Из Тосно? А почему вы нам звоните? Ах, прописан в нашем районе, понимаю. Но мы не ездим в Тосно... Послушайте, сударыня, а вот если б он в Америке, к примеру, заболел, вы бы тоже нам звонили? Ах, у него американской визы нет. И что? Ах, вот как, вам даже на загранпаспорт денег не хватает...»

Родимая бредятина! Я заскочила в комнату отдыха, бросила сумку на диван и сунулась в столовую сиречь конференц-зал, где, как обычно в пересменок, уходящие и приходящие коллеги попивали чай.

— Привет компании!

Коллеги оживились.

— Яночка! Мечта моя, очей моих услада! — дурашливо вскричал доктор Гоша Валентинович Забелин по кличке Буратино.— Надо же, глазам своим не верю! Нет, дайка я за тебя на всякий случай подержусь, а то вдруг ты только кажешься... Точно, вправду ты! Слушай, и с чего ж ты так похорошела?

— С недосыпу, вестимо, отдыхать — не работать, отоспаться некогда... Не хапай, охламон, у меня ребра не казенные!

Помимо всегда всклокоченного, с буйной соломенной шевелюрой и шнобелем картошкой Буратино у нас на отделении имеются Мальвина, Карабас и Дуремар, кот Базилио, лиса Алиса и вечный папа Карло. Прямо не коллектив, а сказка «Золотой ключик» — на свой лад, конечно.

— Как вы замечательно выглядите, Яна Германовна! — кокетливо пропел фельдшер Алик Кукин, оно же Мальвина.

Какой милый мальчик! Чья б мычала...

— Спасибо, Алик,— томно проворковала я.

— Мальвина, изменщик коварный, ты, часом, ориентацию свою не перепутал? — тут же прицепился Буратино.— Ты, этого-того, ты пошто Базилио обидеть норовишь, противный?

— Я бы попросил вас, Георгий Валентинович! — засверкал очочками Базилио, сиречь коллега Брыкин.

— Не просите, Василий Емельянович, всё равно я по утрам не подаю.

Коллега Брыкин на отделении редкостно непопулярен. Гнусавый тип, сутулый, потливый, похотливый, хиленький, с брюшком и нелепой бороденкой, рохля и зануда, не врач, а наказание Господне. И вообще какой-то он такой, немного не такой, малость странноватый...

— Увольте меня от ваших инсинуаций! — козлетоном взвился Базилио.

— Да я бы вас вообще с превеликим удовольствием уволил!

— Позвольте!..

— Не позволю,— бесцеремонно отмахнулся Буратино-Гоша.— Вот Яночке бы — да, ей бы я всё что заблагорассудится позволил. Кстати, как ты смотришь на такую перспективу, Янчик?

— Слушай, уймись, герой не моего романа! — осадила я, стараясь не расхохотаться.

Не знаю как коллегу Брыкина, но меня герой не моего романа забавляет. Гоша — симпатичный охламон, штатный хохмач и весельчак, человек отзывчивый и в некотором смысле безотказный. В том смысле, что наш местный Буратино всегда готов скрасить одиночество любой не слишком страшной дамы. Отсюда еще одно забелинское прозвище — «Гуманитарная помощь». Лично мне такая «помощь» как-то за ненадобностью, хотя, говорят, на халяву и уксус сладок. Шутка.

— Гоша, заноза, отцепись от девочки,— вмешалась Елена Николаевна Чугуева,— доброе утро, Яночка, присаживайся к чаю. Вот, оладушек попробуй, я вчера спроворила.

Елена Николаевна у нас труженица, вечный папа Карло. Она пашет на две ставки, тянет на себе мужа-неудачника и двоих детей, а про то, что она еще и женщина, Леночка, по-моему, вспоминает раз примерно в месяц. И не считайте меня циником, у меня профессия такая.

— Спасибо, Елена Николаевна, с радостью,— плюхнулась я за стол.— Привет, Вика.— Красотка местного значения Виктория Иглищева снисходительно кивнула.— Здравствуй, Эдик...

— Привет, Яна, рад тебя...— последним поздоровался со мной смурной Эдичка Хазаров, тоже в некотором роде герой, и тоже не моего романа. Уже не моего. Наши затянувшиеся внеслужебные отношения месяцев так несколько назад безболезненно сошли на нет. А на «нет» и судна нет.

— Промежду прочим, Янчик, тут голос был. Глас народный, в том смысле, что водительский. Говорят, ты теперь на новой тачке разъезжаешь? — полюбопытствовал Забелин.

— Угу,— подтвердила я. Вся компания, включая Вичку, сунулась к окну. Новый тарантас — это у нас событие.

— И которая твоя? Никак серебристая «десятка» с наворотами?! — Я опять угукнула.— В натуре, блин, даешь!..— оценил Забелин.— Фужер, фураж и пол-литра сверху! Понял, ты смерти моей хочешь, да? Признавайся, ты ж это нарочно, чтобы окончательно разбить мой треснувший миокард! Учти, осколки моего любвеобильного сердца падут к твоим ногам!

— Даже если не к моим ногам, а к ее колесам, всё равно — мелочь. Но приятно,— ехидно отозвалась я.— И за базар ответишь, я тебя за матюгальник не тянула. А пока колись: ты пришел или ушел, изобильный наш Гога и Магога?

— Ушел, увы, ушел, с тобою не совпамши,— шутом продекламировал Забелин.— Отбарабанили мы с Эдиком и Вичкой, хронь подоночная покемарить толком не дала. Уж мы их лечили, лечили...

— А кто не спрятался, тех вовсе залечили...— пробурчал Хазаров.— Меня вчера на трехдневную задержку мочи у парализованной старушки вызвали. Родственнички ее обеспокоились: трое суток бабушка сухая. А она три дня не только не мочилась, она заодно не ела, не пила и даже не дышала, потому как всё это время была уже того — совсем того, на том свете бабка пребывала!

— А как же дед? — обалдело поинтересовалась я.— Он что же, не сообразил, что его старуха три дня как окочурилась?

— А дед как в анекдоте: думал, что рядом с ним живая англичанка, а не мертвая француженка,— встрял Забелин.

— Откуда дед? — отозвался Эдик.— Бабушке за девяносто, мужики столько не живут, большинство до пенсии не доживает.

— Да, старичкам с бабками не тягаться, старушки у нас крепкие, ничто их не берет. Лечим мы их, лечим, а им хоть бы хны: едва одну бабку радикально вылечим, сразу две другие возникают. Почкованием они, что ли, размножаются? Нет, коллеги, как хотите: мочить их надо, чехлить, территорию обслуживания чистить,— кровожадно пошутил Забелин.

С ним это бывает. Заработался товарищ, выспится — пройдет.

— Прекратите, Георгий Валентинович, ваши омерзительные шутки просто оскорбительны! Ваш патологический цинизм не совместим с нашим профессиональным гуманизмом! — всерьез возмутился праведный коллега Брыкин.

— Складно излагаете, коллега,— нимало не смутился Гоша,— вы еще за клятву Гиппократа разговор поговорите, сделайте нам всем красиво!

— К черту всё — и бабушек, и гуманизм, и клятву Гиппократа! — раздраженно бросил Хазаров.— Достали! Неужели других тем для разговора нет?

Прозвучало это настолько от души, что впору было удивиться или отшутиться, но тут в дверях очень своевременно образовался наш дражайший Карабас, заведующий отделением Альберт Михайлович Рудас. Наш нетипичный Карабас бреется до синевы, он высок, лыс и обаятелен.

— Добрый день, коллеги,— приятным баритоном поздоровался Альберт Михайлович.— А, вернулась, отпускница, к родным пенатам,— приветливо посмотрел он на меня.— Очень хорошо, вот и давай, как говорится, с корабля на бал. Там патронажная бабулька Жмара доктора затребовала. Жмара, а не шмара, фамилия у бабушки такая. Я бы сам поехал, но меня к начальству вызвали. Так что надевай халат и езжай лечи, хватит прохлаждаться.

— А что там за бабулька, Альберт Михайлович, почему не знаю? — Следом за заведующим я выскочила в коридор, на ходу распихивая по карманам укладки с наркотиками и кое-какими особо дефицитными лекарствами.

— Обыкновенная, я сам ее обычно наблюдаю. Сердце у нее, мерцательная аритмия, периодически выдает тахикардию. Главное, не пытайся там выпендриваться по последнему слову медицины. Бабушка древняя, восемьдесят пять лет, новшеств организм не признает, реагирует на обыкновенный финоптин. Только разведи его на физрастворе и вводи быстрее, иначе эффекта до морковкиных заговин дожидаться будешь.

— Да я и сама разберусь, не маленькая,— рыпнулась я.

— Маленькая, не маленькая, а делай, как сказано. Я ее и так после брыкинского радикального лечения две недели в порядок приводил, хватит с нее экспериментов... Ты что, еще не пополнялась? — грозно спросил Рудас, увидев, что я заворачиваю к сумочной за чемоданом.

— Да я же только что пришла!

— Ой, Яна, смотри, все надбавки за такое разгильдяйство поснимаю! Ладно, уболтала. Бери мой чемодан, хватай вызов и — бегом, чтоб пятки сверкали! Всё, одна нога здесь, другая там — и сразу же обратно.

Всё чудесатее и чудесатее! Чемодан заведующего — вещь священная и неприкосновенная, вплоть до «высшей меры». Может, Карабас спятил и решил, что я и в самом деле особо перспективный кадр? Или я всё-таки чересчур похорошела? Кто б был против, а я не возражаю.

Я заскочила в диспетчерскую, забрала у Люси сигналку с адресом и со всей своей нерастраченной энергией ринулась лечить, твердо намереваясь не посрамить славный коллектив и оправдать высочайшее доверие.

Машина покатилась.

— Ну, рассказывай, как ты дошла до жизни такой,— выруливая со стоянки, заговорил мой сегодняшний водитель, симпатяга Лешенька Калугин, еще один местный врун, болтун и хохотун.

— А вот так: шла я, шла, а не доходя уперлась,— сообщила я.— Лучше ты поведай, чего у нас такого замечательного в жизни приключилось?

— Катаемся!..

Правильно, катаемся, без этого никак. Туда-сюда, иногда полсуток без заезда, туда-сюда-обратно, больным уже приятно... Концы не близкие, мы обслуживаем половину Купчина, территорию с населением приличного областного города. Это обыкновенный спальный район, не из худших, скорее наоборот. Типовая застройка, широкие прямые улицы, пустыри, деревья, сейчас тронутые желтизной, словно бы обрызганные ветреным сентябрьским солнцем. Лично я предпочитаю центр города, но и в типовой архитектуре есть какая-то своя, особенная прелесть. Во всяком случае, мне нравится — хотя бы по контрасту, после каменных теснин центра...

Мы остановились у длиннющей блочной девятиэтажки, одного из тех бесчисленных типовых домов, в которых можно жить годами и не знать, кто обитает за твоей стеной. Или регулярно раскланиваться с человеком на трамвайной остановке, а потом ненароком выяснить, что это он топотает по ночам у вас над головами. Обезличка заразительна, и у жителей таких домов, как правило, нет ни нужды знакомиться, ни желания общаться. Исключение составляют мамочки с колясками, собачники и старушки у подъездов. Изредка бабушки на лавочках даже учиняют подъехавшему доктору допрос с пристрастием: куда? к кому? зачем? Поначалу я в таких случаях отделывалась расхожей репликой о врачебной тайне, теперь же стала проще: собирайтесь, отвечаю, труповозка я, за вами я приехала. Не нравится — не спрашивайте.

А мне нравится. Мне вообще всё нравится. Впору за пристрастность себя дисквалифицировать.

Больная Жмара оказалась такой же, как и большинство наших престарелых хроников. Разве что фамилия малость экзотическая, но с тех пор, как я однажды за день полечила бабушку Робинзон-Крузо (написание через дефис) и дедулю Пьятницу (с мягким знаком), меня пациенткой Жмарой, даром что Аделаидой Митрофановной, так просто не проймешь. Обыкновенная одинокая старушка в исподнем прошлогодней свежести, типовая, как купчинская архитектура, с избытком тараканов в голове и в захламленной двухкомнатной квартире. Маялась она не столько сердцем, сколько одиночеством, в лечении особой нужды не было, но — орднунг ист орднунг, слово босса есть закон и руководство к действию.

Как там у Петра Великого? «Всякий подчиненный перед лицом начальствующим должен иметь вид лихой и придурковатый, дабы разумением своим не смущать начальство». Точка.

Я сняла кардиограмму, на которой увидела то, что и ожидала, то есть ничего серьезного. Выискивая в священном рудасовском чемодане заказанные (или наказанные, как приказанные?) финоптин и физраствор, я попутно думала: как у нашего заведующего хватает терпения возиться со старческими хворями и дурями? Наше старичье в нем души не чает, только и слышишь: «А пускай ко мне именно Альберт Михайлович приедет». Рудас всех их помнит и про всех всё знает, включая имена первых любовников и последних внуков. Вот уж точно подвижник и страстотерпец, я бы так не смогла. Мне их, одиноких, немощных, немытых где-то как-то жалко, да. Но любить — увольте. Мочить, замечу,— тоже.

Аделаида Митрофановна тем временем третий раз повествовала в лицах о том, как плохо полечил ее злобный доктор Брыкин, и как добрый доктор Рудас спас ее от неминучей смерти.

— От какой смерти, Аделаида Митрофановна? — не выдержала я.— Вы ж нас всех еще переживете. Давайте сюда руку, укольчик будем делать. Вот так, кулачком работаем... А теперь чуть-чуть потерпим...

Старушка всё равно не замолкала. Пока я вводила лекарство, собирала кардиограф и закрывала чемодан, нескончаемая хвала доктору Рудасу звенела у меня в ушах. Поэтому когда наступила тишина, я вздохнула с облегчением и только секунду спустя сообразила, что монолог прервался на полуслове, поскольку бабушка попросту перестала жить.

Ой, ё! Ни дыхания, ни пульса — ничего. Свежеиспеченный «чехол» в присутствии, свежайший, свежее не бывает! Что делать? Сопли разводить? Пойти и застрелиться? Идиотка!!

Я сдернула тело пациентки на пол (реанимация проводится на твердом) и судорожно попыталась сделать хоть что-нибудь — что-нибудь по полной программе, даром что одновременно дышать, качать, колоть, стучать, то есть разом делать искусственное дыхание, закрытый массаж сердца, вводить адреналин и пользоваться дефибриллятором в одиночку просто невозможно. Нужны трое, по крайней мере двое. Плюс везение — в любом случае необходимо чертово везение, которое, кажется, для меня закончилось.

Для бабушки-старушки, впрочем, тоже. Хоть ты ё, хоть ой-ёй-ё, хоть ё-ёшеньки-ёё, но для несчастной Аделаиды Митрофановны на этом свете всё вообще закончилось.

Бледная, как поганка, я сидела рядом с трупом на полу и тупо обтекала. Вот так, шла-шла, а не доходя уперлась. На ровном месте, среди полного благополучия, от безобидных препаратов! Видела бы я со стороны, что у меня на физиономии написано... А я и видела себя как со стороны, будто бы глазами покойной Аделаиды Митрофановны, укоризненно взирающей на меня с грязного паркета, над которым золотилась солнечная пыль.

Такова «се ля ва»: се ля я, се ля вас, Жмара Аделаида Митрофановна... Что делать... Да, а что же делать? Трупо-возку заказать? Отзвонить на базу? Нет, сообразила я, в этом случае сначала положено вызывать милицию — бабка одинокая, смерть должна быть надлежащим образом запротоколирована, квартира опечатана. Без бумажки ты букашка, а с бумажкой человек, даже если этот человек уже не человек, а труп, потому что даже труп без бумажки трупом не является...

Ладно, довольно ахинеи, надо звонить в милицию. У них — как и у нас: повод к вызову, адрес, телефон, ждите, доктор... тьфу, мент поганый будет. Глупо всё. А телефон у бабки был запоминающийся — единичка, три тройки, три шестерки. Запоминающийся. Был. Надо же, какая ерунда в голову запала!

Кажется, я была немного не в себе. Трудно объяснить, что такое — зачехлить больного. Попробуйте, почувствуете сами — врагу не пожелаю. Конечно, у каждого врача, занятого в экстренной медицине, есть свое маленькое персональное «кладбище». Но у меня до сих пор умирали только те, кому положено, — безнадежные онкологические, например. А тут — ни с того и ни с сего, вполне сохранная старушка, и от привычных, повторяю — безобидных, однозначно ей показанных лекарств...

Нет, что-то здесь было очень здорово не так.

Только — что не так?

Труп увезли, квартиру опечатали, я в растрепанных чувствах возвратилась на базу и сидела у заведующего в кабинете, пытаясь разобраться, где же я ошиблась.

Что не так?

— Не знаю,— честно признался босс, просмотрев кардиограмму,— всё так, нигде ты не ошиблась, правильно лечила.— Рудас в задумчивости закурил и подвинул мне пачку: — Закуривай.— Я отрицательно качнула головой.— Ах да, ты же молодчина, бросила... Не знаю,— повторил заведующий,— может быть, вскрытие что-нибудь подскажет, но я так полагаю, просто-напросто срок бабушке пришел, вот сердце у нее и отказало. А ты всё верно сделала, абсолютно адекватное лечение. Так что успокойся, выкинь из головы и, главное, историю болезни грамотно оформи. И всё, нечего тут самоедством заниматься. Если б люди на земле не умирали, рай был бы здесь, а не там, но у нас здесь для рая грехов многовато. Иди-ка лучше чемодан свой собирай, магнитная буря сегодня ожидается, смена напряженной будет.

Я шмыгнула носом.

— Спасибо... спасибо, Альберт Михайлович.

Вот ведь рассупонилась... Какого черта, все там будем! Веселенькое утешеньице.

Пятнашкина в диспетчерской листала очередное процессуально-эротическое чтиво (то бишь дамский детектив), и все прочие терзания были ей до лампочки. Чугуевой в конференц-зале равно столовой — тоже: зажав в зубах подол юбки, Елена Николаевна задумчиво брила на себе колготки. Ага, именно вот так: доктор Чугуева бритвенным станком «жиллетт» (лучше для колготок нет!) старательно удаляла катышки с шерстяных колготок, а фельдшер Алик Кукин с живейшим интересом наблюдал за ее работой.

— Елена Николаевна, там еще немножко сзади, на бедре неровности остались. Неаккуратно получается...

— А там под юбкой всё равно не видно.— Чугуева со вздохом распрямилась.— Шерсть скатывается, будь она неладна,— пояснила она, видя мое, мягко говоря, недоумение.— Колготки всего-то две недели как ношу, а они свалялись, катышками все пошли. Так носить вроде неприлично, выбрасывать — жалко, денег стоят. А сегодня Гошка, до твоего прихода еще, байку про бритье рассказывал,— так меня так и стукнуло: дай, думаю, попробую. Вроде ничего, а?

— Очень симпатично, Елена Николаевна,— заверил ее Алик.— Ой, Яна Германовна, а у вас макияж немножечко пополз. Позвольте, я подправлю?

Спасибо вам пожалуйста!

— Изыди, Алик,— огрызнулась я.

— Нет, ну в самом деле, разрешите, у меня неплохо получается, я же курсы визажистов кончил.

— Ну уж нет, позвольте не позволить, я уж как-нибудь сама,— решительно открестилась я.— Послушай, визажист, ты объясни, зачем вообще ты фельдшером работаешь?

— А мне стаж нужен, я в Военно-медицинскую академию собираюсь поступать. Ну, Яночка Германовна...

Вот подарочек!

— И-зы-ди,— по слогам повторила я.

— Какая же вы грубая, Яна Германовна!

Точно, и ни фига не женственная.

— Что случилось, Яночка? Что-нибудь на вызове стряслось? — догадливо спросила Елена Николаевна.

— Бабку я на ровном месте зачехлила...

Я рассказала вкратце. Распространяться не хотелось,— в столовую бочком вполз коллега Брыкин, и уж чьи-чьи, а брыкинские комментарии нужны мне были как козе баян и зайцу телевизор. Чирей в неудобном месте. И без того тошнехонько.

— Не бери в голову,— посоветовала умудренная опытом Чугуева.— Ты тут ни при чем, твое дело маленькое, отпишешься — и ладно, а начальство как-нибудь прикроет. Не горюй, всякое бывает. Вон у Эдички Хазарова то ли в прошлом, то ли в позапрошлом месяце тоже был «чехол» в присутствии, да еще какой-то скользкий. Рудас его до седьмого пота парил, несколько часов в кабинете разорялся. И ничего, всё прошло-проехало...— И философически продолжила: — А старухи — что старухи? Смерти на них нет. Без нашего лечения они, может быть, лет до ста жили бы, а как они к нам обратились, так сами на тот свет очередь заняли, считай. А мы-то что, мы — «санитары леса»...

— Ай-яй-яй, как нехорошо, Елена Николаевна,— с брыкинского голоса запел милый фельдшер Кукин,— фу, ну как же вы циничны! Бабушек нужно любить и ублажать!

— Ути-пути! Кукин, ты чего — геронтофилом стал? Ты же до сих пор вроде бы обычным педерастом был? — подивилась Елена Николаевна.

— Простите, но я не педераст, просто у меня очень современная сексуальная ориентация,— с гордостью ответил Алик.— И вообще, вы бы лучше о своей семейной жизни думали, а в мою бы половую не совались.— И добавил с исключительным достоинством: — Я же к вам в постель не лезу!

Леночку перекосошлепило.

— Только этого для счастья не хватало,— фыркнула она.— Модная ориентация, надо же такое...

— А ты старушку трахнула? — неожиданно спросил меня коллега Брыкин.

И он туда же! То есть медику-то ясно, что коллега всего-навсего поинтересовался, делала ли я покойнице дефибрилляцию, но меня отчего-то вдруг так закоротило, так заколотило, что никто не знает, какой бы я разродилась неприличностью, если б не селектор. «Машина 13–22, доктор Кейн, на вызов, астматик задыхается. Яночка, поехали!» — очень своевременно сообщила Люся. И я поехала. А то бы точно разразилась, будто разрядилась...

Разряжаться пришлось на вызовах и в основном по делу. Для начала я угодила на тяжеленный астматический статус у молодого пациента и до того лихо с ним управилась, что даже сама себе позавидовала. Затем вылечила парочку гипертоний, следом подвернулся замечательной красоты инфаркт, который на кардиограмме не всякий бы заметил...

В общем, очень даже славно поработала.

Я с сознанием исполненного долга отзванивалась на базу и уже предвкушала ужин (обед я пропустила) и хотя бы полчаса заслуженного отдыха, как Люся снова осчастливила.

— Яночка, у нас «умирает» на задержке, ты там рядышком,— говорила извиняющейся скороговоркой Пятнашкина,— езжай, больше некому, все на вызовах, одна платная простаивает, но на ней Гайтенко, а на обычный вызов козел Гайтенко не поедет, потому как, говорит, он коммерческий... А там бабушка, семьдесят два года, боли в сердце, задыхается, сознание теряет. Бабка неизвестная, родичи ее недавно из деревни привезли. Езжай, пожалуйста,— попросила Люся.— Поедешь? — Можно подумать, у меня есть выбор.— Адрес запиши...

— Пишу...

Б-блин! Опять не доходя уперлась! И не ехать не могу, выбора у меня нет, и закона парных случаев, согласно которому всякая фигня происходит дважды, никто не отменял. Я серьезно, почему-то в нашей «неотложной» жизни неудачи ходят парами, равно как и удачи. Хотите — верьте, не хотите — сами проверяйте, но существует какая-то мистическая закономерность в стечении случайных обстоятельств. Почему — никому не ведомо, однако эмпирически не раз и не два проверено, посему мистика-то мистикой, но статистика — вещь материальная. А поскольку я сегодня наработала уже одного «чехла» в присутствии, ничего хорошего от вызова на «умирает» ждать не приходилось.

Проще говоря, я перетрусила и заранее настроилась звать на помощь коллег. На коммерческих рассчитывать не приходилось,— платная машина не поедет, на то она и платная, на ней лишь подвижник Рудас в острых ситуациях в помощь выезжает, а о коммерческом козле Гайтенке вообще разговор особый. Но, быть может, Чугуева освободится, пока я добираюсь, а если нет, то я хоть на кого согласная, хотя бы даже на коллегу Брыкина с недоделком Кукиным! Лучше быть позорищем, нежели подсудищем!

Мильон терзаний. Само собою, оставалась некоторая верояция, что все мои терзания обернутся развеселым пшиком — сколько раз я ездила на «умирает», а приезжала на туфту. Разумеется, я как могла надеялась — и пока мы ехали, и пока галопом перла на себе всю имеющуюся в наличии аппаратуру на седьмой этаж без лифта, и пока трезвонила и дожидалась у дверей. Увы, на пороге комнаты все мои надежды разлетелись вдребезги.

Худая землистая старуха, завалившись боком на подпирающие ее подушки, судорожно хватала воздух ртом. На синих губах пузырилась пена, глаза бессмысленно смотрели сквозь меня. Хриплое дыхание с трудом вырывалось из груди, ребра под ночной сорочкой ходили ходуном.

Диагноз можно было ставить без аппаратуры — отек легких, угрожающее состояние, которое возникает из-за того, что сердце в силу тех или иных причин не справляется со своей работой. В данном случае причиной острой сердечной недостаточности был инфаркт, что моей задачи отнюдь не упрощало. В легких чуть дышали самые верхушки, остальное тонуло во влажных хрипах. Дело зашло очень далеко, счет шел на минуты.

Мысль о помощи коллег вылетела у меня из головы — не только вызванивать кого-нибудь и ждать, но даже и паниковать было просто некогда. Треволнения исчезли — все, сразу, будто их и не было. Я торопливо открывала ампулы и готовила шприцы, попутно расспрашивая домочадцев. Отвечал немолодой мужчина — сын, судя по всему, а его супруга, женщина существенно моложе, молча стояла в стороне и нервно покусывала губы.

— Давно у вашей мамы с сердцем неприятности?

— Час уже... нет, уже второй. Как случилось, так мы сразу вызвали. Ждали вас, а ей всё хуже, хуже... Что-то страшное случилось, да? Есть надежда? Или — всё уже, совсем?

— Да... то есть нет, не совсем, то есть я вас не о том спросила. Я не о сейчас — раньше она жаловалась? Где-нибудь лечилась? Обследовалась?

— Нет, мама же всю жизнь в деревне прожила, а в наших деревнях какая медицина? Разве что народная — травки там, отвары, всё такое прочее... Нет, ни на что она не жаловалась, просто в последнее время сдавать маленько начала, вот мы ее к себе и взяли. Думали, она у нас под присмотром будет, а заодно с внуком посидит, понимаете?

Понимаю, чего ж тут не понять — доконал старушку питерский климат. Ну да что теперь...

Старческие вены-ниточки лопались одна за другой, колоть было сущим наказанием. Опять мне не хватало лишней пары рук — в иной ситуации без сноровистого фельдшера лишь без толку замаешься. Более того, зачастую классный фельдшер стоит самого знающего доктора, вот только откуда же они возьмутся, классные-сноровистые, за их-то, извините вам за выражение, зарплату!

Думала я не об этом. Я вообще не думала — я делала, благо диагноз сомнений не вызывал, а что касается лечения, то оно регламентировано «Стандартами неотложной помощи». «Стандарты» — штука официальная, хотя лечим мы частенько по уму, а по ним оформляем истории болезней. Как же, раз положено снотворное одновременно с мочегонным уколоть, так мы и запишем. Сувенир для прокурора.

Но умничать мне времени не было, лечила я по писаному в буквальном смысле слова. Запнулась только на морфине — по прописям полагается внутривенная инъекция, по опыту предпочтительней подкожная. Эффекта дожидаться дольше, но при внутривенном введении возрастает риск окончательно задавить дыхательный рефлекс и купировать отек вместе с пациентом. Да и жилы у старушки аховые...

От «Стандартов» я не отступила — изловчилась, уколола в вену. Долго эффекта дожидаться не пришлось.

Отек я купировала.

Вместе со старушкой.

Чего и следовало ожидать. Второй «чехол» за смену. Домочадцам оставался труп, мне — мое, делиться я не буду.

Да и нечем мне делиться, на душе — пустота кромешная, как будто так и надо, словно в самом деле ничего другого я не ожидала, потому что ничего другого просто не могло произойти. Что не так? Теперь-то что не так? А если б этот вызов битый час не лежал бы на задержке? Если б я работала не одна, а с фельдшером? Если бы я плюнула на весь официоз и морфин бы впрыснула подкожно? Нет, ничего бы я не изменила. Я сделала всё то, что сделала, а сделала я всё, что можно и что должно, и больше ничего не оставалось. Случай безнадежный, реальных шансов не было. Получается — всё так, растак и перетак. Всё верно, но — неправильно...

Попытаюсь объяснить. Дело было не в этом эпизоде, а во мне, даже не во мне, а будто бы вовне, словно эта самая неправильность пришла откуда-то со стороны и теперь загустела, стянулась и давила аурой злосчастья. Мистика? Всё не слишком просто. По натуре я к избыточным фантазиям не склонна, но — есть многое, друзья мои, на свете, что и не снилось нашим мудрецам. Кажется, я уже тогда нутром почуяла, что привычный ход вещей нарушился и переменился — чувство сродни ощущению от ускользающего сна, раз за разом повторяющегося, оставляющего по себе неясную тревогу...

Тогда от мысли о том, что мне придется дорабатывать оставшиеся сутки, становилось тошно. Что там сутки! Если бы я знала, что високосный год для меня только начинается!

ГЛАВА 3

А если бы и знала? Даже если бы я знала, что всамделишные неприятности только впереди? А даже зная это, могла ли я что-то изменить, дабы мое меня бы миновало? И — *хотела бы* я знать, чтобы это изменить? В самом деле, вдруг бы мне какой-нибудь доброжелатель нашептал, что я в хорошем темпе ненароком зачехлю пару человек и на достигнутом не остановлюсь, походя оглоушу авторитетного предпринимателя, равно предприимчивого авторитета, которому вздумалось поиграться в каратэ, проведу незабываемую ночь в милицейской камере — и это покамест не сюжет, а всё еще преамбула?

Не скажу, что обозначившуюся сразу же после той злосчастной смены полосу невезения можно было сравнивать с коротким замыканием. Коротить не коротило, нет, и корежить не корежило, неприятности сводились к какой-то доставучей, комариной какой-то мелочовке. Какой-то несерьезной, будто бы судьба решила вдоволь нашутиться — от щедрот поюморить, только бы не уморить. Вроде того презанятнейшего по-своему случая, когда я с год назад по дороге на работу проколола подряд два колеса, но зато получила внеочередную премию, которой хватило ровнехонько на две новые покрышки. Кому смешно, а кому невесело.

Так же и теперь, вся непруха — на уровне пропоротой резины... э э, не поймите меня правильно. Никаких запуток-непоняток: лопнувший шнурок, сломанная молния на джинсах, запропавшая куда-то записная книжка...

Что еще? Окончательно свихнулся телефон, которому вздумалось явочным порядком расширить круг моего общения. С недосыпу особенно приятно объяснять в неразборчиво хрюкающую трубку, что у меня не банк, не биржа, не агентство недвижимости и не фирма по уничтожению домашних насекомых, а лично я не Маша, не Аркаша и даже не Федор Михайлович. В том смысле, что я, к сожалению, не писатель Достоевский, потому что сам Федор Михайлович умер-с, а памятник ему сидит на бульварчике около метро и потому к телефону подойти не может. Точно. А насекомых я уничтожаю — с гарантией, с квартирой и заказчиком.

Дошло до того, что я едва не поцапалась с милейшей тетей Лизой — ни за что ни про что, в ответ на обычный для нее доброжелательный интерес к моим проблемам. Понимаю я — на роже у меня написано, что всё не слава Богу, но то же — у меня! Какого черта, что за дело дражайшей Елизавете Федоровне до всех смертей на нашем отделении? Не только двух моих, а именно что всех! При чем здесь я? И при чем здесь ни к месту дотошная Елизавета Федоровна?! Да лучше бы соседка нашим сумасшедшим телефоном озаботилась, пока я в самом деле кого-нибудь не уничтожила!

Раздражение в узде я удержала, но какая-то льдинка, показалось, в нашем разговоре звякнула. Ну и...

Хватит. Шла я шла, но не доходя — довольно. И пары дней хандры — больше чем достаточно. Фатализм фатализмом, но везет тому, кто сам себя везет. Ducunt volentem fata, nolentem trahunt,— в том смысле, что желающего судьба ведет, а наоборот — влачит, как говаривали древнеримские пижоны, пока не погрязли в этом самом «трахунте» до полного самоистребления. Так то — древние. Но я-то вроде современная — баба я вредная и самостоятельная, меня их вялотекущим «трахунтом» так просто не проймешь. Тем паче по-латыни. А по-русски говоря, мне всего-навсего надо было основательно встряхнуться, благо временем и возможностями я располагала.

В смысле времени работа в режиме сутки через трое вообще развязывает руки, а возможностей предостаточно у соседей в «Аргусе». Между прочим, законность подобного сосуществования государственного медучреждения и частной спортивно-оздоровительной шарашки зелымзело сомнительна. Но вот лично я не возражаю, особенно когда выгоды этого соседства краешком касаются и нас, скромных бюджетных врачевателей: сауной, тренажерами и спортивным залом мы пользуемся даром.

Халява, плиз! Кушайте, не обожгитесь. Я прикинула: день у меня свободный, сегодня с утра была среда, по средам в «Гусятнике», кроме всего прочего, как бы каратэ. Оч-чень хорошо, отлично, замечательно, давненько я не упражнялась. Вот и прокачусь туда, повыколачиваю дурь из себя и из макивары, а если повезет и удастся поработать в жестком спарринге, то мне так даже лучше. За партнера, правда, не скажу.

В «Гусятнике» я первым делом заглянула к сестренке в массажный кабинет. Попала удачно — Лерка, скажем так, в изящном настроении бездельничала в обществе двух качественно прикинутых молодых людей спортивного сложения. Стриженые парни были вприглядку мне знакомы — приближенные Руслана Ибрагимовича Басмаева, хозяина этого фешенебельного заведения. Серьезные ребята (типа как) — но только не для Леры.

— Сестренка! — Лерка с визгом повисла у меня на шее.— Наконец-то, блудная душа, сто лет тебя не видела! — Мы расцеловались.— Молодчина, что зашла! — Лерочка поворотилась к серьезным мальчикам и распорядилась: — Юноши, оревуар! Непонятно сказано? Вы как — вы потом сами догадаетесь или лучше сразу объяснить, что нам с сестренкой тет-на-тет пообщаться хочется?

— Поняли, типа как ушли... Здравствуйте, Яна,— по пути раскланялись басмаевские мóлодцы.— Надо же, такая потрясающая женщина, а до сих пор без телохранителя! — В меру своей галантности пошутил один, ростом повыше, окрасом посветлее.

— Непорядок,— с готовностью подхватил второй, в плечах пошире, ежиком темнее.— Мы как джентльмены и профессионалы просто обязаны эту недоработочку исправить. Не, в натуре,— оба-два дурашливо расшаркались,— Яночка, вы только намекните, мы вам мигом охрану обеспечим! Днем и ночью, и персонально вам — скидка сто процентов!

— А ночью — двести, вам еще доплачивать придется,— пресекла разговорчики сестренка.— Разоритесь, мальчики! — Лера шевельнула пальчиком.— Вы меня не слышали? А тогда с чего же вы в дверях застряли, как предметы мебели? Совсем обиженные, симпатичных баб ни разу не видали? Свободны, насмотрелись. Брысь!

Ух! «Джентльменов и профессионалов» будто ветром выдуло. Ничего себе запрягает Лерочка! Интересненько...

Между прочим, разговорчики разговорчиками, бывают шуточки и поплоше, но посмотреть на нас вдвоем пожалуй-таки стоило. От нас всяко не убудет — жаль только, за погляд денег не берут, а то б мы приподнялись. Десятая часть — по справедливости моя, остальное Леркино. Я могу быть по-своему очень привлекательной (надеюсь), но сестренка — настоящая красавица. Мы сестры, да, на лицо у нас сходство несомненное, но как бы ускользающее — быть может, потому, что в глаза сразу же бросаются различия. Тем мы и любопытны.

Я немного угловата, чтобы не сказать что жестковата, у меня зеленые глазищи, непокорные каштановые волосы пострижены непритязательно, за моду я не держусь, одежку предпочитаю простую и удобную. Лера выше ростом, натуральная синеглазая блондинка с ухоженной роскошной гривой, с фантастической фигурой, врожденной пластичностью и приобретенным шармом. Ну и с соответствующими запросами, конечно, благо жаждущих удовлетворить сестренкины людоедские претензии вокруг нее хватает. В отличие от некоторых — э-э...

Лера себе цену знает, не стесняется и берет от жизни всё с той уверенной легкостью, которой мне порой недостает. Я старше, но проскальзывающее иногда снисходительно-покровительственное отношение сестрички меня не задевает, скорее — забавляет. На здоровье, лишь бы впрок пошло, потому что Лера — это Лера; да и мне, в конце концов, жаловаться не на что.

И всё же интересно, с чего бы это Лерочка в «Гусятнике» таким авторитетом стала? Меня терзают смутные сомнения...

Сестра не умолкала.

— Классно! Замечательно! Отлично, что зашла! — тараторила сестренка.— Хоть какое-то разнообразие,— бесхитростно ляпнула она,— а то эти два качка мне своей трепотней наскучили, а работы пока нет. А эти... охранители нашлись! Держись от них подальше: охренители они, а не охранители! — усмехнулась Лера.

— А кто они такие? — без особого интереса осведомилась я.

— Так, мелочь,— отмахнулась сестренка.— Типа как бандиты. Басмаевские бодигарды, при шефе доверенной обслугой состоят, сами по себе на людей не тянут,— авторитетно просветила Лера.— Да ты ж их вроде знаешь: светлый — Стасик, темный — Гарик. Знаешь, нет?

— Вприглядку,— пожала я плечами.

— А больше и не надо, шестерки как шестерки, даром что в костюмах от Кардена ходят... О! — воодушевилась сестренка.— Слушай, старшенькая, а давай-ка я тебя с кем-нибудь из серьезных человеков познакомлю! Не из этих, а из настоящих, которые не на понтах, а всерьез серьезные. А то что ты за бесплатно пропадаешь?

— Трусики заранее снимать? — невинно полюбопытствовала я.— Нет, и что бы я без тебя на этом свете делала! — Лерочку ирония не прошибает.— Тпру, младшенькая, заворачивай оглобли, заботливая ты моя! С личной жизнью я уж как-нибудь сама управлюсь, ладненько? — прямым текстом выдала я.

— Ладно-ладно, не пори гордячку, я же от души,— нимало не смутилась Лера.— И потом, кто еще о тебе, чудачке, позаботится? Неприспособленная ты какая-то, несовременная, домашняя. В люди не выходишь, на мужиков внимания не обращаешь...

— Младшенькая!

— Я серьезно, старшенькая, ты, чем сиднем-то сидеть и с соседкой нянчиться, лучше за меня держись. Со мною всяко веселее, чем с твоей Елизаветой Федоровной... Ой,— спохватилась Лера,— я же с ней тут как-то раз на улице столкнулась. Я тебе рассказывала, нет? Ни фига себе киношка: выхожу из парикмахерской, смотрю — прикол: Елизавета Федоровна из «бээмвухи» вылезает, а за рулем Стасик наш сидит, ну, этот, один из бодигардов. Бывают в жизни совпадения! К чему бы это, а?

К дождю, наверное. Или, например, к тому, что мир тесен, а Петербург и вовсе город маленький. И времена теперь чудесатые пошли: божьи одуванчики на иномарках ездят, бандиты извозом подрабатывают. А кому сейчас легко?

Задумываться я не стала.

— Что-то мне она такое говорила,— отозвалась я.— Ты вроде бы ее на новоселье позвала?

— Так это я от удивления.— Лерочка была неподражаема.— Вау!! — Сестренку осенило: — Слушай, я же до сих пор тебя не пригласила! Вот я кляча, а! Помнишь, нет — мне ж тринадцатого октября аж двадцать два исполнится. Молодость проходит, жуть... Короче, я решила новоселье вместе с днем рождения справить. Подходяще: пятница, тринадцатое, самый смак получится. Опять же, люди интересные...

— Младшенькая!!

Может, трусики вообще не надевать?

— Ну чего ты сразу — младшенькая, младшенькая, прям как неродная! Я ж тебя не сватаю — я на новоселье приглашаю. Придешь? — А куда я денусь, спрашивается.— Придешь, никуда не денешься,— за меня решила Лера.— В самом деле, что б ты без меня в этой жизни делала... Кстати, почему бы и тебе отдельное жилье не организовать? Классно, обменяем твои комнаты, у меня как раз на эту тему серьезные знакомые имеются. Что ты в коммуналке плесневеешь? Подумаешь, фамильная квартира! Или умничаешь — ждешь, пока твоя соседка окочурится?

— Тьфу на тебя! Скажешь тоже... Лично мне старушка не мешает, уж лучше пусть живет, смертей мне на работе хватит. Я ж тут отличилась...

— Знаю,— перебила Лера,— говорят, ты за смену двух больных на тот свет отправила. Не расстраивайся, обойдется, начальство не в претензии, я сама краем уха слышала.

Угу, вот так всегда: все про всех всё знают, одна я будто в стороне стою. Неприспособленная я какая-то...

— А вообще-то я тебе сочувствую,— продолжала Лера.— Если честно, Янка, я тебе немного позавидовала, когда я в Медицинский не прошла. Тогда жалела, а теперь нарадоваться не могу: при деле, при деньгах, да и на массажном столе никто у меня не помирает. Ну ее, эту медицину! — махнула рукой Лера.— Между нами, старшенькая, что-то мы с тобой прямо как по жизни: начали за здравие, кончили за упокой. Дай-ка лучше я тебе по блату, так сказать, по-родственному массаж организую — по кусочкам разложу, заново сложу, как новенькая будешь!

— Надо же, при деле да при деньгах — и еще массировать умеет! — по-родственному подколола я.— Лерка, не надо табуреткой! Каюсь, каюсь! Признаю, ты великий человек, незачем в меня мебелью кидаться! Ой! Она же денег стоит! Младшенькая, пошутила я! — Самое смешное, сестренка в самом деле массажистка классная.— Прости меня, засранку, это же я чтобы настроение поднять! Уф-ф... Уговорила, отдамся я тебе на растерзание, садистка, только перед экзекуцией в зале поработаю. Лерочка!..

— Пошути мне, пошути — быстренько дошутишься! — пригрозила табуреткой Лера.— За такие шуточки я тебя однажды так на столе уделаю — соскребать придется! — Сестренка фыркнула.— Ты опять на каратэ приперлась, чучело? Ван Дамм ты наш сушеный, Чак Норрис недоделанный, школа балабола! Напридумывали тоже — цуки, гери, дачи... ща-а ка-а-ак зафигачу! — Лерка прекомично изобразила нечто махательное и лягательное.— Когда ты повзрослеешь, старшенькая? Будь ты мужиком, я бы поняла, наверное, а так — ну чего ты как пацанка конечностями дрыжешь? И не надоело? Сколько лет уже на татами прыгаешь!

А и правда, сколько? Лет десять... нет, поболее того уже будет. Давненько. Мне еще четырнадцати не исполнилось, когда я провалилась в финале чемпионата России по спортивной гимнастике. Увы, в большом спорте судьба частенько выворачивает так, что из подающих серьезные надежды буквально в одночасье переходишь в разряд бесперспективных. Причины у всех разные, одной-единственной обычно не бывает, а у меня, среди прочего, тренер разглядел проявившуюся с возрастом излишнюю резкость в движениях. Он же мне и присоветовал заниматься таким спортом, в котором бесперспективных просто не бывает.

Каратэ — спорт, искусство, образ жизни, всё вместе и каждому свое; общие места повторять не хочется. Поначалу мне пришлось тяжеловато — не из-за нагрузок, нет, для мастера спорта по спортивной гимнастике даже маловато будет. Специфика была в другом: тренированных девчонок не хватало, а смешанные состязания правилами не допускались. А жаль, неправильные это правила, на тренировках я парнишек-легковесов в свободном спарринге почем зря валила. И не только легковесов, кстати же...

Со временем кое-что наладилось. В Петербурге стало проще: возможностей побольше, класс бойцов повыше, но ни здесь, ни в Первопрестольной *соперниц* у меня, по большому счету, не было. А заниматься руко-ногомашеством за рубежом — та еще морока: не хватало ни времени, ни честолюбия, и к тому же привкус шоу-бизнеса я не выношу. На последних курсах Медицинского от соревнований я тихонько отошла, даже начала покуривать, но форму по возможности держала. Работала уже самостоятельно, ни на какие «школы» не завязывалась: мое дело — как и для чего мне тренироваться. Да и тело в общем-то мое...

А что? Каждый развлекается в меру своего недоразумения.

— Упертая ты, Янка,— заключила Лера,— просвещаю я тебя, воспитываю, а толку ни фига... Валяй, тебя не переделаешь,— снизошла сестренка.— Собралась — иди. Только ты поосторожнее сегодня — тебя же соплей перешибешь, а нынче в зале басмайчики тусуются, мальчики продвинутые, шеф сам их тренирует... Может, я сама к вам попозже загляну — любопытно посмотреть, на что ты там похожа.

Я переоделась, подпоясала старенькую каратэги, тренировочную курточку такую, вроде кимоно — хотя не кимоно, но пусть будет кимоно, чтобы не запутаться — и направила стопы в «место встречи с истиной», как с японского переводится «додзё», а попросту — в спортивный зал, специально оборудованный для занятий каратэ. Будем проще, правильно?

Зал в «Гусятнике» неплох, потому и пользуюсь. Одна стена зеркальная, как в балетном классе: помогает начинающим корректировать ужимки и прыжки, те самые дачи, укэ, цуки, учи, гери — стойки, блоки, разнообразные удары руками и ногами. В стороне — несколько боксерских груш и пара макивар, не считая десятка двуногих и прямоходящих, которые на данный момент в центре помещения упражнялись под руководством сэнсея в рукомашестве и дрыгоножестве.

Грозные «басмайчики» до серьезных «басмачей» явно не дотягивали. В движениях тяжеловаты, словно заторможены, а без концентрации и скорости сильного удара не получится. Перекачанными на тренажерах мышцами пацанам вольно на пляже соплюшек соблазнять, каратэ же на иной биомеханике построено. По мне вообще не скажешь, что я в состоянии кирпичи крушить — с десяток, как в лихом кино, без нужды не буду, но за пару-тройку поручусь.

Сам сэнсей Басмаев любопытнее. Авторитетный бизнесмен, давным-давно — выходец с Кавказа, по национальности, я слышала, ингуш, по лицу не скажешь. Тренирован, для своих сорока с изрядным лишком лет в идеальной форме; *типа* каратэ владеет, да, вот только слабовато мне в его черный пояс верится. Впрочем, я и своему-то не слишком доверяю, однако моего опыта достаточно, чтобы за басмаевской самодеятельностью разглядеть неплохую базу — на уровне некогда отлично подготовленного бойца армейского спецподразделения. Не более того. Но и ничуть не менее, а для его «басмайчиков» — так вовсе выше крыши.

В зале на меня особого внимания не обратили. За два года я здесь примелькалась, изначально держалась обособленно, сэнсей не возражал. Так и в этот раз — размявшись, я в сторонке с полчаса отрабатывала ката, то есть формальные упражнения, определенные комбинации блоков и ударов, вроде боя с тенью. Довольно быстро добилась нужного сосредоточения, с удовольствием поимпровизировала, разнообразя обязательную программу «танцев» каратэ кое-какой конфуистской экзотикой. Никому я не мешала, никто мне не мешал, очередь была за макиварой, но...

Вышло по-другому. Человек предполагает, но не располагает, а женщина есть тоже человек. Для начала в зале в роли зрительницы объявилась Лера. А затем ко мне подошел сам сэнсей Басмаев. Надо же, и этот снизошел! Будто сговорились.

Импозантный господин Басмаев в черном кимоно с вышитыми золотом драконами был подчеркнуто любезен.

— Здравствуйте, рад вас видеть, Яна, давно вы не заглядывали. Знаю-знаю, вы в отпуске гуляли. Удачно отдохнули? — приветливо улыбнулся он.

— Благодарю вас, Руслан Ибрагимович, очень хорошо. Надеюсь, я вам не помешала? — обозначила я вежливое уважение.

— О чем вы, Яна, всегда добро пожаловать! А знаете, ваша тренировка впечатляет. Но зачем же вы всё время в одиночку упражняетесь? Нет, ката, конечно, хорошо, макивара тоже, но в нашем спорте без спарринга не обойдешься. Как вы полагаете?

— Без сомнения, Руслан Ибрагимович, я б охотнее с партнером поработала, только все при деле. Да и кто из ваших мастеров,— я про себя поморщилась,— на меня размениваться станет?

— Так может быть, я сам на что-нибудь сгожусь? — галантно предложил Басмаев.— Не стесняйтесь, поглядим, что у вас получится. Свободный спарринг, счет до трех ударов, удары на касание, лайт-контакт, не больше... Ну так как — отважитесь?

За что боролись! Э-э... и за то спасибо. Давай, коза, попрыгаем. И ножками подрыгаем... А почему бы нет? Правда, партнер раза в полтора тяжелее, но — почему бы нет?

Действительно, а почему бы нет?

«Басмайчики» мигом освободили середину зала, предвкушая изрядную потеху. Пигалица против мэтра, этакой козляти бы волка забодати! Лерка на галерке чуть не аплодировала... Ладно, сделаем публике красиво.

Мы обменялись ритуальными поклонами. Хаджамэ!

Танцы начались. Именно что танцы: Басмаев явно собирался сначала вдоволь наиграться, а после победить с явным преимуществом. Ладушки, предложенные правила игры меня устраивали, мне такие кошки-мышки на руку. И на ногу. И вообще: против тренированного мужчины-средневеса мое превосходство в технике можно было реализовать только в виде своеобразных пятнашек на татами.

«Запятнать» себя я не давала, басмаевские выпады блокировала, сама пока не атаковала. Выжидала, что называется — прокачивала, оценивала противника, помаленьку выматывая его и сбивая с ритма. Оценила: работает на публику, уверен — может победить, едва лишь пожелает. Комбинирует эффектно, но не эффективно, хотя и не щадит. Опаньки! А пропускать-то не любит, сам кружево плетет, но на простеньких контратаках сыплется. И дыхание у меня получше, недаром я хотя бы раз в неделю кросс за городом бегаю. Опаньки! А ведь я и завалить его могу...

А оно мне надо? Спасибо, но я и без того здорово лягнула мужика по самолюбию, теперь желательно сохранить лицо. Ему — вообще, мне — в буквальном смысле, поскольку теперь распаренный сэнсей попер на меня всерьез, как бык на матадора. Правила игры без спросу изменились — и если не заваливать, то время было сваливать, только элегантно. Лично мне победа не нужна, но себя я тоже уважаю, по крайней мере, за-ради уязвленного самолюбия Басмаева намеренно пропускать его удары я не собиралась — травма гарантирована. Опять-таки — а вот оно мне надо...

Валить — или валить? Заваливать его, или от греха подальше лучше сваливать? Из двух зол привлекательнее выглядело третье: я провожу в прыжке эффектную атаку, противник ставит элементарный блок, я изображаю как бы рикошет от блока и мягко, но очень кинематографично рушусь на татами. Все довольны: зрелище достойное, сэнсей как будто «победил», я тоже оттянулась. Трюк чуть-чуть рискованный, но — для меня одной, Басмаеву достаточно блок поставить грамотно.

Как в кино придумано.

Поехали.

— К и а й!

А где же блок? За что боролись! На то и напоролись: вместо блока оказался лоб, но в остальном — всё почти что правильно. Всё как бы по сценарию, но с точностью до наоборот, потому что на татами обрушилась не я, а сам сэнсей Басмаев. Нашелся мне сэнсей! В момент моей атаки уже до одури запаренный Басмаев сделал шаг вперед и лбом попал по пятке. Или же — под пятку. Или же я пяткой угодила в лоб, кому что больше нравится. По-английски — фулл-контакт; full по-русски означает «полный». Мог быть и полнее — в полете я успела частично среагировать, чуть смягчить удар, но для нокаута и того хватило. Очень кинематографично получилось, особенно черное кимоно с желтыми драконами...

А где же розы?

В зале — ох! И тишина кромешная; у Лерки — глаза по чайной плошке, напряжение вокруг — как в воздушном шарике, готовом сию минуту лопнуть: плюмс!..

Однако пронесло. Пауза не слишком затянулась — Басмаев шевельнулся, собрался и поднялся на ноги. Молчание загустело до состояния хоть ломтиками режь.

Сэнсей таки нашелся:

— Поздравляю, Яна, вы лучше, чем мне думалось,— покровительственно выговорил он.— Способности у вас определенно есть, навыки имеются, а мастерство — дело наживное. Будете упорно заниматься — сможете такие вещи делать не случайно, а вполне сознательно. Но не обольщайтесь, вам до этого еще, как говорится, учиться, учиться и учиться. Не расстраивайтесь, бывайте здесь почаще, чем смогу — охотно помогу.— Басмаев поклонился.— Благодарю за спарринг.

— Спасибо вам...— поклон, маленькая пауза,— сэнсей.

Это чтобы не сказать «пожалуйста».

Комментарии свои я проглотила. Я — всяко при своем, а Басмаев как умел обставился. Нормально: присутствующие на наживку клюнули, босс сохранил лицо, инцидент исчерпан... Или он всерьез?.. Ну, тогда не знаю — тогда либо мэтр чего-то не уразумел, либо лично я мужиков не понимаю вообще. Может, я ему последнее соображение отбила? Недаром же в английском fool почти как full звучит, то бишь *дурак* — как *полный*.

Фуул. Фулл. Фуул фулл.

Засим и разошлись.

В дверях меня перехватила Лера.

— Янка, ты чего — с ума сегодня спрыгну́ла? Белены обхавалась? Делать тебе нечего? — без предисловий наехала она.— Какого черта, спрашивается, людей копытами по голове лупить? На фига ты с полной силой врезала? Человек тебя щадя тренировал, а ты ему исподтишка подлянку зарядила! — возмущалась Лера.

Хорошо же публика наживку заглотила.

— Невиноватая я, Лерочка, не нарочно я, он мне сам подставился... И потом, тебе-то что с того? С чего ты разоряешься? Он мужик, в конце концов, и не убудет от него — я ж ему по голове, а не по головке съездила. Вот если б метром ниже...— неуклюже оправдывалась я.

— Да тогда бы я тебя безо всяких ваших прибамбасов кончила! Самолично, с места не сходя, голыми руками! Ты, конечно, старшенькая, Янка, но это же еще не повод мою половую жизнь грязными ногами трогать. Ясно излагаю? — для особо непонятливых подчеркнула Лера.

Некоторые смутные сомнения, на которые мне было глубоко и принципиально наплевать, переросли в уверенность. Н-да. Что выросло, то выросло. Лерочка — в своем репертуаре.

— Ясненько... Басмаев ведь женат... э-э... как бы между прочим,— растерянно пробормотала я.

— А кого такие мелочи волнуют? Тем более я замуж за него не собираюсь, мне и так неплохо... между прочим как бы,— передразнила Лера.

— Откуда же я знала...

— От верблюда! — огрызнулась Лера.— Незнайка на Луне! Ты хоть в курсе, что Басмаев крутую наркологическую клинику собирается открыть? Как бы между прочим, Руслану докторские кадры потребуются, а зарплата там... Да ты, мать, представляешь, какие в таких коммерческих структурах деньги заморочены?! Идиотка, я насчет тебя уже удочку закинула, а ты будущего босса по лбу оглоушила! Нокаут как повод для знакомства!

Ну опять как пятью пять! Без меня меня женили, оно же — замуж выдали. Пора бы развести.

— Лерочка...

— Да что ты вечно — Лерочка да Лерочка! — перебила Лерка.— Мне начхать, сестренка, о своей карьере ты можешь не заботиться, но с моей — полегче. Не знала... никогда ты ничего не знаешь! Своей головой работать надо, а не по чужой ногами лупить. Ай,— она с досадой отмахнулась,— тебя перевоспитывать — член на хрен менять, время зря терять!

Кто бы спорил. И мысль свежая. А главное — оригинальная.

— И Руслан хорош! — не унималась Лера.— Ладно ты — чокнутая ты, оторва ты, пацанка, но Басмаев — солидный человек, настоящими делами занимается! Ему-то что неймется? Ну как дите мало́е... Ты как хочешь, старшенькая, а я в чем-то этих мужиков в упор не понимаю,— повторила вслух мою мысль сестренка.— К черту, всё, проехали... А вообще-то, Янка, ты даешь, никогда не думала,— чуть смягчилась Лера.— Знали бы наши одноклеточные мальчики, к кому они в охрану набивались! Тебе, мать, волю дай — ты сама кого угодно не то что охранить, ты и схоронить запросто сумеешь. Разве нет?

— Не знаю,— пожала я плечами.

— Клинический случай,— безнадежно бормотнула Лера.— А если, например, кто-нибудь тебя снасильничать затеет или, на худой конец, грабануть попробует, ты тоже незнайкой прикидываться станешь? Ать-два, ножки врозь, спасите, люди добрые?!

— Ну, если на совсем худой конец... Да откуда же я знаю, младшенькая, если никогда не проверяла! А проверять не тянет, знаешь ли, неровен час выяснится вдруг, что в действительности всё не так, как на самом деле... Складно изложила?

— Складно-складно, да только зря старалась, я и без того тебя за дуру не держала. Съела, старшенькая?

— Меняешь гнев на милость, младшенькая?

— Меняю,— пробурчала Лера,— по собственному курсу: в наказание без массажа останешься. Сегодня обойдешься, после твоих подвигов мне не до тебя. Всё, с глаз долой, а там посмотрим...

На том и порешили. Говорят, всё на свете к лучшему: делается — к лучшему, не делается — к лучшему; всё стремится к лучшему в лучшем из миров. Когда помрем — проверим.

А покамест — угораздило ж меня! Нет бы мне чего-нибудь попроще учудить, пар спустить надумавши: в сауну сходить, без нужды обновку справить, на худой конец (э-э, не поймите правильно) переспать бы с кем-нибудь... А я?! Экая оказия: сестренкиного папика я не спросясь обидела. А он, промежду прочим, мужем нашей главврачихи числится, и это не оказия уже, но целая коллизия. А кто-то что-то, кажется, о карьере вякал...

И думай после этого: оно меня касается? Или не касается? По мне, так не касается, но по жизни подобные запутки до добра обычно не доводят. Да и средоточие житейской интуиции, расположенное ниже поясницы, оно же чувство задницы, признаться, по мелочи тревожило...

Идя к окну — радуйся, смотря в окно — радуйся, летя в окно — радуйся... Шутка мрачноватая такая.

Но я-то здесь при чем?

ГЛАВА 4

Думай не думай — жизни не придумаешь: человек предполагает, Бог располагает, а там — как масть пойдет. А коли так, я здесь ни при чем, и незачем мне о чужих проблемах беспокоиться — у меня, промежду прочим, собственные есть. Да и ту же интуицию распускать не следует — если к каждому шороху прислушиваться, можно ведь и голосишками обзавестись. Ей голос был! И — до свидания. Предупредили — всем спасибо: вам налево, мне направо. Не стучаться же теперь в собственную дверь, спрашивая при этом, кто там. Как в анекдоте: «Кто там?» — «Я».— «Я а?!» А если я — не я, то это всё еще скверный анекдот или всё-таки уже шизофрения? Добро пожаловать, авось договоримся...

С момента моего возвращения из отпуска минуло две недели.

Сентябрь закончился. Дни стояли необыкновенно яркие, погожие, словно лето краешком, как бывает с солнцем на закате, зацепилось нечаянно за горизонт — и задержалось на какое-то мгновение, напоследок высвечивая всё до мельчайшей черточки. Октябрь наступал. Город, окруженный осенью, пылал, от окраин неотвратимо накатывалась волна полыхающей листвы, захлестывая скверы и сады, деревья теснились в их оградах, переполняя их, выплескиваясь наружу, как краски на растревоженную синеву холста. Красное, желтое, бурое, будто бы какой-то заполошный уличный художник мерцающую позолоту и старую, с прозеленью, медь щедро обрызгал киноварью — и отвлекся, запнулся перед завершающим мазком, вместе с которым созданный им мир должен был раз и навсегда закружиться в буйном карнавале, закружив и художника — раз и навсегда...

Словом, всё выглядело симпатично.

Очередная смена началась с очередного вызова, и, выяснив, что я опять работаю с весельчаком Калугиным, я пошла к машинам. У водил особого веселья не наблюдалось. Лешка яростно, но безыскусно материл водителя резервного «волгешника», присланного накануне вместо нашего штатного «форда», который вторые сутки простаивал в ремонте. Сменщик скучно, как-то безнадежно, будто по обязанности отругивался, а увидев меня, и вовсе съежился и куда-то рассосался. Неприветливый какой. Я протянула клокочущему Лешке бумажку с адресом: дальнее Купчино, там берем какого-то ветеранистого дедушку и везем его в военный госпиталь аж на реку Фонтанку.

— А поближе не было? — недовольно пробурчал Калугин.

— Будет и поближе, до утра времени достаточно,— оптимистично пообещала я.

— Если мы с тобой на этом тарантасе до утра доездим,— не менее оптимистично проворчал Калугин, добавил под нос нечто ну очень матюгучее, и заслуженный отечественный тарантас понимающе чихнул, дернулся и кряхтя поехал.

Оптимизм — штука заразительная, чтобы не сказать заразная.

Для начала на ближайшем перекрестке мы надолго угодили в пробку.

Калугин закипал, как радиатор. Для справки: у нас матом не ругаются — у нас им разговаривают. Лешка в выражовываниях не стеснялся, я в основном молчала, занятая переводом с разговорного на мал-мала приемлемый. Среди знакомых слов изредка попадались русские и почти приличные.

Интересно, к чему он это всё?

— Лешенька, словцо ты неприличное, еще раз неприличное и снова неприличное! — в конце концов не выдержала я.— Ты сегодня что, в натуре, кактусом позавтракал?

— Да шло бы это всё, блин, слово нехорошее, еще раз нехорошее и трижды нехорошее! Жена сегодня приезжает, мать ее ети, прамама ее йети,— от души пожаловался он.— Представляешь, тещу из деревни в подарок мне везет! Навеки поселиться! Запудрили мне мозги — погостить, мол, погостить, а тут вдруг выясняется, что мамаша уже тихой сапой дом свой продала, будь она неладна. Всё, ни в туды и ни в сюды, кругом одна засада. Янка, женись на сироте! Вместе с тещей жить — врагу не пожелаешь, ты хотя бы на Эдичку, на Хазарова нашего взгляни — до чего его жена с тещей умудохали. Знаешь же, что бабы с мужиками делают...

Еще бы мне не знать. Ну сами посудите.

— Ну да, беда. Но я-то здесь при чем — я же тебе вроде бы не теща!

— Жалко, что не теща,— на такую тещу я бы и жену с доплатой поменял. А вообще-то это я для профилактики, чтобы жить не так обидно было... Не сердись, ты ведь понимаешь, ты ж свой парень, Янка,— отвалил мне комплиментище Калугин.

Спасибочки.

— Понятно, что не твой... Короче, Лешенька, к чему ты это всё, кроме профилактики? Колись давай, чего тебе из-под меня такого исключительного надо, многосложный мой? — спросила я, сиречь «свой парень Янка».

— Так я же говорю — вилы мне. Короче, ситуёвина-то у меня какая: машину надо на вокзал сгонять, баб я должен встретить, поезд около полуночи придет. Янка, удружи, я по-быстрому — туда-сюда, за часок управлюсь. Я и Рудасу легонько намекнул, он в принципе не против — мол, если ты отпустишь...

— И всё?!

— Всё.

— И больше ничего?

— А чего еще?

Даже скучновато. Стоило бодягу разводить! Согласие подразумевалось само собой — в такого рода пустяках своему водителю отказывать не принято. Дел на грош, а трепотни на доллар. Но по крайней мере время скоротали, пока в заторе маялись. Так, с шутками и прибаутками, под сиреной и миглом...

Пробку мы осилили, но уехали не слишком далеко. Едва мы разогнались, вдруг, откуда ни возьмись... Или так: вдруг, откуда ни возьмись, едва мы разогнались... Словом, буквально через несколько минут невесть откуда взявшийся страж дорожного правопорядка жезлом приказал нам остановиться. Еще один товарищ в милицейской форме без дела отирался на газончике. Странно, но прямого отношения к «мастерам машинного доения» он, похоже было, не имел.

Скоро выяснилось, что я не ошиблась...

— Оба-на ты еба-на,— у Калугина аж матерщина кончилась.— Ну полный беспредел: «неотложку», гады, тормозить затеяли! А если бы у нас клиент в карете загибался? Точно отморозки...

Мы остановились. Лешка полез за документами. В мою дверцу тоже постучали. Ага, типа: «Кто там?» — «Я».— «Я? Как, разве это я? Это же не я, а некий мент Звездюлькин!» А коли я не я, а данный мент Звездюлькин, то кто же тогда я? А вдруг и мент, к тому же, не Звездюлькин?

Как очень скоро выяснилось, с юмором у моего нечаянного визави было скверновато. С внешностью, манерами и головой, к сожалению, тоже. К примеру, ежели гаишный обормот с легкостью тянул на Винни-Пуха, даже перетягивал его, то этот недомерок мог бы по контрасту сойти за мультяшного Пятачка, но — смахивал на крысу. И не на мультипликационную или канцелярскую, а на самую что ни на есть канализационную. Мелкий, хлипкий, какой-то недоделанный, маковка размером с фигу, глазки-бусинки на ней — очень не понравился он мне, греха таить не буду.

Звездюлькин-не-Звездюлькин не вполне разборчиво представился:

— Оперуполномоченный лейтенант Козлов.

Напомню: молчать мне надоело.

— Извините, неуполномочный лейтенант — кого?

— Не кого, а лейтенант Козлов. А вы кто будете?

— А вы не догадались? Ну сами посудите: кто у нас по жизни в машине с красными крестами в халате и с фонендоскопом под мигалкой ездит? Попробуйте с трех раз: доктор, доктор или всё же доктор?

— Отвечайте на вопрос, я при исполнении!

— А я при чем?

— Что вы позволяете себе! Я...

— А я? — перебила я и, видя, что больной не понимает, добавила: — Да вы не беспокойтесь так, и я при исполнении. Не переживайте, я вам помогу: доктор я, глядитс, всё на мне написано.— Я ткнула в бейдж с фотографией, пришпиленный к нагрудному кармашку.— Или вы неграмотный? Не беда; если вы неграмотный, могу орудие лекарского производства предъявить,— продемонстрировала я фонендоскоп.— Видите, всё просто. Вы удовлетворены?

— Я при исполнении!

Не сдержавшись, я пробормотала:

— Не расстраивайтесь. Может, рассосется...

Мент таки расслышал.

— Прекратите шуточки шутить! Я...

Кто бы дальше спорил.

— Вы при исполнении, товарищ лейтенант, вы уже об этом доложили. Я вас поняла — чувство юмора уставом не положено. Вредная у вас работа,— дружелюбно посочувствовала я.— Вам помочь? Кого ловить прикажете? Вы ж, наверно, ловите кого-то? Не волнуйтесь, ежели бандиты, например, «скорую» угнали и под врачей работают, то пусть себе работают — больше нашего они вряд ли навредят... Или вы кого другого ловите?

Ментик посмотрел странно.

— Рыбу ловят,— огрызнулся он,— а мы одного преступника разыскиваем.

Я на всякий случай уточнила:

— Только одного? И причем — преступника? То есть не преступницу? Видите ли, я с утра как будто женщиной была, э-э... если вы не видите. Может быть, вы пол сличить желаете?

Кажется, я его достала.

— Будет указание — сличим.— Милиционерчик неприязненно поморщился.— Свободны, проезжайте.— Но напоследок всё-таки не выдержал: — Попались бы вы мне...

Фи, какой невежливый. Жизнь, должно быть, у ментов такая. А кому сейчас легко?

Нелегко было и обиженному на задержку старичку, который дожидался нас битых три часа и от нетерпячки до того измаялся, что и впрямь не в шутку занемог. Плановая госпитализация превратилась в экстренную, нетерпеливый пациент имел вполне реальный шанс вместо госпиталя оказаться в морге. Спокойнее, не надо так спешить... Это я о клиенте. Мы же гнали как могли, машина чихала и сбоила, больной вел себя не лучше. Механизм и организм словно состязались, поставив на кон свои запасы живучести. Ваши ставки, господа...

Победила дружба. Пациента я сдала аккурат на середине перехода из состояния «скорее жив, чем мертв» в состояние наоборот, а минутой позже мы на распоследнем издыхании переехали через Калинкин мост — и засим заглохли окончательно. Возле речки, возле моста... апуд флюмен, апуд понтем в вольном переводе на латынь; однако как ты ни переводи, хоть ты по-латински, хоть по-русски, хоть с понтами, хоть без них, а всё равно понятно, что своим ходом мы, простите, больше не ездец.

— Что такое не везет!!!

Действительно, что такое не везет и вообще не едет?

Говорила я Калугину, незачем на пустяки матерщину тратить! Сейчас бы пригодилась, а то у Лешки ладно бы слова, ладно выражения — у него в такой ответственный момент даже междометия закончились. Изъясняясь посредством одних знаков препинания, Калугин конфиденциально сообщил, что он имел противоестественные интимные отношения с карбюратором, бензонасосом, сменщиком, со всеми слесарями, с чертями, матерями, бабушками и прабабушками до десятого колена в особо извращенной форме, а вообще-то всё это к тому, что встали мы всерьез и придется вызывать техпомощь.

Надо же, а я не догадалась.

Для начала нам требовался телефон. С мобильной связью вышла напряженка. У Лешкиной трубы — день выдался такой — на ровном месте сдох аккумулятор. У меня мобилы не было вообще — ну странность у меня такая, бзик; ну не люблю я их. В конце-то расконцов, имею право...

По крайней мере, заглохли мы удачно — неподалеку от местной «неотложки», так что отзвониться труда не составило. Право же, нет худа без добра — первым человечком, встреченным на здешнем отделении, оказалась хорошо знакомая мне еще по «скорой помощи» Света Ларионова. В студенческие годы я там подрабатывала фельдшером и уже кое-что умела, а Светочка пришла абсолютно необкатанным врачом, которого было не грешно иногда подучивать. В те времена мы неплохо ладили. Сколько лет прошло? А мир всё так же тесен.

Светлана мне искренне обрадовалась.

— Янка, ты?! Сто лет, сто зим! Откуда?! Каким ветром тебя к нам занесло?

— Скажи еще — как флюс меня надуло,— улыбнулась я.— Знамо дело, попутным занесло: обезлошадели мы, тарантас накрылся, отзвониться треба,— объяснила я и дурашливо изобразила сироту казанскую: — Тетенька, пусти нас, горемычных, позвонить, а то так выпить хочется, что и переночевать-то негде...

— Ага, и к тому же не с кем! — одновременно со мной выпалила Светка, и мы расхохотались.— Пойдем, пойдем, враз организуем, всё сейчас вам будет.— Светлана потащила нас с Калугиным по коридору, без умолку треща: — Как ты, Янка? Ты где обосновалась? А, в Купчине... Не у Рудаса, случайно? Серьезная контора, неслабо ты устроилась. Знаю, разумеется, слышала про вас — кто ж про вас, образцово-показательных, не слышал... А с чего ты так похорошела — замуж, что ли, вышла? Нет? Правильно, нечего там делать — я сходила, например, а толку никакого. А может, был там поначалу толк, только быстро вышел, бестолочь кромешная осталась... Ну вот и телефон.— Мы втиснулись в диспетчерскую.— Галка! Шутова! Завязывай турусы на колесах разводить, коллегам срочно отзвониться надо!

— Минуточку,— кивнула диспетчерша.— Нет, это я не вам,— в трубку продолжила она,— а вам я повторяю: перестаньте мне вашими зубами зубы заговаривать. Я вам третий раз по-русски говорю: зубы мы не лечим, у нас здесь «неотложная», а не стоматологическая поликлиника, в конце концов... в расконце концов, в конце-то расконцов, в расконце конца концов, будь она неладна! Шли бы вы! Ногами! К стоматологу! — Она резко дала отбой и протянула трубку: — Звоните, покуда этот маразматик снова на уши не сел. Всё утро достает, ветеран Куликовской битвы. Представляете — челюсти вставные застудил!

Как к себе попала. Правильно, все коллективы по-своему одинаковы. Больные, ясно, тоже.

Мы быстро отзвонились. Калугин в гараже затребовал техничку и ушел сторожить наш металлолом. Сообщив на базу о поломке, я попросила кого-нибудь, кто там есть поближе, при возможности заскочить за мной и вернуть родному коллективу. Мне пообещали прислать машину с коллегой Лившицем (есть у нас такой достойный экземпляр), причем довольно скоро, а покамест предложили поскучать на местном отделении.

— Вот и хорошо, пообщаемся чуток,— порадовалась Света.— Пойдем, чайку попьем, заодно с народом познакомишься. Не журись, народ у нас веселый, все свои, все мы тут от одного корыта. Ну что же ты, пошли!

Игнорируя мое вялое сопротивление, Светлана затащила меня в здешнюю столовую. Судя по количеству присутствующих, дежурная смена вызовами была не обременена и дружно коротала время за оживленным трепом.

Светлана меня радостно представила аудитории:

— Ребята, это Яна, она на «неотложке» у Рудаса работает. У нее машина поломалась, теперь она попутный транспорт ждет.

— Ясно, в ожидании попутной лошади скучает,— весело прокомментировал кто-то из коллег.— Погоди, у Рудаса? Получается, вы в Купчине катаетесь? Так это не у вас там, случаем, маньяк образовался?

— Какой маньяк? — обалдела я.

— А завелся, говорят, какой-то извращенец, и что занятно — типа как бы врач. Будто бы сей деятель в лекарском халате к одиноким бабушкам в квартиры проникает, в доверие втирается и от жизни лечит. Радикально лечит, вроде как он умерщвляющим укольчиком доверчивых болящих пользует. Без претензий дядечка: чпок — и до свидания, а сам со старушечьими ценностями благополучно валит. Так что в результате, уверяют, все бабушки в округе без очереди в рай стаями мигрируют. Впрочем, если верить слухам, большинству этих пациентов ангелы на небесах давно прогулы ставили...

— Ментовка в Купчине уже который день на говно исходит,— добавил другой врач.— Хотя, если разобраться, на что еще им исходить прикажите?

«Так вот почему нас утром тормознули и допрос с пристрастием устроили!» — сообразила я.

— Но с чего милиция решила, будто это — врач? — удивилась я, автоматически добавив про себя: «Быть того не может!»

Разумеется, не может того быть... раз быть того не может.

— А черт их разберет,— улыбнулся мне словоохотливый коллега.— Касательно врача — сомнительно, конечно. Вероятнее всего, кто-нибудь прикинулся. Но ментам — врачи-убийцы в голову втемяшились, а коль уж им втемяшилось... Кто ж ментовскую-то логику поймет! Да чего там далеко ходить? Вчера из-за этого маньяка в вашем Купчине нашего парня за жабры прихватили. Да ладно бы за жабры прихватили, Бог то с ними, но его ж за паспортные данные зацапали! Кроме шуток, он ведь Родион Романович у нас, имя-отчество у доктора такое. Родион Романович вчерась импортную рожу на заднице, рожистое воспаление на ягодице у иностранца то есть, в Институт скорой помощи отвозить изволили. А на обратном пути, стало быть, Родион Романыча не только прихватили, но еще и в отделении два часа мурыжили. Я серьезно, ни за что и ни про что, а единственно за то, что действительно он Родион Романович... хотя, если разобраться, этот Родион Романович даже не Раскольников у нас, а просто — Киракозов!

Я против воли прыснула.

— Вот что значит Президентом питерца избрать! Культура, понимаешь! Теперь у нас даже милиция образованность свою показать желает и повздно вместо стрельб классиков штудирует,— ввернул ехидно еще один врач.

— Ментов ругать, блин,— только дальше портить...

— Послушайте, коллеги, но как же этот якобы маньяк...

Дослушать мне не удалось. За приоткрытым окном послышался шум подъехавшей машины, а следом донесся до оскомины знакомый занудный говорок древнего еврея Лившица. За мной приехали; как водится, на самом интересном месте мое время истекло. Оставалось утешаться тем, что за мной всё-таки приехали — страдая старческим эклером (в скобочках: склерозом), доктор Лившиц о подобном пустяке мог с легкостью забыть. Или, в лучшем случае, адрес перепутать. Без преувеличений, сей достопечальный эскулап, обремененный к тому же ярко выраженным недержанием речи, у нас еще и не такие корки запросто отмачивал. Все больные по-своему одинаковы...

Но приехал так приехал. Стало быть — поехали.

На самом интересном месте, стало быть...

Увы.

ГЛАВА 5

Впрочем, на базе, если посмотреть со стороны,— а на образцово-показательное отделение любопытно было посмотреть со стороны,— на нашей базе доктора по-своему столь же активно обсуждали ту же интригующую уголовщину. Обсуждали по-своему, разумеется, причем и здесь вряд ли кто-нибудь из медиков мог бы всерьез вообразить в роли гипотетического маньяка-старухоубийцы именно врача. Лекарский цинизм — притча во языцех, но то — среди своих, чтобы не свихнуться. Представить незаконную (другой не существует) эвтаназию — еще куда ни шло, кто-то из коллег за большие деньги мог бы оскоромиться, но убийство с целью грабежа?! Свежо предание, ан верилось с трудом — и тем не менее, пережидая затянувшуюся паузу между вызовами, сомнительную эту тему на отделении муссировали во всех никому не ведомых и даже, вероятнее всего, вообще не существующих подробностях. Мало ли, что быть того не может...

Словом, взглянем как со стороны.

Пользуясь затишьем, удачно пришедшимся на обеденное время, дежурная смена в полном составе собралась в столовой. Кроме только что приехавших Лившица и Яны, наличествовали штатный зубоскал Гоша Забелин, штатный же козел Семен Семенович Гайтенко, он же Дуремар, и старшая медсестра рудасовской «неотложки» Алиса Борисовна Цуцко, которой в эти сутки выпало работать за диспетчера. Невесть каким ветром занесло — как флюс его надуло — и выходного Эдичку Хазарова. Гайтенкой быть не запретишь, старшая сестра — должность по определению стервозная, а в остальном — коллектив как коллектив, могло быть лучше, могло быть хуже, ничего особенного; для уживчивой Дайаны Германовны общение даже с не слишком симпатичными коллегами проблем не составляло. Несколько смущал своим необязательным присутствием бывший друг сердечный Эдичка, но на то он в общем-то и бывший, чтобы о подобных пустяках больше не заботиться.

Яну с порога взяли в оборот.

— Потеряшка прибыла! Очень кстати, Яночка. Ты уже про нашего серийного убийцу слышала? — радостно вскинулся Забелин.

— Как всегда — самая последняя, надо полагать,— пожала та плечами.

— Неправда ваша, последний нынче — Эдичка. Слышать-то он слышал, благо битый час мы об этом треплемся, да только вот беда, ни фига умных человеков Эдуард Евгеньевич слушать не желают-с!

— Это ты-то умный? Трепло ты кукурузное,— раздраженно огрызнулся Эдичка.

— Насчет ума не знаю, но таким трепливым языком только волосатые задницы скоблить,— брезгливо поддержал его Семен Семенович.

— Зато твоим — вылизывать,— насмешливо парировал Забелин.— Ладно вам, зануды, безответному-то человеку всякий извращенец окорот сделать норовит. Лучше пусть нас Яночка рассудит. Вот скажи нам, солнечная девочка...

— А почему — солнечная? — с неподдельным интересом переспросила Яна, то есть просто я, если кто не понял.

— А потому что в глазищах у тебя солнечные зайчики играют, а в ресницах радуга запуталась,— подмигнул Забелин.— Эх, Яночка, ну всем ты хороша — но почему не рыжая?

— Потому что не бесстыжая,— спрятала улыбку Яна.

— Бесстыжая, бесстыжая! У-у, какая ты, Яна-несмеяна! — продолжал дурачиться Гоша.— Нет, но всё-таки ты нас рассуди. Хорошо, пусть убийца, пусть маньяк. Но при этом я только одного не понимаю...

— Счастливый ты, однако, человек, если только чего-то одного не понимаешь,— обронил Хазаров.

— Коллеги, подождите, я другого совсем не понимаю, я совсем другого не пойму,— спохватился дотоле молчавший Лившиц.— Ради Бога, объясните мне, старому интеллигентному еврею, как, вообще-то, можно умерщвлять, извините мне, живого человека, чтобы только взять у него — что?! Послушайте, что можно взять у беспомощного пожилого человека, что? Одинокие нищие пенсионеры — что с них заработаешь?

— Ай, Марк Наумович, ну я с тебя смеюсь.— Забелин «тыкал» всем, исключая Рудаса.— Чего ж тут непонятного? Бабушка — двугривенный, пять бабушек — целковый. Всё дело в бухгалтерии!

— А это то есть как? — уточнила Яна.

— А это как в старом анекдоте. Не знаешь? Идет как-то раз Родион Раскольников с топором, а ему навстречу — Соня Мармеладова. А с топора, стало быть, на раскольниковский спинджачок кровушка стекает. «Ой, Родя, что ты натворил?» — спрашивает Сонечка. «Да вот, Соня, старуху процентщицу я топором убил».— «Ой, Родя, а зачем? Ты ее ограбил?» — «А как же!» — «А денег много взял?» — «Двадцать копеек, Сонечка».— «Родя, а почему так мало?» А Родя ей: «Не расстраивайся, Сонечка, пять старушек — уже рубль!..» Чем не бизнес, а?

— Это не бизнес, а чистое кино: убить по-русски, любить по-американски. Я к тому, что чертовски прагматичная особа эта Сонечка,— отозвалась Яна.— А вообще-то Сонечка права: чересчур накладно... Так чего ты «одного» не понимаешь? — напомнила она.

— Уже забыл,— хохотнул Забелин.— Совсем счастливым стал: одного не понимал — и того не помню... Зато я теперь другого не пойму: если наши пенсионеры поголовно все такие нищие, то с каких же барышей они деликатесы сумками из магазинов прут и через одного за железные двери прячутся? Вот у тебя, Марк Наумыч, дома дверь какая? Зуб даю, бронированная!

— Послушайте, зачем вам моя дверь? Имейте совесть, Гоша! Я не воровал, я копил, я всю жизнь работал. Я честный человек; есть большая разница! В конце концов, я имею право...

— Тварь ли я дрожащая,— подхватил Забелин.— И две большие разницы: Марк Наумович всю жизнь деньги зарабатывал, а остальные прогуляться вышли. Избранный ты наш! Да таких избранных у нас с полрайона будет. А в твою ветхозаветную головушку не приходило, часом, что не ты один всю жизнь вкалывать изволил? Не забыл, что тунеядство не так давно даже Уголовным кодексом преследовалось? Или твоему еврейству невдомек, что и русские не только пить умеют? Да если покопаться, так кое у кого из посконного-то нашего прижимистого старичья на одни лишь похороны столько сэкономлено, что всех присутствующих можно закопать и еще на выпивку останется!

— Так может, наш маньяк — вовсе не маньяк, а сапиенс разумный? — ехидно вставил Эдичка.— Кстати, Гоша, что-то у тебя двусмысленно звучит — «если покопаться». Ты сам-то не копался? — кривовато ухмыльнулся он.

— Катись ты... Придурок он, к врачу ходить не надо,— махнул рукой Забелин.— Копался, не копался — я же не о том...— Гоша снова прицепился к Лившицу: — Видишь ли, дражайший Марк Наумыч, на Руси, ты даже не поверишь, труд без всяких уголовных кодексов в большом почете был, покуда ваши бланки с троцкими в семнадцатом году обрезание стране не учинили. Да и с той поры не всё и не у всех господа большевики отгегемонили. Или правильней сказать — большевикевичи?

— Гоша, вы антисемит, вам должно быть стыдно! — скорбно поджал губы Марк Наумович Лившиц.

— Чего стыдиться? Того, что я русак? Не дождетесь! — Забелин развлекался.— Православные, ау!.. И потом, стыдно должно быть не мне, а товарищу Гайтенке, это он у нас в национальных патриотах числится. Или в коммунистах? Впрочем, всё равно; где хохол пройдет, там двум евреям делать нечего...

— А вот этого не надо! Не зарывайся, Георгий Валентинович,— осадил его Гайтенко.— При коммунистах за такие речи тебя быстро бы в чувство привели. Когда-то дисциплину уважали. Молод ты еще, не понимаешь, что в стране порядок должен быть. Распустили вас, говорунов, вот теперь маньяки и орудуют!

— Семён Семёныч!..— с киношной укоризной протянул Забелин, и даже не просто протянул, а почти проблеял: — Се-е-емён Се-е-емёныч! — развел руками он.

— Именно, Георгий Валентинович! — отрубил Гайтенко.— Раньше о таких уродствах слыхом не слыхали. И окороти вовремя подобных трепачей — до сих пор держава бы стояла. Великая была страна! Коммунисты не «отгегемонили», как ты говоришь, они это государство создали. Патриоты, а не демократы, которые всё под откос пустили. Как же, осчастливили тебя прихватизаторы! Вор на воре сидит и вором погоняет... Чему ты лыбишься? Думать надо, историю учить, прежде чем правильные убеждения с кондачка охаивать! Краснобай и баламут...

Назревала склока.

— От Дуремара слышу! — немедленно взбрыкнул краснобай и баламут Забелин.— Да сдались мне эти убеждения! Я, знаешь ли, брезглив, чтобы их касаться — их как тронешь, сразу вонь пойдет. Ты, Семен Семенович, как хочешь, но по мне, так коммунистами либо от природной дурости становятся, либо по корысти, чтобы с этой дурости дивиденды стричь. Будто непонятно, что в конечном счете дело всё — в деньгах, а не в убеждениях! Нынче ты на реформаторов оклычился, а обломись тебе — сам бы первый в прихватизаторы попер. И прочие не хуже, раз лучше быть невыгодно. И припахивает наша дерьмократия говнецом потому, что те же извращенцы, которые раньше в партноменклатуру шли, сегодня демократами работают. Вот бы с кем тебе «правильные убеждения» обсасывать, а мне... А мне — около птицы!

— А это то есть как?!

— А это по-английски,— пояснил Забелин.— А по-английски это звучит — нээ бёд.— И шуганул по-русски: — По хер мне, по барабану, не ебет меня эта tряхомудия,— перевел он специально для Гайтенки.— Янчик, извини...

— Да мне-то что, коль скоро по-английски.— Яна со вкусом потянулась.— Шел бы ты в парламент, Буратино! — смачно добавила она.— Меня лично больше беспокоит, с чего бы это хроники затихли: не к добру, не устроили бы нам ночью раскардаш господа болящие,— сменила она тему, поскольку перспектива оказаться втянутой во вздорную разборку ее не прельщала.

Забелин оценил.

— Вот где прагматизм, уж куда там пресловутой Сонечке! — Гоша от души расхохотался.— Вообще-то ты права, народ безмолвствует, три часа как минимум никто не вызывал... Маньяк, поди, свирепствует,— скорчил он рожу,— местность зачищает. Признаться, я как бы не в претензии — нехай потрудится, всё работы меньше,— обычным своим ерническим тоном заключил Забелин.— Нет, ну с чего же я в тебя такой влюбленный!..

Последнее относилось к Яне и было ей определенно «near bird»; и на этом тему можно было бы считать исчерпанной, а инцидент — исперченным, если б не Алиса Цуцко. Средних лет, внешне ничем не примечательная, кроме нездоровой худобы и крашенных ядовитой хной завитых волос, обрамлявших лисье личико с постоянно косящими мимо собеседника глазами, старшая сестра обычно держалась тихо, но всегда всё видела и слышала и никогда ничего не забывала. Обладая характером вкрадчивым и склочным, Алиса Борисовна слыла кем-то вроде местной интриганки — причем не из корысти или по злобе, а просто по натуре, очень может быть — из любви к искусству, как с долей снисходительности полагала Яна. Так или иначе, но во всех ситуациях, спорах и разборках, даже тех, которые нимало ее не касались, Цуцко стремилась оставить последнее слово за собой и только в крайнем случае — за большим начальством. Также и теперь — в продолжение всего обмена мнениями просидев безмолвно у двери (у двери — чтобы слышать телефон в диспетчерской), под занавес она решила выступить.

Жертвой Алиса выбрала Забелина.

— А если это врач? — начала она негромко, но до того напористо, что сразу все притихли.— Почему вы думаете, что маньяк — не врач? Врач им быть не может? А почему же, собственно, не может? Если, например, доктора Забелина послушать, то с такими взглядами всё очень может быть.— И без тени юмора продолжила: — Может, никакого постороннего маньяка у нас в районе нет, просто кто-то из своих орудует? Не вы ли это, Георгий Валентинович? — серьезно заметила она.

Забелин поперхнулся.

— А чего вы морщитесь? Всё как раз по-вашему выходит, сами объявили... Может, вы не просто так, а по убеждению каждый месяц кого-нибудь из больных хороните? Тут еще разобраться надо,— процедила она тихо, но явно неприязненно.

— Ага, мало мне на службе трупов, хобби у меня такое — в свободное от врачевания время пациентов обухом глушить,— осклабился Забелин.

— Удавкой ты не пробовал? Говорят, сподручнее,— между прочим подсказала Яна.

Алиса встрепенулась.

— Так-так-так... А вы бы лучше помолчали, Яна, у вас самой не так давно за одно дежурство сразу две пациентки умерли. С вами тоже разбираться надо... Кстати, через пару дней, в пятницу, у нас общее собрание,— многозначительно произнесла она.

— Ты когда в последний раз больного видела? — внезапно спросил ее Забелин.

— Это не моя работа, я администратор,— отрезала старшая сестра.

— Склочница ты, а не администратор. Твоя работа — вовремя аптеку пополнять. Если бы ты со своими обязанностями грамотно справлялась, глядишь, и «чехлов» у нас бы поубавилось. Лечим черт-те чем...

— А за «склочницу» вам отвечать придется, Георгий Валентинович, я на вас рапорт напишу. Вот в пятницу-то мы и разъясним, кто из нас с работой не справляется,— и она мстительно добавила: — Лично я трупами статистику не порчу!

Яна вспыхнула.

— Оказывается, неприятная вы женщина, Алиса Борисовна! — с удивлением выдала она, сама не ожидая, что весь этот нелепый разговор, а в особенности упоминание о той злополучной смене так ее заденут.

Алиса зыркнула на нее.

Неожиданно Забелин хохотнул:

— Хорошо за жизнь поговорили, содержательно! — и столь же неожиданно пересел поближе к Яне, словно бы случайно очутившись между ней и старшей медсестрой.— Янка, мы маньяк! — приобнял он Яну.— Всё, хана, теперь не отбрыкаешься, придется нам с тобой на паях работать и двугривенные пополам делить! Ура кооперации! И вдвоем на каторгу пойдем! Долой Америку, давай любить по-русски! — смеху ради разошелся он.— Чур только, я на стрёме!

— Иди ты! — по-дамски отпихивалась Яна.

— С тобой — хоть в монастырь! Но непременно — в женский!

— Гоша, укушу!

Яну выручил заглянувший в столовую Калугин:

— Олух, что ты ее за талию хватаешь — за талию любую дуру можно подержать. А Янка — умная, ты с ней поговори — вот где кайф поймаешь!

От простоты и свежести идеи Забелин даже охальничать забыл.

— Так-то лучше. Порядок, машину я пригнал,— доложил Калугин.— Янка, не поверишь — я «форд» наш получил! Оказывается, он там со вчерашнего стоял, просто нам об этом сказать не соизволили. Вот же... деятели, слово нехорошее! Нет, ты представляешь: не сломайся мы — так бы и пришлось на том металлоломе еще сутки напролет на нерве́ мудохаться.

— Говорила я тебе — нет худа без добра!

— А я тебе ответил... Кстати, всё это хорошо, но кому-то, между прочим, нужно ваши бебехи по местам распихивать. Ну, страшилки всякие, которыми вы пациентов морите: дефибриллятор, капельницы, пневмокомп — всё, короче, что до ремонта сняли. Опять возюка...

— На тебя не угодишь! — рассмеялась Яна.— Кончай капризничать, пошли,— она в охотку встала.— Дел — на две минуты!

— Я вам помогу,— вызвался Хазаров.

— Сиди, сами обойдемся.

— Всё-таки я с вами,— настаивал Эдичка.— Наш террариум единомышленников не одной тебе осточертел,— выйдя в коридор, пояснил он Яне.

Возразить на это было нечего.

— Слушайте, раз так — может быть, вы вдвоем управитесь? — притормозил Калугин.— Я же вам в общем-то не нужен, прибамбасы ваши медицинские,— я в них ни бум-бум. В самом деле, братцы, давайте без меня, а я пока бы покемарил, покуда нас опять не запрягли. Весь день башка трещит — честно говоря, я с расстройства давеча — того, перебрал немного... Ладушки?.. Янка, вот ключи.

Возражений она снова не придумала.

Не сказать, что Яну этот поворот обрадовал, однако и теперь повода отказываться не было. Причины, впрочем, тоже, просто *лишнего* общения с Эдичкой наедине ей как-то не хотелось. Общества бывшего любовника она не то чтобы чуралась, нет, отношения между ними сохранились дружеские. Но дружба дружбе рознь, и Яна отлично понимала, что именно такую дружбу, то есть дружбу, скажем так, постфактум, приватными беседами лучше не испытывать. Прошлое — дело деликатное.

Эдичка, напротив, определенно целил пообщаться, благо монтаж реанимационной аппаратуры оказался действительно процессом совсем не обременительным и разговору нисколько не мешал.

— Ты отлично выглядишь,— начал было он, но и сам, видимо, почувствовал, что прозвучало это неоригинально, а следовательно — пошло.— В самом деле, ты сегодня в платье, я тебя в нем никогда не видел,— несколько смутился Эдичка.— Странно, я вообще не припоминаю, чтоб ты их носила, всё джинса с кроссовками... Ты знаешь, в платье лучше, честно, хоть и под халатом, а всё равно — так тебе к лицу,— заключил он скомканно и даже неуклюже.

— Спасибо, Эдичка.— Обижать его Яна не хотела.— Спасибо, не шучу, ты меня утешил: отныне буду знать, что недаром я с самого утра на этих проклятущих шпильках мучаюсь... Не знаю как искусство, но красота точно требует не жертв, а самопожертвования,— иронично добавила она.

— Зато спасает мир,— как-то странно отозвался Эдичка.

— Что-то это мне напоминает,— в деланной задумчивости проговорила Яна.— Ага, вот! — Она щелкнула пальцами, припоминая.

Посмотри, встает цунами
Над скорлупками квартир:
Так, разделываясь с нами,
Красота спасает мир! —

с выражением продекламировала она и на всякий случай пояснила: — Не обижайся, Эдичка, я как бы не всерьез, оно само на языке вертелось, не знаю даже, кто это сочинил...[1] Извини, сразу признаюсь, я сегодня язва — туфли очень жмут,— вроде бы не собиралась, но всё-таки пожаловалась Яна.

— Ну и память у тебя на чепуховину,— кисловато улыбнулся Эдичка.— А ты помнишь, как мы познакомились?..— И, не дожидаясь ответа на вопрос, на который, впрочем, Яна всё равно бы не стала отвечать, Хазаров без паузы продолжил: — Кстати, а почему ты сегодня при параде? Повод есть? — как будто рассеянно, но в то же время с каким-то напряжением, будто в ожидании чего-то поинтересовался Эдичка.

— С утра вроде не было. А совсем без повода нельзя? — Между прочим, Яна и себе бы не сумела объяснить, по какому такому исключительному случаю на дежурство она надела изящное обтягивающее платье до середины бедер, более уместное на какой-нибудь светской вечеринке, и туфли на высоком каблуке, требующие изрядного навыка ношения и никак не подходящие для суточной работы.— Сама не знаю, блажь, поди, нашла, фанаберия спросонья накатила,— беззаботно сообщила Яна.— Не напрягайся, Эдичка; разве кто-нибудь нас, женщин, разберет, если мы сами себя не понимаем? — не без толики кокетства заметила она.

— Да, забавно...— Казалось, Эдичка опять пребывал в некоем своем, особом измерении.— А у меня вот есть... Это я о поводе.— Он опять помедлил и к чему-то словно бы прислушался.— Знаешь, Яна, я непременно должен... То есть нет, не должен... То есть я просто хочу тебе сказать... Я опять влюбился!

— С чем вас и поздравляю! Позвольте узнать — в кого? — не сдержала в общем-то естественного любопытства Яна, с веселой откровенностью добавив про себя: «Интересно, и кто ж эта несчастная?»

— Э-э... в тебя.

— Как, опять?! Спасибо, дорогой, только этого мне недоставало! — Янина непосредственность стоила ее неде-

---

[1] Евгений Лукин, использовано без его согласия и ведома *(примеч. авторов)*.

ликатности.— Стоп, Эдичка, проехали. Билет в один конец, здесь одностороннее движение,— решительно начала она, но Хазаров проявил настойчивость:

— Яна, подожди, мне нужно с тобой поговорить, это очень важно,— неожиданно Эдичка запнулся.— Хотя, пожалуй, нет... То есть да... Нет, важно, разумеется, но я не то сказал...— Он опять споткнулся.— Нет, не то... Наверно, всё неправильно... Да, а как тебе сегодняшние разговорчики? — ни к селу ни к городу поинтересовался он.

— Никак,— ответила она, несколько, признаться, озадаченная столь резким перескоком,— никак... бред оф сивый кэйбл, у народа мозги набекрень, делать людям нечего.— Яна не стала уточнять, что это же относится и к Эдичке.— Вздор, по-моему, не вяжутся концы, на поверку ерундой окажется. Ты же о маньяке спрашивал?

— Да, наверное...

— Вот и я о том,— «наверное» Яна пропустила.— Кто б был против, я не возражаю, но только без меня. По мне оно — прикол для праздной публики, свежий повод болтовню болтать и базар базарить. Будто сам не знаешь, как у нас базары затеваются: всё равно о чем, лишь бы языками зацепиться. Любая нелепица сойдет, а там... а там — как в анекдоте,— пригодился ей излюбленный забелинский зачин.— Ты про ежика и медвежонка слышал? Нет? Очень просто. Встретились в лесу ежик с медвежонком: «Здравствуй, ежик!» — «Здравствуй, медвежонок!» Именно вот так, слово за слово, шутка за шутку, ежик и получил по морде... Проще некуда; вот и весь маньяк!

— Пожалуй...— Эдик отчего-то болезненно поморщился.— Не смешно, но точно... жалко ежика...— Он опять как будто бы забыл, к чему он это начал.— Конечно, ты права, концы с концами у людей не сходятся. Если бы так просто... Да, кстати, с Алисой ты полегче — стерва та еще, психопатка полная.— Хазаров вдруг спохватился: — Послушай, всё-таки я должен с тобой поговорить...

— Эдичка, не надо.

— Подожди, всё это серьезно...

— Эдичка!

— Яна, ты не понимаешь...

— Эдичка!!

Яна уже закончила монтаж и стояла около машины. Она лихорадочно искала способ эту лишнюю и в чем-то даже душную сцену спустить на тормозах, переключить Эдичку на что-нибудь другое — искала какой-нибудь предлог, по возможности не чересчур обидный, неожиданную реплику, что-либо еще. Но, кроме набившего оскомину маньяка, в голову ничего не приходило, к тому же вся эта сомнительная тема была вроде бы исчерпана. «Вот и весь маньяк,— сама себя передразнила Яна.— Очень жаль, что — весь, слишком быстро кончился,— как бы в скобочках подумала она.— Лучше уж маньяк, чем влюбленный Эдичка, раз влюбленный Эдичка хуже, чем маньяк!» Очевидно, в результате не слишком вразумительного, нервного и утомительного объяснения в любви Яну тоже мал-мала заклинило...

(А что ей стоило тогда поговорить?)

Из двух известных зол Яну снова выручило третье. В самом деле, еще бы хоть чуть-чуть, и Эдичку пришлось бы жестоко окорачивать. Ситуация зрела, как фурункул, и вот-вот могла прорваться неприличностью — но по-живому резать не пришлось. К припаркованному рядом с «неотложным» транспортом представительному «мерседесу» (к чему еще? ноблесс оближ, хоть и пошловато) в сопровождении двух молодых людей подошел Басмаев. С бодигардами Яна не так давно встречалась — кто-то Гарик, кто-то Стасик, кто есть кто, не помнила, вприглядку и так сойдет. Завидя посторонних, Эдичка умолк, а Яна вежливо со всеми поздоровалась: с охраной — просто, с боссом — как бы обозначив уважение. Басмаев ей приветливо кивнул, на Хазарова же глянул мимоходом, как на пустое место, еще раз — со значением — улыбнулся Яне и без лишних слов скрылся в «мерседесе».

Интермедия не заняла и одной минуты.

Машина уехала, Эдичка задумчиво молчал.

— Вы знакомы с ним? — спросил он наконец, и в его голосе прозвучало нечто непонятное, подозрительное, более всего похожее на ревность, до крайности Яне неприятное.

— С Басмаевым? Немного,— сухо ответила она.— По делу в основном, кое в чем у нас что-то вроде общих интересов.— Яна о своих каратэистских подвигах по давным-давно укоренившейся привычке не распространялась.— Тебя что-то смущает? — суше прежнего заметила она.

— Да... нет, не в этом дело... Послушай, мне пора.— К сегодняшним Эдичкиным перескокам (сиречь заскокам) Яна как будто притерпелась, но очередной ее настолько озадачил, насколько, впрочем же, вызвал облегчение.— В другой раз... как-нибудь потом поговорим, когда-нибудь... Увидимся еще.— Он криво улыбнулся.— Я пойду.— Эдичка действительно пошел, сделал шаг и на ровном месте оступился.— Что такое не везет! Черт, как по заказу...— Он с осторожностью попробовал ступить на подвернувшуюся ногу.— Вроде ничего, растянул немного... До свадьбы заживет... Ладно, я пошел, потом поговорим, еще увидимся...

Он опять странно улыбнулся — так, словно бы болезненно поморщился,— и теперь действительно пошел. Нелепый Эдичка!

Яна против воли задержалась, провожая Эдичку недоумевающим, встревоженным, удивленным взглядом. Что-то шевельнулось в ней, когда он тяжело, будто против ветра, хромал к своему копеечному «жигуленку» — сутулый, дерганый, изломанный какой-то, словно бы запутавшийся весь, как потертая марионетка в ниточках. Что — жалость? сожаление?

Вряд ли сожаление. Во всяком случае, сожалеть о бывшем, следовательно — сбывшемся, Яна не хотела. Хорошо, что было; хорошо, что было хорошо. Эдик спрашивал, помнит ли она, как они когда-то познакомились. Яна помнила — просто познакомились, вместе учились в Медицинском университете. Общаться они начали курсе на втором, может быть — на третьем. Эдик был парнем спокойным и улыбчивым, внешне довольно привлекательным, на деле отзывчивым и доброжелательным. Вообще он Яне нравился, Эдик тоже ей симпатизировал — но тоже так, вообще, и ничуть не больше.

Впрочем, даже и такая неявная симпатия в безалаберные студенческие годы запросто могла бы обернуться мимолетной связью,— почему бы нет? — но как-то не сложилось. Неожиданно Эдик потерял отца (он рос без матери), унаследовал двухкомнатную «хрущевку» (в Купчине, кстати говоря) и столь же неожиданно женился. Брак был заключен скоропалительно, скоропостижно, его избранницей стала однокурсница по имени Наталия, и была она родом то ли из какого-то Урюпинска, то ли Жмеринки, Житомира,— непринципиально. Тот очевидный факт, что Наталия выходила замуж за квартиру, Эдичка осознал лишь тогда, когда вместе с ним в его крошечной «хрущобе» оказалась прописана и теща. Немного погодя тещу наполовину парализовало. Детей они не завели.

Окончив университет, Яна потеряла Эдичку из виду, но вдруг судьба свела их на этой «неотложке». На отделении оба доктора были новичками, это тоже их невольно сблизило. Воскресшая студенческая симпатия окрепла и вполне закономерно и естественно переросла в роман — роман служебный, необременительный, исключительным накалом не отмеченный. Никаких далеко идущих перспектив связь их не имела, по крайней мере, Яне перспективы были не нужны. Да и Эдичка не смог бы развестись, не потеряв квартиру. Но главное — он по сути один содержал семью, отличаясь в данном отношении упертой — возможно, превратно понимаемой — порядочностью. Таким образом роман сошел на нет, правых-виноватых в этом не было; точно так же, как и начались, отношения естественно закончились.

Так что — нет, никак не сожаление. Хорошо, что было; хорошо, что было, но лучше — что прошло. Скорее всё же в ней шевельнулась жалость. Причем не та сострадательная бабья жалость к побитому жизнью мужику, от которой не слишком далеко если и не до любви, то точно до постели, а совсем другая, пожалуй, противоположная, обыкновенно оборачивающаяся безразличием, порой брезгливостью, частенько и неприязнью. А жаль, Эдичка такого не заслуживал...

Да, лучше, что прошло.

Он не оглянулся.

Неожиданно для себя самой Яна чуть не хмыкнула: привычка высматривать во всем вторую, а то и третью сторону медали с ироничной готовностью подсказала ей, что до сих пор столь своеобычно в нежных чувствах к ней никто еще не каялся — а это уже кое-что, можно утешаться. (Черт женщин разберет... ежели сумеет.) Отчего-то ее зазнобило. Спохватившись, она взглянула на часы и с немалым удивлением увидела, что они уже вот-вот покажут шесть. Время пролетело незаметно. По-осеннему быстро вечерело, солнце скатилось за ближайшие блочные девятиэтажки, холодная сумеречная тень, накрывшая площадку перед «неотложкой», на глазах сгущалась. Зябко поежившись, Яна вернулась в помещение.

Вечер прошел сравнительно спокойно. Страсти улеглись, все угомонились. Вздорных споров никто не затевал и разборок больше не устраивал. Накопившееся как перед грозой напряжение особенным ничем не разрешилось. Ну разве что одним до странности дурацким эпизодом, впрочем незначительным и в каком-то смысле ожидаемым.

То был скорее не эпизод, а эпизодишко. «Подфартило» Яне, чему она не слишком удивилась. А чему ей было удивляться: давеча сама же чуть ли не накаркала, что после затяжного, почти беспрецедентного затишья с вызовами нужно ждать завала. И что Алиса при первой же оказии постарается ей крепко насолить, тоже можно было догадаться. Ну и невезение, конечно; не везет так не везет, даром что по мелочи. А сложилось именно по мелочи.

Стоило ей, как договорились, в половине двенадцатого ночи отпустить Калугина, и начался аврал. Лившиц и Забелин в пять минут уехали, Яне оставалось только ждать возвращения своего водителя, но не тут-то было.

— Машина 13–22, доктор Кейн, на вызов,— объявила Алиса Борисовна Цуцко, для пущего эффекта воспользовавшись громкоговорящей связью.— Повторяю, машина 13–22, «боли в сердце», доктор Кейн, поехали,— на всё отделение монотонно завела она.— Доктор Кейн, прошу вас не задерживать, вызов срочный, больному плохо с сердцем. Повторяю, машина 13–22...

Тот простейший, как амеба, факт, что машина 13–22, пользуясь привычным для Алисы суконным языком, имела быть в отсутствии, старшая сестра игнорировала с явным удовольствием. Вообще-то ситуация и в самом деле могла сложиться скользкая, было бы желание, а желание у Алисы было. Яна пошла в диспетчерскую и попыталась что-то объяснить.

— А это, милочка, не мои проблемы,— даже не стала слушать Алиса.— Кто вам разрешил отпустить машину?

Ничего не знаю, не было у вас такого права. Вы сама инструкцию нарушили, вот теперь сама и отвечайте. Мое дело — сторона, лично я вызов приняла, больной — на вашей совести. А задержку по вине врача я задокументирую,— злорадно добавила она.— Так-то, дорогуша...

От резкостей Яна удержалась.

— Хорошо, Алиса Борисовна, пусть я виновата, но как же быть с больным? Он ведь ни при чем, как вы полагаете? Если вызов срочный, вы же можете его «скорой» передать. У них есть кардиологи...

— Не могу,— по лицу Алисы юркнула ядовитая змейка,— у них там свой аврал, не взыщите, *доктор*,— с издевкой отметила она.— Между прочим, этот вызов нам именно со «скорой» передали, обратно не получится. Так что потрудитесь, вам сам Бог велел, а то что ж вы целый день языком чесали!

Цуцко торжествовала. Будучи в своем служебном праве, Алиса Борисовна едва не светилась изнутри, чуть не плавилась; мстительное наслаждение от переживаемого ею административного восторга граничило, кажется, с оргазмом. «Ну и стерва! — мелькнуло у Яны в голове.— Даже нет, не стерва — да она же вправду психопатка!» — брезгливо подумала она. Яне оставалось только позавидовать собственному самообладанию — или посочувствовать ему.

— Алиса Борисовна, послушайте, раз на то пошло, ведь на базе есть Гайтенко. Я что-то не припомню, чтобы он сегодня вообще куда-то выезжал. Хорошо, допустим, с утра он патронажный, с вечера коммерческий. Пускай. Но хоть он и коммерческий,— слово «козел» Яна опустила,— он же тоже врач! Да хотя бы в виде исключения...— двусмысленности Яна не искала, но сказала правду: врач он тоже в виде исключения.— Да хотя бы в виде исключения он бы мог помочь! Я ведь без машины! А аппаратура?!

Она едва не сорвалась. Да, теперь самообладанию приходилось разве что сочувствовать — так немного от него осталось. В конце концов, Яна не была психиатром...

Цуцко всё было мало.

— А Семен Семенович вас, Яна, не касается,— с готовностью окрысились Алиса.— В отличие от некоторых, в частности от вас, он свою работу понимает. На чужой каравай не по чину заритесь! Много вас таких, шустрых, развелось. А раз такие шустрые, можно и пешочком прогуляться. Между прочим, здесь недалеко. Вот, полквартала как-нибудь пройдете,— Алиса огласила содержание сигнального талона: — Пражская, 11, квартира 69, больной Савенков, возраст 25, повод — «плохо с сердцем». Получите, вызов ваш, как хотите, так и разбирайтесь. Прошу,— презрительно пихнув сигналку по столу, она дала понять, что разговор окончен.— Не смею вас задерживать.

И Алиса тонко улыбнулась.

Яна вышла вон. Не вылетела, не хлопнула дверьми, не ретировалась — просто молча вышла. И не потому, что было нечего сказать, наоборот — наговорить она могла бы много, очень много, даже слишком много,— но зачем же дальше идиотничать?!

Случай был клинический. Дело не стоило выеденного яйца. Потому и случай был клинический, что дело ничего не стоило. По уму, так Алису безо всяких комментариев следовало бы вынести за скобки, а вызов придержать и дождаться возвращения Калугина. Возраст пациента на девяносто девять и столько же в периоде «сердце» исключал всяко. Истерия — да, невралгия — запросто, похмелье — сколько хочешь. Тошно — да, паршиво — разумеется, халява — тоже плиз, но это же не повод!

Но это — по уму, а случай был — клинический, что в полной мере относилось к Яне. Загнанное внутрь, через силу сдержанное бешенство на мгновение ударило ей в голову — только на мгновение, на какой-то миг, однако же для глупости и того хватило. Не к месту всё сошлось, и те две злополучные покойницы совсем некстати вспомнились, и даже неразношенные туфли свою роль сыграли. Раздражение требовало какого-нибудь выхода, и притом немедленно. Заведенная, что к чему и почему разбирать она не стала, а просто взяла свой чемодан и понеслась на вызов.

Не пешком, конечно, настолько здравый смысл она не растеряла. Выскочив на улицу и сразу же немного поостыв, Яна справедливо рассудила, что дурью маяться лучше комфортабельно. То есть лучше бы вообще ерундой не маяться, но раз уж начала, то резонно было воспользоваться собственной «десяткой». Отсутствие кое-какой аппаратуры больше ее не беспокоило — ничего серьезного от такого вызова ждать не приходилось.

«Десятка» завелась с полуоборота. Двигатель заработал еле слышно, ровно, умиротворяюще. Местоположение нужного ей дома Яна вполне себе представляла. Ехать было действительно недалеко — хоть и не полквартала, но вся дорога не заняла и пяти минут.

Дом был пятиэтажный, типовой, стоял он не на самой улице, а как бы во дворе, в глубине жилого массива. Ночной пейзажик был малость мрачноват, на наружном освещении здешние коммунальщики явно экономили. Свежевырытая траншея с трубами центрального отопления, которые, как водится, приказали долго жить как раз к началу отопительного сезона, выглядела даже жутковато. Да еще и ветер с подвывом налетел, как по законам жанра...

Нужная квартира, согласно облезлому шильдику у парадной двери, находилась на последнем этаже. Лифта, разумеется, не было, а в придачу ко всему на лестнице тьма была кромешная. Неприятная такая лестница, подарок отморозкам, вздумавшим, к примеру, растрясти врача на предмет наркотиков. Или же еще какое окаянство над доктором, а тем паче докторицей во мраке учинить. Всякое с коллегами случалось, и пускай лично Яну Бог пока что миловал, всё равно — неприятная ей лестница попалась. Ладно бы водитель в машине страховал...

В подъезде никого не оказалось. В квартире, как выяснилось, тоже. Глупость разрешилась глупостью: дверь Яне не открыли. Если верить той же интуиции, никто внутри не прятался, чувствовалось — за дверью пустота. Никого и ничего — то есть ничего особо удивительного опять-таки, обычный ложный вызов. Что поделаешь, случается порой, много в этой жизни извращенцев. Вон где-то с год назад на соседней «неотложке» какие-то уроды всем машинам *просто так* порезали колеса — и тоже...

Короче, ничего. Потрезвонив несколько минут, больше для проформы, Яна плюнула и, прихрамывая на обе потертые конечности, потащилась вниз. Не поленилась, немного отошла, убедилась, что окна этой чертовой квартиры не освещены, еще раз смачно плюнула — и с чистой совестью убралась восвояси.

Глупость разрешилась глупостью и в таком же духе завершилась. К отделению она подъехала одновременно с Калугиным. Яна любопытства ради засекла: разминулись они всего на четверть часа. Знала бы — могла бы и не ездить... Впрочем, в любом случае она могла не ездить.

— Управился?

— А то! А чего ты без меня катаешься? — ревниво спросил ее Калугин.

— Алиса...— развела руками Яна. Объяснять долго не пришлось — характерец старшей медсестры был хорошо известен даже шоферюгам.

— Вот ведь... баба, слово нехорошее! — прочувствованно сказанул Калугин.— Да начхала бы ты, Янка, на нее, а потом сама бы Рудасу рапорт накатала... Вызов-то хоть как? — поинтересовался он.

— А никак: что называется, покойник от осмотра уклонился,— беспечно отмахнулась Яна.

— В том смысле, что ложняк? Ну тогда тем более на... чхи!! — чихнул Калугин.— Много чести с этой сучкой лаяться. Пошла она на... чхи!! — опять чихнул Калугин.— Ладно, дело сделано, а теперь неплохо бы поспать. Чегой-то я, однако, притомился! — И Калугин заразительно зевнул.

— Ты даешь! Неужто днем не выспался? — развеселилась Яна.

— Рожденный делать давать не может,— назидательно сообщил Калугин.— Но вообще-то ни фига не выспался,— пожаловался он.— Приспнул, как с горки съехал, а проснулся в собственном соку. Консервы — и те лучше себя чувствуют. Меня как с лестницы спустили — все суставы ломит. Утром больничный попрошу.

— Лучше пива выпей, как доктор говорю,— улыбнулась Яна.

— А то! Одно другому не мешает. Грешным делом, я-то прямо сейчас хотел бутылочку купить, так ларек, зараза, не работает. Вроде круглосуточный, а времени,— он глянул на часы,— всего без двадцати час. Накося — ни фига наш сервис не фурычит. Ну, я про этот, ближайший, который на углу, знаешь, нет?

— А то! — передразнила Яна.— Я сама же только что рядом проезжала. Удивительно, как мы разминулись. Правда, я дворами выскребалась, а ты, поди, с проспекта выворачивал... Кстати, а с чего ты за рулем пьянствовать удумал?

— А то сама не знаешь... И потом,— напыжился Калугин,— я за рулем не пью. Я, чтоб выпить, из машины выйду. Так — пожалуйста, а за рулем ни-ни. Что же я, по-твоему...

— По-моему, ты пижон,— ворчливо заключила Яна.— Пошли уж, словцо ты неприличное, посмотрим, какие нам с тобой пакости Алиса приготовила. Ох, ужо она напринимала!

Но на этот раз Яна ошиблась. Алиса ничего не приготовила, более того — диспетчерская вообще была пуста. На столе осипло зудела снятая с телефона трубка. Со значением переглянувшись с Яной, Калугин изобразил на диво препохабную улыбочку. Кто бы спорил, а каждый понимает всё в меру собственной испорченности, но — что занятно! — часто понимает правильно. Ларчик открывался очень просто: пользуясь отсутствием коллег, Гайтенко и Цуцко уединились где-то в укромном уголке, пустив работу побоку. По-своему комичная половая связь ярой ревнительницы дисциплины и поборника коммунистической морали была на отделении — не притчей, нет, но сплетней во языцех. Тоже в целом история привычная, а как заметил один не слишком деликатный литератор...

Впрочем, не суть, что он заметил, поелику Калугин всё равно высказался изощреннее (чтобы не сказать, что извращеннее), а в качестве постскриптума душераздирающе зевнул:

— Ну чего — взяли-разбежались: мальчики налево, девочки направо, на фаянс и в люлю?

— Расползлись. А за Алису я на телефон не сяду.

Раззевавшись так, что виден стал желудок, Калугин отправился в водительскую, сиречь — кучерскую. Яна оставила на диспетчерском столе сигналку с указанием времени визита и пометкой «двери не открыли». Было у нее поползновение положить трубку на рычаг: «занято» — одно, «не подходят» — совсем другое дело. Этакая маленькая месть: попадись какой-нибудь настырный пациент, предъяви претензию — ох потом Алисе бы досталось! Подленькая месть. Яна с какою-то брезгливостью, словно насекомое, смахнула эту мысль и ушла в комнату для отдыха. Там она наконец-то сковырнула туфли, с наслаждением вытянулась на своем топчанчике — и на этом очень длинный день для Яны завершился.

Яна — это я, если кто не помнит.

Яна — это я, а дежурство — оно и в самом деле получилось каким-то очень длинным. Хотя, если беспристрастно разобраться, ничего из ряда вон со мной не приключилось. Дежурство как дежурство, в общем-то обычное вполне. Бывало лучше, бывало хуже, паче чаяния ночью я даже исхитрилась выспаться.

Сдав смену, я заехала домой, быстро привела себя в порядок, переоделась и — о, счастье-то какое! — переменила обувь. На предстоящий день — а он снова выдался на удивление погожим — у меня никаких определенных планов не было. Захотелось просто прогуляться, слегка развеяться, может быть — куда-нибудь зайти. Куда — сама не знала, на ходу решила: в Эрмитаж. Со мной — случается, всё-таки я чуть провинциальна. В который раз потянуло к импрессионистам: Ренуар, Коро, Моне, конечно же — Роден, особняком — Матисс... Право, если б не Париж, им бы стоило родиться в Петербурге — городе не черт, а впечатлений, света, а не цвета, настроения, а не — слова не найду — ну да построения хотя бы...

Однако же настаивать не смею, как известно — каждому свое.

Каждому — свое. Как для всех — не знаю, а для меня это был еще один обыкновенный день.

А вечером меня арестовали.

ГЛАВА 6

Жил-был некогда один весьма умный и честный человек, а когда его за это посадили, он не без основания заметил, что-де в наше время всякий порядочный человек должен пострадать в узилище. Насчет нашего времени не знаю, тем более дело было в общем-то давно и к тому же в Индии, а в роли пострадавшего выступал сам махатма Ганди, но вот лично я предпочла бы доказывать свою порядочность как-нибудь иначе. Но то всего лишь я, а от тюрьмы и от сумы, знаете ли... А если вы не знаете, то от тюрьмы и до сумы всё не слава Богу. Хотите верьте, хотите — проверяйте. Правильно, поверить иногда лучше, чем проверить.

Обставлено всё было очень буднично. Едва я возвратилась вечером домой, позвонил заведующий и попросил срочно подъехать на работу. (Поэтому-то я и не обзавожусь мобильником — и без него достанут!) Извиняющимся голосом Рудас объяснил, что я вроде бы чего-то напортачила, списывая после смены препараты строгого учета (читай: наркотики). Ничего такого криминального, но поскольку, мол, у нас завтра ожидается какая-то очередная-внеочередная ревизия-проверка, нужно срочно привести документацию в порядок, а поэтому не могла бы я...

Даже если бы я и не могла, всё равно б поехала. Убедительней предлога не придумаешь, извиняться Рудасу не было нужды. Отчетность по наркотикам в бюджетной медицине граничит с абсурдистикой: на каждую использованную ампулу непременно сыщется какой-нибудь дотошный проверяльщик. Что характерно — ладно бы один; и чем их только делают?

Ну сами посудите: в среднем «неотложный» коллектив из двадцати врачей, обслуживая район с населением в сто тысяч человек, за месяц расходует наркотиков *меньше* одного-единственного наркомана. К тому же начинающего, к тому же наркотики у медиков — морфин и омнопон, что сравнительно с тем же героином если не святая, то в общем-то невинная водичка. А наркомафию с садистской упертостью разыскивают почему-то именно у нас, хотя тот же героин по городу центнерами ходит. А пока он ходит, у нас благополучно процветает презумпция виновности, поскольку каждый проверяющий априори знает, что вот ежели ты этим лекаришкам послабление дашь, то они все сразу же на иглу подсядут. При этом на одну, что тоже характерно. Хороша картинка? Правильно, каждый примеряет на себя.

Костеря на все лады дуремаров-проверяльщиков и прочих дармоедов от оргздрава, я за четверть часа домчалась до работы, надеясь в пять минут разрешить явное (в чем бы оно ни заключалось) недоразумение. Общая для нас и для «Гусятника» стоянка была забита автомобилями посетителей спорткомплекса, только между одним из наших «фордов» и ментовской «упаковкой» оставался невесть откуда взявшийся единственный свободный пятачок. На нем я и припарковалась. Вышла из машины, затворила дверцу, и в этот исторический момент из милицейского «уазика» очень споро вынырнули двое. Словно бы товарищи дожидались именно меня... Собственно, именно меня они и дожидались.

Внезапно я оказалась как бы запертой между двумя автомашинами — ментовской и моей.

— Спокойно, дамочка,— перегородив дорогу, хрипло проговорил один из милиционеров. А второй из-за моей спины продолжил:

— Гражданка Кейн? — Обернувшись, я неожиданно признала в нем давешнего потешного милиционерчика.— Дайана Германовна Кейн? — Я растерянно кивнула.— Пройдемте,— сухо заключил тот самый несуразный страж правопорядка, над которым я вчера так мило порезвилась.

Опаньки...

— А в чем дело? — ошарашенно спросила я.

— Пройдемте,— с нажимом повторил хрестоматийную реплику тот самый милиционерчик (как же его там?..), бывший, очевидно, здесь за старшего.— Вы должны ответить на несколько вопросов. Сюда,— отворил он зарешеченную дверь в крошечную арестантскую клетушку в задней части допотопного «уазика».— Прошу вас не задерживать.

Ни фига себе киношка!

— Да в чем дело?! Меня же на работе ждут!

— Это вряд ли,— небрежно обронил его напарник.— Полезай, подруга, не задерживай — раньше сядешь, раньше выйдешь. А с работой мы договоримся, опыт есть, можешь нам поверить,— ухмыльнулся он.

Вот так-так. То-то Рудас так много извинялся. А что ему еще оставалось делать?

А мне что оставалось?

— Пройдемте!

Ага, от забора до абзаца. Но, с другой-то стороны — а что мне оставалось? Опять же, ну сами посудите: качать права? А какие и по какому поводу? Драпануть, сделав дядям ручкой (а при необходимости и ножкой)? А куда и, главное, зачем? Если я ни в чем не виновата, так значит — не виновата. А если я ни в чем не виновата, то, стало быть, *там* сразу разберутся, ведь не сталинские же времена у нас (даром что генетическая память на гипноз беспрекословного «пройдемте!» до сих пор работает; по себе сужу).

Кстати, а там — это где?

— Куда мы едем?

— В отделение.

— Да в чем же дело?!

— Там вам объяснят.

— Послушайте, я не понимаю!..

— Подождите, вам всё объяснят.

— Но я не понимаю...

Н-да.

Сдается мне, что-то похожее не так давно звучало. С точностью до «всё наоборот». Ну и кто из нас теперь не понимает?

Ур-род.

Попался бы он мне...

Да, но пока попался не как-его-там милиционерчик, а как раз совсем наоборот. То есть это я как раз попалась и, похоже, очень крепко вляпалась. Факт был ощутим, но неосознан... Однако же ну очень ощутим.

В отделении милиции у меня забрали документы, часы, сумочку с ключами и всякой дамской мелочью, заставили вывернуть карманы и не чересчур усердно обыскали. Всё деловито, без лишней суеты, как будто так и надо. Для полноты картины не хватало процедуры снятия отпечатков пальцев, но чего не было, того не было. И наручников, наверное, не хватило, тут недоработочка случилась. А так — всё как в кино, даже поясной ремень от джинсов зачем-то отобрали, прежде чем препроводить меня в камеру.

Ага, именно вот так.

— Ждите здесь, вас вызовут.

Очень миленько.

Ну оч-чень даже очень.

И во что же я такое вляпалась? Хотелось бы на всякий случай уточнить. Сдав меня дежурным, неуполномочный (теперь, пожалуй, полномочный) лейтенант Козлов (вспомнила фамилию) с напарником куда-то удалились, а все другие-прочие были еще меньше расположены отвечать на мои вопросы. Нет, был бы опыт — стоило бы, может быть, завернуть скандал, но вот чего-чего, а опыта у меня к тому моменту не было. Ну ровно никакого — ни криминального, ни пенитенциарного, да и скандалистка из меня плохо получается... Ну да ладно, чего не было, того и не случилось, паче чаяния всё могло бы обернуться гораздо хуже.

Могло быть хуже, могло быть лучше, а пока и так сойдет. А что? Будем филосо́фами. Камера как камера (неблагозвучно, зато по существу, если кто заметил). Каменный пенал. Метра три в длину, метр с кепкой в ширину. Вдоль стены по всей длине прилажено что-то вроде деревянного насеста. Тяжелая металлическая дверь заперта снаружи на простой засов, оконце без стекла забрано решеткой. Напротив — такая же каморка, но пустая, зато на тамошнем засове красуется гомерических размеров навесной замок. Камеры не освещены, свет проникает из коридора, по которому меня провели из дежурной части, откуда иногда доносится специфический ментовский говорок. Тонко намекну: в милиции матом тоже не ругаются...

В каморке было холодно. Я забилась в уголок, с ногами устроилась на «насесте», обхватив колени, и, насколько позволяли растрепанные чувства, попыталась думать.

Ничего вразумительного в голову пока не приходило. (Пока — это обнадеживает.) Итак, я во что-то вляпалась. Во что? Думай, Янка, думай! Работай головой! (А еще что вы головой умеете? А еще я ею, головою, ем... Это ты о чем, чучело ходячее?)

Так. Если я и чучело, то скорей — сидячее. Спокойненько. Ать-два, вдохнули и подумали. Сначала о наркотиках, раз о них уже упомянули. Да... То есть нет, конечно, нет же, трижды нет! Полная бредятина, отметаем с лету. Самый распоследний ежик догадается, что это не больше чем предлог, на ходу изобретенный Рудасом. Между прочим, предъявлять претензии ему я не намерена: не знаю уж, чего там растакого-эдакого полномочный лейтенант нашему заведующему впарил, так что шеф пошел на поводу, но должно быть что-нибудь убойное. (Знала бы...)

Итак... Или не так? Кругом — одна засада. Спокойнée надо, спокойнée... А если всё-таки? Нет, однозначно нет. Но если? Еще раз нет и трижды тридцать нет. Но всё-таки — а если? Хорошо. Касательно препаратов строгого учета я в худшем случае могла подзабыть расписаться в каком-нибудь гроссбухе. Ладно, если ad absurdum допустить, будто на меня полное затмение наехало, то — ну в самом худшем случае — я могла как-нибудь нечаянно ампулу заныкать, даром что в упор не представляю, как. Допустим, но ведь из-за какой-то препаршивой ампулы... Черт, да при чем здесь ампула?! Даже если вдруг предположить, что с отделения «неотложной помощи» гады наркоманы скоммуниздили весь запас наркотиков из сейфа вместе с самим сейфом, а заведующий решил повесить эту небогоугодную затею на меня, и весь наш коллектив с ним дружно согласился, то даже и тогда...

Хотя тогда — не знаю. Тогда, наверное, у меня с головой что-то не в порядке. А с головушкой у меня точно что-то не в порядке, раз в нее такая ахинея лезет. Затеяла искать черную кошку в темной комнате, отлично зная, что ее там нет. Правильно, а чтоб не скучно было, сама себе мяукаю. Ладно не царапаюсь. Пока... (Спасибо, дорогуша, обнадежила!)

Спокойненько. Поищем там, где малость посветлее. Правда, уж там-то сразу видно, что кошки даже и в помине нет,— но, быть может, мышка попадется? Я о странном милиционерчике. То есть мышка-то, скорее, это я, и я уже попалась, но попалась именно что странненько. Не нравятся мне эти совпадения: получается, вчера я над ним типа как слегка поиздевалась, а сегодня он на мне типа как бы с гаком отыгрался. А может быть — не как бы? Может, мент действительно решил со мной таким макаром поквитаться? Здрасьте вам пожалуйста. Психопат в мундире. А почему бы нет? Ментик мелкий, неказистый, злобненький, в детстве часто битый. Знавала я таких — на шутки реагируют болезненно, умеют выжидать, отвечают местью. Именно поэтому кое-кто из них и форму надевает, потому что хочется за всё с кого-нибудь спросить. Именно за то, что он как раз такой — неказистый, злобненький и в детстве часто битый. И какого черта я убогого дразнила! А ему, видать, моча в голову ударила...

Янка, подожди. Это не ему — это, мать, тебе что-то непотребное не туда ударило. Положим, ты права. Ага, посмотрела раз на человека — и ты уже права: он и псих, и негодяй, и мстительный, и подлый, и вообще такой-сякой и растакой-разэдакий. Ладно, предположим, пусть он такой-сякой и растакой-разэдакий. А ты, выходит, давеча сие моральное чудовище своими смехуечками ну до того достала, что буде его воля, он бы тебя в камеру засунул. Вот он и засунул — ни за что и ни про что, а токмо по злобе, чтобы, значит, неповадно было. Такую вот подлянку самолично зарядил. Так у тебя выходит? А вот и не выходит, потому что воля — не его. В том-то всё и дело — возможно, он и хам, но никак не хан. Не по чину недопеску беспредел устраивать, звездочек на погонах маловато будет. Да кто он здесь такой, этот недомерок?! Десятая спица в ментовской колеснице! Надо же, придумала — власть ему-де по мозгам ударила! Да была бы власть, а то ж ему, бедному, и злоупотребить-то нечем!.. Да и я, в конце-то расконцов, не какая-нибудь привокзальная шалава!..

Однако холодно...

О чем бишь это я? Опять ты за свое, чучело-мяучело! Ты какое полушарие сегодня загрузила? Кончай-ка ты накручивать, головешку лучше напряги.

Однако же и в самом деле холодно. Чертовски холодно и преизрядно сыро. И, замечу, в самом деле голодно: после завтрака я целый день не ела, а сейчас — скажу, не ошибусь — день уже закончился. Чувство времени у меня от природы очень неплохое. (Взгляните на часы. Который на них час? А я что говорила!) Забрали меня вечером, около восьми, стало быть, сейчас идет к полуночи. Долгонько получается. А не слишком ли ты, Янка, засиделась?

Ничего, потерпим. Ожидание, похоже, включено в программу представления. А как еще назвать?

Я пошевелилась, переменила позу, подобрала ноги под себя. Ни дать ни взять — кандидат в махатмы в застенках медитирует. Видела бы я себя со стороны — сама бы улыбнулась. Н-да. Было бы чему. Или кому? Кстати — да хоть бы и не кстати,— я теперь впервые пожалела, что бросила курить. А заодно утешилась — сигареты у меня всяко бы забрали. Но по затяжке я затосковала. Нет, кому-то я определенно за это улыбнусь! И улыбнусь ну очень неприветливо, можете мне верить. Не ведали товарищи, с кем они связались...

Стоп. А если ведали? Если дело именно-то в том, что я не привокзальная шалава, но — дочь своего отца? Опять-таки — а почему бы нет? То есть в том, что я именно папочкина дочка, никто не сомневается, даже мой папашка. Факт, достойный всяческого подражания. Равно как не подвергается сомнению и то, что фатер — человек очень состоятельный. Тоже факт, достойный подражания, но отнюдь не всякого. Положим, отыскались некие господа-товарищи, этакие комсомольцы-первопроходимцы, которые сами создают себе большие трудности и сами себе их преодолевают. С той лишь оговоркой, что трудности они создают не себе, а мне, а преодолевать их будут за большие деньги. Разновидность шантажа: доченьку намеренно подставят, любящий папашка раскошелится, все будут довольны. Были бы у дочки неприятности, а уж у папочки денежки найдутся. А раз у папочки денежки найдутся, то уж неприятности-то для дочурки сыщутся. Рады услужить, завсегда пожалуйста, обращайтесь снова.

Угу. Ба-а-альшие неприятности. И в ассортименте. И за очень умеренную мзду. Может быть, на чей-то век и хватит...

А что, а очень запросто. Если бы не «но» — и не одно, а дюжина. А главное из этих самых «но» в том и заключается, что я не привокзальная шалава, а именно что дочь своего родителя. Н-да... Как это ни странно. Даже пустим побоку тот факт, что если бы кто-нибудь целил в папу Кейна, то первой под удар попала бы не я, а сестренка Лерочка. Я, конечно, не специалист, но где-то как-то я подозреваю, что для любой подставы желательно иметь какую-никакую, хотя бы вот такусенькую вот, но всё-таки реальную зацепочку. Разумеется, желательно — не значит обязательно, но в качестве предмета шантажа безалаберная Лерка куда как предпочтительней. Это даже обсуждать не хочется. Оно всё самоочевидно, но практического смысла не имеет — поэтому как раз и не имеет, что наш родитель — Кейн.

Да, фатер Кейн богат. Признаться, до сих пор я как-то не интересовалась, сколько он в действительности «стоит». Любопытно — узнавайте сами, но поверьте — много. Очень много, не исключено — чрезвычайно много. Нет, к лику олигархов он вроде бы пока что не причислен, но — вроде и пока. Еще не понимаете? Вам и мне простительно, а вот нашему гипотетическому первопроходимцу — нет. Если некий как бы шантажист умудрился разработать такую комбинацию с участием милиции (пусть поголовно купленной, но всё же подотчетной), то он не слишком глуп. Но если он не слишком глуп, наш типа вымогатель, то он не может, ну никак не может, ну в принципе не может не сообразить, куда он сдуру сунулся. Не буду рассусоливать, но в высшей лиге, в которой заявлен старший Кейн, играют очень жестко. Такие комбинации там просто не проходят (и не просто — тоже не проходят), а комбинаторы... э-э... весьма примерно лечатся и долго не живут. Может быть, лекарств на чей-то век и хватит...

Итого — что же получается? А всё предельно просто получается: дурачок такие игрища заряжать не может, а не дурак — не станет. Убедительно? Посему и мне здесь шарить больше нечего — здесь не только кошку, тут и комнату найти проблематичненько.

(Затеявши искать черную кошку в темной комнате, в которой кошки нет, всё равно недолго оцарапаться. Потому что кошки там и в самом деле нет, но зато есть чудище огло, огромно, озорно, стозевно и лайяй. Ага, это я образованность свою показать желаю. Что-то вроде шутки. А если кроме шуток — знать бы мне тогда, как я заблуждалась! Впрочем же, а знай бы я тогда, как я заблуждалась,— а я тогда ой как заблуждалась; и даже знай, насколько заблуждалась,— а заблуждалась я настолько же почти, насколько и приближалась к истине... Итак, положим, даже если б знала, то — толку что с того! Благо ничегошеньки я тогда не знала. Благо, что не знала.)

Так. Но что у нас всё же получается? А ничего у нас не получается, опять-таки всё запредельно просто. Версия с подставой ни к черту не годится. Идея с милиционерчиком никуда не лезет. Мысль о наркотиках в конце концов смешна. И потом, об этом и о любом другом должностном проступке (буде таковой имел бы место быть) со мной бы разговаривали не в районном отделении милиции, а в прокуратуре. И потом — со мной бы разговаривали! Бы. Точка. А больше ничего в голову вообще не приходило.

Плюс к тому меня еще и отвлекли...

От моей каморки до дежурки было далеко, но звуки сквозь решетку долетали. Слух у меня острый — ну да и менты, положим, не шептались. А не шептались они, надо полагать, чтобы я как следует прониклась.

Сами посудите:

— Не, Серега, я клиенту прямо говорю: не тяни волынку, нечего мне дурочку валять и бабушку лохматить. Проще надо: раз попался — стало быть, колись, тебе же легче будет. Лучше сам, чем по-другому, потому что всё равно никуда не денешься. Я верно излагаю? — со значением заводил один.

— А то! Лучше сам, чем бляха-муха, и полезней для здоровья. А если по-хорошему расколешься, то и мы, глядишь, по-человечески,— с рассчитанной ленцой отвечал другой.

— Во-во. Если вляпался, тогда не гоношись, сразу признавайся. А которые напакостили, блин, и за это адвоката требуют, те сами виноваты. С ними тоже по-хорошему сперва, но уж потом — по-разному...

Очаровательные мальчики. Таким бы я сама того гляди созналась. Знать бы только, в чем.

Внезапно голосов в дежурке поприбавилось.

— Принимайте, мужики, постояльцы прибыли. Оба-два в комплекте. Задолбали, суслики, который раз берем. Да вы ж, поди, встречались...

— А то. Помнишь меня, рожа? Правильно молчишь, сразу вижу — помнишь. И второй урод... Опять бакланили?

— Ну. Культурно отдыхали. Вы уж их того, на ночку упакуйте, постоянной клиентуре сервис, блин, со скидкой полагается. Отель пять звездочек и небеса в алмазах.

В дежурке гоготнули.

— Да мы-то, бляха-муха, что! Только, видишь, с люксами проблема — в одном у нас гражданка, понимаешь, а, второй, блин, того...

— Чего — того?

— Ну, этого, того... Не того, не этого...

— Чего, блин, не того? Мужики, вы, ёлы-палы, что — вы даже «обезьянник» скоммуниздили?

— Не, наоборот, сменщики с утра замок на дверь навесили...

— Какой замок?

— Какой-какой, амбарный!

— Ну?

— Хуй в баранку гну! Замок навесили, а ключ отдать забыли... Я серьезно, бляха, говорю!

В дежурке снова гоготнули.

— Куда серьезнее... Ну так, значит, бабу потесните. Плевать, что не положено, на зоне тоже многое не положено. Нехай писюха привыкает, здесь ей не санатория... Дерьма-то пирога: малость приглядите, если что — поможете...

В дежурке еще раз гоготнули.

— Да мы и сами справимся, гражданин начальник,— осмелел кто-то из задержанных.

Плюмс!

Сдается мне, дубинкой.

— Не борзеть, сучара! Без яиц останетесь. Повторять не буду.

— Дык, мы ж чего, начальничек, мы даже ничего...

Плюмс!

Кажется, резиновой.

— Еще бы ты чего... Пшли, козлы!

Хорошенькое дельце. Ко мне, похоже, гости. Надо же, а у меня не прибрано... Интересно, а как же весь кагал в мою каморку втиснется?

(Интересно, а больше ничего тебе не интересно? А то! Конечно, интересно — например, с чего бы это я настолько адаптировалась: «у меня», «ко мне», «в мою» — и не в камеру, заметьте, а в каморку. Вот же ведь какая психо... логика, чтобы шизологией сие не обозвать. Каких только чудес в себе не накопаешь!)

Ладненько. Гости — значит гости. Жить бум лучше, жить бум веселее.

Скрежетнул засов.

Бум. Очень лучше, очень веселее...

Металлическая дверь за «гостями» с лязганьем захлопнулась.

— Не борзеть, сучары!

Это у мента напутствие такое. Типа как последнее. А дальше, дамочка, сами выгребайтесь. Только не выгрёбывайтесь, блин...

В «обезьяннике» двое моих сокамерников явно гостили не впервые. Организмы. Тертые такие организмы, прихватистые, с наглянкой и подлянкой. Лагерные организмы. Блатные — не скажу, скорее приблатненные. На рожи — годочков так под дцать: двадцать, тридцать, сорок (больше, я слыхала, не дают). Упыри такие. И волна от них — тяжелая волна, душная, гнилая, гадостная прет от них волна. Грязная волна. Угарная какая-то волна — и не только в смысле перегара...

Бр-р-р. Лучше некуда. Ну просто обхохочешься.

— Абздаться!

Можно. Абздаться тоже можно.

Один из организмов шумно уселся на скамью, второй загромоздил проход, привалившись к стенке. Несколько секунд оба смотрели на меня. Скользко так смотрели, ой как нехорошо, как-то очень пакостно смотрели. Забившись в уголок, я не шевелилась и молчала, но внутренне вся подобралась. Вообще-то я умею ладить с самой разной публикой — профессия обязывает, по работе с кем только не встречаешься. Что сливки общества, что пенки, что подонки (зачастую что одно и то же) — общий язык я нахожу со всеми. Кстати говоря, даже в том числе и с маргиналами. Но в этом случае... э-э... н-да. Точка. Но не в этом случае.

Кстати же, «абздаться», надо полагать, это от «абзаца». Остальное пришлось переводить. (И чего бы, Янка, у тебя уркаганы ямбом изъясняются?)

— Гля, Вован, абздаться!

— Тю. Никак пацан?

— Вован, пацанка!

— Тю. Говорю — пацан.

— Вован, бля буду, какой тебе пацан! Ты врубись — пацаночка в натуре! Уси-пуси, какуси раскакуси... Гля, как лялька зенки растопырила. Пацанка, точно.

— Тю-ю... Пацанка вроде. Молчит. Прикинь, Валек, а что она молчит? Может, кыска нас не уважает?

— Не уважает кыса, говоришь?

— Ну.

— Нехорошо, Вован, обидно получается.

— Ну.

— Ничего, Вован, еще зауважает. Мы ей это дело объясним, лялечка понятливая станет. А будет рыпаться, так мы ей подсобим. Секи — сами, бля, в натуре, бля, уважим.— И гоготнул: — Нормально, бля?

(Та-а-ак. Вот так-так. И не та-а-ак, а именно вот так. А если что не так, перетакнуть некому, разэдак и растак и еще раз так... А вы как полагаете?)

— Нормально, бля?

— Ну. Уважим, бля, в натуре... Не, слышь, Валек, чего она молчит-то? Немая, что ли?

— Немая, думаешь?

— Ну.

— И потому молчит?

— Ну.

— Фигня, Вован, она не возражает. Видишь, Вова, лялечка послушная, сама всё понимает. Нормалек, ты сам в расклад врубись: кто же соске на слово поверит? — И ухмыльнулся: — Скучала девочка...

— Скучала?

— Ну.

— А вдруг она пацан? Не, разобраться надо.

— Пацанка!

— А не пацан?

— Бросай, Вован. Какая, в жопу, разница! Впервые, что ли?

— В жопу?

— Ну.

— В жопу — никакой... Не, интереса для, сомнительно мне что-то.

— А мы сейчас проверим,— и надвигаясь: — Ну-ка, тихо, лять...

Та-а-ак! А вот этого не надо, так и напугать до полусмерти можно. (Заметьте, я не уточнила, чьей.) Не, в натуре нормалек: тихо, Маша, я Дубровский. Помните, Пушкина в школе мимо проходили? Ну да в школе-то мы многое мимо проходили — да только мы не в школе. Да и я — нет, вы-то как хотите, но вот лично я точно, блин, не пушкинская Маша. Тише, блин? Нашли сценарий, блин. Фигура без речей, блин. Дудки, блин!! А даже и не дудки — я сейчас такой концерт организую, что после всем ментам трубы Страшного суда тишиной покажутся. А еще погромче не желаете? Да я же тут такую кашу заварю — у меня всё отделение ей давиться будет! Дружно, блин! Стройными рядами! По стойке смирно, блин!

Б-блин...

А знаете, я ведь не смогла. И не потому, что не успела, а просто почему-то не смогла. Как заклинило, сама не ожидала, однако почему-то не смогла. Я не закричала, не позвала на помощь (не поймите в меру...), не сделала ничего того, что можно ждать от женщины при таком раскладе. Едва ли не впервые в жизни по-серьезному загнанная в угол, я едва ли не впервые поступила, скажем так, *не так* — наперекор всему, в том числе и собственным представлениям о своей персоне. Едва ли не впервые — жаль, не в последний раз: лиха беда начало, и замечу, забежав вперед, что в самом близком будущем мне предстояло частенько узнавать очень много нового о самой себе и вообще о людях. Чертовски много. Признаться честно, даже слишком много. И ничуть не меньше о себе, чем об окружающих. Знала бы! Вот позже и узнала.

А пока — я не закричала, я просто среагировала.

Просто.

Среагировала.

Просто. В жизни всё не так, как на татами. На татами я бы так не справилась. В жизни. Совсем не как в кино. Бой на ограниченном пространстве, когда противники в состоянии задавить тебя даже только массой, лаконичен и отнюдь не зрелищен. Бой на поражение. Никаких захватов-удержаний, кульбитов, беготни по стенам. Фактор внезапности. Без замаха — колени, локти, кисти. Постановка кисти в каратэ — целая наука: атаки кулаками, пальцами, ребрами ладоней. И на поражение, по жизненно важным точкам организма. И одновременно не одного, а двух. Но если разобраться, то в самом деле запросто.

Среагировала. А попробуй я не среагировать! Ну да я и пробовать не стала, и когда оба насильника сноровисто подались вперед, целя подмять меня, запечатав рот поганой пятерней, я буквально взорвалась навстречу. Сознание не поспевало за реакцией, действовала я на автомате, спустив с цепи рефлексы. Стоявший у стены находился справа; тот, что на скамье, наваливался слева. Обоим вышло поровну, но каждому свое: правый получил коленом в междуножие и локтем по горлу, левому пальцами досталось по глазам и кулаком в грудину. Дыхание у организмов перешибло, оба даже вякнуть не смогли, подавившись хрипами. Ничуть не зрелищно, скорей наоборот. На всё про всё секунда, две — много, три — исключено. И еще вдогонку в половину столько, чтобы исхитриться проскользнуть за спины и довести дело до конца, осчастливив каждого по основанию черепа. Рауш, кратковременный наркоз, в худшем случае минут на двадцать хватит.

Лишь секунда, долгая, как сон. И еще — столько же, полстолько и в придачу вдвое против столько, чтобы сбить волну адреналина и через раз начать соображать. А начав хоть так соображать, перво-наперво проверить организмы. Умри сначала ты, а я потом отмажусь — мораль не про меня, стать убийцей мне не улыбалось. Бой на поражение есть всё-таки одно, а на уничтожение — чуть совсем другое. А один удар по кадыку чреват переломом хрящей дыхательного горла, и тогда ваш «пациент» чехлится от удушья. А второй удар кулаком в грудину отрывает ребра от нее и может привести к полному параличу сердечной мышцы. А еще и в пах, и по глазам, и от души по черепу — итого треть часа в бессознанке светит им (и мне!) не в худшем, а в самом лучшем случае. А что мне было делать?! Но гасила я всё-таки на поражение, а не на уничтожение. Только кто ж мне на слово поверит? «Скучала девочка...»

(Кстати говоря, вот теперь действительно у меня не прибрано.)

Однако живы, б-блин...

Уф-ф. Добила бы скотов за эту нервотрепку. Был бы из меня доктор-констатолог, оно же констататор. Д-дебилы, блин... Однако ж пронесло. Близ предела, но всё же пронесло. Впрочем, и сработала я не *за* пределом — близ, около того, но не за пределом. Ворохнулось в голове одно соображение, которое меня чуть-чуть притормозило. Усомнилась я, что эта антреприза представляла из себя только лишь самодеятельность подсаженных ко мне олигофренов. Примстилось в их наезде нечто нарочитое, напускное, науськанное, что ли. И сама подсадка смахивала не на записной ментовский беспредел, а на натуральную прессовку. (Повторю, я не специалист, но детективчики и лекари листают.) Неспроста сценарий мне почудился! Даром что сама его переписала.

Или я опять не того подумала?

А заодно проверим.

Проверяльщиков ждать долго не пришлось. (Или помогальщиков? Так я сама управилась. Хотите повторить?) В дежурке приглушили радио, которое надрывалось там с того момента, как меня оставили наедине с моими... э-э... соседями. В коридоре послышались шаги. Таки что же господам музыка навеяла?

(Европа плю-ю-юс! русский шансо-о-он! плюс-минус, что-то вроде.)

— Что такое?! па-ачему шумим?! пр-рекратить охальничать!! — загодя, еще из коридора начал разоряться кто-то из дежурных.— Та-ак, что здесь происходит? — заглянул он в камеру — и непередаваемо:

— К-какого черта, блин...

Н-да. Непередаваемо.

Ау, служивый! челюсть подбери. Ничего у нас не происходит. Я сижу, они лежат, все довольны жизнью. А вы? Как ваше ничего? Заскучали, мальчики? И то — ждали криков-воплей, заждались, да так и не дождались. Сочувствую.

— Что здесь произошло?

А вы чего хотели?

— Сами видите — отрубились граждане,— вежливо сообщила я.— Приплохело, чего-то не того, видать, употребили. Хорошо бы им врача организовать, я вам как специалист советую. Неровен час помрут — отвечать кто будет?

Вестимо — Пушкин. Я-то здесь при чем?

— Послушайте... Погодите, но вы же сами врач!

Вот я и полечила.

— Э, нет, увольте,— сдержанно отказалась я.— Я на работе врач, а здесь я арестованная.

Тот автоматически поправил:

— Вы не арестованы — вы задержаны с целью выяснения.

А что это меняет?

— Ну так выясняйте!

— Извините, не моя епархия. Придется подождать.

Каков прогресс! надо же, слова какие знаем! а то я на «блинах», прошу простить, спеклась... Нажмем еще:

— Как долго?

— До утра.

— Тогда свободен.— (Кру-угом! ша-агом арш!.. А если поднажать?) — И вот еще, э-э...— Я изобразила пальчиками нечто вызывающе-кабацкое: — Здесь типа приберите!

Самой себе противно.

То есть я уже не просто поднажала, а грубо пережала, но мент и это съел. Растерялся — накладочка случилась, подобного развития сюжета явно никто не ожидал. Всё-таки недаром сценарий мне привиделся, теперь того гляди и режиссеру придется проявиться. Ну что ж — тем лучше, тем будет веселее; сочтемся славою!

(Наивная! и даже так: наи-и-ивная!..)

Так или иначе, организмов из камеры убрали, и больше до утра меня не беспокоили. А поутру на мне без лишних слов защелкнули наручники (надо полагать, honoris causa — в ознаменование заслуг), отконвоировали на второй этаж, провели в мрачный тупичок за железной дверью, поместили в каком-то кабинетике — и еще на несколько часов оставили одну, прицепив наручниками к стояку центрального отопления. Ну вот, а я-то сокрушалась, что правоохренительные органы для меня браслеток пожалели.

А знаете, что самое смешное? Даже и не то, что на двери, в которую меня препроводили, красовалась внушительная вывеска «Отдел по расследованию умышленных убийств и особо тяжких преступлений». Ага, именно вот так, но самое смешное и оно же самое кошмарное заключалось в том, что всё происходящее начало мне — нет, не нравиться, так бы далеко я заходить не стала,— но около того и что-то вроде этого. Никогда бы о себе столь странно не подумала. На самом деле браслетки были лишними — я бы и сама теперь отсюда не ушла, не получив ответы на все свои вопросы. А вопросов у меня — ну да вы и сами понимаете.

Как-то это всё меня заинтриговало.

ГЛАВА 7

Человек предполагает, Бог располагает, а женщина... Впрочем, у нас есть и другие недостатки. Это я вообще, а в частности я в очередной раз заблуждалась, потому что ответы я и в самом деле получила — но не тогда, не сразу и далеко не все. Однако так или иначе получила.

Кое-что стало мне известно много позже. Например, пока я коротала время в гордом одиночестве, надежно (мне с них смешно) приторoченная браслетками к трубе, в кабинете начальника отделения милиции состоялся один весьма занятный разговор, имеющий ко мне самое прямое отношение. Участвовали в нем сам начальник, подполковник Алексей Степанович Новодворцев, и тоже по-своему занятный милиционер, оперуполномоченный «убойного» отдела капитан Тесалов.

Выглядело это всё примерно так.

— Здравия желаю, господин... виноват, товарищ подполковник,— зайдя в кабинет, современно начал, но по-уставному поправился капитан Тесалов.— Вызывали, Алексей Степанович?

— Вольно, товарищ капитан,— из кресла во главе большого т-образного стола отозвался начальник отделения,— а «господ» отставить,— не поднимая глаз, продолжая изучать какие-то бумаги, в задумчивости приказал товарищ подполковник,— прежних, знаешь ли, давно перевели, а новых мы еще не посадили. Да-с, а надо бы...— Новодворцев чему-то досадливо поморщился, отодвинул от себя бумаги и в упор взглянул на подчиненного.— Вольно, вольно, капитан. Хотя — куда вольнее, распустил я вас... Да не стой ты над душой, как мент какой поганый! — неожиданно усмехнулся он.— Проходи, Юрий Сергеевич, садись, разговор имеется.

Тесалов показал, что шутку «мент поганый» оценил, но сам насторожился. В этом отделении он работал сравнительно недавно, но уже успел уразуметь, что раз начальство изволило шутить, то ничего хорошего ждать не приходилось. За внешне неказистым, якобы простецким юморком и доверительной манерой разговора представительного седого подполковника узнавался характер очень цепкий и для подчиненных крайне непростой.

Подождав, пока капитан усядется за стол, начальник отделения продолжил:

— Сразу к делу, капитан. Ты бомжей списал? Напомни, что там было... Без подробностей! — распорядился он, видя, что Тесалов выложил на стол папку с документами.— Давай-ка покороче.

— Есть короче, Алексей Степанович. Там без вариантов — три бомжа в подвале, околели без видимых причин, трупы двухнедельные. Оно же как всегда — слишком много политуры скушали. Эксперты отмахнулись. Если там и был какой-то криминал, всё равно теперь не докопаемся.

— А оно нам надо — «глухаря» на жердочку сажать? Молодец, хоть ты соображаешь. Ладно, с этим всё,— подполковник удовлетворенно хлопнул ладонью по столу.— Но коль скоро ты соображаешь — извини, товарищ капитан, я тебя обрадую.— Новодворцев передал Тесалову несколько листочков.— Здесь уже так просто не отпишешься, придется покопать. Потом изучишь, слушай в двух словах. Имело место разбойное нападение на «скорую» с целью изъятия наркотиков. Врач по дурости пытался оказать сопротивление, за что и был избит. Наркоманы в количестве трех штук с места преступления благополучно скрылись. Всё произошло позавчера, точнее — уже вчера, около двух ночи. Эпизод зарегистрирован, по факту дело завели, но сегодня пострадавший скончался от побоев. Так что, капитан, еще раз извини, теперь придется «убойщикам» корячиться, а именно — тебе. Людей у меня нет, сам отлично знаешь.

— А Козлов? Алексей Степанович, вы и так все его дела на меня повесили. А там четыре «глухаря», один другого краше. А если проверять его подозрения на серию, еще как минимум три эпизода придется отрабатывать. И потом...

— Юрий Сергеевич, ты не на базаре. Как уголовник Бендер говорил, торг здесь неуместен.

— Алексей Степанович...

— Капитан Тесалов!

— Есть.

— Так-то лучше, капитан, коротко и ясно. И скажи спасибо, что за Козловым всего четыре дела придется разгребать. Если бы я сам его не окоротил, там бы дичи вдвое больше было.

— Спасибо, товарищ подполковник.

— Что-о?!

— Что всего четыре.

— Ты не слишком зарывайся, капитан,— хмыкнул подполковник.— Ладно, ближе к делу. Как по наркоманам будешь действовать?

— Обыкновенно,— тот чуть пожал плечами.— Агентуру заряжу. Потрясу кого-нибудь из тех, кто у нас светился. Есть тут на примете отморозки. Если нападавшие постоянно пасутся на нашей территории, то не исключено, что кто-то что-то слышал. Повезет — зацепимся, раскрутим, отходняк начнет ломать — разговорим. Ну а если публика случайная, то шансов никаких. Разве очень крепко повезет, сами понимаете.

— Я-то понимаю, а ты будь добр хоть наизнанку вывернись, но — чтобы очень крепко повезло! Доступно приказал? А мыслишь правильно. Только не забудь запросить аналогичные преступления по городу — если где-нибудь еще такие эпизоды проходили, постараемся наши материалы в ГУВД спихнуть, нехай они дела объединяют. Учись, Юрий Сергеевич,— назидательно заметил подполковник.— Так, с этим всё, закончили. Ты с бумагами Козлова ознакомился?

— Так точно.

— Расслабься, капитан. Вижу по лицу, что всё тебе не нравится. Мне, между прочим, тоже. Хорошо, его дела ты принял...

— Алексей Степанович, за ним еще задержанная числится.

(То есть лично я, это я слегка напоминаю.)

— Погоди ты о задержанной. Давай-ка по порядку, с этой самодеятельностью разобраться нужно. Для начала вкратце изложи, чего он там надыбал, потом уже определяться будем. А задержанная от нас не убежит...

Положим, будучи лицом заинтригованным, я сама отсюда не спешила, однако же насчет «не убежит» я бы не судила опрометчиво. Человек предполагает, мент располагает, а женщина — ну да я об этом говорила. А вот насчет того, чего он там надыбал, то Козлов и впрямь кое-что надыбал. Как это ни странно, в том числе и то, что меня действительно касается.

Однако в самом деле по порядку.

В течение последних трех недель в районе было зарегистрировано несколько загадочных смертей, в ряде случаев похожих на убийство.

(О как изложила! А как звучало, так примерно я и изложила. Да, на всякий случай повторю — это всё стало мне известно много позже.)

Итак, первым среди прочих был обнаружен труп одинокой пожилой женщины в квартире на втором этаже в стандартной девятиэтажке на проспекте Славы. Соседи по лестничной площадке обратили внимание на незапертую дверь и немедленно вызвали милицию. В результате осмотра места происшествия было установлено, что с момента смерти потерпевшей прошло не менее двух дней, а в квартире наличествуют признаки совершения кражи. (За протокольные извивы языка я не отвечаю.) При первичном осмотре видимых повреждений на трупе не замечено, произведенное позднее патолого-анатомическое вскрытие факт насильственной смерти не подтвердило и не опровергло. В результате допущенной небрежности провести вторую, более детальную судмедэкспертизу не было возможности. Возбу́ждено уголовное дело, работу по которому начал оперуполномоченный лейтенант Козлов.

Поквартирный опрос выявил один странный эпизод. Живущая выше этажом такая же одинокая старушка сообщила, что на днях к ней в квартиру позвонился некто, из-за двери назвавшийся врачом из поликлиники. Дверь старушка не открыла, поскольку никакого доктора она не вызывала. Установить дату визита этого врача и даже подтвердить сам факт такого посещения не представляется возможным, так как пожилая женщина страдает возрастными изменениями личности, состоит на учете в психоневрологическом диспансере и в пространстве, времени и собственном сознании ориентируется мало. (Нет бы просто указать, что маразм у бабушки!) А кроме этого никто и ничего не видел и не слышал.

Но Козлову и того хватило. Повторный поквартирный обход, произведенный оперуполномоченным Козловым в порядке личной инициативы, внятных результатов не принес, но лейтенанта на «враче» заклинило. Тем более буквально день спустя при весьма похожих обстоятельствах в другом конце района был обнаружен следующий труп.

Началось всё тоже с приоткрытой двери с чудовищным ригельным замком и тоже без следов какого-либо взлома. Однако в этот раз труп оказался свежим, с момента смерти прошло не более шести-восьми часов. На локтевом сгибе пожилой женщины были обнаружены следы инъекций, которые, впрочем, объяснялись тем, что умершая страдала рядом хронических недугов и регулярно обращалась к медикам. Опрос позволил выявить дальнюю родственницу потерпевшей (потерпевшей ли?). Та показала, что из квартиры, возможно, пропали некоторые ценные вещи, в частности серьги с бриллиантами и золотой брегет девятнадцатого века. За точность показаний свидетельница не ручается, поскольку навещала покойную давно, близких отношений не поддерживала и могла напутать. Судмедэкспертиза и в этом случае не дала четкого заключения о причинах смерти. Уголовное дело было поручено опять-таки Козлову, о чем он сам просил. Ну сам и напросился, разумеется.

Опрос жильцов подъезда, произведенный с упором на врача или человека, работающего под врача, ситуацию не столько прояснил, сколько всё запутал. Да, в течение указанного дня врача в подъезде видели. И не одного, потому что в квартиру на третьем этаже был вызван участковый, а жильцов на пятом лечила «неотложная». И до этого видели врача, но могли и видеть после этого. Может быть, мужчину, а возможно — женщину. В халате. В белом. Или в чем-то белом, то есть не исключено, что не врача. То есть просто некоего человека, например, в плаще, а вовсе не в халате. В белом. Или в чем-то бежевом. Или не сегодня, а позавчера, но кого-то там определенно видели. Но видели э-э... неопределенно.

Инициатива наказывается исполнением, и новый труп, обнаруженный несколькими днями позже, повис также на, скажем так, Козлове отпущения. Отчасти к этому располагали обстоятельства. На сей раз квартира оказалась запертой, о смерти ее обитательницы сообщила соседка по лестничной площадке. Она за небольшую мзду регулярно навещала умершую, помогала престарелой женщине в быту и имела ключи от ее жилища. Повреждений, указывающих на насильственный характер смерти, на теле опять же не отмечено, но следы поспешного обыска квартиры были налицо. Как и в двух предшествующих случаях, ни оперативно-розыскные действия, ни судмедэкспертиза вразумительных результатов не дали. По словам соседки, покойная хранила дома незначительную сумму денег, старинное столовое серебро и кое-какие золотые украшения. При осмотре места происшествия названных вещей не обнаружено. Заведено уголовное дело.

И опять опрос жильцов подъезда, снова проведенный Козлóвым с упором на врача или человека, работающего под врача,— и далее опять-таки по тексту.

Если в трех предыдущих случаях подозрения на насильственную смерть мотивировались в основном сопутствующими обстоятельствами (факт кражи, незапертая дверь) и служебным рвением чересчур ретивого опера Козлова, то следующий, уже четвертый, эпизод, несомненно, отдавал мрачной достоевщиной. Теперь в запертой на все замки квартире имели место быть сразу же два трупа — пожилой немощной хозяйки и ее такой же престарелой гостьи. Когда последняя к оговоренному сроку не пришла домой, домочадцы бабушки подняли тревогу и в конце концов настояли на вскрытии квартиры. При осмотре места преступления было обнаружено, что у хозяйки неестественно вывернута шея, а ее знакомая без затей заколота кухонным ножом. Никаких намеков на грабеж в квартире не замечено.

Возбуждено уголовное дело, однако все оперативно-розыскные мероприятия опять зашли в тупик. Потуги Козлова привязать «врача» и к этой уголовщине (равно как и эту уголовщину привязать к какому-то якобы врачу) привели лишь к умножению неопределенностей и распространению слухов о лекаре-убийце.

На этом начальство спохватилось, неугомонный лейтенант официально получил взыскание, а неофициально —

порядочный разнос. Вразумительные основания объединять четыре эпизода в серию отсутствовали напрочь. Ничего, сколь-нибудь весомо подтверждающего его сумасшедшую гипотезу, Козлову нарыть не удалось.

Иной бы, не исключено, и успокоился, но никак не этот. А очередной труп только утвердил его в намерении держаться своей версии, даром что перевести новый эпизод в плоскость уголовного расследования ему не разрешили. Шестой по счету труп принадлежал (для разнообразия) зажившемуся на свете старичку и к моменту его обнаружения успел наполовину разложиться. Тело было найдено случайно, когда вследствие пробного включения системы централизованного отопления в квартире старика лопнула труба и соседей снизу затопило. После долгих трехсторонних препирательств между жильцами затопленной квартиры, работниками жилищно-коммунального хозяйства и милиционерами дверь в квартиру старика взломали. Осмотр места происшествия мог быть осуществлен лишь в противогазах. Результаты предпринятого разбирательства, в том числе судебно-медицинской экспертизы, признавшей смерть естественной, удовлетворили всех. Но только не Козлова.

Подобные «найденыши» в милицейской практике не являлись чем-то исключительным и не подразумевали криминала. Старики, живущие одни, сплошь и рядом умирают тоже в одиночестве. Хотя, признаться, конкретно в данном случае слабенькие аргументы в пользу уголовщины у Козлова всё-таки сыскались.

Во-первых, при осмотре обиталища покойного так и не были найдены ключи. Козлов настаивал на том, что его гипотетический убийца их просто-напросто прихватил с собой, чтобы закрыть квартиру. Возможность того, что в силу объективных обстоятельств, а именно невыносимого запаха в жилище, осмотр был произведен не слишком скрупулезно, лейтенант уперто игнорировал.

Во-вторых, в день смерти старика, установленный судмедэкспертизой, у его квартиры в самом деле видели врача. Или всё того же человека, чем-то напоминавшего врача. То есть субъекта без лица, неопределенного возраста и пола, в белом лекарском халате, который с той же долей вероятности мог быть светло-бежевым плащом...

Увы, сенсации и тут не приключилось. Оперативная проверка показала, что дедушка тогда действительно вызвал «неотложку», и врач у него был, и был тот врач самый настоящий. Причем после «неотложной» терапии старичок почувствовал себя настолько замечательно, что весь вечер в скверике забивал «козла». Ага. Еще раз как бы в скобочках — жаль, что не Козлова, потому что даже и такая неувязочка лейтенанта не обескуражила.

(Бредить никому не возбраняется, но лучше это делать в соответствующем медучреждении и под наблюдением психиатров.)

А были ведь еще и в-третьих, и в-четвертых. Последние к делам вообще не относились, но зато имели прямое касательство ко мне, сиречь Дайане Германовне Кейн, если кто не в курсе.

Яне лейтенант Козлов сразу не понравился, но она ему не приглянулась раньше. Ага, именно вот так. Впервые он столкнулся с этой непонятной и ему почему-то крайне неприятной дамочкой недели две назад, на квартире у старушки Жмары. Да-да, когда гражданка Кейн ненароком зачехлила ту одинокую пожилую (тоже одинокую и тоже пожилую) женщину (что тоже характерно), среди прочих именно Козлов опечатывал старухину квартиру. На фоне только что пережитого Яна его просто не запомнила, в упор смотрела мимо, все люди в милицейской форме воспринимались ею на одно лицо. Странноватая она какая-то была, кто бы с этим спорил, а Козлов — ну да лейтенант к этому злосчастному моменту на врачах уже мало-мало зациклился. Так и зацепилось — в подсознании пока что, не в сознании. Хотя бы за отсутствием последнего.

А потом была проверка на дорогах. Вообразив, что его гипотетический маньяк, врач-старухоубивец, для полноты картины разъезжает на медицинском транспорте, Козлов был рад стараться. Каким образом он, всего лишь лейтенант, исхитрился ее организовать — не столь принципиально. Гораздо примечательней тот факт, что Козлову снова подвернулась Яна... Н-да, чего греха таить, она его достала — ну и разговорчик, если разобрать, получился скользким и двусмысленным, а в чем-то даже в тему. Паче чаяния других результатов осуществленная за спиной начальства авантюра так и не дала, и перед одержимым бесом служебного рвения лейтенантом живо замаячила перспектива позорного изгнания из органов.

(Пусть все менты козлы, но хоть не все Козловы. Да и не все они так сразу же козлы. Есть гораздо хуже...)

Поэтому обнаружение на следующий день очередной покойницы, чья смерть худо-бедно, с грехом напополам укладывалась в прокрустово ложе версии о враче-маньяке, для Козлова случилось очень кстати. Не труп, а перст судьбы, подарок провидения; а когда обстоятельства времени и места привязали к этой смерти Яну, лейтенант решил не сомневаться.

Оказавшись тогда и там, когда и где не надо, остается утешаться тем, что жизнь вообще и в частности представляет из себя стечение различных обстоятельств, сцепление всяческих случайностей — с той, впрочем, оговоркой, что случайность есть неосознанная закономерность. Тело было найдено по адресу Пражская 11–61, то есть в квартире, расположенной в том же доме и даже в той парадной, куда Яна ездила на вызов, обернувшийся в итоге вульгарным ложняком. В силу специфических причин время смерти хозяйки указанной квартиры эксперты смогли определить с точностью лишь до шести часов: смерть могла случиться в интервале с семи вечера вторника 10-го до часу пополуночи среды 11-го октября — стало быть, в том числе тогда, когда Яна крутилась у подъезда.

Труп был обнаружен утром. Тревогу забила медсестра из поликлиники, поскольку эта пациентка среди прочих хронических недугов страдала диабетом и ей по утрам в одно и то же время обязательно кололи инсулин. На звонок никто не отозвался, медсестра сначала удивилась, потом обеспокоилась, а затем не поленилась с улицы заглянуть в окно, благо квартира находилась на первом этаже. Хозяйка квартиры без движения лежала на кровати. Заподозрив у больной диабетическую кому, медсестра немедленно вернулась в поликлинику и поставила в известность руководство. После неизбежных в таких внештатных случаях проволочек и формальностей дверь в присутствии милиции взломали. Женщина была мертва по меньшей мере с ночи.

Предыдущие эпизоды новый случай напоминал преимущественно тем, что покойная была тоже пожилым и очень нездоровым человеком. При осмотре на теле не выявлено никаких явных повреждений, в квартире не замечено ни единого намека на грабеж. Даже входная дверь в квартиру изнутри оказалась запертой засовом. Словом, ровным счетом ничего, ровно никакого криминала не просматривалось, но — там был Козлов, и этого довольно.

В расследовании обстоятельств этой смерти оперуполномоченный превзошел самого себя. Нестыковками он вовсе не расстроился — он скорее растро́ился и расчетверился. Он лично прокатился на такси в морг на Екатерининском, чтобы где нытьем, где матами поторопить экспертов. Он лично повторил опрос возможных очевидцев, настырно уточняя показания, отличавшиеся знакомой по прежним эпизодам неопределенностью. Он лично проверил регистрацию вызовов на дом врачей и медсестер по всем лечебным учреждениям района. И лично он наткнулся, наконец, на ту самую, набившую ему оскомину докторицу Кейн, которая была *тогда и там*, наипаче и тогда, и там она и в самом деле пребывала.

(Я же говорила, что это дело непосредственно касается меня. Даром что действительно меня оно никоим боком не касается.)

Post hoc ergo non est propter hoc. «После этого не значит, что поэтому», но если очень хочется, то значит. А посему, привязав подозреваемую Кейн ко времени и месту «преступления», усомниться лейтенант не смел и не сумел. Задержание сей пресловутой дамочки он отложил до вечера только потому, что надеялся в отсутствие начальства на свой страх и риск поднажать на Яну и выжать из нее признательные показания. Он убедил заведующего «неотложной помощью» под надуманным предлогом вызвонить Яну на работу, а дальше...

Ну а дальше вы и сами знаете.

А если что не знаете, то в самом скором времени узнаете.

Итак, четверть часа капитан Тесалов сжато, профессионально, без оценок и личных комментариев излагал собранные Козловым материалы. Новодворцев не перебивал, иногда лишь раздраженно морщился.

Капитан закончил.

— Сам что думаешь? — поинтересовался начальник отделения.— Сперва вообще, о серии.

Тесалов был прост и лаконичен:

— Бред.

Новодворцев хмыкнул:

— Мягко сказано... Давай соображения.

Тесалов задумчиво повертел в руках пачку сигарет.

— Намудрил Козлов...

Новодворцев перебил:

— В выражениях можешь не стесняться, однако обоснуй. Есть вопросы — спрашивай.

Капитан кивнул:

— Есть.— И пояснил: — Так, по мелочам, для очистки совести... Не верится мне как-то, что Козлов всю информацию отдал. Сомнительно...

— Ну-у, капитан! Он хоть у нас Козлов, но где-то как-то опер, а всякий опер завсегда что-нибудь в загашнике придержит. И не ври, ты тоже не безгрешен. Скажешь, нет?

Капитан начальству не перечил:

— Ангелы в ментовке не работают... Я к чему завел об информации — наследников жилплощади Козлов установил? — Тесалов кивнул на папку с документами: — В делах о них ни слова, а отработать стоило. Пусть покойники кругом трижды одинокие, но квартиры их кому-то ж отойдут — между прочим, вряд ли государству.

— А оно тебя так беспокоит?

— Оно меня давно ровно на зарплату беспокоит, ни копейкой больше. А вот мотив...— и тут же сам признал: — С натяжкой, правда.

Подполковник оценивающе взглянул на подчиненного, затем еще раз хмыкнул:

— Зришь в корень, капитан, но не один ты умный. Эту версию Козлов не отрабатывал, а вот я проверил. Всё чисто, можешь не копаться. Еще сомнения?

— Экспертиза проводилась тщательно?

— Обыкновенно, не лучше и не хуже. На зарплату, ни копейкой больше. Не ты один продвинутый такой, эксперты тоже люди. Кстати, в первом случае они просто отписались, а перепроверить после не смогли — родственники тело забрали и кремировали. Бардак, короче.

— Так родственники всё-таки нашлись?

— А то! Наследнички. Ты же сам всё правильно подметил: при жизни — никого, а как наследство, так они откуда-то слетаются. Честно говоря, порой с души воротит. Вроде бы и никакого криминала нет, а всё равно противно...— Новодворцев опять уставился на капитана: — Или сомневаешься? Думаешь, тщательное вскрытие чего-нибудь дало бы?

— Навряд ли... Нет, не думаю.

Начальник отделения кивнул:

— Правильно не думаешь. От думанья только тараканы в думалке заводятся, а кроме — ни шиша, сплошные неприятности. Ни шиша и ни гроша... Что у тебя еще?

— По городу фиксировалось что-нибудь подобное?

— Усвоил, молодец. Нет, ничего, проверено...— Начальник отделения прищурился: — Или и тебе уже серия мерещится? Ты, часом, не того — не перебрал намедни? Больничный выписать?

Тот пожал плечами:

— Да нет, конечно, ерунду спросил... Так, разве что для полноты картины. Надо же зарплату отрабатывать.

Начальник отделения нахмурился, после улыбнулся:

— Ну-ну... Вообще-то это правильно — иногда и рвение не вредно показать. Я не против, но не переборщи, одного Козлова мне достаточно.

— Товарищ подполковник!..

— Отставить.

— Есть.

— Хорошо, намеки понимаешь. Теперь по делу. Представь, что я Козлов, а ты мне возражаешь. Я жду сухой остаток, капитан. Намек усек?

— Так точно — маты опустить.

— Хорошо. Валяй, аргументируй.

Не спросясь, Тесалов закурил.

— Попробую.

— Пусть повар пробует — ты делай, капитан. Авось не обожжешься.

— Постараюсь,— поправился Тесалов.— Логика проста: все эпизоды связывает только возраст умерших. Я намеренно не говорю убитых, потому что бесспорная мокруха лишь одна — это там, где сразу же два трупа.

В остальных случаях я склонен согласиться с экспертизой, а запуткам поискать другое объяснение. Но даже, подчеркиваю — даже если всё же допустить, что во всех случаях трупы были криминальные, версия о серии не строится. Мотив не позволяет: в двух случаях квартиры обнесли, в одном — сомнительно, в остальных — все вещи на местах, в том числе и ценные. Об этом же косвенно свидетельствуют данные дактилоскопии: по каждому из адресов неустановленные отпечатки пальцев есть, но они нигде не пересекаются. Кстати, само наличие посторонних пальчиков ровно ни на что не намекает: как бы одиноко ни жил человек, чужие так или иначе в квартиру попадают — сантехники, врачи, соседи... менты, в конце концов. Конечно, преступник мог действовать в перчатках,— Тесалов усмехнулся,— если бы он был, поелику отсутствие общего мотива и почерка однозначно приводит нас к тому, что *серийного* убийцы таки не было... Резонно?

— Поелику-понеже... Продолжай. Что скажешь о враче?

— А всё примерно то же. Следы инъекций на телах имеют самое простое объяснение: все болели, все лечились, всем уколы делали. И потом, вообразим, что в квартиру звонится незнакомый человек, представляется врачом, даром что его не вызывали, и что — все рады угодить, так сказать, от жизни полечиться? Абсурд, однако... К тому же эта версия изначально цеплялась за показания психически неадекватной женщины. Выжила старушка из ума — бабушка с пришельцами накоротке общается, боится, что врачи ее заарестуют, вот ей и померещилось. Остальные показания тоже ни к черту не годятся: дома многоквартирные, врач в подъезде — персонаж привычный, в чем-то даже фоновый. Естественно, кто-то вызывает, естественно, другим на это наплевать. Смотреть в лицо им незачем, запоминать тем паче — врач и врач, есть халат и ладно. Положим, участковых докторов в лицо некоторые знают, а вот всякие там «скорые» или «неотложные» — сам черт не разберет. Отсюда расхождения во времени и такая неопределенность в описаниях. Здесь всё закономерно, только уголовщина малость ни при чем, от балды притянута. Кстати, может быть, какой-то Айболит бедному Козлову в нежном возрасте укол неловко сделал? Врач-вредитель, мать...— Тесалов спохватился.— Вот, собственно, и всё.— И, давя окурок в пепельнице, заключил: — В остатке пшик и девичья фамилия. Деталей добавлять?

— Дойдем и до деталей...— Новодворцев немного помолчал.— Ладно, считай, что убедил,— признал начальник отделения.— Теперь по эпизодам. Как запутки можешь объяснить? Версии, пожалуйста.

Тесалов начал разминать вторую сигарету.

— А версии просты. Последний эпизод вообще как сбоку бантик...

Новодворцев тормознул:

— Иная простота хуже воровства — смотри не проворуйся... Ладно, ладно, не ершись, давай по хронологии. Пляши от первого. Зацепки видишь?

— Не исключено...— Тесалов закурил.— Так. Первым числится труп в адресе на Славе. Там вот что характерно: внимание соседей привлекла незапертая дверь, а тело пролежало не менее двух суток. То есть столько времени никто не замечал, что квартира буквально нараспашку. Типа как убивец старушку замочил, имущество потырил, а дверь закрыть забыл. Его склероз замучил, а на соседей затмение нашло — в течение двух дней смотрели и не видели. Возможно это? Не исключено, в наше время всем на всё плевать, но всё-таки сомнительно. Более того, я почти уверен — дверь была оставлена открытой в тот же самый день, когда тело обнаружили. Эксперты угадали — старушка умерла естественным путем, а квартиру обнесли на следующие сутки. Шустрил там не один: чертовски много вынесли, а больше разорили. Воры проникли через форточку, благо окна расположены над козырьком парадной. Брали без разбора, вышли через дверь, искать ключи и запирать не стали. Публика случайная, серьезные домушники так стремно не работают, стало быть — бомжи, ханыги-алкаши или наркоманы. Без башни господа...

Тесалов замолчал.

— Без башни, говоришь...— в задумчивости произнес начальник отделения.— Допустим. Эти могут... Так, ладно, увлеклись. Вернемся к делу. Думаю, ты прав, а следовательно, материал подъемный. Согласен?

— Не исключено,— с осторожностью повторил Тесалов.— Перспектива есть, при удаче зацепиться можно.

— Ну так и зацепись... И вот что, капитан, примерь-ка эту схемку на третий эпизод — тот, где труп соседка обнаружила. Кража там была, а убийства, чует сердце, не было. Старушенция сама коньки отбросила — стало быть, как и в первом случае обносили труп. Погодь, Юрий Сергеевич, не перебивай. Я тоже не дурак подозревать, что соседка-ключница нас за лохов держит. Однако посуди: ключики от той квартиры у соседки были? Были. А мог ли кто еще из соседкиных чад и домочадцев те ключи использовать? Почему бы нет. Что там за семья? Разобраться надо — муж-алкаш, дети-наркоманы... чем не вариант? Вошли, увидели, воспользовались случаем — не в первый раз такое. Согласен? Могло произойти?

Капитан без комментариев кивнул.

— Вот и ладушки,— отметил Новодворцев.— Если так, то раскрывай по-шустрому. Палочку, считай, на халяву срубишь. Да и от мокрухи за отсутствием состава преступления избавишься... Ладушки,— повторил начальник отделения.— Впрочем, извини — теперь уже я сам нарушил хронологию. Вернемся ко второму...— Новодворцев жестом остановил Тесалова: — Я нарушил, мне и восстанавливать. Так, эпизод второй. Дверь открыта, ригельный замок, кража под вопросом. Верно, капитан?

Тесалов вновь кивнул:

— Так точно, товарищ подполковник.

Начальник улыбнулся:

— Должен же и я денежное содержание оправдывать,— с долей шутки заметил Новодворцев.— Хорошо. Допустим, кражи не было. Что там фигурировало — серьги с бриллиантами? Золотой брегет? Родственница их вроде бы у старушки видела. Вроде бы... Допустим. Ну и что? Предположим, свидетельница их когда-то в самом деле видела, но с тех пор покойная запросто могла их заложить, подарить кому-нибудь, в конце концов — продать. Кстати говоря, последнее вернее: нынче жизнь за пенсию не купишь. Хоть не доживай, Господи помилуй... Возражения?

— Незапертая дверь.

— Разумеется. Если дверь открыта, то в квартире кто-то побывал. Казалось бы, куда как очевидно, правильно?

Правильно, конечно, но не верно. Не всё то очевидно, что в глаза бросается... Так вот, по существу. Я тут со знакомым лекарем переговорил, он на «неотложной помощи» работает. Ты когда-нибудь до них дозвониться пробовал?

Тесалов едва не перекрестился:

— Бог миловал!

— Ну. То-то и оно... Я к чему — у них ведь как бывает: человек один живет, плохо ему стало, «неотложку» надо вызывать. Но пока те едут, пациенту может настолько приплохеть, что он уже до двери не дотащится. Поэтому некоторые больные заранее двери отпирают, как только дозвонятся. Но бывает и наоборот: если долго «занято» и не прозвониться, то могут и сначала отворить, а потом опять продолжать названивать. Между прочим, на Западе для тяжелобольных кнопка экстренного вызова придумана. А у нас — понятно, что у нас: у нас за телефоном при таком раскладе можно и скопытиться. Вот бабка и скопытилась, а дверь так и осталась. Мой знакомый лекарь подтвердил — в их практике еще не то случается... А ты как полагаешь? По логике вещей — могло быть в нашем случае что-нибудь подобное?

Капитан был склонен согласиться:

— Вообще могло... Могло — не значит было, но всё-таки — могло... По логике вещей, действительно могло.

Новодворцев с нажимом подтвердил:

— Вот именно. Пошустри там для очистки совести — историю болезни подними, с врачами побеседуй, с заведующим местной «неотложкой» посоветуйся. Если смерть старухи не противоречит характеру ее заболевания, то нам там делать нечего.

Капитан кивнул:

— Принял к сведению, товарищ подполковник.

— Надеюсь... Хорошо, с тремя случаями вприглядку разобрались. Четвертый эпизод. Докладывай, товарищ капитан, у тебя неплохо получается. И дальше так же гни,— подбодрил он Тесалова.

— Не сгибается пока, Алексей Степанович,— осторожно начал капитан.— Там два трупа в адресе. Обе женщины, обе пожилые. У одной разрыв спинного мозга на уровне первого-второго шейных позвонков, другая умерла от ножевого в сердце. Ценностей в квартире предостаточно, есть антиквариат, но, похоже, ничего не тронуто. Версии...

Возникла пауза.

— Ну, ну,— подстегнул его начальник отделения,— рожай соображения — для начала хотя бы на зарплату, как ты выражаешься, а будет сверх того — копейку я подброшу. Не сами же они друг дружку укокошили!

Капитан с понятием вздохнул:

— Неплохо бы, всё мороки меньше... А кроме шуток, Алексей Степанович, там покамест зацепиться не за что. Да я и сориентироваться-то, если честно, толком не успел. Тем более Козлов на врача-вредителя всю дорогу целился, другие варианты он побоку пустил, за своей версией реальности не видел. Поэтому придется материалы перепроверять, по существу — всё от нуля раскапывать. Пять дней уже прошло...

Новодворцев перебил:

— Не плачься раньше времени. Ладно, так и быть, касательно наследников квартиры я сам перепроверю. Еще раз, так сказать, для очистки совести. Скажи спасибо.

— Спасибо.

— На здоровье. Продолжай. Не бывает так, чтоб даже думать не о чем.

— Вообще-то есть о чем,— не возражал Тесалов.— Что ж... Во-первых, почерк злоумышленника, мягко говоря, довольно специфичен. А во-вторых, совсем таки не факт, что из квартиры ничего не вынесли. И в-третьих, наконец, до сих пор мы априори думали, что мотивы преступления связаны с хозяйкой, а гостья — жертва случая, она-де ни при чем... А если дело шиворот-навыворот, задом наперед и всё наоборот? Иначе говоря, а если вовсе не в хозяйку метили, но в ее подругу? Согласен, это слабенько, однако всё равно можно покопаться. За неимением гербовой... Что ж, за неимением гербовой придется начинать на туалетной. Авось чего и сложится.— Тесалов пожал плечами и предусмотрительно добавил: — Если повезет.

Подполковник слегонца нахмурился:

— Априори, значит, говоришь... Умные слова какие знаешь... Ну-ну. Оно, конечно, очень хорошо, а повезет — тем более неплохо. А вот чего негоже, капитан, так это на удачу уповати, семи потов не проливши. В таком разрезе...

Новодворцев встал из-за стола.

— Вот в таком разрезе, капитан. Везет тому, кто сам себя везет,— продолжил он, прохаживаясь взад-вперед по кабинету,— кто сам себя везет и к тому же малость погоняет,— дополнил Новодворцев.— Загонять себя, положим, ни к чему, а погонять придется. В таком разрезе...— сосредоточенно о чем-то размышляя, повторил начальник отделения.— Ладно, капитан.

Он остановился, оперся руками о столешницу.

— Я, собственно, чего тебя гружу,— принял он решение.— В целом у тебя складно получается, мужик ты думающий, опыт, вижу, есть, просто так номер отбывать не собираешься. Бог даст, сработаемся. Главное у нас — узду не рвать, но от пахоты в упряжке не отлынивать. Ты хоть у меня без году неделя, но службу понял правильно. А то, что с предыдущей должности ты не сам ушел, а тебя оттуда попросили, нам жить не помешает. Ты хорошо сказал — ангелы в ментовке не работают. Ну да ангелы вообще, я слышал, не работают, а статью о тунеядстве из кодекса убрали. Что поделаешь, придется нáм корячиться...

Новодворцев немного помолчал.

— Я это всё к чему,— перешел он к делу.— Ситуацию в «убойном» ты знаешь изнутри. Пять человек в отделе, а работать некому. Речь не о тебе и не о майоре,— Новодворцев имел в виду командированного в Чечню начальника «убойщиков» Юрзинова,— но остальные, блин... Оно, конечно, в основном ребята молодые, когда-нибудь научатся, но «когда-нибудь» к делу не пришьешь и в сводку не запишешь. Как командир он не был слишком плох,— еще раз помянул он отсутствующего начальника «убойного» отдела,— и я его отчасти понимаю: хорошую ищейку на цепи не вырастишь, на чужих ошибках не научишься, опыта на всех не напасешься. Кто бы спорил, всё это хорошо, но вот самодеятельность поощрять не следует. А майор ребятам слишком много воли дал, результат ты по Козлову видишь. Сам Юрзинов — да, ничего не скажешь, цепкий опер был...

— А почему — был? — не удержался Тесалов.

Новодворцев забарабанил по столу кончиками пальцев.

— Вероятнее всего, он к нам не вернется,— не сразу отозвался начальник отделения.— Он чего в Чечню-то так хотел: выслужит очередную звездочку, висюльку заработает — и на повышение. Его давно в главк забрать хотели, но майором уходить одно, а подполковником — уже совсем другое. И как раз оказия внезапно подвернулась, дополнительная разнарядка нам пришла, ну он и напросился. Вообще-то я его по жизни понимаю... Но это лирика,— вернулся к делу он,— а мораль такая. Временно «убойщиков» подчинили напрямую мне, и я же буду рекомендовать нового руководителя отдела. Так вот, сюда послушай. Если за неделю с делами гладко справишься и результаты дашь, то станешь врио начальника «убойного». С главком я нюансы утрясу, ежели возникнут. Месячишко временным покрутишься, а там и постоянным утвердим... А это — звание, оклад, всё такое прочее. Что скажешь, товарищ капитан?

Выигрывая время, Тесалов еще раз закурил. Для сорока минут, проведенных в кабинете подполковника, дыма получалось многовато, но такого поворота капитан действительно не ждал. Нет, подал он себя довольно грамотно, нужный образ создал, впечатление сумел произвести, однако же его подмоченная репутация (увы! с кем, впрочем, не случается) с быстрым продвижением по службе не вязалась... Но подполковник, похоже, не шутил и возможностей своих не преувеличивал. Тесалов имел некоторое представление о служебной биографии своего нового начальника, в частности о том, что Новодворцев значительное время проработал в главке. Как ни странно, «ушел на понижение» он оттуда сам, по своему хотению, сохранив при этом кое-какие связи, а посему добиться утверждения на ключевую должность угодной именно ему кандидатуры подполковник мог. Другое дело, что «подмоченный» Тесалов этой самой должности не слишком-то желал, но отказываться было просто глупо, даже в некотором смысле непростительно.

(Знал бы ушлый милицейский лис, что было на уме у капитана!)

В ожидании ответа Новодворцев вновь принялся ходить по кабинету.

— Есть сомнения, товарищ капитан?

Тесалов — больше для проформы — обронил:

— Сроки.

— Извини-подвинься, капитан,— отрезал подполковник.

— Люди.

— Людей пока не дам, а вот Козлов — пожалуйста...— Сообразив, как это прозвучало, Новодворцев по своему обыкновению прихмыкнул.— Других всё равно нет,— добавил он, опережая реакцию Тесалова.— Между прочим, на общем фоне Козлов не так уж плох, даром что один зоопарка стоит. По Уставу, за эти выкрутасы его бы в шею гнать, но Устав нужды не разумеет. Ментов не пальцем делают. Пока что сопляку в каждой бытовухе преступление века мерещится, но то пока, со временем мальчишка поумнеет. Времени у нас, положим, нет, но гнать взашей — оно всегда успеется... Короче, капитан, твоя задача — натаскать его, причем по-шустрому, не лаской и не сказкой. Детский сад отставить. Не рассусоливай, бери, что называется, Козлова за рога и гоняй, как вшивого. Приказ понятен?

— Есть, Алексей Степанович.

Энтузиазма, мягко говоря, в ответе слышно не было.

— Не грусти заранее. Сам знаю — парнишка не подарок. Но работать он по крайней мере хочет, а это кое-что — раз хочет, значит сможет. Его энергию бы в правильное русло — такими темпами он далеко пойдет,— заключил начальник отделения и проворчал вдогонку: — Быть может, и дойдет, ежели дурить, конечно, бросит. А заодно курить...— Новодворцев недовольно покосился на дымящего Тесалова, подошел к окну и открыл фрамугу.— Не можешь не коптить — черт с тобой, смоли на подоконнике. Кстати, впредь, товарищ капитан, разрешения спрашивай.

Тесалов загасил наполовину выкуренную сигарету.

— Виноват, товарищ подполковник.

Новодворцев отмахнулся:

— Сказал же — черт с тобой... И вот что, капитан, давай-ка закругляться. Осталось разобрать последний эпизод. И с задержанной пора определиться. Загостилась дамочка...

(Уф-ф! Ну наконец-то, черт бы их побрал! Долгонько добирались. Вы лично как хотите, но если б я их слышала тогда, то решила бы, что эти господа надо мной ну просто издеваются. Сколько можно, б-блин... Нет, конечно, это всё по-своему интересно, и вообще без этого никак, но то ж по-своему, а вовсе не по-моему. Может быть, кому-то удивительно, но меня, признаться, в тот момент более всего беспокоила собственная скромная персона. Причем, напоминаю, притороченная браслетками к трубе. Ага, такая незадача... Нет, в ментовке надо мной ну точно издеваются!)

Впрочем, последний эпизод, по которому проходила та самая задержанная Кейн, на поверку отдавал такой кромешной абсурдистикой, что любому мало-мальски грамотному оперу — например, Тесалову — оставалось разве что развести руками.

Он ими и развел:

— Хороший эпизод, Алексей Степанович. И подозреваемая лучше некуда: приехала на вызов, дверь ей не открыли, она расстроилась, спустилась на пару этажей, просто так зашла на огонек к одинокой бабушке и неизвестно как старушку замочила. Почему бы нет, надо же ей было кого-нибудь от жизни полечить, раз она туда всё равно приехала. После этого невинно убиенная благополучно встала, заложила на двери засов, а потом обратно окочурилась. Такая вот картинка получается.

Новодворцев хмуро усмехнулся:

— Веселая картинка. Остер ты, капитан, не порежься только... Но в общем — да, чешуя сплошная получается. К тому же и эксперты никакого криминала там не обнаружили. Кстати, на, держи,— он протянул Тесалову заключение судмедэкспертизы,— с утра доставили. Не отвлекайся, после прочитаешь, ничего там вразумительного нет. Даже время смерти определили с точностью лишь до шести часов. Ровно на зарплату...

— От чего она хоть умерла? И потом — почему такой разброс по времени?

— Умерла известно от чего — от жизни, от чего еще старухи помирают. Бабка черт-те сколько лет диабетом маялась, вот он ее и доконал. Поэтому и время очень приблизительно указано — при диабете трупное окоченение и посмертная температура тела... словом, вся их медицинская мудня ведет себя неправильно. Да не грузись ты этим, капитан, захочешь — сам посмотришь, в заключении всё от и до расписано. Для нас-то главное, что криминала нет.

— С задержанной неловко получилось...— (Неловко? Только и всего?! Ну, вы, ребята, крепко похудели — причем без буквы «п» и буквы «д»! Надо же — неловко...) — Что ж, отпустим, извинимся, не впервой...

Новодворцев с хитрецой прищурился:

— Ну вот еще, так сразу и отпустим! Вот уж это, брат, совсем неловко будет выглядеть. Как же — взяли, понимаешь, продержали ночь, а потом так сразу же и выгнали. Даже не поговорили, понимаешь, женщине внимание уделить забыли. Как-то это не по-джентльменски, капитан. Того гляди, она на нас обидится...

Расслышав в шутке только долю шутки, Тесалов вопросительно взглянул на подполковника.

— Отпустить ее, конечно, следует, тем более уже ее начальство беспокоится, напрягают, понимаешь ли, меня по телефону. Извиниться тоже не грешно...— Новодворцев опять приостановился и снова принялся постукивать кончиками пальцев по столешнице.— Извиниться, разумеется, тоже не грешно, но лучше бы по-умному обставиться. Тут вот какое дело, капитан,— заговорил начальник отделения.— Понимаешь, Козлов с ней дурканул, и крепко дурканул, он с этой своей версией совсем ума решился. Закавыка, стало быть, такая: он когда эту девицу взял, для начала захотел пугнуть ее как следует, чтобы та податливее стала. Психолог доморощенный... Ну, дурное дело не мудреное, он ребят в дежурке попросил, а те со скуки, блин, и рады расстараться. Ничего умнее не придумали — сунули к ней в камеру пару алкашей, отморозков с нашей территории. Судимых взяли, блин...

Тесалову стало интересно.

— Погодь, Юрий Сергеевич, не перебивай, их по-новой крыть — только воздух портить,— тормознул его начальник отделения.— Я с утра им всё уже сказал, даже кое-что сверх того добавил. В другой раз без погон останутся. Они мне — дескать, фифочка спесивая была, сама-де мокрощелка напросилась. Они, мол, не рассчитывали, что дело слишком далеко зайдет. А оно однако же зашло, вот только малость не туда свернуло... Да нет, ты не подумай не того — в результате дамочке хоп хны, а оба алкаша в реанимации. Она им голыми руками целую Варфоломеевскую ночь организовала, ниндзя в юбке, блин... Оба с тяжкими телесными, к тому же у ханыг на пару амнезия, причем не лепят, так оно и есть. У одного из них, кстати говоря, перелом основания черепа. Соображаешь, как всё извернулось?

Новодворцев помолчал, давая капитану время осмыслить ситуацию.

— Да, закавыка, блин...— произнес Тесалов.

— Закавыка, блин,— кивнул начальник отделения.— Рассказать кому — так в жизни не поверят,— продолжил подполковник.— Правда, для нас и хорошо, что не поверят — дельце-то подсудное. Неровен час прокуратура вцепится — дежурные как минимум с погонами расстанутся... Впрочем, обойдется, не впервой. Оба алкаша не помнят даже, как их к этой дамочке в камеру засунули. Но даже если вспомнят — не заговорят, своих же застремаются. Иначе придется им в опущенных ходить — как же, ешкин кот, мужиков пацанка уработала! Так или иначе, нашей клиентуре мы при любом раскладе окорот заделаем, а вот с девчонкой хуже. Хотя и ей теперь жалобы строчить не шибко-то с руки — при таком раскладе ей самой статья со страшной силой светит. Сто одиннадцатая по новому УК, нанесение тяжких телесных повреждений, до восьми лет лишения свободы. И совсем не факт, что суд спишет всё на самооборону. Ты ей именно в таком разрезе объясни, чтобы прокурорских натравить не вздумала. Короче, спускай на тормозах. Мол, тише едешь, не пылишь — себе же лучше делаешь... Нет, вот же ниндзя, блин!

Капитану стало очень интересно.

— А Козлов-то чем ночью занимался?

Впервые на памяти Тесалова начальник отделения несколько смутился.

— Спал, мать его ети!! Дрых, блядь, как младенец! Задержанную в камеру отправил, решил маленько подождать, пока она дозреет, поднялся в кабинет, дверь запер — и заснул. Вырубился так, что до утра не добудиться было. Ты не смейся, товарищ капитан, и без тебя погано. У меня у самого до сих пор волосы на голове шевелятся — такой разбор полетов я ему устроил. А потом домой до завтра отослал — в этом состоянии толку, блин, с него... как молока с Козлова,— не слишком притязательно скаламбурил он.— Вот ведь наградил Господь фамилией — знал, поди, какую шельму метил. Ну так вот,— продолжал начальник отделения,— отослать-то я Козлова отослал, но прежде приказал кое-что проверить. И вот тут и начинается самое занятное...

Подчеркивая значение этой информации, Новодворцев выдержал небольшую паузу.

— Именно вот тут и начинается самое занятное,— повторил начальник отделения.— Тут какая музыка — мимо нот маленько получается. Помнишь, да, что наша дамочка на ложный вызов ездила? А сколько нужно времени, чтобы подняться по лестнице на пятый этаж и позвонить в квартиру? Ну пять минут, ну десять, ну на всё про всё — пятнадцать, может быть, не более того. А диспетчерша на их работе показала, что отсутствовала та около полутора часов, причем дороги там — пяти минут достаточно. И, кстати говоря, дамочка в тот раз на своей машине ездила. Там по пути ночной ларек имеется, именно тогда продавец в ларьке со своим приятелем трепался. Тачка у нее приметная, вот парни и запомнили, как она проехала туда, а потом обратно. Так вот, оба в один голос говорят, что прошло тогда никак не меньше часа... Показания Козлов запротоколировал.

Новодворцев передал Тесалову бумаги.

— Протоколы покамест придержи,— распорядился начальник отделения.— Странно это всё, как ты полагаешь? Недолюбливаю я такие неувязочки. Кстати, капитан, эта дамочка вообще малость странноватая, убедишься сам. Между прочим, тачку с наворотами на оклад врача не слишком-то укупишь. Ну, этим-то, положим, теперь не удивишь — известно, нынешние дамочки всё больше норовят вполне определенным местом в жизни обустроиться, однако всё-таки... Нет, всё-таки что-то тут не так, неправильная дамочка, нутром я чувствую — неладно с ней чего-то. Чересчур неправильная дамочка...

— Она всё еще в камере?

— Хорошенького понемножку. А ну как ей понравится...— в своем ключе прихмыкнул Новодворцев.— Достаточно с нее. Я дежурным приказал к тебе ее доставить. Прицепили в кабинете у тебя к трубе, сидит пока на жердочке. Не дрейфь, с наручниками никуда не денется. Пусть она всяким там единоборствам учена, но в ниндзей я не верю. Из принципа не верю, чудеса там разные — мура всё это, Голливуд сплошной... Отставить Голливуд, один сухой остаток. Поработай с ней. Во-первых, ненавязчиво убеди ее волну не поднимать. Извинись, короче, припугни, и всё такое прочее. Во-вторых, давай-ка разберись, что это вообще за терминаторша в наших палестинах объявилась. Стоит к ней получше приглядеться и чуток поближе познакомиться. Между прочим, этакая, понимаешь, рукодельница и шею может запросто свернуть — и не только какой-нибудь старушке. А посему примерь-ка на нее все наши сомнительные эпизоды. Так, без фанатизма, слегонца, как ты говоришь — для очистки совести. Я тебя за говорильник не тянул... Дело заводить, само собой, не надо, но вот протокольчик всё-таки оформи, все связанные с ней бумажки сохрани. Чует мое сердце — с ней еще всё черт-те как может обернуться...

(Сплошные опаньки!)

Тесалову тем более стало интересно, в чем-то даже очень интересно, а кое в чем и слишком интересно, но тут в дверь постучали.

— Черт! — ругнулся Новодворцев.— Я же вроде ясно приказал: никому пока не беспокоить! — И рыкнул: — Да!!

Дверь приотворилась.

(Ага, вы уже и сами догадались.)

— Простите, а вы мне не подскажите, где здесь туалет? — со всей возможной вежливостью поинтересовалась не раз уже помянутая, будь она неладна, та самая (ага!) чересчур неправильная Яна.— И потом, допрашивать меня кто-нибудь сегодня собирается? — деловито осведомилась эта «ниндзя в юбке», то есть просто я, что всем уже понятно.

Понятненько?

Ну-с, господа хорошие, и где ж здесь туалет?

ГЛАВА 8

Не ждали, называется. Ага, правильно, как в песенке поется: похудели, братцы, похудели — и всё без той же «п» и той же «д». Ох, похудели, похудели, похудели...[1]

---

[1] Хорошая песенка, Тимур Шаов сочинил *(примеч. авторов)*.

С чего бы они так? Оно конечно, вид у меня неприбранный — но не настолько ж, черт бы их побрал, чтоб глаза на лоб повылезали! И потом, пусть даже и настолько, не стану возражать, паче чаяния после мило проведенной ночи я и сама себе напоминала помесь швабры э-э... да хоть и с крокодилом, пусть; но где же чувство такта?!

А вместо такта:

— Блин!..

И непередаваемо:

— Гудини она, что ли?..

И кое-что еще, но уже не столько непередаваемо, сколько непереводимо. В том смысле, блин, что, блин, с чего бы это, блин, арестованные (пардон, задержанные, блин, но что это меняет?) по отделению, блин, как по Бродвею шастают?!!

Гудини, блин...

Ну, положим, Гудини не Гудини, но что мне было делать? Ждать, покуда ожидание наполнится? Так оно грозило не наполниться, а прежде прохудиться, к тому же по прошествии полутора часов наполнилось, простите, не столько ожидание, сколько, извините, мочевой пузырь. Да, туалет не догма, но руководство к действию. Согласитесь, что для человека, притороченного браслетками к трубе, такое удовольствие весьма пожиже среднего. И вообще — не могла же я кричать на всю милицию! Типа негламурненько...

Трюк с наручниками — не из самых сложных. Без ключа открыть их не получится — во всяком случае, не шпилькой для волос, тем более что ничего похожего у меня под руками не было. А просто так высвободить кисть не дает утолщение у большого пальца, строго говоря — два сустава: пястнофаланговый и запястно-пястный. Ну а посему, чтобы ненавязчиво избавиться от сего казенного имущества, вам необходимо и достаточно сместить соответствующие суставные кости. То есть, скажем так, достаточно сместить, а затем необходимо их возвратить на место.

Не поймите правильно, экспиреметировать с суставами я вам не советую. Во-первых, это больно, а во-вторых — зачем? Я — другое дело: лично я это упражнение освоила когда-то просто так, из любви к искусству. Причина всё в том же каратэ — за годы тренировок приходилось сталкиваться с разными людьми, в том числе и с теми, кому такие номера по должности положены. А я — ну что ж, и у меня когда-то было время, когда я без разбору перенимала всё, что производило впечатление. Некогда, уже давным-давно, так давно, что и самой не верится...

Разучиться я не разучилась, однако же помучиться пришлось. Достаточно, чтобы на своем примере убедиться, что — правильно — оно, во-первых, больно. А во-вторых — действительно, зачем, и без того-то отличившись в камере, ну вот зачем же сызнова выпендриваться-то? Могла бы потерпеть, если так подумать. Скромнее надо быть, а не дурью маяться... Другое дело, правда, что жизнь без глупостей не очень проживешь, а иногда, заметим, и не выживешь. Вообще, сдается мне, искусство делать глупости есть то не слишком многое, что в корне отличает нас от других животных. А вы как полагаете?

Вот и будем этим утешаться.

Так или иначе, от наручников я освободилась, даром что ощутимо потянула связки. А освободившись, ничего умнее не придумала, нежели чем с ходу заявиться в кабинет начальника. Ага, вот взяла и тупо заявилась.

Ну-с, господа хорошие, и где здесь туалет?

Впрочем, вы уже об этом знаете. Не в смысле о сортире, а о моем явлении народу. А народ, исчерпав запас ненормативной лексики, впал в некое подобие филологического ступора, однако же изволил шевелиться. Демарш принес плоды. Для начала меня отконвоировали в местный туалет (что непередаваемо, то непередаваемо), а затем, по возвращении в знакомый кабинет, где я так долго скучала в одиночестве, мне даже предложили кофе. Лучше поздно, блин...

Ладушки, всем блинам оладушки.

А дальше что?

Начало скромно обнадеживало. Браслетками меня не украшали, «адвокатов» на предмет вправления мозгов приглашать не стали. В кабинете, кроме капитана, посторонних не было. Учинять допрос он не спешил, давая мне возможность без помех подкрепиться кофе.

— Курите? — поинтересовался он, доставая сигареты.

— Бросила.

— Завидую. А мне всё не сподобиться...— Он закурил.— Что ж, давайте познакомимся,— улыбнулся он,— с кем имею честь — с госпожой Гудини? или Копперфильд?

— Меня зовут Дайана,— огрызнулась я,— Дайана Германовна, можно просто — доктор Кейн. А вы кем будете?

— А меня Юрием зовут,— принял он подачу,— Юрий Сергеевич, можно просто — капитан Тесалов. А кем я буду — это, согласитесь, вопрос не из простых, даже на вопрос «а кто я есть» не всегда уверенно ответишь. Не так ли, доктор Кейн? — заметил он, разглядывая меня с явным интересом.— Сдается мне, я вас где-то видел...

— В кошмарном сне, наверное,— не слишком вежливо предположила я.

— Ну, кошмарами пока что не страдаю.— (Так то пока, пророчески замечу.) — Ладно, замнем для ясности.— Тесалов раздавил окурок, словно дав понять, что засим преамбула закончена.— Адвоката будем требовать?

— А надо? — усомнилась я, отставляя чашку.

— Не уверен.— Тесалов помолчал.— В общем, так, Дайана, она же Дайана Германовна и просто доктор Кейн. Я вам предлагаю следующее. Вы отвечаете на мои вопросы — для начала просто, не под протокол, формальности опустим. Это ни к чему вас не обяжет. Ежели вопросы вам покажутся,— он чуть пожал плечами,— ну, скажем, неудобными, тогда, по вашему желанию, построим разговор через адвоката, в строгом соответствии процессуальным нормам. Ну а если всё благополучно, в чем, кстати, я почти не сомневаюсь, то мы порядка ради просто оформим протокол — и вы свободны. Устраивает вас?

Не уверена.

— Может, объясните, наконец, в чем я обвиняюсь?

Он кивнул:

— Объясню, но позже... Строго говоря, вы не обвиняетесь, а пока что лишь подозреваетесь,— уточнил Тесалов.— А еще точнее говоря, вы подозревались, глагол в прошедшем времени, потому что, честно вам скажу, в свете новой информации эти подозрения рассеялись. Почти,— подчеркнул он снова,— а чтобы окончательно их снять с повестки дня, мне хочется сперва получить ответы. Поверьте, так выйдет убедительнее. А затем я обещаю вам объяснить причину этого,— он подобрал слова,— я полагаю, недоразумения. Досадного для всех, в том числе для нас... Ну как?

Теперь настала моя очередь оценивающе посмотреть на собеседника. Н-да, гладко излагает. Что называется, мягко стелет... Да, мягко стелит, но спать бы не пришлось — вдруг жестковато случится?

С другой стороны, в его словах был некоторый резон, а в интонациях что-то убедительное. И внешне капитан — ну, пусть не располагал, но, по крайней мере, не отталкивал. Русоволосый, на вид чуть больше тридцати, лицо правильное до обыкновенного, рост тоже средний, цвет глаз невыразительный. Однако взгляд открытый, вполне доброжелательный и ничуть не глупый. Словом, совсем как бы не мент, особенно в цивильном пиджаке, надетом на слегка помятый джемперочек. Короче говоря, типичный мент...

— Итак? — без особого нажима повторил Тесалов.

Почему бы нет? Если я ни в чем не виновата, наипаче я не виновата.

— Спрашивайте,— пожала я плечами.

Так и быть, поверим, прежде чем проверим.

— Разумно,— улыбнулся он,— тогда приступим. Дайана, где вы были...

Короче говоря, где я была тогда-то и во столько. Дат и временных отрезков, о которых спрашивал Тесалов, исполняя приказ начальника *примерить* меня ко всем якобы маньячным эпизодам, для вящей простоты я приводить не буду. Во-первых, потому что к интересовавшим милицию событиям я просто не имела отношения, а во-вторых, э-э... да, достаточно во-первых. А в-третьих, ничем существенным помочь я не могла, даже если б очень захотела. Хотя я где-нибудь, сдается мне, была.

— Не помню,— озадаченно проговорила я.

— А где вы были...

— Не помню,— честно повторила я.

— А где вы были...— (А вы где были такого-то числа в растакое время? Вот и я не всё запоминаю.) — Подумайте,— настаивал Тесалов,— постарайтесь, зацепитесь за что-нибудь. Иногда припомнить помогает какая-нибудь мелочь, пустяковина. Что угодно — запомнившаяся телепередача, например...

После добросовестной мыслительной работы на целый ряд вопросов я смогла ответить довольно вразумительно. Тесалов слишком не давил, но мое недоумение всё больше нарастало — пока я не сложила два и два и в результате...

Да, а в результате я получила севрюжину с хреном. Напомню, что, в отличие от вас, о подоплеке этого всего тогда я не имела представления.

И тем не менее:

— Сдается мне, капитан Тесалов, вы меня за врача-маньяка принимаете...

Теперь уже и он был малость озадачен:

— Откуда вы...— и сам поправился: — С чего вы это взяли?

Янка, мы маньяк!

— Простите, а Христа тоже я распяла? — со всей возможной кротостью осведомилась я.

Таким елейным голоском я разве что с больными изъясняюсь, и притом обычно с безнадежными.

— И всё-таки, как вы пришли к такому выводу? — переспросил Тесалов.

Дыши спокойненько.

— Догадалась.— (Наконец-то! я, промежду прочим, не вся и не всегда так уж сразу по уши дубовая.) — Слухи были, сплетни, небылицы,— пожала я плечами,— а позавчера ваш сотрудник машину для проверки останавливал, вот я и сложила два и два...

И угодила на ярмарку абсурда.

— Поэтому я здесь и оказалась? — уточнила я.

— Потому вы здесь и оказались,— подтвердил Тесалов.— К сожалению, произошла досадная накладка, вы в буквальном смысле стали жертвой обстоятельств. Знаю, вам от этого не легче, тем не менее от ошибок в нашем ведомстве никто не застрахован. В интересах следствия большего сказать вам не могу, но за это недоразумение должен перед вами извиниться...

Ну, блин, спасибочки!

— А то, что в камеру ко мне подонков подсадили, это тоже недоразумение?! — не выдержала я.

— Нет, это в чистом виде произвол, если вам угодно — беззаконие,— с нежданной откровенностью заявил Тесалов.— Сотрудники, допустившие такое безобразие, будут самым строгим образом наказаны.— Он испытующе глянул на меня: — Не верите?

— Не верю.

— Почти по Станиславскому,— оценил Тесалов.— И в общем-то вы правы. За некоторые вещи даже из милиции нужно в шею гнать — нужно, да, но кто работать будет? Скажите честно,— он чуть прищурился,— у медиков не так?

Честь халата я отстаивать не стала.

— Бывает,— решив быть тоже в меру откровенной, согласилась я.

— Вот видите,— поддержал Тесалов.— К тому же, доктор Кейн, в этой ситуации вы сами не безгрешны. Теперь ваши сокамерники... или, скажем так, ваши «пациенты» лежат в реанимации.— (Опаньки!.. И что теперь с того?) — Оба в тяжелейшем состоянии,— подчеркнул Тесалов и вполне прозрачно намекнул: — Охотно допускаю, что вы здесь ни при чем, просто оба-два случайно поскользнулись. Но если дело дойдет до разбирательства, то, уверяю вас, правых в этой буче не окажется. Согласны?

Н-да. Согласна не согласна, но не гони волну, а не то сама же нахлебаешься.

— Хорошо, замнем для ясности,— устало согласилась я.— Мы закончили?

— Почти. Еще один момент. Позавчера, около полуночи, вы ездили на вызов по адресу Пражская, 11. Ложный вызов, так? — Я кивнула.— Темнить не буду,— продолжал Тесалов,— примерно в это время при не вполне понятных обстоятельствах в квартире в том подъезде умер человек. Ничего необычного вы там не заметили? — Я молча покачала головой.— Ясно,— так и не дождавшись комментариев, проговорил Тесалов.— Никого и ничего, как и ожидалось... Между прочим, почему вы ездили на своей машине?

В подробности вдаваться я не стала.

— Вызов срочный был, со «скорой» передали, повод «плохо с сердцем». А служебной в это время не было, водитель ненадолго отпросился.— Я несколько замялась.— Конечно, это не разрешено, но...

Капитан утешил:

— Я вас понимаю. Повсюду что-то не разрешено, однако сплошь и рядом практикуется...— Тесалов уточнил: — Ложный вызов — частое явление?

— Не часто, но случается,— пожала я плечами.— Вам же «бомбами» покоя не дают? Вот и у нас хватает идиотов.— И кстати, о последних: — Вы всё еще меня подозреваете?

— Ни в коем случае,— заверил капитан.— Но для проформы давайте уточним, во сколько вы там были и когда вернулись.

Я прикинула:

— Давайте посчитаем. Вернулась я примерно без двадцати час. Как раз тогда подъехал мой водитель, он на время обратил внимание. А на всё про всё ушло минут пятнадцать, следовательно выезжала я в середине первого, минут так в двадцать пять. Да, в ноль двадцать пять, плюс-минус три минуты. А что? Можно всё проверить, время же указано в сигналке, записано в журнал и, наконец, занесено в компьютер... Это так принципиально?

— Лишь для очистки совести,— уверил капитан.— Стало быть, время выезда и время возвращения на базу у вас фиксируются?

— Да, разумеется.— (Иное дело, что эти записи... э-э... не чересчур точны. Например, когда у нас завал, и мы дольше положенного задерживаем вызовы, время вызова ставится с поправкой на задержку. В каждой избушке свои погремушки, но посторонним знать о них не обязательно.) — Разумеется — и время вызова, и выезда, и время пребывания на вызове. А по возвращении врача диспетчер отмечает и время возвращения,— подтвердила я.

— Именно диспетчер? — уточнил Тесалов.

— Ну да. А это сколь-нибудь существенно? — переспросила я.

— Лишь для очистки совести,— повторил Тесалов.— Если угодно, для общего развития... Кстати,— усмехнулся он, покосившись на наручники, которые так и остались висеть на батарее,— не под протокол, тоже, так сказать, для общего развития. Не поделитесь, где вы научились таким занятным штучкам? Навыки у вас довольно специфические, должен вам заметить...

— К делу это имеет отношение? — уточнила я.

— Признаться, нет, но...

— А по существу еще вопросы будут? — перебила я.

Тесалов не смутился.

— Да,— улыбнулся он.— Что вы делаете сегодня вечером?

Что-о?!!

— !!!

Ага, непередаваемо.

И непереводимо.

И даже уголовно наказуемо.

Даже жаль, что я не разразилась — мне как-то и самой вдруг стало интересно, до чего бы я договорилась. А может быть, не жаль, тем более не оставалось у меня ни сил, ни настроения реагировать на местные приколы. И без того всё то, что здесь произошло, смахивало на тупую шутку юмора, которую давно пора заканчивать.

На том и порешили. Расстались мы не то чтоб по-хорошему, но и не по-плохому. Я молча подмахнула протокол, получила забранные у меня накануне мелочи и сдержанно откланялась.

На улице был дождь. Часы показывали пополудни половину третьего. В отделении милиции я провела чуть больше восемнадцати часов. Целых восемнадцать, к тому же с небольшим. И — всего-то восемнадцать, пускай и с небольшим, но — как всё изменилось!

Даже странно, как всё изменилось... Жить стало неуютно и неправильно. Неуютно, словно среди дня ни с того и ни с сего наступили сумерки, и враз похолодало, и притом не только лишь снаружи, но и почему-то изнутри. Неправильно, будто долгожданный карнавал заполошной петербургской осени, не начавшись, кончился, вместо праздника оставив по себе жалкие остовы декораций, мокнущие под безрадостным дождем — стылым, моросящим, неприкаянным, под каким-то цепенеющим дождем...

Короче, было холодно и сыро. Ежась в легкой, не по погоде, курточке, я пешком добралась до стоянки перед поликлиникой. На мою «десяточку» никто не покусился, машину я нашла там же, где оставила. Прикинув, стоит ли зайти на «неотложную», решила, что в моем теперешнем растрепе это ни к чему. Для начала было бы желательно соскрести с себя всю суточную грязь — да и вещи после «обезьянника» стоило бы продезинфицировать.

Домой я уезжала как бы нехотя. Странно, да, но в самом деле так — как бы без охоты, механически, отстраненно, что ли. Меня освободили — ну и что? Жизнерадостности почему-то не было. Вокруг шел дождь, и где-то там, под спудом, в глубине души, на манер того же осеннего дождя знобко моросило ощущение, что вся эта нелепая история для меня так просто не закончится. Ох, еще аукнется оно! ох, не раз еще оно откликнется...

Аукаться оно мне начало даже раньше, чем я ожидала. А всё из-за того, что Лерочка вчера исхитрилась выглянуть на улицу аккурат тогда, когда меня грузили в «упаковку». Если помните, сестренка типа как работает в «Гусятнике», а окна в ее массажном кабинете как раз выходят на стоянку. Ага, и в итоге младшенькая с переляку переполошила всех, кого совсем не надо бы. Мало мне того, что она без меры озадачила звонками тетю Лизу, так она еще и в телефонном разговоре с фатером язык не придержала!

В результате дома мне немедленно пришлось выдержать сражение с телефоном. А поди нормальным людям объясни, за что же именно меня арестовали...

Первым по межгороду прозвонился фатер и в обычном для него телеграфном стиле поинтересовался, нужен ли дочурке адвокат. Будто сговорились все с этим «адвокатом»! Встать, Страшный суд идет... К тому же мой родитель до сих пор совершенно искренне считает, что покамест он не так богат, чтобы тратиться на что-либо дешевое. Так что жди тяжелой артиллерии — такой, как Генри Резник, например. А зачем мне Резник, например, если я ни в чем не виновата?

Кстати, э-э... а ты не виновата?

(Янка, мы маньяк? А ты уверена? Вот и я ничуть не сомневаюсь, что если человеку что есть силы вдалбливать, что типа он того, то он и станет как бы вроде этого... Нет, мы в самом деле не маньяк?)

В чистом виде ярмарка абсурда. Опаньки не опаньки, но сколько ни шути, всех не перешутишь. Едва я распрощалась с фатером, юморком пройдясь по аблакатам, как сейчас же прозвонилась Лерочка. Ну, если перед фатером я сжато отчиталась, то сестричку скорее отчитала, и отнюдь не сжато, пообещав завтра же прямо у нее на новоселье ей кое-что добавить, а кое-что чуток укоротить. Будет знать, как панику устраивать!

Очередь была за тетей Лизой, но тут я собралась поднапрячь характер. Всё, сначала генеральный мокрый драй, а уж потом поговорим за чаепитием. Да и пообедать бы мне было не грешно...

Напрягать характер не пришлось, с расспросами она не торопилась. Так что я отмылась (ух-х-х!) и перекусила — и теперь сама была не прочь пообщаться с милейшей старушенцией.

Чаевничали мы в комнате соседки. Точнее, кофеевничали, потому что Елизавета Федоровна организовала свой чудесный кофе, и до чая дело как-то не дошло. К кофе тетя Лиза выложила шоколадные конфеты с начинкой из ликера, припасенные, сдается, нарочно для меня.

Конфеты оказались преотличными, начиненными по меньшей мере четырьмя видами ликеров. Удовольствие, скажу, не из дешевеньких.

— Ох, тетя Лиза, балуете вы меня,— улыбнулась я.— Такое пиршество — по нынешним-то ценам!

Соседка отмахнулась:

— Ничего, не разорюсь,— и не слишком весело добавила: — Времени не хватит.

Я было начала:

— Ну-у, Елизавета Федоровна...

— Яночка, не надо,— мягко придержала тетя Лиза,— я, если ты заметила, вовсе не глупа. Я больна, и ты об этом знаешь. Не много мне осталось,— она жестом пресекла дежурные протесты,— оно и к лучшему: по крайней мере, рак меня избавит от маразма, что, согласись, не худший вариант.— Она чуть улыбнулась: — Вот так-то, Яночка. Что будет, всё мое, а большего не вынести. Поверь старухе.

Я несколько смешалась:

— Так я ж не ква, я только кукареку,— неуклюже отшутилась я.

(А что тут скажешь? разве что соврешь.)

— А ты не кукарекай, не то накаркаешь,— не осталась в долгу Елизавета Федоровна.— И потом, если не тебя, то кого же мне прикажешь баловать?.. Ты давай-ка лучше расскажи, что с тобой такое приключилось.

А поди-ка это расскажи.

— Ох, тетя Лиза! Тут не то что я — тут даже вся милиция вам бы не ответила. Не поверите, но менты меня с маньяком перепутали! — рассмеялась я, но в ответ улыбки не дождалась.— Да ну их, сущий бред,— пожала я плечами.— К тому же толком-то я всё равно ничего не знаю, в основном на слухи ориентируюсь. На работе поговаривали, что на территории нашего района маньяк образовался, вроде бы он под врача работает. Чушь какая-то, почти как в анекдоте...

Я пересказала забелинскую байку про «пять старушек — рубль».

— Ну так вот,— продолжала я,— а самое смешное, что маньяк и в самом деле есть, во всяком случае, менты кого-то ищут. А что еще смешнее, нашли они — меня...— Я пунктиром очертила ситуацию, опустив, естественно, злоключения в камере.— Так что это даже не смешно — это натурально обхохочешься. Никого маньячнее меня им не подвернулось. Сдается мне, кто-то там у них ну очень крепко сбрендил... Вот, собственно, и всё.— Я чуть виновато улыбнулась: — Напрасно Лера вас вчера переполошила,— заключила я.

— Напрасно, говоришь...— Елизавета Федоровна была на удивление задумчива.— Ну, ничего напрасного на свете не бывает,— рассеянно заметила она, будучи, похоже, чем-то озадачена, как бывает озадачен человек, который вдруг услышал далеко не то, что допускал услышать.— Нет, ерунда какая-то,— решила она что-то для себя.— Но в общем ты права — странная история. Очень странная,— покачала головой старушка,— настолько странная, что впору призадуматься, нет ли у нее второго дна.— Она внимательно взглянула на меня: — Подумай, Яночка, ты вокруг себя не замечала ничего такого необычного? Странностей каких-нибудь? На службе, например?

О чем это она?

— Нет вроде бы... Да нет же, тетя Лиза, на службе всё тип-топ, не страньше, чем обычно. Лечим, иногда вылечиваем, бывает — насовсем...— Я, мягко скажем, недоумевала: — Но я не понимаю...

— Равно как и я,— «утешила» меня Елизавета Федоровна.— Да, между прочим, Яночка, ты никогда не интересовалась статистикой смертей на территории обслуживания вашей «неотложки»? Да ты не удивляйся так — в старости, как в детстве, любопытство неизживаемо,— чуть усмехнулась тетя Лиза.— Не спорю, как и в детстве, оно частенько заводит не туда, но будь уж снисходительна... Как я понимаю, в каждой поликлинике имеется архив, что-то вроде отделения статистики? — Я кивнула.— То есть, при желании, там можно отыскать данные по всем пациентам вашего района, в том числе по умершим, ведь так? Как это всё устроено?

— Ох, тетя Лиза... Статистики у нас на самом деле больше, чем хотелось бы. Вы правы, разумеется, в поликлинике фиксируется всё, в том числе и смерти, и не только наши «неотложные». И при этом вся отчетность обязательно ведется не только на компьютере, но и по старинке — на бумаге.— (А посему, замечу, измеряется она не только мегабайтами, но и килограммами — и центнерами тоже.) — Та еще морока...— Я вздохнула, обижать старушку не хотелось.— А вам это зачем?

— Я так поняла, что все без исключения, в том числе насильственные, смерти так или иначе в статистической отчетности отмечены? — уточнила тетя Лиза.

— Да, конечно, если труп э-э...— я сбилась с панталыку,— если человек был прописан на нашей территории. Но почему вы...

— Эта информация закрытая? — перебила тетя Лиза.

— Да в общем нет, не так уж чтобы очень. По локальной сети в базу данных компьютера в «статистике» можно даже из диспетчерской залезть. Было бы желание,— пожала я плечами,— но для чего?

— Для общего развития,— опять чуть усмехнулась тетя Лиза.— Зачем, ты говоришь... Ну, мне, допустим, незачем, а вот тебе могло бы пригодиться,— как бы между прочим заметила она.— Статистика — наука не столько точная, сколько, скажем, тонкая. И небесполезная, если к ней разумно подойти. Можно, например, взять статистику смертей за последний месяц и сопоставить с тем, о чем тебя допрашивали в органах. Там интересовались, как ты говоришь, где ты была тогда-то и тогда-то? А ты полюбопытствуй, как это самое когда-то и когда-то отражено в отчетности. Ведь очевидно, что как раз тогда кто-то где-то умер, и смерть, скорее всего, была насильственной. Так, глядишь, и разберешься в ситуации... Уж не знаю, есть ли там маньяк, но,— она вновь улыбнулась,— раз предупреждена — уже треть дела сделана.

Да-а...

Да-а, сдаюсь, мозгов Елизавете Федоровне не занимать. А мне бы стоило.

А впрочем, на фига?

— Логично, тетя Лиза, но мне-то что с того? — не в первый раз пожала я плечами.— Можно так подумать, будто бы я к этому всему действительно имею отношение. Бредятина кромешная...— Я, не сдержавшись, фыркнула: — Весь мир сошел с ума.

— Было бы с чего,— обронила тетя Лиза.— А насчет «подумать»... Можно так подумать,— невозмутимо заметила она,— в милиции же так зачем-то думали. Неясно, правда, чем, но было бы желание...

На миг мне показалось, что Елизавета Федоровна чего-то не договорила. Подтекст какой-то, что ли, померещился, будто бы хотела тетя Лиза меня к чему-то подвести, но затем раздумала. Представляете, мелькнула даже мысль, что и свою болезнь она упомянула специально для того, чтобы я, стремясь уйти от скользкой темы, в остальном стала бы разговорчивей. Какой бредятины с устатку не надумаешь! Так, промежду прочим, и до паранойи додуматься легко. Ага, а от паранойи всё равно ничего лучше не придумаешь, чем на всё начхать, чтоб мозги не морщить.

А-апчхи! И вам того же мнения.

— Да ну вас, тетя Лиза! — Пусть я чего-то недопоняла, но на всякий случай рассмеялась.— Не знаю я, о чем и чем там думали, но лично я здесь точно ни при чем. Что поделать — сбрендили менты, чтобы не сказать, что просто сбредили. Я не в претензии — ну что с ментов возьмешь, жизнь у людей такая,— великодушно объявила я.— А жизнь вообще такая, все бредят наяву...

— Говоришь, все бредят наяву...— Странно улыбнувшись, тетя Лиза качнула головой.— А знаешь, Яна, тут меня недавно за бомжиху приняли,— неожиданно заметила она.— Недавно ли?..— Она припомнила: — Ты в отпуске была, недели за две до того, как ты возвратилась. Я тогда очень неудачно сходила к стоматологу — челюсть мне разворотили так, что на пол-лица отек образовался. И вот в таком-то виде я в скверике присела отдохнуть, причем не абы где скамеечку нашла, а здесь, у нас, поблизости от рынка. Место то еще, как ты понимаешь. А я в придачу прямо там к пузырьку с чагой приложилась, я ее настойку от желудка регулярно пью. А ее в такие же флаконы разливают, как и суррогаты алкоголя. Как ты говоришь, кретинка с выставки... Вот тут ко мне бугай и подошел: дескать, ты, синюха типа, слышь, заработать хочешь? — Елизавета Федоровна негромко рассмеялась: — Синюха типа, слышь...

Я неприлично прыснула:

— А вы?!

— А что я,— иронично развела руками тетя Лиза,— за мной не заржавело, знаешь ли. Старость, Яночка, имеет привилегии. Оно, конечно, кому-то старость тоже на одно лицо, особенно когда лицо не в лучшей форме. Но тут, что называется, смотри не ошибись — за ошибки, как известно, учат...— Старушка грустно улыбнулась: — Веришь ли, но старость тоже могла бы быть по-своему хороша, не будь она уж так обременительна. Жизнь часто как устроена: кажется, сперва всё впереди, а после глядь — всё вроде бы и прожито. Так и получается: настоящее мы раз за разом откладываем на потом — и в результате оставляем старости. Что ж, старость упрощает категории: будущего у старости нет, прошлое... Ну, прошлое на то оно и прошлое, что всё равно прошло. Вот и достается старости немножко настоящего, и в этом настоящем терять не так чтоб нечего, но в общем-то уже не слишком много...— Она чуть помолчала.— Ох, Яночка...

Подвисла пауза.

— Ну, разворчалась я,— оборвала саму себя старушка,— прямо философию затеяла. Прости, издержки возраста... Кстати, о старушках. Ты мне раньше анекдотом кое-что напомнила. Дай мне Достоевского, пожалуйста, третий том, стоит на полке слева.— Я без труда нашла на хорошо знакомых мне книжных стеллажах требуемый томик.— Спасибо, Яночка...— Елизавета Федоровна разыскала нужную страницу.— Да, я не ошиблась. Ты вот по Достоевскому про «пять старушек — рубль», а вот сам Достоевский в «Мертвом доме».— И тетя Лиза живо зачитала: — «Один, например, зарезал человека так, за ничто, за луковицу. Вышел на дорогу, зарезал мужика проезжего, а у него и всего-то одна луковица. „Что ж, батька! Ты меня послал на добычу: вон я мужика зарезал и всего-то луковицу нашел!“ — „Дурак! Луковица — ан копейка! Сто душ — сто луковиц, вот тебе и рубль!“» — Она с усмешкой отложила книгу.— Что, не бородат ли анекдотец?

Я вежливо хихикнула.

— Так-то вот,— лукаво подмигнула тетя Лиза.— Избыток знания уму не научает, но классику порой невредно полистать. Отчего бы лишний раз не убедиться, что от великого до смешного только один шаг, а вот от смешного до великого... Впрочем, от смешного до великого тоже как-нибудь дойдешь, не заплутаешь,— она как отмахнулась.— Не серчай, что-то меня всё на афоризмы тянет. Старикам простительно: раз самим уже учиться поздновато, остается только поучать...— Опять возникла пауза.— Да, в старости на собственных ошибках учиться некогда, успеть бы их исправить,— о чем-то помолчав, добавила она.— Что ты знаешь о своем семействе, Яночка? — невпопад спросила тетя Лиза.

Н-да.

С такой подачи я немного потерялась. То ли я опять чего-то недопоняла, то ли я за логикой никак не поспевала — если в этом переходе логика, конечно же, была. Но если логика здесь всё-таки была, тогда она действительно чего-то не договорила. А если не было, э-э... то я тут ни при чем: старость, Яночка, имеет привилегии. И на здоровье...

А-апчхи! и лишь бы впрок пошло.

(Но в общем смене темы я обрадовалась. Да и вам бы тоже не грешно — всё разнообразие какое-то. Тем более сама же обещала, что при случае об этом расскажу подробнее.)

Что ж, почему бы нет.

История *любой* семьи — история, достойная романа, и незначительных, неинтересных судеб просто нет — есть только неумелые рассказчики. Узор любой эпохи, узоры всех эпох складываются из перипетий и хитросплетений частных жизней, судеб и характеров — и притом хитросплетения и перипетии, судьбы и характеры настолько же определены паутиной времени, насколько и определяют, и даже перекраивают эту паутину. То же и в романе, где из пересечений частностей возникает общее, и в этом отношении история моей семьи ничуть не исключение, а что до мастерства или неумелости рассказчицы...

Как вы — не знаю, но вот лично я вправе извинить себя пристрастностью, и по степени пристрастности ближе для меня питерская ветвь моего семейства. Начать с того, что мой прадед был — Николай Романов. Разумеется, никакого отношения к правящей династии прадед не имел, напротив, был он выходцем из скромных разночинцев и восторженным (по молодости лет) борцом с самодержавием. Будучи до революции студентом-химиком Петроградского университета, он некоторое время принимал участие в деятельности одной из самых экстремистских тогдашних группировок — партии эсеров. Что в общем-то не слишком удивительно, поелику максимализм и экстремизм частенько ходят рядом, а вирус революционности в те больные годы поражал людей не только вздорно молодых, но и несравненно более осмысленных.

Гораздо удивительнее то, что летом 1917 года, когда Первая мировая война уже захлебывалась в собственной бесперспективности, прадед почему-то вдруг порвал все отношения с эсерами, за год до защиты диссертации оставил университет и добровольцем отправился на фронт. Такой вот поворот, на вид ничем не обоснованный, похожий как на прихоть, так и на прихотливую игру самой судьбы — игру, проигрыш и выигрыш в которой оказываются в результате далеко не тем, чем поначалу кажутся.

Повоевать ему толком не пришлось. В первый месяц пребывания на Германском фронте он получил ранение и в придачу к этому, уже в госпитале, исхитрился заразиться тифом. Выжил он буквально чудом, долечивался в Петрограде, в Петропавловских бараках, кстати, располагавшихся тогда на территории нынешнего — моего родного — Медицинского. Тоже в общем-то по-своему судьба, особенно если учесть, что тогда и там прадед познакомился с очаровательной сестричкой милосердия, которой было суждено стать моей прабабкой.

Прадеду едва было девятнадцать, прабабушке — семнадцать, оба полюбили сразу и, как оказалось, навсегда. Звали ее Лана, фамилия была — Яновская, и через нее семейство не только унаследовало частичку польской крови, но и саму фамилию. Здесь тоже целая история. Чудом выживший, как заново рожденный (и еще — влюбленный), прадед порешил начать всё с чистого листа. Перемена имени — знак перемены участи, что-то вроде жеста в сторону судьбы. Из своей фамилии прадед сделал имя, имя Николай превратилось в отчество — и Николай Романов стал Романом Николаевичем, по жене — Яновским.

Вот такая романтическая версия. И наряду с ней — другая, сугубо прозаическая. Брак они оформили примерно год спустя, революция уже не только разразилась, но и раздурилась и раздухарилась. Жить с «сомнительной» фамилией стало чревато: Романов? — а тот ли ты Романов? — а докажи, что ты не тот Романов!.. Пусть не расстрел и даже не тюрьма, но на работу было не устроиться. Сейчас оно звучит как скверный анекдот, но в те лихие годы...

Так или иначе, но прадед революцию приветствовал и в новый строй вписался. И тут всё в масть пошло: ранение на Первой мировой уберегло его от фронтов Гражданской, неоконченное до революции образование не подвело под категорию «социально-чуждых», а разрыв с социалистами-революционерами и пуще — перемена имени спасли его от гибельной судьбы большинства эсеров. В иные времена взрослеют очень быстро, и скоро став прагматиком, а заодно и членом единственной к тому моменту партии, прадед оказался отличным управленцем и в конечном счете сыграл значительную роль в становлении советской химико-фармацевтической промышленности.

По тем нелегким временам семье жилось неплохо. У четы Яновских родились две дочери — старшенькая, Яна, моя родная бабушка, и младшенькая, Аня. К концу 20-х Яновские имели отличную квартиру (да-да, вот эту самую!), приходящую прислугу, то бишь домработницу, за главой семьи была закреплена служебная машина. Времена не выбирают; раз достоин, значит, удостоен, а прадед был сполна достоин той, далеко не праведной, эпохи. Впрочем, кто же слышал об эпохах — праведных?

Ни один из диких политических процессов сталинского лихолетья Яновских не затронул. Эту масть судьба до срока придержала, беспредел тридцатых семью благополучно миновал. Более того, именно в те годы прадед из чистого хозяйственника становится значительным партфункционером и занимает один из ключевых постов в руководстве города.

Потом была война. Блокаду вся семья провела в осажденном Ленинграде. Подробности опустим. Конечно, семье партаппаратчика выживалось легче, чем другим, но что теперь об этом...

(Интересно, поймут ли через пару поколений, о какой *войне* и о какой такой *блокаде* речь? да и теперь — а все ли понимают? такова, однако, «се ля ва»...)

Еще один этап — послевоенное восстановление хозяйства, для прадеда — всё той же химико-фармацевтической промышленности. Он уже выходит на всесоюзный уровень, ему прочат министерский пост, но — предпочитают репрессировать. Очередной советский анекдот: Яновский всерьез заговорил о необходимости решительного переоснащения всей отрасли, разговор был признан не ко времени, для расправы этого хватило. В результате он был обвинен... в шпионаже в пользу Аргентины. Ага, а заодно Бразилии. А может, Швеции и вместе с ней Швейцарии — всё равно не стоит удивляться, что даже и теперь, в двадцать первом веке, мы своих больных лечим большей частью импортными средствами, а нашими — калечим.

Прадеда забрали весной 1948 года, аккурат к тридцатой годовщине их с прабабкой свадьбы. Такая вот подлянка. И еще одна, уже закономерная: ко всем нелепостям на «следствии» всплыли «гамбит с фамилией» и связь до революции с эсерами. Участь прадеда была предрешена, но...

С судьбой как ни играй, карты у нее всё равно крапленые. Однако прадед их опять смешал — под «следствием» он умер. Сердце отказало вовремя — ни одного признательного показания выбить из него просто не успели.

Семью это не то чтобы спасло, но всё могло быть хуже. Тем более от прадеда они не отреклись, как тогда вовсю практиковалось. Однако вместо *десятки* лагерей, положенных семье врага народа, Яновские получили *всего лишь* пожизненную ссылку.

(А был соблазн. Для сестер жизнь только начиналась: старшая блистала на историко-философском факультете Университета, младшая с отличием училась в Медицинском. О чем еще мечтать? о чем-то же мечтали... Да и в отречениях тогда находили даже добродетель; тем не менее мои — не отреклись. И не от живого ведь, уже от мертвого...)

Оттуда и Поволжье. Жизнь есть везде, возможно и на Марсе, вся проблема в том, чтоб приспособиться. Та еще проблема, от иных контрастов спятить запросто. Прабабушка была к этому близка: от удара до конца так и не оправилась, разом постарела, жила как по инерции. Сестрам тоже ой как солоно пришлось...

Местом ссылки им был определен районный городок в Куйбышевской (а теперь опять Самарской) области. Но жизнь была и там, и там в их жизни случился человек, ставший моим дедом. Он наполовину был татарином, почти что уроженцем этих мест, но человеком тоже неприкаянным. Учитель по призванию и образованию, он до войны жил в Куйбышеве, а теперь положение его немногим отличалось от положения ссыльного. Фронтовик, однажды побывавший в окружении, с боями пробившийся к своим, после войны он был в крупных городах проживать не вправе. А в этом городишке жила его родня — ну, так всё и сложилось.

Без любви и тут не обошлось — и без драмы тоже. Угораздило сестер — влюбились в одного, да так, что не опомнились, покуда на всю жизнь не разошлись. Опять история, достойная пера, но тут уже додумывайте сами, сюжетных линий без того достаточно.

Замуж вышла Яна, у них родилась дочь. Отдавая дань семейному пристрастию к нечастым именам, мою мать они назвали Даной. Поэтому и я теперь — Дайана, английский вариант имени Диана, а на самом деле — в честь бабушки и мамы, от Даны и от Яны.

Время шло, помаленьку начиналась оттепель. Лед тронулся, в середине 50-х запустили процесс реабилитации. Очередь дошла и до ссыльнопоселенцев. Всё хорошее когда-нибудь кончается, всё плохое тоже. В семье дороги разошлись: дед, бабушка и Дана перебрались в Куйбышев (сиречь Самару), прабабка с младшей дочерью вернулись в Ленинград.

Возвращение радости им не принесло. Бог весть на что они надеялись, но сбылось всё грустно. Вроде бы им даже повезло, Яновских прописали не где-нибудь, а в прежней их квартире. Теперь квартира стала коммуналкой, соседкой их была Елизавета Федоровна. С ее присутствием в бывшем *их* жилище они внутри себя так и не смирились, отчуждение осталось навсегда. Последние лет десять жизни прабабушка тяжело болела, отчасти из-за этого Аня осталась незамужней... В общем, такова жизнь — а жизнь такова, какова се ля ва, больше всё одно ничего не скажешь.

В Куйбышеве жизнь складывалась куда оптимистичнее. Там всё наладилось, дед с бабушкой учительствовали в школе. Дана пошла по стопам родителей, окончила педагогический — и по мужу стала Даной Кейн.

Кейн — фамилия скорее кельтская, нежели немецкая, тем не менее фатер — выходец из поволжских немцев. Его родитель был немцем чистокровным, а вот мать, моя бабушка по материнской линии, родилась опять-таки на берегах Невы. Кровь кровью, генетика генетикой, только по национальности всё равно я больше петербурженка. Так жизнь мудрила, так судьба сплела...

Мама умерла при родах. Год или полтора спустя отец женился вновь, у меня появились мачеха и сестренка Лера. Как и мама, мачеха была преподавательницей. Уж не знаю, искал ли фатер повторения, но нашел — что надо.

В такой семье всяк станет полиглотом: от дедушки по материнской линии привился мне татарский, от деда по отцу перешел немецкий, а мачеха еще привнесла английский, благо именно его она преподавала. И это — в гибком возрасте, когда языки всем без исключения даются без труда. В Медицинском к данному коктейлю добавилась кухóнная латынь, так что с такой базой самостоятельно одолеть французский, а затем с листа и итальянский труда не составляло.

Вот вам и «супервумен» — ничего из ряда выходящего. Так я и росла: училась говорить, читать, считать, водить автомобиль, ломать кирпичи голыми руками, пользоваться противозачаточными средствами — словом, всему тому, что для современной женщины лишним не бывает. После школы с Волги я перебралась на берега Невы, через год похоронила тетю Аню, сдружилась с Нарчаковой, то да сё — в общем, дальше вы и сами знаете.

А если что не знаете... А что вы вероятнее всего действительно не знаете, так прежде всего то, какое отношение все эти дела минувших дней могли иметь к текущему моменту. По мне так не могли, а если тетя Лиза думала иначе, то пояснить она не соблаговолила. Ну и...

Будем проще: не ищите смысла там, где его нет,— неровен час обрящете. «Старость, Яночка...»

А ей всё было мало.

— Значит, твоя бабушка по отцовской линии тоже родилась в Ленинграде. Интересно,— заметила она.— Бывают в жизни совпадения...

— Ну да...— привычно пожала я плечами.— Только она рано умерла, я о ней очень мало знаю,— пояснила я.— Знаю, что в блокаду она осталась сиротой, была эвакуирована. Сперва попала в Казахстан, потом каким-то образом в Поволжье, там вышла замуж... В общем-то и всё.

Почему-то я почувствовала себя немного виноватой.

— Когда она скончалась?

— В шестидесятом. Отец тогда совсем подростком был. Онкология.

— Понятно,— задумчиво сказала тетя Лиза,— понятно... Превратности судьбы...— Она опять о чем-то помолчала, чтобы не сказать, что умолчала.— Между прочим,— улыбнулась вскользь Елизавета Федоровна,— теперь меня не слишком удивляет, насколько мало мы знаем о других. Бывает так, что о самих себе мы знаем еще меньше. По молодости лет оно простительно, но мне...— И вновь возникла пауза.— Впрочем, несущественно...

— К чему вы, тетя Лиза? — не выдержала я.

— Пустое, к слову...— Она вздохнула.— Неважно, Яночка.

— Что-то я вас толком не пойму,— пристально взглянула я на соседку. И еще разок попробовала: — Тетя Лиза, сдается мне, о чем-то вы молчите!

— Было бы о чем,— отмахнулась та, но показалось, что о чем-то — было.— Считай, что я сама себя не понимаю.— Она решительно свернула разговор: — Пока оставим. Только вот что, Яночка. Ты всё-таки подумай на досуге — очень мне не нравится инцидент с милицией. Какой-то он неправильный... Будь поосторожнее, смотри по сторонам. От вывертов судьбы никто не застрахован, но раз случилось — впредь поберегись, тем более ты девочка неглупая. К тому же ты сама любишь повторять, что случайность есть закономерность, только неосознанная, так? Так будь последовательна...— Она приподнялась из-за стола, дав понять, что разговор окончен.— Подумай, Яночка.

Э-э...

Н-да.

Было бы о чем...

О чем-то, впрочем, было. Да хотя бы о самом нашем разговоре, под занавес которого я уже почти не сомневалась, что подтекст в нем мне не померещился. Елизавета Федоровна словно в самом деле что-то не то хотела скрыть, не то, наоборот, раскрыть, вела вокруг и около, но в конце концов оставила в потемках. Уже теперь, почти как жизнь спустя, я понимаю и в чем-то принимаю мотивы Нарчаковой, однако в тот момент она меня своими недомолвками достала. Раздражение у меня с думаньем не вяжется, к тому же к вечеру я крепко измоталась, да еще, похоже, подпростыла в камере. Так что вы и сами понимаете; а если что-то вы не понимаете...

А-апчхи! чих как факт, а не фигура речи... Да, так если даже вы не понимаете, то из меня мыслитель был и вовсе никакой. Хотя на сон грядущий шевельнулась мысль, что в одном Елизавета Федоровна была-таки права: как бы мало мы ни знали о других, о себе мы зачастую знаем меньше. Я тоже о себе: меня вдруг удивило не столько то, с какой легкостью тогда, в камере, я могла переступить черту — еще шажок, и я бы преступила,— сколько то, что я черту э-э... не переступила. Я не умею толком объяснить, но вдруг я поняла, что, будь такой расклад, даже и убийство не вызвало бы у меня протеста. Впечатляет? И хорошо, когда бы эта мысль меня бы испугала — но я же приняла ее как должное! Кстати, говорят (и кстати говорят), если зверь отведал человечины...

Приятного аппетита, не люди и были. Спасибо, вы обогащаете мой мир...

А-апчхи! и мне всегда пожалуйста.

И спокойной ночи.

ГЛАВА 9

Утро вечера не то чтоб мудренее, но по крайней мере не мудрёнее. Во всяком случае, рефлексии по поводу отсутствия рефлексий с утра меня не беспокоили, а что до остального... Настроение было по погоде: день случился ветреным и рваным, тучи клочьями несло за горизонт, всё время норовило распогодиться — но отчего-то никак не успевало.

То же и со мной: призадуматься — оно, допустим, стоило, только вот когда? Сами посудите: во вторник я отработала последнее дежурство — до утра среды, так? Правильно, а в среду вечером меня арестовали, и ночь четверга я «отдыхала» в камере. В четверг меня сперва грузили непонятками в милиции, а затем и дома; это, стало быть, вчера. День сегодняшний грозил оказаться не менее насыщенным: во-первых, предстояло профсобрание, во-вторых, день рождения и новоселье Леры, в-третьих, э-э... Да, уже хватило бы «во-первых» и «во-вторых», а ко всему ведь, в-третьих, нынешняя пятница пришлась к тому же и на полнолуние. А мне хватило бы «во-первых» без всяких вторых...

Однако по порядку.

По моим прикидкам день в первом приближении раскладывался так: собрание должно было начаться в девять, продлиться где-то с час, а гостей сестренка пригласила на четыре вечера. Само собой, подразумевалось, что в этом промежутке я ей помогу в подготовке к празднеству. С учетом Лерочкиной безалаберности и привычки оставлять все приготовления на последний день, времени на всё про всё было вряд ли больше, чем достаточно. В том смысле, что достаточно, не более, то есть — только-только, под притык.

С гардеробом я с утра замаялась. Младшенькая в вопросах этикета не чересчур строга, однако джинсово-кроссовочный прикид она бы не одобрила. Мне тоже в общем-то хотелось соответствовать, но не идти ж через работу в декольте, тем более в туфлях на аршинной шпильке. Хорошенького хватит, нахромалась давеча... После полудюжины примерок я остановилась на зеле-

но всё-таки устроен человек: во-первых, я вообще не слишком верила в этого маньяка, во-вторых, ни на миг всерьез не допускала, что гипотетический маньяк-старухоубивец может быть врачом, в-третьих, наконец, ни за что бы в жизни не поверила, будто некий оборотень-врач может обретаться на нашем отделении. Трижды невозможная бредятина! И тем не менее я исподволь шарила глазами по аудитории, то и дело спотыкаясь о такие же косые взгляды задумчивых коллег, словно в самом деле пыталась углядеть заведомо несуществующего призрака. И если б я одна! Странно всё ж таки... Странно всё-таки устроен человек и другие люди.

Н-да... Человек, положим, это я, а другие — это остальные. То есть в данном случае — наш славный коллектив, а именно: заведующий, старшая сестра, пять диспетчеров, то бишь диспетчериц, восемь фельдшеров плюс два десятка врачей, из которых половина — женщины. Фельдшеров и женщин на роль маньяка я примерять не стала: женщин — потому что «потому» (логика! женская как есть), а что до фельдшеров... За исключением милашки Кукина все наши фельдшера — студенты старших курсов медицинских вузов. Практика обычная, сама так начинала и могу уверенно сказать, что при такой нагрузке маньячить просто некогда. Лекции, работа, лекции, кабак, лекции, работа, опять-таки кабак — тут уж, право слово, не до глупостей.

Кукина, пожалуй, тоже можно опустить... э-э, в смысле — исключить, то бишь не рассматривать. Ага, ведь он такой ранимый; Мальвина, блин! Другое дело Брыкин: ежели с кого и рисовать типичного маньяка, так именно с него. Правда, с его лечебными талантами можно просто так, не будучи маньяком, полрайона выморить, но ведь одно другому не препятствует. Есть нечто в нем такое, странноватое, что не передать, но лично мне до крайности противное. Как... ну, как сопля на поручне, точнее, как тот, кто туда ее намеренно сморкнул и растер, смакуя удовольствие. По ощущениям подходит, хорошо подходит, очень хорошо подходит, очень даже хорошо Базилио подходит. Очень даже слишком хорошо...

Ага, даже очень слишком хорошо, а когда так слишком хорошо, это значит — плохо. Так просто не бывает (опять же — логика! ужо какая есть), по законам жанра злыднем должен оказаться человек вне всяких подозрений. А кто у нас вне всяких подозрений? Ясно, Рудас, душка Карабас, босс Альберт Михайлович. Но тут уж — дудки вам, фигу с героином! Тут и в самом деле нужно уколоться, чтобы хоть на миг вообразить, будто врач от Бога Рудас одной рукой пациентов лечит, а другой... Да ну, ерунда кромешная! И потом, не знаю как по жанру, а по жизни он мужик настолько обаятельный, что — не влюбиться бы. Переспать с ним, что ли? Или так пройдет? Однако мысль...

Потом додумаю. Так, то бишь итак. Брыкина я исключила, поелику подходит слишком хорошо, Рудаса — поскольку слишком плохо. Кого еще? В смысле, кто еще кандидат в маньяки? Вестимо, Дуремар, коммунист Гайтенко, человек патологически серьезный, в зародыше лишенный чувства юмора. Не знаю, согласятся ли со мной мозговеды иже мозгоправы, но, по-моему, любой *сугубо* серьезный человек потенциально является общественно опасным элементом. Логика проста: индивид без чувства юмора ущербен, а всякий ущербный индивид ищет компенсации. Кто маньячит, кто-то коммунячит... разница, конечно, не шибко велика, но придется исключить и Дуремара. Извращенцы фишек не меняют.

Ну-с, следующий кто? Если речь зашла о шутках юмора, то, стало быть, Забелин. И что Забелин? Ничего Забелин, Забелин как Забелин, балагур и баламут, доктор Буратино. Милейший человек, даром что Цуцко на него за шутки жало скрючила. Согласна, амплуа шута еще не алиби, чувство юмора — оно разное бывает: калигулы с неронами тоже на свой лад числились в сатириках. И таки что? Прикажите считать, что зубоскал Забелин конкретно смеха для и типа шутки ради мочит пациентов? Увольте, на работе бы еще куда ни шло, но не в свободное же от работы время! Я, право, не Цуцко... А что до шуточек — по жизни он такой, рыжий он, Забелин!

Если Гоша-Буратино клоун рыжий, то Эдичка Хазаров — клоун «белый». Пьеро он наш, персонаж комедии дель арте... Чушь, с Эдичкой всё с ходу настолько не смешно, что почти что весело. Паче уж его-то я знаю (знала бишь, глагол в прошедшем времени) поближе остальных. Знала, допускаю, не так чтоб глубоко, э-э... да, но в общем всяко разно, по мне — вполне достаточно. Во всяком случае, довольно для того, чтобы утверждать, что для уголовщины он чересчур порядочен — он вообще *настолько* чересчур порядочен, что в чем-то даже жалок. К тому же Эдик, сорвись бы он с катушек, начал бы с семьи: если бы он тещу «долечил» и супругу «вылечил» — это я в порядке бреда могла бы допустить, но чтоб кого ни попадя... Опять же — хлопотно...

(Опять же — ло-о-огика!..)

В какой-то момент эти в кавычках размышления напомнили мне фирменный прикол древнего еврея Лившица. Древний-то он древний, особенно когда на вызов тащится, но стоит домочадцам болящего клиента его поторопить, он сразу рад стараться. «Не страшны дурные вести, мы в ответ бежим на месте» — номер называется. Ему, едва завидев «неотложную»: «Ах, спасите-помогите, доктор, ах, скорее, ах, сейчас помрет!» А доктор Лившиц: «Ась?» И, что есть силы топоча на месте, на весь подъезд: «Бегу, бегу, бегу!!!» (Ась? кстати, да — и вновь о чувстве юмора...)

Так вот, поймав себя на том, что думанья мои суть ерзанье на месте, остальных «подозреваемых» я пустила побоку. Лившица еще и потому, что патриарх всея «неотложной помощи» маньячит исключительно на своем еврействе, а трех... нет, даже четырех оставшихся докторов-мужчин, лекарей Чабанова, Воронина, Купцова и Мирзоева, э... ну, просто потому, что бредить наяву довольно утомительно. Я и без того начинала чувствовать себя перед коллегами почти что виноватой — нашла кого подозревать! А знай бы я тогда, что даже и милиция версию маньяка уже вполне похерила...

Ну да сослагательное наклонение дела не меняет. Кстати же, заметьте, я ведь даже не дала себе труда задуматься, отчего я следом за молвой пресловутого «врача»-старухоубивца зачислила в маньяки. Оттого, понятно, и зачислила, что следом за молвой: как же, проникает некий извращенец в дом, умерщвляющий укольчик делает, ценности уносит. Разве не маньяк? Однако же ведь *собственно* маньяки *целенаправленно* квартиры не обносят: не так они устроены, доминанта поведения не та, принципиально иная мотивация. Ладно хоть достало разумения эти все свои прикидки и приглядки не принимать всерьез. Шоу «За стеклом», часть первая, «Янка и другие», где Янка — это я, а за стеклом другие. Что-то вроде синдрома постороннего, то бишь посторонней...

(Впрочем, все мы в этой жизни посторонние — и ладно бы друг другу посторонние: если беспристрастно разобрать, мы же в чем-то и самим себе сплошь и рядом тоже посторонние. В самом деле, если так подумать... А если так действительно подумать, может быть, на всякий случай стоило самое себя начать подозревать? Так сказать, чтоб думать не повадно-с?)

Оказалось, мне самой — не стоило. Верно, без меня охотники нашлись. Шоу «За стеклом», часть вторая, «Янка за стеклом». А другие — это остальные.

А ведь ничего такого экстраординарного я не ожидала...

«Разбор полетов» закончился, на повестке дня осталось «разное».

— Слово имеет Алиса Борисовна Цуцко,— объявил заведующий.

— Спасибо.— Алиса поднялась.— Я прошу внимания, коллеги,— начала она словами Рудаса.— Мне очень неприятно говорить, но замалчивать я не собираюсь. Не в пример другим,— значительно добавила она.— Вы все, конечно, слышали, что на территории нашего обслуживания бесчинствует маньяк. Сначала большинство присутствующих отнеслось к этой информации почему-то крайне легкомысленно. Более того, некоторые даже позволили себе безнравственно шутить, поощряя такой преступной безответственностью новые злодейства.— Алиса уставилась куда-то сквозь Забелина: — Да-да, всем известно, о ком я говорю, и это также должно стать предметом разбирательства. Особенно теперь, когда правоохранительные органы вышли в конце концов на след и выявили в нашем коллективе человека, недостойного звания врача. Вы понимаете, о ком я...

Опаньки!

— Алиса Борисовна, это вы уж как-то чересчур,— поморщился заведующий.

По аудитории прошелся говорок.

— Имею право...— ничтоже сумняшеся заявила старшая сестра.

— И лево! — из зала перебил ее Забелин.

Говорок не утихал.

— Имею право,— настойчиво повторила старшая сестра,— и требую меня не перебивать и оградить от выходок. Так вот, я имею право...

— И лево! — не уступил Забелин.

На него зашикали.

— Достаточно, Георгий Валентинович,— недовольно произнес заведующий.— Извините. Алиса Борисовна, прошу...

— Спасибо. Я продолжу,— не без вызова ответила старшая сестра.— Лично я не собираюсь требовать каких-то объяснений от гражданки Кейн — теперь это прерогатива правоохранительной системы. Так вот, я отказываюсь выслушивать какие бы то ни было оправдания от подозреваемой, но имею право сопоставить факты и определить свою позицию. Более того, не только я — в этой ситуации мы все не просто *вправе*, мы *обязаны* назвать вещи своими именами. Мы знаем, милиция установила, что изверг, творящий злодеяния у нас под самым носом, является врачом. Прикрываясь нашей гуманнейшей профессией, он проникает в квартиры беспомощных людей, умерщвляет их и похищает ценности. К сожалению, мы должны признать, что арест гражданки Кейн при данных обстоятельствах не просто подозрителен — он закономерен!

Я отчаянно смолчала.

— А это то есть как? — спросили за меня из аудитории.

— А так. Мы слишком долго закрывали глаза на поведение нашей...— Алиса подобрала слова: — нашей *пока еще* коллеги. С самого начала работы на нашем отделении она не уважает старейших членов коллектива, игнорирует мнение опытных коллег и вообще ведет себя предельно вызывающе. Ее высокомерие просто оскорбительно. Я не буду оценивать качество ее лечебной деятельности — две подряд покойницы в присутствии говорят сами за себя. Не сомневаюсь, что в свете вновь имеющихся фактов эти эпизоды привлекут внимание не только лечебно-контрольной комиссии нашей поликлиники, но и прокуратуры. Тогда мы поглядим, помогут ли ей тряпки от кутюр и бесстыдные заигрывания с разными мужчинами. Вот что она здесь хочет показать своим очередным костюмом от Версаче?..

Уродам всё Версаче.

— От Валентино,— не удержалась я (соврешь — не обеднеешь: на самом деле чуть ли не от фабрики, простите, «Большевичка». Ведь могут... иногда.) — И потом, госпожа Цуцко, что именно вы мне инкриминируете: некомпетентность, серийные убийства или проституцию? — со всем возможным при таком раскладе спокойствием осведомилась я, всё еще старательно не веря, что кто-нибудь способен этакую шизологию воспринимать всерьез.

Хихикнул только Брыкин. Старшая сестра меня старательно не слышала. Молчание казалось зыбучим, как песок.

— Послушайте, но как же это так? — спохватился Лившиц.— Почему же Яна Германовна сразу же преступница? Её ведь отпустили! Разве просто так убийцу можно выпустить? За деньги там или за что еще? Ведь нельзя же, правильно?

Маразм крепчал.

— За деньги можно всё! А между прочим, Яна Германовна живет явно не по средствам... Марк Наумович, ну вы вот, например, можете себе позволить новую машину?

— А при чем здесь это? — насторожился Лившиц.

— А при том! — отрезала старшая сестра.— Между прочим, не далее как позавчера ваша Яна Германовна Кейн, незаконно отпустив водителя, ездила на вызов на своем частном автотранспорте. По ее словам, вызов оказался ложным, однако что она там делала невесть сколько времени, остается тайной. А если кто не в курсе, именно тогда в соседнем адресе произошло очередное серийное убийство! — торжественно закончила она.— Вот так, товарищи! И пока не поздно, мы должны решительно отмежеваться от скомпрометировавшей себя Дайаны Германовны Кейн и навсегда очистить атмосферу в нашем коллективе. В этом заключается наш гражданский и медицинский долг.

Опаньки...

Верите — теперь я испугалась. Слов у меня не было, оторопь какая-то взяла, в голове всё как закоротило. Ох, кажется, я зря априори исключила женщин — ну и чем вам не маньячка, а?.. Вот же стерва... нет, не просто стерва — психопатка... и не психопатка, нет... да она же меня просто ненавидит! За что?! И что случилось с нашим коллективом, с этими порядочными в основном, нормальными, разумными людьми, которые теперь в разрозненном молчании выслушивают такую ахинею?! Ау, коллеги! Люди, это бред, зовите психиатров! Ау!!!

Народ безмолвствовал.

Из людей остался только Эдичка.

— Альберт Михайлович, прекратите это издевательство! Вы отлично знаете, что Яна ни при чем,— не только во весь голос, но даже в полный рост, поднявшись для пущей убедительности, потребовал Хазаров.

Спасибо, Эдичка...

— Между прочим, Эдуард Евгеньевич, вам лучше помолчать,— перебила старшая сестра.— Не думайте, что никто не знает, какие отношения связывают вас с гражданкой Кейн. Стыдитесь, вы женатый человек. Ваш моральный облик вообще не дает вам права выступать по существу вопроса!

— А вам? — не постеснялся Эдичка, с подчеркнутым презрением бросив взгляд в сторону Гайтенко.

Гайтенко гордо промолчал. И даже не поморщился.

— Да как вы смеете!..— вспыхнув, оскорбленно дернулась Цуцко.

— Смею,— брезгливо бросил Эдичка и вновь с нажимом обратился к Рудасу: — Альберт Михайлович...

— Эдуард Евгеньевич, достаточно,— прервал его заведующий, в свою очередь поднимаясь с места.— Пожалуйста, присядьте...— Хазаров, чуть помедлив, мрачно сел.— Мне бы не хотелось, чтобы кто-нибудь и дальше позволял себе высказывания, о которых впоследствии придется пожалеть,— довольно жестко заявил заведующий.— Лично я не сомневаюсь, что ситуация, сложившаяся вокруг Дайаны Германовны Кейн, не более чем недоразумение. Поверьте, Яна, я не был сторонником такого обсуждения и с сожалением вынужден признать, что этот разговор лишь усугубил злополучное стечение нелепостей. И тем не менее.— Рудас помолчал.— Надеюсь, вы сможете понять...

Поняла. Я уже без всяких экивоков поняла, что дело очень плохо. Сразу бы могла сообразить, в начале разговора, когда Алиса пошла ему наперекор. Не посмела бы она, не будучи уверенной, что дело — еще хуже.

— При всей своей абсурдности ситуация сложилась действительно двусмысленная,— продолжал заведующий.— К сожалению, на этом фоне факт нарушения служебной дисциплины, связанный с выездом на вызов на личном автотранспорте, стал камнем преткновения. Данный факт — при других условия простительный, но с формальной точки зрения достаточно серьезный,— через мою голову был доведен до сведения главного врача. Увы, Зарина Ивановна заняла чрезвычайно жесткую позицию и своей властью приняла следующее административное решение...

Рудас взял со стола бумажку. Ворохнулась и сжалась тишина — наверно, как в суде перед оглашением приговора.

— Решение это таково,— объявил заведующий.— Приказом главного врача медучреждения Зарины Ивановны Басмаевой доктор отделения «неотложной помощи» Дайана Германовна Кейн за нарушение служебной дисциплины переводится в регистратуру поликлиники на должность медсестры вплоть до окончания должностной проверки.— Рудас отложил приказ.— Извините, Яна... Повторяю, это не мое решение и ни в коем случае не моя позиция. Со своей стороны я полностью уверен, что недоразумение в самом скором будущем успешно разрешится... Вопросы есть, коллеги?

Коллеги прятали глаза.

— Хорошо, тогда на этом — всё... Да, последнее: Яна, вы должны представить объяснительную...— Рудас посмотрел на мое лицо, как будто стушевался и добавил, не глядя на меня: — Можно не сегодня.

Да, не сегодня...

Лучше не сегодня...

А сегодня...

Сегодня я всё-таки не выдержала — закурила.

Мне никогда не было так стыдно и так плохо, даже в первый (и единственный) в моей жизни раз в абортарии. Плохо — просто, по жизни хуже некуда, стыдно — еще и за коллег, *согласившихся* считать меня преступницей. (Пусть не считать, довольно — допускать; на объективность у меня не было ни силы, ни желания.) Всякое изгойство унизительно — тем более вот так, ни за что и ни про что, на глазах и с помощью людей, которых я даже и сейчас числила *своими*. А свои смолчали, как одобрили...

Рваный ветер норовил брезгливо мазануть меня по физиономии. Осклизлый ветер, пакостный, стылый, как постылый. Дождя как будто не было, но лицо отчего-то враз заморосило. Понятно от чего, но лучше бы от ветра — лучше думать так, хотелось думать так, а значит, было именно вот так. Сопли подбери, кретинка с выставки! Не скажу, что кстати, но еще же младшенькая значилась на повестке дня — тут захочешь, а не рассупонишься.

До Лерки ходу мне было три квартала. В первом же попавшемся ларьке я бездумно купила пачку «Кэмела» вместе с зажигалкой. Жадно закурила, с отвычки закружилась было голова, но вроде в самом деле полегчало. Уф-ф... Оно хоть и противно, однако в руки брать себя всё-таки пришлось — не хватало мне сестре празднество испортить! Всё, некогда сейчас, переживу... как-нибудь потом допереживаю. И никакого раздрая, раздрипа и растрепа. Всё. Точка. С новой строчки.

— Наконец-то, Янка, проходи! — Сестренка жизнерадостным тайфунчиком чуть не внесла меня в прихожую.— О, ты типа порыжела? А что, свежо, тебе идет, самая сермяга,— заметила она.— Ну, давай, давай, не терпится, пошли, оценивай квартиру!

— Погоди ты, дай хоть куртку снять,— улыбнулась я.— Уймись слегка, я дух переведу. К тому же перво-наперво тебе подарки причитаются, я их уже замаялась таскать. Видишь же — сумец по швам трещит!

— Да, сумка у тебя как таракан беременный. Интересненько...— протянула Лерка и спохватилась: — Ты видеокамеру взяла?

— Обижаешь, младшая. Держи,— я извлекла из доверху забитой сумочки портативную японскую игрушку,— и еще кассета про запас... Так, а это от отца,— передала я младшенькой конверт с зелеными купюрами,— было велено вручить точно в день рождения. Объятия и поцелуи прилагаются.

— Фатеру виват! Признаться, очень кстати, а то я с этими квартирными делами в кошелек смотрю, а там — слово на три буквы. Финансово-половой кризис называется.

— Догадываюсь. А финансово-половая недостаточность, надо полагать, это когда смотришь в кошелек, а там даже и трех букв не ночевало?

— Во-во, где-то как-то так, что-то типа вроде. Соображаешь, старшенькая!

— Ну. А теперь — внимание!..

Говорят, подарок должен быть вещью дорогой, в хозяйстве бесполезной, а значит, респектабельной. Врут, поди, но не кофеварку же сестре прикажете дарить, паче чаяния ее без меня подарят, тем более она у младшенькой уже по-моему есть. Признаться, в этот раз с сестренкиным подарком мне крепко повезло. С детских лет, с наших общих новогодних праздников, младшенькая сохранила слабость к свечам и подсвечникам. Ну еще и к гороскопам тоже, но при таком раскладе астрологией, положим, можно пренебречь, а вот подсвечники...

Тут подоплека в чем: среди прочих антикварных мелочей у Елизаветы Федоровны имела место быть чертовски занятная вещица — этакий похабно-обаятельный сатир с чашечкой для свечки. Еще в те времена, сразу после переезда Леры в Петербург, когда мы обитали вместе у Пяти углов и порой пивали чай в комнате соседки, сестренка на него здорово запала. Продать сатира тетя Лиза отказалась наотрез, младшая настаивать не смела. Так вот, на днях случайно в витрине антикварной лавочки я увидела точь-в-точь (почти) такую же бронзовую чуду. Вопрос с подарком младшенькой сразу же отпал. Однако же представьте совпадение: вчера, не зная о моем приобретении, Елизавета Федоровна в качестве подарка Лерочке передала мне — да, дальше вы и сами догадаетесь. И что поразительней всего — оба-два подсвечника оказались зеркальным отражением друг друга. Такой вот совпадец, с ума рехнуться можно.

— Держи,— вытащила я первого сатира,— эта чудь тебе от тети Лизы. Узнаешь? А вот эта,— дав паузу, достала я второго,— в пару от меня. Владей и пользуйся.

Восторги были э... восторги были.

— Вы что, сговорились?!

— Нет, в том-то и прикол.— Довольная эффектом, я в красках расписала ситуацию.— ...Короче, мать, кромешный совпадец. Удачно?

— Вау! С ума рехнуться можно,— согласилась Лерочка.— А вообще-то это символично — такое совпадение. Я к тому, что вы с тетей Лизой здорово похожи. Не замечала? Живете наособицу... да и внешне — даже внешне что-то в вас такое, родственное, есть. Ты к старости совсем такой же станешь.

— Не худший вариант.

— Всяко бр-р-р. Не напоминай мне, мать, о возрасте.— Сестренка ухмыльнулась: — Шучу... пока.— И добавила: — Надо будет отзвонить старушке.

— Мысль свежая,— иронично поддержала я,— особливо ежели учесть, что ты старушку типа приглашала — типа вроде как...

— Так я же знала, что она всяко не придет,— безмятежно отмахнулась Лерочка,— она же бабка умная. И она, естественно, знала, что я знаю.

— Ясненько,— усмехнулась я,— я знаю, что ты знаешь, что я знаю...

— Ну, типа как бы да, в общем что-то вроде. И думал он, я думала, что думал он, я сплю... Ладно, пошли ты, наконец, я апартаментами похвастаюсь!

Можно и похвастаться, лишь бы впрок пошло. Тем более похвастаться сестренке было чем. Перепланировка и ремонт стандартной трехкомнатной квартиры на пятом этаже стандартной же девятиэтажки влетели в преизрядную копеечку, но, понятно, стоили того. Удобный холл, рационально оборудованная кухня, она же и столовая, арочный проход в просторную гостиную, лоджия, спальня, разумеется, ванная со всеми причиндалами вроде гидромассажа и пола с подогревом. Что еще? Стеклопакеты в окнах, на стенах светлые, сдержанных тонов рельефные панели, осмысленно подобранная мебель с некоторым намеком на модерн — словом, тоже по-своему стандарт, пускай он и зовется «европейским». Достойный вариант иллюстрации из модного журнала. Ощущение пространства — как на сцене; мне чуть избыточно, сестренке — в самый раз. А в целом здорово.

Я с удовольствием прошлась с сестренкой по квартире, не без удивления, кстати, отметив про себя, что к фуршету всё уже вроде бы готово. Ай да Лерка, ай да мать ети!.. Нет, кроме шуток, молодчина младшая, рада за нее, тьфу-тьфу-тьфу, удачно обустроилась. В самом деле рада за нее.

Так что все мои охи-ахи и всякие другие восхищения — звучали-то они абсолютно искренне, но вот прозвучали то ли мимо нот, то ли где-то я еще сфальшивила. Во всяком случае, едва мы завершили экскурсию по дому, Лерочка остановилась посреди гостиной и, пристально глядя на меня, приказала:

— Так, мать, теперь колись — чего опять стряслось?

Ох...

— Так заметно?

— По морде нет, но я ж печенкой чувствую.— Лерочка не отводила взгляд.— Старшенькая, меня не проведешь!

Я вздохнула:

— Ведьмочка ты, младшая...

— Есть маленько,— ухмыльнулась та.— Хотя — тебе положено: эзотерика там, мистика восточная, всякие там ваши ини, ян... дао, понимаешь, до... что там еще?

— Где Рим, мать, а где Крым,— усмехнулась я.— «До» по-японски «путь», «дао»,— я запнулась,— ну, в некотором смысле тоже путь, правда, по-китайски. Но тоже в общем путь, хотя не совсем тот, а точнее говоря — совсем не тот. А «инь» и «ян»...

Сестренка перебила:

— Ты тюльку не гони! Тот путь, не тот... мне лично всё равно, я на велосипеде. А ты выкладывай, пока не заблудилась.

— Да нечего выкладывать,— пожала я плечами,— так, на работе... Пустое, потом поговорим. Давай хозяйничать, мать, время убегает.

— Догоним, далеко не убежит.— Она кивнула на накрытый стол: — Всё давно готово. Янка, не финти!

— Когда успела?

— Чего тут успевать — будто я сама у плиты стояла! У нас тут ресторанчик за углом — заказала, сделали, оформили тип-топ. Самой возиться, знаешь ли, многовато будет... Короче, ты тему не меняй, всё равно же никуда не денешься. Садись и излагай.

— Ох,— сдалась я,— попробую...— Я плюхнулась в одно из кресел, стоявших возле причудливого стеклянного стола, вроде как журнального.— Экое же кошмарище ты приобрела! Пепельницу дай...

«Кошмарище» сестренку не пробило.

— О как! И давно ты снова закурила?

— С полчаса назад,— проворчала я.

— Крепенько тебя,— покачала головой сестренка.— Погоди...— Лера живо поставила на стол пузатые бокалы и щедро, не «по-культурному», а чуть ли не по край, по мне так правильно, разлила в них бренди.— Пробуй. Хотя — чего тут пробовать! — Сестренка подняла бокал и подмигнула: — Пробовать не надо, надо делать, как говаривал учитель Сунь из школы Вынь. Мораль: до дна!.. А теперь валяй.

Пришлось рассказывать. Оказалось это проще, чем казалось: бренди с сигаретой свое дело сделали. Я не то чтобы отмякла, но всё же перестала чувствовать себя этаким — представьте — подростком-переростком, который, впервые на своем веку столкнувшись с настоящей взрослой подлостью, решил раз навсегда, что люди — они гады. Поди теперь такому объясни, что люди — еще хуже... Ага, оно не весело — но всё ж таки смешно.

Сестренка моего юмора не разделяла.

— Ах уехать можно, мать! — прямым текстом выразилась Лерочка.— И как же ты ее на месте не прибила?

— Кого? — сразу не врубилась я.

— Алису вашу!

— Да вроде так не принято,— пожала я плечами.— Хотя, при случае...

— Во-во, и чтоб помучилась! — кровожадно ухмыльнулась Лерочка.— Тем более тебе-то — в самый раз, ты же вроде как профессионалка.

— Н-да? — с некоторым сомнением отозвалась я.— Я почему-то до сих пор считала, что профессионалки — это те, которые всё больше в гостиницах стараются.

— Ай, не придирайся,— отмахнулась младшая.— Нет, Янка, ты как хочешь, но я бы непременно этой фре волосенки выдрала!

— Много чести будет.

— А я не жадная,— усмехнулась Лерочка.— Мне только интересно, с чего бы вдруг *тебе* столько чести выпало. Как сглазил тебя кто: сперва с ментовкой чешуя случается, теперь на службе бред. Не слишком ли?.. Поговорю-ка, Янка, я с Русланом — в ментовке у него повязки еще те. Ну и на Зарину, ясно, заряжу, и притом серьезненько. Вдумчиво так *папу* заряжу!

— А не выйдет с точностью до наоборот?

— Ты о Зарине? Думаешь, она из-за меня?.. Это вряд ли,— покачала головой сестренка.— Для начала — Зарина не глупа. Мадам с моим существованием не так чтобы смирилась, но где-то типа как. Ей типа всё равно, где мужик потратился, лишь бы сдачу до дому донес. Бабе ж с возрастом-то — как ни суетись, а всё едино умной быть приходится.

Сомнительно мне что-то.

— Н-да? Может быть... может быть, конечно, если только не считать того, что именно Зарина обструкцию затеяла. Ну и если Рудас не соврал, что Алиса рапорт подала через его голову. Не посмела бы она без подсказки сверху. Хотя...

Я призадумалась.

— А даже если так! — подхватила Лерочка.— Тогда тем более я с ним поговорю. И если так... ну, тогда Русланчику совсем мало не покажется!

— Ладно, мать, проехали. Мальчики налево, девочки направо. Мои проблемы, мне их и решать.

— Вот и решай, а я поговорю,— непреклонно заявила Лерочка.— Упертая ты, старшая,— неодобрительно заметила она.— Всю жизнь такой была, сколько тебя помню. Во всем всегда сама, всю дорогу до того сама, что иногда противно. Я серьезно — тебе, мать, никогда не приходило в голову, что, глядя на твою такую независимость, не одна Алиса желчью изойдет? Уж слишком ты успешна...

Это я-то?!

— Это ты-то, ты, чему ты удивляешься,— верно поняла мою реакцию сестренка.— Именно успешна. Ты себя всегда так подаешь, будто бы тебе всё запросто дается. Что хочется от жизни, то берешь, иной раз словно одолжение делаешь. Допустим, я-то знаю, что это не так, но ведь даже у меня порой завидки прорезаются. Будь ты мужиком — еще куда ни шло... да будь ты мужиком, я бы, может быть, сама на тебя запала!

С ума, блин, обалдеть.

— Спасибо, ты мне тоже очень нравишься,— проворчала я.

— Тьфу на тебя,— отмахнулась Лерочка и продолжила: — Оно понятно, по жизни ты Стрелец — вы ж, дети декабря, все малость отморожены. Наш фатер, кстати, тоже, но он-то хоть мужик, а ты,— сестренка постаралась подобрать определение,— а ты... да ты же даже из Стрельцов — белая ворона! Выпадаешь ты из ряда, мать, а это рано или поздно не прощается. Люди ведь — толпа, больше одного — уже толпа...

— Ну, даже и один, положим, иногда толпа...

— Ась? — Лерка сбилась с мысли.— Тьфу ж на тебя!.. Умна ты, мать, да только не по делу. Как-то ты неправильно умна...— Сестренка усмехнулась: — Даже удивительно, как это тебе на татами окончательно все мозги не повыбили. Некоторая задержка в развитии не в счет... Сходила бы ты замуж, что ли, а? Или просто так кого-нибудь роди. Говорят, от этого глупеют. Тебе пойдет.

Ходи ты мимо!

Я только хмыкнула:

— Может, ты и в этом мне желаешь поспособствовать?

— Ох, будь я мужиком...

— Уж ты определись! — расхохоталась я.— Спасибо, поучила жизни, младшая!

— Спасибо можешь опустить, для вас всегда пожалуйста,— живенько парировала Лерочка и добавила серьезно: — А с Русланом я таки поговорю. Цыц, охолони, про «сама» я слышала. Лучше в каратэ гонор свой показывай. Всё, мальчики налево, девочки направо... Кстати, между нами-девочками говоря, я до сих пор хихикаю, как ты тогда Руслана приголубила.— Сестренка подмигнула: — А знаешь, как-то он с тех пор тобой заинтересовался!

Ну спасибо, не было печали.

— Ты еще бы ревновать затеяла,— ехидно посоветовала я.

— Вот еще! — Лерочка была неподражаема.— Хочешь, поделюсь?

— Я подумаю,— изобразила я.

— Валяй. А пока ты думаешь, пусть Руслан ревнует, я лично воздержусь. Было бы зачем. Он не первый, не последний, не...

Лерочка запнулась.

— Не единственный? — подсказала я.

— Да как тебе сказать,— отозвалась Лерочка.— Вроде бы пока еще ни под кого подкладывать не начал...

Даже так?

— Что, станется с него?

— Как станется, так сляжется, только не со мной,— поморщилась сестренка.— Плевать, пустое всё...— Кажется, теперь настала Лерочкина очередь уходить от темы.— Нет, хочешь, в самом деле поделюсь? А то еще и троячок забацаем!

— Лерочка!

— Я уже двадцать два года Лерочка! Кстати,— младшая повторно расплескала бренди, в этот раз умеренней,— не вижу повода за это не принять. Давай-ка, мать, по-нашенски, по-блядски!

— Можно и по-блядски,— отсалютовала я бокалом.— За тебя!

— Лучше за тебя,— вернула жест сестренка,— за меня весь вечер будем пьянствовать.

— Тогда за нас,— улыбнулась я.

— Принято. Выше нос, сестренка! — Мы звонко чокнулись.— А хорошо пошло...— Лерочка взглянула на часы: — Ого! Труба зовет... черт, а я еще одежку не придумала! Ну да ладно, что-нибудь сейчас сообразим. Кури пока, я быстренько...

Она исчезла в спальне. А я еще добавила себе малость коньячку, расслабленно отметив про себя, что не всё так ладно в Лерочкиной жизни, как бы ей хотелось видеть и показывать. Что ж, ее дела, да и глупо было бы лезть к ней в душу именно сегодня, хотя, наверное, при случае стоило бы с ней потолковать... А вообще-то даже удивительно, до чего же наши представления о самих себе разнятся со взглядами на нас даже наших близких. Может быть — тем более даже наших близких...

В «даже» я в конце концов запуталась. Думать дальше было как-то лень, да и Лерочка переоделась в самом деле быстренько, не то что я с утра. Сестра преобразилась: в спальню упорхнула беспечная тропическая бабочка, а вышла из нее безупречная молодая леди, словно вместе с вечерним декольте надевшая светские манеры. Сдается мне, из сестренки запросто получилась бы отличная актриса, даром что ни она, ни я, в отличие от большинства девчонок, театром и кинематографом никогда не бредили...

Платье Лерочка подобрала в тон моему костюмчику.

— Ну-ка, глянем,— подтащила она меня к зеркалу.— Хороши чертовки, а?! — И Лерочка легонько тыркнула меня кулачком в плечо: — Прорвемся, старшая!

И то.

Так, слово за слово, пустяк за пустяком, время пролетело незаметно. В четыре запиликал домофон. Начинались гости.

ГЛАВА 10

Вероятно, вечеринка удалась — до сих пор сестренке подобные фуршеты удавались все без исключения. Талант, достойный подражания, но сегодня для меня обременительный. Чересчур паршиво было на душе, приходилось порядком напрягаться, чтобы соответствовать тусовке. Временами я просто выпадала, вечер, как мозаика, рассыпáлся на бессвязные фрагменты, никак не складывающиеся в сколь-нибудь осмысленный рисунок. По натуре человек я в самом деле замкнутый, однако же обычно практически в любой компании чувствую себя если не комфортно, то уверенно. Но сегодня... но даже и сегодня — не могла же я себе позволить потерять лицо! не дождетесь. Янка, держи физиономию!

С большинством из трех десятков человек гостей я была знакома так, вприглядку. В общем, тоже люди — бомонд районного масштаба, деловой и прочий полусвет, народ *значительный* и мне неинтересный. Слишком быстро уйти я не могла — в конце концов, положим, сестра бы поняла, но оно же всё равно обидно, правильно? в конце-то расконцов! Пришлось *себя вести*: общаться, улыбаться, смеяться, опять общаться, снова ни о чем, держаться, мило улыбаться, улыбаться вежливо, загадочно, умно, тонко, иронично, проницательно... Поведение почти что рефлекторное, избыточным мышлением не отягощенное, выводящее сознание «за скобки». По-своему даже и занятно: этакое ощущение *другой*, чужой самой себе, да еще и в чуждом окружении. Заключительная серия шоу «За стеклом», где Янка — тоже имя постороннее. Взгляд на себя со стороны...

Вот и будем посмотреть со стороны.

Ага, авось чего и выглядим...

На самом деле высматривать особо было нечего. Вечер шел как шел, как ему и должно, как идут обычно такие вечера. Народ закусывал изящно и легко, пил качественно и разнообразно. Вдоволь наклубившись около стола, публика помалу сбивалась в переменчивые, словно комбинации шаров на бильярде, порой весьма причудливые группки. Спиртного было вдосталь. Бомонд гудел по нарастающей, разговоры становились громче, нравы проще, анекдоты скабрезней. Мужчины в конституционном большинстве вели себя конкретнее, дамы — сообразно положению, Яна (наряду с другими посторонняя, но где-то как-то это всё же я) на свой лад тоже не скучала. По-своему тоже жизнь...

На спиртное она не налегала, но и не манкировала им, трезво полагая, что всухомятку Лерочкин фуршет ей набьет оскомину. В компании Яна не нуждалась, но и без нее не оставалась, желающих с ней чокнуться хватало. Разговоры в основном случались светские, сиречь пустопорожние, сознание почти не задевавшие. За редким и тоже в общем-то пустяшным исключением — таким, например, как эпизод с Басмаевым.

Походя ответив на очередной не первой свежести изящный комплимент, Яна задержалась у стойки со спиртным, выглядывая этикетку пришедшегося ей по вкусу бренди. Початой бутылки не нашлось, она не слишком ловко принялась откупоривать полную.

— Позвольте мне.— Оказавшийся рядом с ней Басмаев взял у нее сосуд, знаком подозвав одного из уже привычной Яне пары бодигардов: — Стас, распорядись. И для меня.— И покуда тот сноровисто управлялся с пробкой и наполнял посуду, продолжал: — Не могу не похвалить ваш вкус, марку вы выбрали достойную. Из доступных в наше время коньяков «Хеннесси» — пожалуй что и лучший. Хотя...— Басмаев высмотрел на стойке невзрачную бутылку, нашел чистый бокал и налил на донышко.— Попробуйте...

Знатоком Дайана не была, но основы некогда усвоила.

— Учтите, я не дегустатор. Но попробую.— Вдохнув коньячный аромат, Яна не спеша втянула жидкость в рот, вдумчиво покатала коньяк по языку, лишь затем глотнула.— М-м...— Она дождалась послевкусия.— Этот тоже по-своему неплох,— согласилась Яна.— Терпче «Хеннесси»... букет, пожалуй, ярче, но хуже сбалансирован. Похож на дагестанский лучших лет...

— Однако! Он и есть, специального разлива. Я немного связан с этим бизнесом... А вы и в самом деле разбираетесь,— с неподдельным уважением произнес Басмаев.— Откуда, если не секрет?

— Отец когда-то просветил,— усмехнулась Яна.— Посчитал, что девочке-подростку следует заранее привить культуру пития. Что-то вроде вакцинации против подворотен.

— Уважаю,— оценил Басмаев.— Однако же прошу,— передал он Яне один из наполненных охранником бокалов.— За вас, если позволите,— он отсалютовал.

— Благодарю вас,— Яна пригубила.— Я даже и не знала до сих пор, что у вас есть интересы и в коньячной сфере,— поддержала она светский разговор.

— А также в винной и ликероводочной,— Басмаев усмехнулся.— Вы на самом деле обо мне многого не знаете — равно как я о вас. Но ведь это поправимо, правильно? — улыбнулся он.— А не упростить ли нам немного этикет, как вы полагаете?

Яна мягко покачала головой:

— Не до брудершафта.

— Что ж...— На вид Басмаев не обиделся.— Мне, признаться, импонирует ваша независимость. Некстати, но спрошу: я слышал, что у вас на службе неприятности?

Яна снова качнула головой:

— Ничего такого...— она подобрала слова: — Ничего такого, что стоило бы удовольствия от рюмки коньяку,— Яна приподняла бокал: — Букет теряется.

— Недурно сказано,— вернул жест Басмаев.— Надеюсь, вас не стоит упрекать в излишнем легкомыслии?

С ответом она не задержалась:

— Неужели вы из тех отчаянных мужчин, кто всерьез считает, что у женщин могут быть иные мысли, кроме облегченных, в стиле лайт?

Бодигард неподалеку хмыкнул.

— А вы ехидина,— Басмаев даже не поморщился.— Впрочем, вам идет. Право, нам бы с вами стоило сойтись несколько поближе. К тому же повод есть... ну да повод-то всегда, положим, есть, было бы желание, не правда ли? — усмехнулся он.— Я, собственно, к чему,— продолжил он серьезнее.— Как я уже сказал, деловые интересы у меня весьма разнообразные. От сестры вы, вероятно, знаете, что я вложил значительные деньги в частную наркологическую клинику, назовем это пока хотя бы так. На самом деле это коммерческий медицинский центр системного лечения: от начальной дезинтоксикации и глубокой очистки организма до полной соматической и психологической реабилитации наших пациентов. Вопрос простой: как вы отнесетесь к перспективе работать в таком учреждении?

Дефицит энтузиазма был не на лице, но налицо.

— В качестве кого? — без живого интереса уточнила Яна.— Я же не нарколог, как вы знаете, я линейный доктор «неотложной помощи», не более того,— заметила она.

— Но ведь и не менее,— Басмаев роскошно улыбнулся.— Для толковых молодых врачей лучше «неотложной» школы не придумаешь. Вы так не считаете? — Вопрос был риторическим.— А специализация — это не проблема,— продолжал Басмаев,— оплатим курсы, подучитесь, получите сертификат, лицензию... что там еще? Не принципиально, все проблемы разрешимы, повторюсь, было бы желание. Платим мы разумно: восемьсот — официально, базовый оклад, плюс к тому весьма большие премиальные. Впрочем, эти, как и прочие, подробности лучше обсуждать уже в деловом режиме. Не возражаете?

— Но...

Несколько смешавшись, Яна спряталась за рюмку с коньяком.

— Вот и замечательно. Я оставлю вам рабочий телефон,— он вытащил бумажник.— Черт, ни одной визитки при себе... Ладно, не беда, сочтем, что этикет мы всё же упростили. Стас, дай-ка мне твою. Стило у меня есть...

Паркеровским золотым пером на обороте Стасовой визитки Басмаев вывел телефон.

— Прошу. Прямой служебный номер, в обход секретаря. С разговором, кстати, лучше не затягивать. Давайте-ка сейчас же и условимся,— он прикинул: — Суббота с воскресеньем выпадают, понедельник день тяжелый[1], вторник... да, вторник — это оптимальный вариант. Позвоните в середине дня, тогда всё и обсудим. Общий язык, уверен, мы найдем — у нас гораздо больше точек соприкосновения, чем вы подозреваете. Поверьте на слово,— странновато усмехнулся Басмаев.— Что ж, очень хорошо, во вторник жду. А пока подумайте.— И мягко подчеркнул: — Хорошо подумайте.

— Хорошо,— пообещала Яна,— я подумаю.

«И откажусь»,— добавила она, впрочем, про себя.

Менять пусть непрестижную, зато живую и в целом необременительную суточную службу на денежную, но каждодневно душную и однообразную работу она не собиралась. Даже и теперь, на фоне неприятностей, вернее говоря — тем более теперь. Обиженно уйти не позволял характер, к тому же предложение Басмаева не стоило тех сложностей, которыми могло быть чревато. Да и прозвучало оно как-то слишком неспроста, даром что такие предложения вообще просто так не делаются. Но что бы под ним ни подразумевалось, какой бы подоплека ни была, Яну это ни интересовало. Дело было даже не в личности Басмаева, если беспристрастно разобрать, просто всякая зависимость ей всегда претила. Иногда, возможно, слишком, но...

Кстати, что до личности, то сестренку Яна в чем-то понимала. Мужчина во всех смыслах состоятельный, решительно умен, умеет быть довольно привлекательным... с подтекстом человек, чем-то — уверенностью, хваткой, волей, например,— похож на Кейна-старшего... впрочем, во фрейдистский компонент Яна предпочла не углубляться. В конце концов, ничего нет неожиданного в том, что мужчина любит тело, а женщина взамен предпочитает дело. Правила игры есть правила игры, расслабься и получишь удовольствие,— или вовремя умей ответить «нет». Желательно с улыбкой, можно даже многообещающей.

Так Яна и решила.

Вечеринка развивалась по законам жанра. Мужчины распускали галстуки, дамы — языки, павлины — оперение. Гости кучковались, пили о своем, говорили в основ-

---

[1] Знал бы он тогда, насколько прав! Но и Яна этого не знала *(Яна э-э... опять же снова я, то есть это примечание Яны)*.

ном о чем-то для Дайаны постороннем. Кое-кто из деловых людей ушел, кто-то, видимо, недавно подошел; в гостях она запуталась, словно заблудилась. Элегантно пропустив мимо ушей авансы очередного «кавалера», апоплексического склада депутата местного самоуправления (от коммунистов, кажется), Яна решила поддержать себя очередным бокалом всё того же «Хеннесси».

В голове шумело. Выпитого было довольно для того, чтобы чувствовать себя сравнительно приемлемо. То есть много, в иных условиях для Яны чересчур, однако всё же явно недостаточно, чтобы с перепою видеть то, чего не существует. Например, розовых слонов или сиреневых мышей — или Эдичку Хазарова, приватно беседующего в другом конце гостиной не с кем-то, а с самим Басмаевым. Увидеть его в этом обществе она никак не ожидала, но поскольку Эдик там действительно стоял, оставалось допустить, что ей элементарно померещилось. Но поскольку ей не померещилось, и Хазаров там и в самом деле о чем-то толковал, и при этом именно с Басмаевым...

Яна с сомнением понюхала коньяк. Он был хорош, но всё же не настолько.

Из ступора ее вывела сестренка:

— Не скучаешь, старшая? Улыбочку...— с камерой в руке подошла к ней младшая,— мерси. Как жизнь?

— Жизнь? — Яна снова покосилась на коньяк, затем опять на Эдичку.— Жизнь как жизнь, жаловаться некому,— рассеянно ответила она.

— А есть на что?

— На что — всегда отыщется, было бы кому...— На всякий случай Яна решила не усугублять и коньяк отставила.— Слушай, мать, развей мои сомнения: тот, в углу стоит, с Русланом, это кто?

— Ты чего, мать, наркотой обхавалась? — подивилась Лера.— Ты же с ним работаешь! Эдичка Хазаров! Ну ты даешь,— покачала головой сестренка.

— Даю, но избранным...— Сомнения ее не оставляли: — А он-то здесь зачем?

— Да напросился как-то. Встретила его на днях у поликлиники, короче, то да се, ну я и пригласила. Типа просто так, для разнообразия — вдруг тебя с моими бухуями на мрачняки пробьет!

— С буху... как, пардоньте?

— С бухуями, с бухуями, мать: от «бухать» и...

— Ясненько,— усмехнулась Яна,— вторую производную можно опустить.

— Правильно, пусть сами догадаются,— ухмыльнулась Лерочка.— Так что там с Эдичкой — что-нибудь не так? У тебя же с ним как будто что-то было... или нет? — прищурилась она.

— Или да, тебе-то что за разница,— огрызнулась Яна.— Во-первых, не было, во-вторых, давно, так что всё неправда. А в-третьих, младшая...

Сестренка отмахнулась:

— А в-пятых — ну тебя! Не будь занудой, старшая...— и, широко мазнув по окружающим объективом камеры, спросила живенько: — А в общем как тебе? тусовка, в смысле.

Янка невзначай зевнула:

— В общем, э-э... в общем тоже жизнь.

— Ась? — Сестренка недослышала. Она тоже в свою очередь на что-то отвлеклась, на чье-то платье, кажется: — Н-да... пардон. Так как тебе тусовка?

Яна улыбнулась:

— Типа как.

Сестренка хмыкнула:

— А типа как бишь это то есть как?

— А где-то как-то так, что-то типа вроде,— объяснила Яна.

Сестренка оценила:

— Хорошо поговорили, содержательно,— со смешком пробормотала Лерочка,— конкретно типа, слышь! Ты неисправима... Ой,— невесть по какой ассоциации припомнила она,— я же нашей старушенции так и не звонила. Вот закрутилась, а! Пойду-ка отзвоню, не то опять забуду.— Она сорвалась с места: — Не скучай!

— Ни в коем случае.

Сестренка упорхнула.

Яна мельком оглядела зал. Ничего вокруг не изменилось: те же лица в похожих комбинациях, те же жесты, те же интонации, разговоры тоже еще те. К Хазарову с Басмаевым присоединилась пара бодигардов, судя по всему беседа там подошла к концу. Заметив краем глаза ищущий взгляд Эдички, обращенный к ней, Яна отвернулась. Не то чтобы она испытывала неприязнь к нему, имела что-то против, отнюдь... наоборот, хотя бы только из чувства справедливости Эдика бы следовало поблагодарить за его поддержку на собрании. Следовало, да, однако, до сих пор всякое напоминание об утреннем судилище было для нее чересчур мучительно. После всего сказанного там никого из сослуживцев видеть не хотелось, даже и его, отчасти даже — тем более его. И то: утешений бывшего любовника ей только не хватало!

Захотелось как-то потеряться, хотя бы ненадолго улизнуть, втихаря перевести дыхание. Яна очень кстати вспомнила, что с самого начала вечера больше не курила. Отчасти это внушало оптимизм: проблемы есть проблемы, проблемы есть всегда, так что слишком распускать себя всё-таки не следует. Конечно, иногда, в особенности к месту и ко времени...

Курили у Лерочки практически везде, кондиционирование работало отлично, но Яна предпочла одиноко посмолить на лестнице. В продолжение вечера дверь не запиралась. Взяв в прихожей пачку сигарет из сумочки, заодно переложив туда визитку из кармашка пиджака, она тихонько вышла, закурила, поднялась на один лестничный марш. На площадке между этажами, обычном месте курильщиков-мужчин, которых праведные жены шугают из квартиры, отыскалась даже банка для хабариков.

Вдоволь наскучаться Яне не пришлось — курильщиков на лестнице прибавилось. Удивительно, отчасти и смешно, но одним из них оказался Эдичка. Из квартиры вместе с ним вышли и басмаевские мо́лодцы. Что до бодигардов, то ху из ху из них, она вроде как усвоила: тот, что выше и светлее,— Стас, коренастей и темнее — Гарик. Касательно же Эдички... Признаться, Яне немного странновато было видеть (слышать, точнее говоря) Эдика в компании этих «типа как бандитов». Тем не менее факт оставался фактом; впрочем — ну и что? Бывают странные сближения.

(Еще один пустяшный эпизод, достойный малой толики внимания.)

В отличие от Яны, Хазаров и басмаевцы не поднялись, а спустились на один марш, таким образом ее все трое не заметили. Самой ей объявляться было лень, не заметили — не очень-то хотелось. Подслушивать она не собиралась, разговор ее не интересовал, хотя реплики она невольно слышала. Темный Гарик оказался еще и молчаливее, с Эдичкой трепался больше Стас.

Говорили о чем-то о своем, для нее опять же постороннем.

В суть Яна не вникала.

— ...и вообще,— продолжал Стас с середины фразы,— с чего ты взял, что он здесь при делах?

— Не держи меня за идиота,— угрюмо бросил Эдичка.

Гарик что-то проворчал, а Стасик:

— Да кто же тебя держит? — Показалось, он внизу пожимал плечами.— В чем проблема? — Он прихмыкнул.— Спрыгнул и беги, пока, блин, не догонят.— Стас сплюнул и растер.— Вот так-то, Эдичка.

Подал голос Гарик:

— Совет бесплатно хочешь? Для друзей, по жизни, так сказать, конкретно типа, да?

— Короче,— трепыхнулся Эдик.

— Не гони,— опять вмешался Стас.— Если кто и держит тут кого, так это ты себя за шибко умного... Ты знаешь, от какого слова «мудила» происходит? В натуре от «мудрить». Будь проще, Эдичка, чудаки на букву «м», особенно с большим воображением, на этом свете долго не живут. Усекаешь? — Подвисла пауза.— Вижу, что усёк, ты пацан понятливый,— Стас вроде как осклабился.— Так, а теперь врубись.

Он понизил голос, слов стало совсем не разобрать. Стас что-то настойчиво втолковывал, Эдик односложно отвечал, Гарик ограничился парой междометий. Яна чувствовала себя не самым лучшим образом: происходящее ниже этажом определенно не предназначалось для чужих ушей, но теперь обозначать свое присутствие было поздновато. Раньше надо было типа кашлянуть...

Немного погодя реплики опять зазвучали достаточно отчетливо. Стасик явно подводил итог:

— ...короче, разведем вас по понятиям. За всё платить придется, только так...— И добавил с деланным сочувствием: — Что, с деньгами плохо?

— С ними хорошо,— мрачновато отозвался Эдичка.

— Это правильно, без них гораздо хуже,— опять прихмыкнул Стас.— Увы, пролетаешь мимо кассы, Эдичка. И рад бы подсобить, да не могу — сам недавно на жилье потратился. Ты как бы извини.

— Я как бы перебьюсь,— огрызнулся Эдичка.

— И это правильно. А то одна фигня: берешь чужие, отдаешь свои... чужие берешь временно, заметь, а свои, блин, навсегда отдавать приходится. Усек прикол? Не знаю, как тебя, меня так жаба душит.— И после паузы: — Так мы договорились?

— Да,— глухо ответил Эдичка.

— Вот и ладно. Перетерли, всё, базара не было. Пошли отсюда,— закончил было Стас.

Но вмешался Гарик:

— Погоди. Еще один совет. Пока бесплатно.— «Пока» он выделил.— Ты вроде возле Янки ошиваешься? По жизни я тебя, конечно, понимаю: без базара, лялька первый сорт, типа как конкретная. Но тут такое дело, ты врубись, у *папы* на нее свой расклад имеется. У *папы*, понял? Надо объяснять? Короче, тебе там места нет, рыжая тебе не светит, Эдичка. Усёк? Что скажешь?

Эдик промолчал.

— Мы друг друга поняли?

Молчание прозвучало как согласие. Признаться, «ляльку» это даже как-то покоробило, даже и неловко как-то стало за него... да и за себя не слишком ловко.

Н-да...

— Добазарились. Пошли, гумозно здесь.

Яну они, к счастью, не заметили.

В дверях квартиры они столкнулись с вездесущей хозяйкой вечера. Та была в своем репертуаре:

— Улыбнулись, мальчики!.. Сойдет,— впрочем, уточнила: — для фильма ужасов.— Судя по всему, Лерочка опять развлекалась с камерой.— Кстати о кино, вы Янку там не видели?

— Нет, откуда, с чего ей там скучать. А что? Проблемы?

— Не могу найти, рассосалась как-то.

— Чего-нибудь стряслось?

— Мелочи. Дома у нее соседке приплохело. Вроде бы...

Дверь прикрыли, продолжения разговора Яна не услышала.

«Она», понятно, это я, э... да. Точка. Изячно изложила... ну да с пьяных глаз в конце концов сойдет. Плевать. Главное, понятно, что Яна — это я, а другие остальные посторонние на сегодня мне осточертели.

Эпизод на лестнице меня без малого вывел из себя: как же, блин, расклад на меня имеется! У папы типа, блин... Щаз-з, бишь чичас: да прыгал бы тот папа на мусорном бачке — до тех пор, пока крышка не провалится! Не знаю, а теперь из принципа не желаю знать, при чем там снулый Эдичка, но лично у меня послевкусие от разговора осталось, словно от помойки — и от Эдичкиного умолчания тоже. Отчасти даже по-своему смешно: очарована я им давно как не была — а ведь вдребезг разочаровалась! Логика опять же та еще; расщеперьтесь, бабоньки...

Начхать. Больше меня это не касается. Переждав минуту, я вернулась в дом и наскоро переговорила с Лерой. Елизавете Федоровне она таки дозвонилась, поблагодарила, короче, то да се, но в итоге по голосу старушки почуяла неладное. Большего, чем типа «нездоровится, както мне не очень хорошо» от Нарчаковой сестренка не добилась, но на всякий случай решила меня предупредить. И правильно, потому что «чувствую себя не очень хорошо» на языке моей соседки означало скорее «очень плохо». Признаться, вовремя — слава Богу, конечно, не скажу, но... м-м, сказать, оно, конечно, не скажу, но поводом конечно же воспользуюсь.

Короче, пора мне было сваливать.

С сестренкой распрощались без обид, всё сложилось к лучшему.

На улице по-прежнему было неуютно, ветрено и уже темно. Слегонца разъяснилось, сквозь прорехи в облаках, словно вата из худого одеяла, вылезала полная луна. Лерочкина девятиэтажка, одна из типовых, зачастую меченых одним и тем же номером (дом такой-то, корпуса один-два-три, иногда четыре, случается и пять, вышла Янка погулять), стояла в самой глубине огромного квартала, между Бухарестской и Софийской. Пейзаж, днем местами даже симпатичный, сейчас был мрачноват: безлюдье, неблизко расположенные здания, приемлемые разве что для внедорожников проезды, продуваемые скверики, заброшенные детские площадки. Редкие, как в Богом позабытом пригороде, фонари светили немногим ярче ведьминых огней на каком-нибудь заслуженном болоте, каковым, если верить здешним старожилам, и являлось Купчино лет тридцать так назад. Всё-таки прогресс, чтобы не сказать: «прогресс, но всё-таки...»

Машину с одинаковым успехом можно было отловить как на Бухаре, так и на Софии. До Бухарестской было пожалуй что поближе, зато курс на Софийскую приходился по ветру. Последнее выглядело предпочтительнее: не галсами же прикажете идти! Пустыри там, правда, стремноватые — ну да лично мне не привыкать, не в первый раз живу на этом свете.

Угу.

Недурственно бы, впрочем, чтобы не в последний. Догадались? Правильно, поспешила я насчет «всё сложилось к лучшему». То ли закон подлости, то ли принцип Мерфи: если неприятность должна произойти, никуда ты от нее не денешься. Будто в самом деле сглазил меня кто.

— Эй!..

До пустырей я так и не дошла. Буквально в двадцати шагах от Лериной парадной, крайней в доме, в темном сквозняке между корпусами меня и прихватили.

Раскадровка:

— Эй, ну-ка стой!

Стою. Гоп-стоп, звиздец пришел из-за угла, гоп-стоп... Где гопа, там и стоп, чтобы не ругнуться словом «задница». Гопа: трое, двуногие тире членистоногие. Впотьмах не слишком различишь, но — молодые, не тинэйджеры, но и не мужики — отморозки призывного возраста. Без «выхлопа», но явно не в себе, судя по всему — крепко закумарились... Безбашенные мальчики,— иногда такие вещи просекаешь сразу, однозначно... жопец в натуре, блин.

— Замри!

А потом не «отомри» — умри. Как же: торжество, мол, разума в том и состоит, чтобы уживаться с человеками, оного лишенными. Не я, Вольтер, но тоже мимо темы: тут не уживаться надобно, а тупо выживать. Словесами с такими не поладишь: с некоторыми ладить по определению нельзя — можно только радикально сладить. Именно.

— Не рыпайся, пацан!

Спасибочки. На «пацана», положим, я бы могла и возразить. Нет, я понимаю: на улице темно, стрижка у меня мальчишески короткая, одежка, допускаю, унисекс — но, пардон, не до такой же степени! И добро бы, кстати, в первый раз — имидж, что ли, пора подкорректировать? Спасибо, не сейчас; ну сами посудите...

Да, еще «не рыпайся». А куда я денусь, если упыри довольно грамотно взяли меня в центр треугольника, причем один из них выщелкнул лезвие пружинного ножа, и притом отнюдь не для плезиру. Есть видимая (даже в темноте — шестым, седьмым, десятым чувством) разница между человеком, который грозится убивать, и который хочет, намерен убивать. Этот не грозился, этот был взведен, заряжен смертью по уши. Тут уж, право, рыпайся не рыпайся...

Но что еще мне делать, господа? Дать себя раздеть, а потом зарезать? не по мне, я как раз порыпаюсь. В иных случаях каратэ в женском варианте сродни баллончику со слезоточивым газом: прыснул и беги, есть шанс, что не догонят. В иных, но не в моем, и не потому, что как боец я стою чуть поболее, отнюдь не потому, что под ножом не сразу разбежишься и на каблуках не факт что убежишь, а... кстати, почему?

А карта так легла. Опять же — если зверь отведал человечины...

(Впрочем, если зверь отведал человечины, еще не означает, что она пришлась ему по вкусу. И вообще, чем больше я узнаю людей, тем с большим уважением отношусь к собакам... э-э... сама-то поняла?)

Не суть. Короче говоря — обознались, мальчики. С кем другим бы номер и прошел, но тут вы мимо кассы. Я вам не другая, я, пардоньте, это то есть я, лично мне добавить больше нечего.

Точка.

Итого:

— Эй, ну-ка стой, замри, не рыпайся, пацан! — А дальше как положено: — Сумку, деньги, телефон — всё, короче, быстро! — И лезвием вперед, пока для страху: — Ну!!

А почему бы нет? Я женщина не жадная:

— Держи.

Ну просит человек, невежливо отказывать. Лови, раз напросился: я не слишком резко, не желая спровоцировать удар, бросила сумец заряженному, готовому слететь с предохранителя отморозку с лезвием. Неудобно бросила, поверху и вбок, вынуждая его хапнуть сумку обеими руками, на миг забыв про нож и сдав полшага в сторону. Переключка моментальная; трюк в общем-то затасканный, простой, но порой на него и профи попадаются. Правильно, дают — бери, бьют... ну, теперь, когда противник, смазав равновесие, оказался в положении «ноги шире плеч», можно и ударить.

На раз-два-три. На всё про всех три секунды — много.

Время фрагментировалось.

Раскадровка:

раз: левая нога опорная, правой — без затей, на силу, как в футболе пыром по мячу — упырю с ножом по гениталиям. Замечу — отнюдь не по злобе, лишь по медицинским показаниям. Правильно, опять-таки, жизнь хоть и всеёбщая болéзнь, но таким вот разносить ее не следует. Контрацепция случилась радикальная — я не питерский футбольный клуб «Зенит», с линии ворот в створ всяко не промажу. Чпок! первый номер в ауте, и

два: одновремéнно (одноврéменно? синхронно, по-русски говоря) с возвратным движением ноги — усиленный всем корпусом и второй рукой правый локтевой удар назад, по-нашенски — уширо-эмпи-учи. Зряче проведенный в солнечное сплетение подонка за спиной запрещенный (только на татами, разумеется) боевой прием дух из него не вышиб, но дыхание на время перешиб. Номер два в офсайде — минус два, а ведь первый, растерявши нож и сумочку, даже еще скрючиться-то толком не успел, а

три: оставшийся, крупнее остальных, только-только начал как-то дергаться. Бестолково как-то — понимаю, с этакой раздачи не вдруг сообразишь, как целее будешь. Быть или бить? Заваливать меня — или от меня, как от греха, подальше сваливать? Шекспировский вопрос, я бы и сама, наверно, призадумалась. Пришлось помочь. Ногой. Ага, по думалке, в целя́х оптимизации процесса. Карта так легла: левая по-прежнему опорная, тело, закрученное предыдущим локтевым назад, работает одновременно пружиной и маховиком, усиливая до предела мощный, наружным круговым движением удар ногой — маваши-гери правой, но... хоп! доводка малость смазалась. По глазам ударил свет автомобильных фар. Касательно доводки — не беда:

подонок на ногах хоть устоял, но близок был к нокдауну. Хуже было то, что неслышная за ветром, вынырнувшая словно ниоткуда машина целенаправленно неслась на нашу так сказать компанию — и ведь в самом деле адресно неслась!

Растеряться я не растерялась, теряться было некогда, но адреналин прошиб насквозь, как пот. Если кто-то полагает, что весьма (весьма!) некрупной женщине, пусть и очень крепкой каратэке, так просто справиться с всё-таки тремя пусть не шкафообразными, но всё-таки громилами, в головах которых опричь агрессии гуляет опупин, сам пускай попробует. А ежели еще в рискованную, да, но уже просчитанную, а потому имеющую шанс на благополучную развязку, ситуацию вмешивается этакий слепящий форс-мажор, то...

Сами понимаете. Что да почему да, блин, какого черта — вопросы не ко времени. Счет шел не секундами — исчезающе малыми их долями.

Между мной и мчащейся машиной находился недобитый тип, двое остальных крючились позади меня по разным сторонам разбитого проезда. В самый распоследний миг притормозив, легковой автомобиль, «жигуль» восьмой модели, даже и не сильным, показалось даже — рассчитанным толчком отправил недобитка в мою сторону. Не принять подачу было бы, наверное, невежливо. Спасибо. И совсем немного айкидо: захват руки противника, упор, плечо ему в подмышечную впадину и — продолжая его же траекторию, «оседлав» его инерцию — бросок. П-пошел!

Тяжелый всё же, гад, аж суставы крякнули. Но хорошо пошел, конкретно, как в кино — аккурат на своего подельника, номера второго, скажем так, в дополнение к тому локтевому правой. Вот и ладненько, и править не пришлось: без помощи врачей после таких трюков поднимаются только каскадеры на съемочной площадке.

Так, что с машиной? покамест ничего. Автомобиль стоял, водитель вылезал, больше никого в салоне не было. Странненько... однако — пусть его, позволим объясниться, затем — по обстоятельствам. Номер раз...

Ах ты, мать! опустим «перемать». Дерьмец под первым номером, сваленный ударом между ног, исхитрился-таки враскорячку встать и даже подобрать тесак и сумочку. Похоже, половые органы служили извращенцу разве что «дорожкой» для иглы, благо вены на концах и в самом деле знатные. Я, кстати, не шучу — некогда сама лечила наркоману фуевую (во всяком смысле слова) гангрену Фурнье, привнесенную таким занятным способом... Ладно, всё бывает; но зачем же на меня нож опять нацеливать?!

Что ж, если по-хорошему не понял человек, можно по-плохому. Ага, вот убью скотину, будет хуже некуда. И будь что будет.

(Типа «гуманистов» прошу не беспокоиться. Прошу пана! Пусть вас для начала разденут и зарежут, тогда, возможно, и поговорим. Может быть, тогда иные господа правозащитники наконец сумеют уяснить, что права имеются не только у бандитов и чиновников, но также у их жертв, пускай не состоявшихся. Именно вот так.)

Оскоромиться мне, впрочем, не пришлось. Водила оказался быстрее, чем казался: скользнул из-за руля, очутился за спиной моего противника и — уложил его. Ага, даже слов худых не говоря, на раз, как выяснилось — шокером. Хорошая игрушка: вжик — и все дела. А я корячилась!

Впрочем же, недолго я корячилась. Если опустить рассуждения на тему, вдоль темы, а паче — мимо темы (это я от нервов), а проще — раз-два-три с учетом форс-мажора добавить до пяти, то примерно время боя и получится. А всего с момента выхода из Леркиной парадной — минуты полторы. Всего. Всего-то ничего, а та еще киношка, Голливуд завидует.

Поверженные на асфальт тела в свете фар смотрелись выразительно. Водила тоже оценил:

— Однако...— протянул он мне подобранную сумочку,— лихо вы управились!

— Благодарю вас,— повесила я сумку на плечо.— Могло быть хуже.— Я не преувеличила: психани я малость чуть поболее, *полу*трупами бы всё не обошлось — замочила бы.— Спасибо, что вмешались.

А кстати, на фига?

Он улыбнулся:

— Было бы за что. Дело, конечно, не мое, но не люблю я, знаете ли, когда втроем на одного. А на одну тем более: неэтично как-то. К тому же мы с вами вроде как знакомы. Ну, скажем так, почти...— Я присмотрелась, что-то померещилось.— Не признали? Я вас вез с утра.

Ах, да, киношный мафиози. Мир тесен, чтобы не сказать, что тесноват. И что? Хотелось бы, признаться, уточнить:

— И как же вы...

Водила перебил:

— Минуточку,— и с полуоборота кулаком, как молотом, он вернул в исходную позицию затеявшего было подниматься отморозка номер раз. Мало было шокера поганцу — живуч, гаденыш, как тот таракан, который, ежели ему отрезать голову, живет аж девять дней, но в итоге всё же умирает. Ага, от голода.— Извините,— он потер ушибленную кисть.— Кстати — Алексей,— представился водитель.

— Яна,— скрывать сей факт особенного смысла я не видела.— И как же вы здесь оказались, э-э... кстати Алексей? — уточнила я.

— А живу я здесь,— усмехнулся водила.— Да нет же, в самом деле: вечерком вот подхалтурить выехал, ну и...— Он пожал плечами: — Как было не помочь.

Экий доброхот. По мне, так в наше время без нужды кому-то помогать — себе дороже выйдет. Попался же... чудак.

— Послушайте, Дайана,— продолжал этот не слишком мне понятный гражданин,— как вы, не знаю, но вот я почему-то не горю желанием встретиться с милицией. Повторяю, дело не мое, но если вас не вдохновляет перспектива ночевать в ближайшем «обезьяннике», отсюда лучше сваливать. А этих,— кивнул он на тела,— нехай теперь ментовка подбирает.— И добавил мрачновато: — Авось не окочурятся.

Н-да. А если окочурятся — мент не дворник, всяко приберет. Верно: мусор к мусору, туда им и дорога.

— Итак? — поторопил водитель.— Признаться, беседовать с такими же уродами, но притом в погонах, мне как-то недосуг.

Мне тоже было не до них. Я мельком огляделась. Зашторенные окна окружающих девятиэтажек светились равнодушно, как всегда,— незрячие огни большого города. Не похоже, чтобы наше представление кто-нибудь смотрел, а если и смотрел, то вряд ли что увидел, но если и увидел, то «ноль-два» скорей всего накручивать не стал. Подумаешь! еще один расхожий эпизод, не более того...

И тем не менее.

— Пожалуй,— согласилась я.— Подбросите?

— С удовольствием! — оживился водила.— Позвольте угадать: к Пяти углам? — Я кивнула.— Поехали!

Почему бы нет?

И мы поехали. Вопрос об оказании (равно — неоказании, есть такая идиотская статья в Уголовном кодексе) медицинской помощи тройке «пострадавших» как-то не стоял. Собственно, я помощь оказала. Не им, так обществу. «Спасибо» можно опустить.

В машине на меня нашло, а точнее говоря — дошло, чтобы не сказать, что накатило. Реакция на ситуацию: короткий колотун, озноб по всему телу, затем — зыбкая пелена перед глазами и зыбкое, зыбучее, затягивающее, как песок, оцепенение. Ладони враз взмокрели, от волны адреналина не осталось и следа, от спиртного в организме, впрочем, тоже. В голове — пустота полнейшая, лишь ватный звон в ушах, я не оговорилась — именно что ватный. И кромешная такая пустота...

Вероятно, на секунду-две я отключилась — во всяком случае, вопросительную реплику «кстати Алексея» я не уловила. Концовку только:

— ...а вы?..— Водила покосился на меня: — Кстати, вы в порядке?

— А? Простите, отвлеклась...— Я как могла встряхнулась. Итак: — Что — я? — переспросила я.

— Вы-то как здесь оказались, Яна? Если это, конечно, не секрет.

Не секрет:

— На вечеринке у сестры была. Собралась домой, пошла — ну и нарвалась.

Примерно так.

— Что за люди? Раньше не встречали?

Я молча мотнула головой.

— Понятно. Наркóты, может быть... Чего они хотели?

Чего-чего:

— Деньги, вещи, что ж еще... Меня не жаждали,— криво усмехнулась я,— не понравилась, наверное.

— Ну, тут они тем более не правы,— в тон отозвался он.— Что же, справедливо, вкус надо воспитывать. Будем считать, что уважение к прекрасному вы им вколотили. Что-то типа каратэ?

Я кивнула:

— Типа да.

— Убедительно. Не сочтите за м-м... за просто комплимент, но расскажи мне кто — я бы не поверил. Круто! Есть женщины в русских селеньях,— продемонстрировал «кстати Алексей» знакомство со школьной хрестоматией.— Очень круто. Хотя...— он слегка пожал плечами,— вы не обижайтесь, но всё-таки, по-моему, не женское это дело — кулаками кирпичи крушить. Опять же — риск...

Угу. Не обижусь. Наше дело — ножки врозь. И риск опять-таки: вдруг у кого-нибудь из этих в кавычках потерпевших папочка бандитский депутат или мама в прокурорских числится? Вот то-то и оно-то! Дорогуша, не блажи, лучше сразу ублажи, иначе пуще выебут. Ах, вам не нравится? мне тоже э-э... не по мне.

— С другой-то стороны, вы правы, разумеется. Будь ты женщина, будь просто человек,— продолжал задумчиво водитель,— будь ты кто, короче, всё равно по нашим временам без хорошего булыжника за пазухой никак не обойдешься. Без какой-нибудь дубинки, скажем так: у вас вот каратэ, у меня, допустим, шокер, у кого-то пистолет... Ведь так?

И не иначе. Особенно где «женщина и просто человек». Угу. Проехали.

— Это всё от климата. Серьезно, что люди, что погода — вместе с ума сходят,— объяснил водитель.— Сказано же, да: что в природе, то, мол, и в народе. У нас как перестройка началась — природа как свихнулась: землетрясения, лавины, наводнения, леса горят... год от года хуже. Вот люди и дуркуют, молодняк особенно, у каждого второго мозги набекрень...

Признаться, «кстати Алексей» меня слегка достал.

Он, впрочем, спохватился:

— Ладно, что-то мы о мрачном и о мрачном,— усмехнулся он.— Давайте-ка о чем-нибудь другом. Вот, к примеру, сколько в Петербурге поворотов, знаете?

Угу:

— Два всего, равно как и везде: направо и налево. Между прочим, с перекрестка нам лучше бы направо.

— А не прямо? Выедем на Витебский, дальше Загородный, а там к Пяти углам. Нет?

— Лучше через Лиговку — вечером заторов меньше, легче проскочить. А застрянем — при известной наглости там можно и дворами. Быстрее просто.

— Быстрее так быстрее,— извозчик не перечил,— наглости-то нам не занимать,— он достаточно рискованно вывернул баранку и под протестующее вяканье клаксонов перестроился в крайний правый ряд.— Заодно проверим. Кстати, о дворах: сколько их у нас в Питере всего, сосчитать не пробовали?

На фига мне?

— Просветите.

— Ну, три как минимум,— улыбнулся он.— Гостиный двор, Апраксин и Монетный.

— В таком случае как минимум четыре: еще Печатный двор.

— А и верно...— Он глянул на меня: — Я так понял, вы опять торопитесь? Проблемы?

На мои проблемы сегодня явный спрос.

— Ничего такого... криминального,— отозвалась я,— но лучше поспешить.

— Поспешить так поспешить,— он сговорчиво прибавил газа.— Это хорошо, что ничего такого криминального... А город вы, похоже, знаете на ять,— соскочил он с темы.

Догадливый.

— Работа. Кручусь на «скорой помощи»,— скупо пояснила я.

Не слишком точно, но за так сойдет.

— Понятно...— протянул водила.— А я, признаться, город подзабыл.— И сообщил, хоть я и не просила: — Я сам-то питерский, родился в Ленинграде, отучился здесь. Ну а после — двадцать лет в погонах: служи, куда пошлют!

Я не спорила:

— Послать у нас умеют.

Он с живостью кивнул:

— Вот именно. Хорошо подмечено, не каждый шпак поймет. Впрочем, вы же доктор, стало быть — человек продвинутый. Сами понимаете, какая это жизнь: то по чужим углам, то по горячим точкам, пиф-паф и прочее... А странно всё же, да: в отставку вышел, цел, с жильем устроился — а как-то всё не так. Напряжно на гражданке, не привык пока,— добавил он задумчиво.— Да, всякое бывало...

Он обозначил паузу.

Ясненько. Туману подпустил. Типа как романтики: не иначе, клеиться собрался. Знакомо. А почему бы нет? благо повод как-никак имеется. А потому и нет, что повод-то, допустим, и имеется, но — не по мне мужик. Вроде человек как человек, помог, опять-таки, хоть я и не просила, чудак на букву... а даже и без буквы: от служивого еще не то можно ожидать. Не скажу, что он мне чем-то не понравился или там пиф-паф и прочее в портянках меня коробит, нет, а просто — не мое. Бывает, ничего тут не поделаешь. Увы.

Проехали, э... да. К тому же и приехали. Почти: мы благополучно вывернули с Лиговки и уже катили по Разъезжей — прямиком к Пяти углам. И что? Будем-таки клинья подбивать — или по-хорошему расстанемся?

Оказалось, будем. По-хорошему:

— Извините, Яна, как вы отнесетесь к перспективе поужинать со мной? Нет-нет, не сочтите за назойливость: я понимаю, вы сегодня заняты, но, скажем, завтра, а? Я знаю отличный ресторанчик: замечательная кухня, уютно, приятно побеседовать. Я так полагаю, нам найдется о чем поговорить.

— Например?

— О том, о сем, о жизни, о вообще... Признаться, крепко вы меня заинтриговали. Чего греха таить, хотелось бы поближе познакомиться. Кстати, можем заодно и ваши проблемы обсудить: хоть и ничего такого криминального, как вы говорите, но вдруг смогу помочь? Некоторый навык, знаете ли, есть, поверьте на слово.

Ужо. Но проверять не стану. Вместо (равно: в качестве) ответа я положила на «торпеду» сторублевую купюру. На самом деле могла бы обойтись полтинником, но доброхотов нужно поощрять. Хотя бы так, потому что никакие другие премиальные «кстати Алексею» не светили. Мне тоже в чем-то жаль.

— Спасибо. Остановите здесь.

Водитель покосился на купюру:

— В общем-то не так чтоб обязательно...— но деньги взял.— Так по части завтрашнего ужина? — переспросил он, остановив машину у поребрика.

Никак. Ни завтра, никогда.

— Не в этой жизни.

Не в следующей тоже. Но нельзя же человека совсем лишать надежды, правильно?

И то.

Дверцу за собой я закрыла вежливо.

Тоже в общем-то всего лишь эпизод. Разве нет?

Замечу в скобках: интересно, с чего мне померещилось, будто «кстати Алексей» похож на мафиози? На отставника он, правда, тоже не похож. Скорее — на бойкого когда-то, а теперь отяжелевшего, выходящего в тираж газетира среднего пошиба, чтобы не сказать — серийного пошива. Ассоциация с корреспондентом по меньшей мере странная, но знай бы я тогда, что этот мой «киношный мафиози», который не похож на мафиози, хотя для простоты пусть будет мафиози,— итак, если бы я знала, что этот вроде бы случайный человек не далее как сегодня днем побывал в милиции, где, в самом деле назвавшись журналистом, настойчиво пытался раздобыть информацию о деле «маньяка-старухоубийцы» и о небезызвестной вам гражданке Кейн, то...

Впрочем же — и что? Ну, вполне возможно, в этом случае я бы всё же потрудилась обратить внимание на пару пустяков, для вас, я полагаю, очевидных. Разумеется: во-первых, я представилась как Яна, а «кстати Алексей», который, не исключено, совсем не Алексей, назвал меня Дайаной. Во-вторых, конечно, доктор — человек продвинутый, но я не говорила, что кручусь на «скорой помощи» именно врачом, а по внешности меня за доктора не примешь — свежа не по годам. Ага, к тому же иногда и мозги цыплячьи, однако даже ими было бы грешно не сообразить, что как-то это всё отнюдь не просто кстати...

Догадлива ты, м-мать!

ГЛАВА 11

Даже не глава, а скорее — главка, вдогонку предыдущей: не сложилось у меня на одном дыхании. Если кто-то — справедливо, впрочем,— полагает, что с изложением я подзатянула, то каково мне было наяву? Ну сами чуть подумайте. Логично, вот и я к тому, что пятница — пятница и есть, а тем паче в ночь на полнолуние.

Мало мне всё было!

Тишина в квартире показалась гулкой, неподвижной, словно бы оцепеневшей, неживой — кафельной какой-то, как в покойницкой. Издержки подсознания: похоже, на фоне всех своих сегодняшних перипетий и нервотрепок я окончательно настроилась на самый крайний лад. Или же не просто подсознания?

Не приведи Господь...

Свет в комнате горел. Укрывшись поверх одежды пледом, Елизавета Федоровна лежала на тахте, без движения, мне почудилось сначала — в забытьи, но веки вроде дрогнули. С порога было видно — старушке приплохело основательно: лицо осунулось, кожа даже не побелела — посерела, глаза запали. Краше в гроб кладут...

(Опять же — не дай Бог! Не к слову было сказано.)

— Тетя Лиза?!

Старушка шевельнулась, чуть приподнялась:

— Ох, Яночка...— голова ее бессильно опустилась на подушку,— что-то мне сегодня совсем нехорошо,— смазывая окончания, но в целом достаточно внятно произнесла она.— Ох, внучка, извини, язык едва шевелится...

— Всё в порядке, тетя Лиза, всё будет хорошо, лежите.— Я присела рядышком.— Так...— Не скажу, что сразу же, с полуоборота, но «неотложные» рефлексы заработали: — Что вас беспокоит? Если трудно, не нужно говорить, моргните просто: слабость? голова болит? нет? кружится? тошнит? я поняла. Так, боли в животе? нет? замечательно. А за грудиной? очень хорошо. Дышать не больно? одышка? поняла. Рукой пошевелите... теперь другой... язык покажем... порядок, я сейчас.

Я сбегала к себе за тонометром и фонендоскопом. Привычно, как на работе по двадцать раз на дню, наложила на руку манжету, измерила давление. Сдается мне, за двести... Так и есть: двести сорок на сто восемьдесят. Так...

— Ты ведь, Яна, у меня одна. Лерочка еще, но она — другое,— неожиданно произнесла старушка.— Одна ты у меня. Я и завещание на тебя оформила... успела,— тетя Лиза насилу улыбнулась,— теперь спокойнее. Всё тебе достанется.

Угу. Что тут скажешь? Всё равно соврешь. К тому же я так в общем-то и думала.

— Потом об этом, тетя Лиза, не сейчас. Успеется еще, поверьте на слово. Не до завещания пока...

Мне, во всяком случае. Итак, что мы имеем? Общую хреновость, разумеется, одышку, головокружение, тошноту, кожные покровы цвета э-э... кладбищенской земли; реакция зрачков на тот свет резко положительная. Н-да. Не к месту, но шучу — профессия такая.

А ежели серьезно, то всё это, конечно, не смешно, но не так чтоб страшно. Болей, обычно свойственных инфаркту, нет — уже спокойнее; рефлексы в общем не нарушены, а стало быть, инсульт мы исключаем; желудочное или же какое-то другое внутреннее кровотечение с таким давлением мягко говоря не совмещается; сухой остаток — вульгарный гиперкриз. Естественно, возможны варианты, включая экзотические, но...

Но именно что «но». Вульгарный-то он, может быть, и вульгарный, сиречь обыкновенный, однако же лечить его надобно всерьез. И чем скорей, тем лучше.

— Гиперкриз у вас, Елизавета Федоровна.— Что в общем-то было понятно: поволновалась давеча (из-за меня, заметим), полнолуние опять-таки... Итак: — «Неотложную» бы надо,— заключила я.

Типа заикнулась, называется.

— Яночка...— в голосе соседки заметно звучала укоризна,— ну зачем, скажи на милость, «неотложная», если у меня свой доктор есть? Уж полечи старуху! Сколько ты намерила?

— Двести сорок на сто восемьдесят. В два с лишним раза против вашей нормы. Но...

А собственно, что — «но»?

— Ничего, бывало хуже,— не по состоянию живо сказала тетя Лиза.— Яна, не капризничай! Не узнаю тебя. Ну что, скажи мне, может «неотложная» из того, что ты не в состоянии? А?

— Для начала — снять кардиограмму...— Как, впрочем, и для конца, то бишь разве что для очистки совести, подумала было я, но тетя Лиза словно бы услышала:

— Да и то лишь для того, чтоб подстраховаться, разве нет? Справишься сама, не в первый раз.— Спасибо, успокоила. Не в первый, да, вот только б не в последний. Ох...— А может, отлежусь, само пройдет, как ты считаешь? — продолжила старушка.— Мне вроде бы уже полегче стало. Или это — как вы называете — эффект присутствия врача?

Угу. Синдром халата. Белого. Визит-эффект иначе.

— Где-то как-то так...— И что-то типа вроде. Хуже нет — лечить своих, особенно — продвинутых. Ну что ж: — Вы правы, тетя Лиза,— улыбнулась я.— Сейчас всё сделаем. Потерпите, я пока лекарства поищу. И лечиться будем.

Я вышла.

Разумеется, Елизавета Федоровна была кругом права. Ну, не кругом, допустим, а по-своему, но всё равно права. Бывало с ней такое — не хуже, но случалось пару раз, и до сих пор я как-никак справлялась. Не сказать, что дома я — сапожник без сапог: лекарства для такой оказии имеются, не ах, но кое-что, других нам и не надобно. Так что дергать «неотложную» бессмысленно, причем вдвойне. Во-первых, в данной ситуации никакая «неотложка» больше моего действительно не сделает, а во-вторых, что мои, что местные в лучшем случае доедут через час. Ага, и посмотрят косо; к тому же местным я не слишком доверяю — возможно, что несправедливо, но...

Вот именно, опять-таки, что «но». Всякий лекарь сразу подтвердит: своих лечить — замаешься. Оценка состояния — и та зачастую не слишком адекватна: эмоции мешают. Со своими как: то буквально пустяка пугаешься и видишь «хэ-зэ» что, то, наоборот, пропускаешь нечто действительно серьезное, хуже нет — уже непоправимое. А пропускаешь обычно потому, что боишься, стало быть — не хочешь, а значит — на подкорке запрещаешь себе видеть даже очевидное. Издержки подсознания, опять же... Но толку что с того.

На своих — не легкая рука. В чем-то это понятно. С близкими всегда хочется как лучше, а нужно — с кем угодно — как всегда. Избыточность рефлексий в нашем ремесле противопоказана, а со своими всяко рефлексируешь, переживаешь, боишься сделать больно, просто потревожить лишний раз. Известно, где боишься, там и нарываешься, это уж как водится. И хорошо, если по мелочи, а то же ведь еще икс-фактор вылезает: то аппаратура вдруг на своих откажет, то лекарства действуют не так, как им положено, то черт-те что еще. Не смейтесь, я прагматик, но — мистика-с! куда же без нее...

Н-да.

Сдается, объяснила я не слишком вразумительно. Ведь так? Наверное. Поди теперь пойми, что́ меня тогда так *странно* беспокоило. Возможно, дурацкие перипетии всех последних дней (а даже и недель, начиная с памятных двух «чехлов» в присутствии) при всей их очевидной э-э... очевидной лично для меня идиотичности выбили меня из профессиональной колеи. По пустякам, по мелочи, по глупости, но на душу в итоге накапало всерьез: задумываться о профнепригодности, предположим, рано, однако — снова но...

(Вредно человеку много объяснять, будто он мудак: а вдруг он впрямь поверит? Во-во, и поэтому такого намудрит, что мало не покажется. Я, кстати, тоже человек.)

Короче — просто, тупо, без всякой мотивации — боялась я лечить. Боялась. И при этом знала, и ведь сразу знала, что буду я лечить, никуда не денешься. И от этого всего, а прежде — от такого каторжного «никуда не денешься», в чем-то столь же унизительного и столь же иррационального, как сама боязнь, даже раздражение на старушку вылезло. Докатилась! И тем не менее: какого черта, блин, да кто я ей такая? Дочка? Внучка? Правнучка? Родственница я, в натуре, ей?! Помрет — значит, срок пришел: всё едино — рак у старушенции. Я, в конце концов, здесь ни при чем, уморю — так всякое бывает, отмажусь как-нибудь. К тому ж и завещание старуха на меня оформила, всё мне достанется... Чем вам не вариант?

Мне лично не подходит.

А может быть, не так я думала тогда — может быть, теперь, постфактум, опять же — жизнь спустя вспоминая этот суматошный, почти — истошный, чтобы не сказать, что тошный день, я как бы спроецировала на данный эпизод все те раздражающие мелочи, все давным-давно забытые нюансы, какие неизбежно случаются с людьми, долго (и хотя бы даже счастливо) живущими под одною крышей. Не из чувства ли вины? Всё может быть. Не знаю...

(Каких глубин в себе не накопаешь! Сиречь дерьма.)

Пустое всё.

И дело надо делать.

Вымыв руки и разыскав лекарства, жгут, шприцы, я вернулась в комнату соседки. С лечением решила не мудрить: внутривенно клофелин на физрастворе, контроль давления, а дальше видно будет. Не исключено, реланиум сверху доколю для пущих сновидений. А что еще? По мне, всё вроде правильно.

Профессионально-бодро объявив:

— Готовы? Хорошо. Сейчас уколем в венку клофелин, а после, если вы не против, и реланиум. Спать крепче будете,— я проформы ради уточнила: — Годится, тетя Лиза?

Старушка отмахнулась:

— Ты врач, тебе виднее, Яночка.

Я улыбнулась:

— Очень хорошо. Давайте руку, кулачком работаем... Достаточно.

Процесс пошел. В самом деле, всё как будто правильно, как и быть должно...

Должно...

И тут старушка всхлипнула.

Во мне на миг буквально всё оборвалось. Испугалась я, как... слов не подберу. На миг перепугалась, но страху хватило бы на час. Как минимум. Знаете... ну, лекари, положим, всяко знают, а остальным бы лучше и не знать, но есть такая штука — фибрилляция. Что-то вроде остановки сердца — скажем так, почти, чтобы не вдаваться в медицинские подробности. И случается она именно с таким вот характерным звуком: полувсхлипом, полувздохом, полухрипом, полу черт-те что. Так она, короче, и случается. И если с диагностикой я тупо лопухнулась...

В общем, сердце у меня самой зашлось.

— Тетя Лиза, что?!!

А она — на самом деле — просто всхлипнула.

Просто:

— Ничего, всё в порядке, Яночка. Это я от жизни...— И потом добавила к чему-то: — Обидно, что вся жизнь... это же так мало! — А затем: — Виновата я перед тобой, Яночка, очень виновата. Прости меня...— И еще чуть слышно повторила: — Уж ты меня прости...

Я сама едва не разрыдалась.

Ох, ёшеньки...

Но так и быть, прощу. Не знаю, впрочем, о чем это она (пояснить она не соизволила — ну и... хватит ей, спишем на издержки состояния), но напугала меня тетя Лиза здорово. Понятно, что старушка — не нарочно, однако ж пара-тройка миллиончиков нервных окончаний у меня коротнули и бесславно сгинули. Другое дело, было бы с чего, э-э... да, но то — другое дело. Ну я и ну! Кажется, пора саму себя на издержки состояния списывать...

Н-да.

Обошлось, короче.

— Отлично, тетя Лиза, вот и всё. Локоток согните и держите. Вот так, порядок. Всё.

— Спасибо, Яночка,— старушка слабо улыбнулась и попросила: — Побудь со мной немножко, посиди.

— Конечно, тетя Лиза.

Наверно, я вздохнула.

Обошлось.

Пустое всё. Конечно, обошлось. А с чего бы вдруг не обойтись, если так подумать? Я доктор или кто? Правда, психанула не по делу я, словно институтка на первом в жизни вызове... так ведь то не без причин же, правильно? даже если и не слишком верно.

И то.

Тоже в общем-то всего лишь эпизод.

Старушка слабо шевельнулась:

— Мне бы папироску, Яночка,— попросила она.— Одну.— И трогательно так: — Пожалуйста!

Сразу видно — лечение впрок пошло, говорила же я — рано себя списывать! Кстати, мне бы и самой никотин сейчас не помешал.

— Одну, не больше.— И строго якобы: — Вы пообещали.— «Беломор» и пепельница были под рукой, на прикроватном столике.— Я тоже за компанию,— выложила я из кармана пиджачка «Кэмел» с зажигалкой.

— Ты снова закурила?

По тону судя, морали на сей счет старушка мне читать не собиралась.

— Завтра брошу,— улыбнулась я.

Соседка посмотрела на меня с искренним участием:

— Устала, Яночка?

Отпираться я не стала:

— День сумасшедший был.

Щелкнув зажигалкой, я дала старушке прикурить и сама в охотку затянулась.

— Как у Леры? Праздник удался? — спросила тетя Лиза.

— Как обычно... в меру утомительно,— усмехнулась я.

Старушка чуть кивнула:

— Если в меру, это хорошо. А вообще я рада за нее. Надеюсь, что всё к лучшему...— Тетя Лиза положила папиросу в пепельницу.— Не идет табак. Но ты кури, раз хочется, я хоть твоим дымом подышу.— Старушка попыталась шевельнуться.— Ох...

— Что-нибудь неладно? — насторожилась я.

— Слабость просто.— И, предвосхищая мою реплику: — Не волнуйся, знаю, что пройдет. Всё образуется.

— Непременно.— Я ободряюще погладила худенькую морщинистую руку.— Завтра бегать будете.

— Недалеко бежать.— Подвисла пауза.— Ничего,— сказала тетя Лиза,— ты не беспокойся, внучка, много я тебя не обременю. Уж здесь я как-нибудь... не дам себе зажиться.

Даже так?

— Ну-у, тетя Лиза!..— Суицидальных настроений нам только не хватало.— Зря вы так! — подпустила я в голос строгости.— Оставьте, лишний разговор, и слушать не желаю.— И тоном мягче: — Довольно, хорошо?

Старушка, как обычно, отмахнулась:

— Брось это, Яночка. Ты доктор или кто? — (Э-э... да, и я о том же.) — Вот то-то.— Казалось, тетя Лиза подмигнула.— Быть циником не вредно, вредно — слыть.— Она продолжила: — Всем всё давно понятно. Хуже нет, чем пережить своё, поверь мне на слово. А я пережила.

— И всё-таки вы зря,— интонацией поставила я точку.

— Что ж, может быть... теперь уже неважно,— старушка мельком улыбнулась.— А гордая ты, Яна,— со странной интонацией заметила она.

— Разве это плохо? — пожала я плечами.

— Это трудно,— сказала тетя Лиза.— А плохо — жить поперек себя.— И добавила: — Уж я-то знаю.— Она вздохнула.— Ты кое в чем похожа на меня — лет пятьдесят назад. Давно, самой не верится... А знаешь,— помолчав о чем-то, продолжила она,— у меня ведь тоже была сестра, и тоже — младшая. Давно тебе хотела рассказать. Послушаешь?

Я раздавила свой окурок.

— С удовольствием.

Куда ж я денусь?

К тому же мне не привыкать. Больные иногда бывают ой как разговорчивы...

Вроде бы не к месту, не ко времени, но рассказ Елизаветы Федоровны чем-то меня зацепил. Повторюсь: история семьи, любой семьи — история, достойная романа. (Проблема, правда, в достойных романистах, разве нет? Кстати, лично я не претендую.) То, что я хочу пересказать, прозвучало, разумеется, ни только этим вечером: какой бы замкнутой соседка ни была, кое-что о ней я всё же знала. Воспроизводить дословно монолог старушки не хочу, чтобы в знаках препинания не путаться: на фоне гиперкриза и лечения речь тети Лизы изобиловала паузами, перескоками, повторами, темными местами. Короче говоря, изложу по-своему, включив сюда и то, что я знала раньше. Позволите?

И то.

Итак, о Нарчаковых. На самом деле фамилия когда-то широко известная — в узких, разумеется, кругах. Елизавета Федоровна родилась в семье гуманитарной интеллигенции с крепкими, дореволюционными еще традициями. Не теперь судить, что побуждало очень многих (или — *слишком* многих?) из таких людей искренне служить советской власти. Думали служить не власти, а стране? так оно отчасти и случалось. Известно, эпохи перемен заморачивали головы и людям не вовсе сущеглупым: Пастернака вспомните. Да и вообще интеллигенция намного *компро-*

мисснее, скажем мягко так, чем порой хотелось бы... но, в конце концов, не в этом суть.

Родители Елизаветы Федоровны были петербуржцами, затем благополучно стали ленинградцами. Мать из рафинированной столичной гимназистки без особых внутренних потерь превратилась в убежденную марксистку-сталинистку. В юности она не бездарно занималась живописью, писала обычные стихи, была знакома с Блоком и Ахматовой; стала же она одной из тех, кто отвечал за проведение партийной линии в новом, социалистическом искусстве. Кто станет отрицать, что тогда искусство всё же было? равно как и линия была.

Отец, будучи изрядно старше матери, узаконенным большевиком не стал, но власти был лоялен, правила игры охотно принимал и как умел использовал. Талантливый лингвист, специалист в области сравнительного языкознания, знаток немецкого, английского, французского, он споро дослужился до звания профессора Ленинградского университета. Времена, пардон, не выбирают: очевидно, ученый Нарчаков тоже не чурался к месту и ко времени цитировать «Марксизм и языкознание», сочинение товарища Сталина И. В., и громко осуждать «врагов народа». Во всяком случае, всех их, равно как и моих, репрессии тридцатых миновали. Бывало и такое — иногда.

(Времена не выбирают; в них не только умирают — в них еще и убивают. И рожают в них, само собой.)

Елизавета Федоровна родилась в 1925 году, ее сестренка Тюша (явно уменьшительное: Катюша, например, Настюша — тетя Лиза уточнить забыла, я же переспрашивать не видела нужды) появилась на два года позже. Других детей у Нарчаковых не было. Семья жила в достатке, девочки росли в просторной, типично «профессорской» квартире на Васильевском и в принципе ничем, помимо, разумеется, благосостояния и хорошего, в придачу к школьному, домашнего образования не отличались от множества своих советских сверстниц. Отличницы, спортсменки, комсомолки, красавицы — чего еще желать? Вся жизнь на блюдечке.

Потом была война. И приподнятое — вовсе не шучу! — настроение ее первых часов и даже дней, не сразу и не вдруг сменившееся осознанием того, что бьем не мы, а бьют нас. И бьют нас в хвост и гриву, казалось — ниже пояса, по всем фронтам, совсем не как учили. И... впрочем, о хаосе, предательствах, о повальной панике начала той войны вспоминать у нас, как-то так, не принято... ну и, стало быть, не будем вспоминать. Иногда достаточно просто помнить.

В сорок первом тете Лизе исполнилось шестнадцать — еще или уже? как рассудить. Школа вместе с детством остались позади, впереди — упомянутый уже историко-философский факультет Университета, где, не исключено, сложись бы жизнь иначе, она могла бы познакомиться со старшей из сестер Яновских — иначе говоря, с моею бабушкой. Мир мог быть тесен, если бы не «но»; увы, всегда всё «но»...

— Наверно, невозможно в молодости по-настоящему понять, что и старики когда-то были молодыми, да? — сказала тетя Лиза.

Я неопределенно качнула головой: наверное. А впрочем, нет: умом понять несложно, а по-настоящему — зачем? когда состаримся, тогда уразумеем, а раньше — как-то грустно; разве нет? Естественно, озвучивать я эту мысль не стала — да и не нуждалась тетя Лиза в моих репликах.

Старушка продолжала:

— Бессмысленно жалеть, что в жизни что-то не сложилось,— она чуть улыбнулась,— а жалко. Иногда. Память — штука странная... Тебе, небось, частенько пожилые пациенты говорят, что раньше всё на свете лучше было. На самом деле, разумеется, это ерунда: все времена по-своему плохи, равно как и хороши — по-своему. Просто с возрастом... с возрастом не столько плохое забывается, сколько вспоминается хорошее. А хорошее — оно обычно там, где остались детство, юность, молодость,— тетя Лиза усмехнулась краем губ.— Тогда всё лучше было.

Я тоже улыбнулась.

— А память... память нас порой настолько же подводит, насколько и щадит,— сказала тетя Лиза.— В забвении есть много милосердия, не находишь, Яночка? Знаешь, я уже почти не вспоминаю ужасов войны — знаю, было, да, но нутром уже не вспоминаю. А вот мелочи — они, как ни странно, помнятся... и странно помнятся,— добавила она.— Услышу запах хвои — горчит во рту: в блокаду из нее отвар готовили — считалось, помогает от цинги. Мне, кстати, не помог... Или, например, трафарет на Невском сохранился: «При обстреле эта сторона улицы наиболее опасна». Теперь он голубой, а тогда был — коричневый, грязный цвет такой, до войны полы этой краской красили. Как сейчас увидела...

Тут мысль ее не в первый раз скакнула:

— «Жить тебе в эпоху перемен» — занятное проклятие, как ты думаешь? Хотя бы потому, что жизнь сама — эпоха перемен. Правда, вековечные вопросы остаются теми же...— Она вновь улыбнулась краем губ: — Достоевский много не додумал: на самом деле довольно просто отказаться от царствия небесного из-за слезы младенца — хоть там, хоть на земле. А вот когда, не будь этой слезы, всех остальных — ну, пусть не всех, пускай лишь очень многих — здесь ожидает ад? Как разрешить? Неважно, впрочем... Ад всегда предпочитал благонамеренных. Хотя я не о том... Я тебя не слишком утомила своими...— она подобрала определение: — своими старушизмами?

Я вежливо мотнула головой.

— Конечно, ты у меня девочка очень деликатная,— сказала тетя Лиза.— С кем же мне еще за жизнь поговорить? Считай, что напоследок... Знаешь, старики частенько ругают чужие времена — и ругают просто потому, что времена — именно чужие. На самом деле каждому — свое, почти как писали на воротах фашистского концлагеря. Каждый должен оставаться в своем времени, не пытаться оседлать чужое: в лучшем случае окажешься смешной, а то ведь, не дай Бог, беды наделаешь. А жизнь... жизнь, Яна, остается при своем, как ты ее ни мучай. И со временем она не лучше или хуже — просто жизнь становится другой. Не верь, не бойся, не проси — теперь приметы времени, не правда ли? Заметь, история опять играет парадоксами: демократы за годы своих реформ надежнее привили обществу лагерную мораль, нежели большевики за семьдесят. Их свобода — «каждый за себя»; потому теперь и Бога воскресили, что каждый — за себя, а за всех быть некому... Я не права?

Всё может быть. Мне как-то мимо кассы.

— Наверно, тетя Лиза,— отозвалась я.— Давайте-ка мы вам давление перемерим,— перехватила я инициативу.— Вот так...— Давление медленно, но верно опускалось к верхним границам нормы.— Совсем неплохо. Клофелин уже помаленьку действует, скоро и реланиум дойдет. Позвольте, я пока вам койку разберу и помогу раздеться. Минут через пятнадцать вас потянет в сон. И спите до утра, договорились?

— Спасибо, Яночка.

Да в общем не за что: я доктор или как?

Вот именно.

Немного погодя старушка устроилась в разобранной постели и была не прочь продолжить разговор. По счастью, от реплик отвлеченных и не всегда понятных (*тогда* мне не понятных, а теперь... а впрочем, что теперь? жизнь — при своем, как ты ее ни мучай) тетя Лиза возвратилась к рассказу о себе и о своем семействе.

Итак...

Итак, была война. В июле вместе с остальными девочками своего выпускного класса Нарчакова оказалась на рытье окопов в районе Луги. Тут, собственно, и начинается история — одна из многих, впрочем же, тогда даже и не слишком удивительных. Вся группа угодила под бомбежку — погибли все, уцелела только тетя Лиза. Ей повезло почти анекдотически. В тот злополучный день ее подвел живот, и она поминутно отлучалась в кустики на дне овражка. Там и застал ее налет фашистской авиации.

Овражек спас, хотя взрывной волной тетю Лизу сильно оглушило и засыпало землей, без малого похоронило заживо. Как выбралась — не помнила, сколько времени прошло — не знала. Живых с ней рядом не было, грузовичок-полуторку, в кузове которого девочек доставили сюда, накрыло прямым попаданием бомбы. Она попробовала выбраться пешком, но сбилась с направления — и пошла прямехонько на фронт.

Тетю Лизу подобрал заградотряд НКВД. Если кто не в курсе, истерический (простите, исторический, конечно) сталинский приказ «Ни шагу назад» исполнять в те дни не всем по силам было. Измученные поражениями, скверно вооруженные, а то и вовсе безоружные солдаты были деморализованы. Чего греха таить, наши бежали в те дни безостановочно. Вот и разворачивали их чекисты посредством пулеметов.

Вперед, а точней — назад, на врага, под гусеницы его танков. Так надо было? Не могу судить.

Отряд, к которому прибилась тетя Лиза, был, правда, в тот момент уже не заградительным, а передовым, первым и последним на безымянной, по большому счету ничего не значащей высотке. Как выразилась тетя Лиза, много про энкавэдэшников говорено, изрядно наговорено, но по крайней мере *те* — от войны не бегали. От первоначального намерения отправить контуженную пигалицу в тыл чекисты отказались: куда? Кто знал, где фронт, где тыл? К тому же школьница обузой не была: не скулила, стреляла не меньше остальных, может статься — даже попадала; на войне — для всех как на войне. Ну и привитое в семье знание немецкого к случаю пришлось: в одной из вылазок чекисты исхитрились захватить офицера вермахта. Допрос переводила тетя Лиза.

Мясорубка, в которую попала Нарчакова, в истории войны называется Лужским рубежом. Хоть ненадолго, но фашистов там остановили. Спустя пять суток, а к этому моменту отряд потерял две трети личного состава, чекистов на позиции сменили ополченцы. После въедливой беседы в армейской контрразведке Нарчакову отправили домой.

Она отсутствовала в Ленинграде порядка двух недель, но город тетя Лиза не узнала: на окраинах противотанковые надолбы, уродливые доты, в небе — аэростаты системы ПВО, прожектора, сирены, пожарища, руины тут и там, патрули на улицах...

Казалось, внутренне она была готова к худшему, будто сердцем чуяла беду, но увиденное наяву девчушку оглушило. Ее родного дома больше не было. От бомбежки рухнула фасадная стена; перекрытия места́ми уцелели, и тем страшнее было узнавать в разверстых в небеса конструкциях второго этажа гостиную, родительскую спальню, любимый ею кабинет отца. Вещи, которые даже и при этих разрушениях должны были хоть частью уцелеть, отсутствовали напрочь: в руинах нарчаковского жилья явно побывали мародеры.

(Не спорю, вспоминать о мародерстве той поры опять-таки не принято — равно как и о блокадном людоедстве, распространенном много более, нежели хотелось бы считать; равно как и о том, что один из пивзаводов голодающего города даже в самые чудовищные дни гнал свою продукцию для партийных боссов; равно как и о многом о другом, теперь уже почти не представимом... без малого грешно об этом вспоминать — да и никому не интересно. «В забвении есть тоже милосердие, Яночка...»)

О судьбе своих она узнала не сразу и не всё, но главное в конце концов узнала. Узнала страшное. В живых их больше не было: мать, отец, сестра — погибли все. И ведь не под развалинами дома, как тетя Лиза поначалу думала, нет, смерть их настигла раньше и нелепее. Нарчаковых должны были эвакуировать, родители тянули до последнего — до того момента, когда им сообщили, что класс их старшей дочки вместе с ней погиб под Лугой. Тогда они решили уезжать, сберечь хоть младшую. Их поезд разбомбили. Получалось, тетя Лиза оказалась косвенной виновницей их гибели — она считала так. Очевидный аргумент, что, не уедь они, всё равно все погибли бы — наверное — в ту ночь, когда был взорван дом, она не принимала. Жить ей казалось незачем.

Потом она хотела одного: попасть опять на фронт, лично рассчитаться с оккупантами. Естественно, желанием отправить хлипкую на вид девчушку, выглядевшую моложе своих лет, на передовую не горел никто — в тылу забот достаточно. Отказы тетю Лизу не смущали. Будучи уже тогда существом упертым, она бы, не исключено, своего так или иначе добилась бы... собственно, она и так добилась своего.

Вмешался случай. «Вдруг», «неожиданно», «случайно» — наяву таких вещей не меньше, чем в романах. Случайно Нарчакова встретила одного из аспирантов своего отца, до войны бывавшего в их доме. В действительности этот аспирант являлся кадровым сотрудником упомянутой уже организации. Он, кстати, был отлично информирован об окопных злоключениях тети Лизы, так что случай, очень может быть, вовсе даже не был только случаем. Как бы то ни было, именно этот человек помог ей прояснить судьбу семьи. Чуть позже она по его рекомендации была зачислена на службу армейской переводчицей.

Ей пришлось непросто. Нарчакова имела дело не только и не столько с переводами трофейных документов, сколько с переводами допросов пленных, в том числе и жестких, скажем так, с применением соответствующих методов. Так вот, справлялась тетя Лиза хорошо, несмотря на возраст стала офицером, впоследствии служила чуть ли не при штабе округа. Войну она закончила в Берлине, первый послевоенный год также провела в Германии, работая с архивами поверженного Рейха. Дальше были демобилизация, возвращение в Ленинград, неустроенность, надежды, разочарования — всё как у многих после той войны.

В этой части биографии тетя Лиза на подробности всегда была скупа. Очевидно, у нее имелся *покровитель* — вполне возможно, тот самый «аспирант», обернувшийся энкавэдэшным чином. И чином был он, видимо, не маленьким, иначе трудно объяснить, с чего бы Нарчакова оказалась прописана одна в трехкомнатной квартире сосланных Яновских (да, в этой, в нашей нынешней). В пользу этого предположения говорит и то, что *покровитель* исчез в пятидесятых, именно тогда, когда шерстили бериевские кадры. Во всяком случае, к моменту возвращения моей прабабушки и Ани, ее дочери, тетя Лиза была женщиной сугубо одинокой.

Линии судеб пересеклись; вроде бы на этом сага тети Лизы должна была закончиться — но как же мы без «но»?

Почему-то двадцать лет спустя после гибельного лета сорок первого она решила заново выяснить судьбу своей семьи. По меньшей мере странно, да? Что на нее нашло, почему лишь через два десятилетия — вопросы не ко мне, ответов я не знаю. Думаю, что и сама старушка (в те годы, впрочем, молодая женщина) не смогла бы внятно объяснить, на что она надеялась. На что-нибудь, наверное, надеялась — в конце концов, ее же и саму некогда зачислили в погибшие. Бывают же на свете чудеса... нет, ну в самом деле — ведь бывают!

Она искала. И нашла. Сестру.

Почти.

В справке, полученной из паспортного стола какой-то областной тьмутаракани, сообщалось, что гражданка Нарчакова имя-отчество, в замужестве такая-то, год рождения 1927, место — Ленинград, действительно в наст. время проживает в городе таком-то, адрес прилагается. В напечатанном на пишущей машинке документе слово «проживает» от руки было исправлено на слово «проживала», глагол в прошедшем времени. От руки же дальше сообщалось, что вышеупомянутой гражданки больше нет в живых — умерла в больнице названного города. Указывалась дата смерти; полученная справка была помечена тем же самым днем. Тетя Лиза снова опоздала. Как двадцать лет назад, в злосчастном сорок первом...

Вот так.

— Вот так вот, Яночка,— сказала тетя Лиза,— вот так-то, внученька. Такая штука — жизнь...

Да, жизнь такая шутка. Та еще жизнь. А в общем, тоже жизнь, где эпизод идет за эпизодом, и каждый — тоже только эпизод...

Короче, просто жизнь.

И еще сказала тетя Лиза:

— Иногда мне кажется, что жизнь делится на две половины. В первой мы делаем долги, во второй — оплачиваем их с процентами. Только вот проценты иной раз бывают неподъемными, никакого времени не хватит их отдать. А отдать всё надо обязательно, есть ведь долги такие, какие даже смерть не спишет... даже смерть. Ты сама когда-нибудь поймешь... хоть лучше бы тебе не надо этого. Если бы я знала... если бы я что-нибудь могла...

Фразу тетя Лиза не закончила. Речь ее была совсем уже сбивчивой, невнятной, через сон — транквилизатор наконец подействовал. Вообще-то, с медицинской точки зрения, она должна была заснуть минут так дцать назад; упертая старушка.

И ведь еще:

— Не верь, что время всё расставит по своим местам, время только путает,— еще заговорила тетя Лиза.— С возрастом оно начинает быстро течь под гору — очень быстро, раньше, чем ты ждешь, и куда быстрее, чем надеешься. И надо бы поправить, а не успеть уже, не суждено... жалко, что твоих детишек не увижу. У меня с тех самых пор семьи ведь так и не было, только ты вот у меня случилась. Знаешь, внучка, если б я могла, я бы с удовольствием в Господа поверила — не ради бы себя, а для тебя. Да видно, не дано мне... ничего, всё будет правильно, так, как и быть должно... Пожалуйста...

И... слава Богу, всё — заснула, наконец.

Я с явным облегчением вздохнула.

Не сказать, что главка получилась чересчур короткой, разве нет? Набежало как-то.

Устала я. День и в самом деле сумасшедшим выдался. Не скажу «длиною в жизнь», но выдохлась я, право слово, в мертвую. Отчасти, впрочем, к лучшему: не осталось сил переживать — почти как пережевывать — сегодняшнюю тряхомудь, будь она неладна. Всё, думала, приму горячий душ, доберусь до койки — и аминь, мое меня всяк за ночь не минует. Почти по классике: сегодня думать я не буду, не могу, подумаю-ка я об этом завтра. Проснемся — разберемся, хорошо?

Угу. Не тут-то было. Сон не шел, усталость, словно перебрав некую критическую массу, самопроизвольно замкнулась на себя и съехала в режим автоколебаний. Стоячая волна, мертвая зыбь... Ни сон, ни явь, так, нечто среднее, пустое, мучительно тревожное. Чужое. Медики такое состояние именуют запредельным возбуждением: организм как будто зависает, будучи не в состоянии ни выполнить программу, ни выйти из нее и погасить сознание. Не знаю уж, как чувствуют себя зависшие компьютеры, но тоже, вероятно, не дай Бог. Странновато, надо думать, чувствуют... о чем ты, Янка, блин?!!

Безвольный мозг всё глубже увязал в зыбучем пограничном состоянии. У японцев есть термин «цуки-но-коро» — мысль, подобная луне. Зыбкое сознание действительно было ей подобно — но не той спокойной, абстрактно-идеальной, *внутренней* луне, которая своим отстраненным светом выделяет, например, детали пейзажа, в солнечных лучах обычно неприметные, или серебрит звенящую дорожку интуиции к заповедным тайникам души сиречь мироздания; нет, оно напоминало незрячий свет другой, взаправдашней, сегодняшней луны, ветреной и рваной.

Казалось, скользящая над миром где-то там, вдали, вне времени луна на скорости за что-то зацепилась и, каким-то чудом не разбившись вдребезги, остановилась вдруг напротив моего окна. Напряженный, терзаемый несущимися по небу клочьями облаков, а потому неровный, нервный свет заполнял всю комнату. Отражаясь в зеркале, он начинал мерцать, и амальгама вместе с ним подергивалась рябью, а после растворялась, и в помпезной раме от потолка до пола вместо отражения зияла тишина, и больше ничего, ничего вообще там больше не было. Он был лишним, посторонним, этот лунный свет, очень бесприютным и тревожащим; он мешал, он раздражал, и жутко раздражал; наверное, мне просто следовало встать и задернуть штору, но почему-то этого я сделать не могла, потому что этого не делала.

Я отлично знала: что-то здесь неправильно, не по-настоящему, не так, потому что так, конечно, не бывает. Только было именно вот так, и стылый лунный свет поднимался в городе, волновался, пенился, разливался в нем, навечно вымывая из каменных теснин ту малую, последнюю толику тепла, что оставалась с лета. И всё-таки я знала: он не был настоящим, этот осязаемый, на ощупь льдистый свет, и объятый лунным маревом обреченный град тоже был, естественно, умышленным. Но это почему-то дела не меняло, свет тяжелел, давил до боли в перепонках. Он твердел, а то, что раньше представлялось твердым и незыблемым: здания, мосты, деревья, законы физики, устои мироздания, всё, словно отражения в изменчивом потоке, теряло строгость черт.

Время и пространство смешались, перепутались и потеряли смысл, дома текли, лица у прохожих растворялись, но людям под луной мерещилось, что это просто так началась зима, а всё другое остается прежним. И только я — а может быть, не я, а зябкий силуэт, такая же фигурка без лица, уже без имени — одна лишь понимала, что мир закончился, остался только миг, который оборвется вместе с полночью. Но полночь миновала, после миновала еще раз, время двинулось в обратном направлении, а я пошла наперекор ему — и ведь прошла, дошла, из последних сил перевалила за полночь и... да, теперь проснулась.

Очнулась я с сердцебиением, одышкой и в поту. Давно со мной такого не бывало. Вздремнула, называется; почудилось спросонок, что чуть-чуть, на деле же — на час с изрядным лишком. До полуночи осталось несколько минут, точь-в-точь как мне привиделось. Цепенея вопреки рассудку, я ждала, что же будет в полночь наяву, но ничего, понятно, не случилось. Глас вопиющего в пустыне, читай: безмолвие... Нелепо, кто бы спорил, при других условиях я бы и сама покрутила пальцем у виска, а теперь сказала «слава Богу». Мир вернулся на круги своя, с которых не сходил, луна ушла из окоема, оставив по себе лишь быстро подсыхающую лужицу серебристо-голубого света. Всё успокоилось, хотя не разрешилось, снова начала подкатывать дремота, реальность и инобытие вновь сблизились, затем сомкнулись, и я — я просто подчинилась неизбежному и погрузилась в сон.

Что характерно, сон был тем же самым. Опять была кромешная луна, и в городе еще раз наступила полночь, которую никто не замечал, а я в ней задержалась, и время сквозь меня текло теперь из будущего в прошлое. Теперь я догадалась, наконец, что это всё не просто так затеяно, что это — вещий сон. Он был из тех неявных откровений, где образы, детали, ощущения спешат, цепляясь друг за друга, как мозаика, и тут же рассыпаясь, теряясь, путаясь. Но я при этом знала: когда-нибудь однажды наяву мне непременно вспомнится, что именно вот это я видела во сне, потому что именно вот так оно однажды сбудется. Но я хотела не когда-то, а теперь, здесь и сейчас же распознать сюжет, уготованный мне кем-то или чем-то; я торопилась, луна на гулком небосводе держалась из последних сил, равновесие могло в любой момент нарушиться. Напряжение становилось непереносимым, но мне казалось, я должна, обязана успеть: вот-вот, еще чуть-чуть — и всё получится; тогда я вспомню всё. И я почти успела, однако равновесие нарушилось, уже сама земля, вращаясь всё быстрее, устремилась в небеса навстречу катастрофе — но я успела, и в тот же самый миг, когда со мной случилось озарение, в слепящей тишине мир разлетелся вдребезги.

А потом я почему-то снова была маленькой, и это было странно, но не страшно. Нелепый человеческий детеныш, ощущающий себя новым средоточием вселенной, я замерла в щемящей невесомости, окруженная цветной, похожей на неоновый туман в бессонном городе, пульсирующей мглой. Мир как таковой пока отсутствовал — пока? еще или уже? Я смутно помнила, что некогда жила, но теперь мне предстояло пережить всё наново. Торопиться не было нужды — я знала, ожидание сперва должно наполниться. Всё будет вовремя, всё так, как суждено: что было, то и будет, что делалось уже, то снова станет делаться, и не будет ничего нового под солнцем.

И оттого, наверное, что всё предрешено, ничего ты с этим не поделаешь, и не нужно делать ничего, ибо начертанное всё равно сбудется, только было грустно всё равно.

А после ожидание наполнилось, в пространстве появились «верх» и «низ», мгла словно с облегчением вздохнула и пришла в движение. Так начинался снег — всего лишь снег, без умысла и смысла, обычный первый снег, не более того, но и не менее, хотя, естественно, не более того...

И... да, к чему я, собственно, бодягу-то затеяла: в один из крошечных, совсем не главных, третьестепенных даже моментов этого шизоидного сна все события, случайности, нелепости всех последних дней обрели причинно-следственные связи. Происходившее со мною и вокруг, всё то, о чем я знала, о чем подозревала, и даже то, о чем я не имела представления, против воли стало на свои места. На какой-то миг я ясно поняла, *что* именно и кем и для чего вокруг меня накручено, каков сюжет, который уже поздно переписывать, и в чем же моя роль, отказываться от которой тоже слишком поздно. Что еще? Похоже, это озарение почему-то не было чересчур приятным, скорее наоборот... Во всяком случае, я вовсе не расстроилась, когда всё тихой сапой заспала и утром ничегошеньки не помнила.

Во многих сновидениях есть много суеты, не правда ли? Не я, Екклесиаст.

Пустое, впрочем, всё.

Психиатров прошу не беспокоиться.

ГЛАВА 12

У японцев тоже: «Мицу-но-кокоро» — «мысль, подобная воде», по сути это близко к предыдущему, где мысль луне подобна. Нетрудно угадать, что уподобление сознания зеркальной водной глади и лунной тишине подразумевает для начала спокойствие души и концентрацию. Вообще-то в каратэ так характеризуется специфическое состояние духа каратэки, дающее бойцу возможность *видеть* не одни сиюминутные движения противника, но еще и те, которые тот лишь намерен выполнить; но это так, вообще.

А в частности, сегодняшней воде, равно как луне минувшей ночью, до идеальной было далеко. Что поделаешь, залив и есть залив: лужа он, хотя бы и Маркизова. С погодой, правда, вроде повезло, вчерашней бури словно бы и не было. Мутноватая, к зиме отяжелевшая вода на вид была спокойна, но смурна. Вязкая волна брезгливо наползала на песок, словно по обязанности пробуя край берега на вкус, с ленцой плевалась и брезгливо же шуршала восвояси. Плоский, как юмор Петросяна, по-своему живописный берег, излюбленное даже в межсезонье место отдыха многих петербуржцев, несмотря на выходной был пока еще немноголюден. На выцветшем, похожем на линялую, застиранную до прорех джинсовую рубаху осеннем небе угадывался истонченный донельзя обмылок давешней луны. Помалу пригревало солнышко.

На побережье Финского залива я выбралась экспромтом — взяла и сорвалась с утра пораньше на пленэр. Достало меня всё! Невзирая на дурдомную, бессонную наполовину ночь, я проснулась рано. Самочувствие спросонок было не ахти, настроение начало припахивать депрессией. Оно естественно — вчерашнее добралось... Что оставалось делать? Не дома же сидеть и самоедством маяться. Из стрессов каждый выбирается по-своему: кто на таблетках, кто-то на спирту, я — на своих двоих в буквальном смысле слова. Физическая нагрузка для меня — что для иных наркотики: раз подсев, так запросто не слезешь. Здоровый образ жизни, чтоб его... Мне, впрочем, нравится; не я одна такая.

Выбор «терапии» был не так чтобы велик: после эпизода двухнедельной — поболее уже — давности с нокаутом Басмаева ни на татами, ни хотя бы в тренажерный зал как-то не тянуло. И ладно, всё равно тренажеров лучших, чем собственное тело, покамест не придумали — равно как, кстати, тренинга лучшего, чем секс, э-э... н-да. Само собой, шучу — отчасти, разумеется.

Так вот, поднявшись в состоянии если не раздрая и раздрипа, то около того, я приняла решение встряхнуться — немедля и всерьез. Решено — исполнено: положим, секс так сразу — малость чересчур, но вот хорошая пробежка мне была в самый раз показана. Быстренько собравшись, благо дело для меня привычное, я для очистки совести зашла в комнату соседки, убедилась, что старушка тихо-мирно спит, как ей и положено. На всякий случай чиркнула записку, что буду дома ближе ко второй половине дня — всё в порядке, пусть не беспокоится, если задержусь вдруг — позвоню. С тем и поехала.

Машину я припарковала возле придорожной забегаловки (справедливее, наверно, «заезжаловки») недалеко от станции Курорт, что под Сестрорецком. Я вроде бы уже упоминала, что загородный кросс — мероприятие для меня еженедельное. Ну, скажем так, плюс-минус, разумеется: раз-другой могу и пропустить, особенно зимой. Сие к тому, что эту «заезжаловку» я облюбовала достаточно давно: места воздушные, машина под приглядом, шашлык, опять-таки замечу, неплохой — тем паче после дня на свежем воздухе. Чем не курорт?

Разминалась я подальше от людей, поближе к горизонту — на песчаной оконечности каменной гряды, своеобразном островке на мелководье. На разогрев, растяжки и ката ушел примерно час. А дальше — бег: от Курорта до Зеленогорска, двадцать километров берегом туда, столько же, естественно, обратно. Многовато будет? По мне так в самый раз, не нравится — никто и не неволит.

Это лишь на первый взгляд марафонская дистанция неподъемной кажется. Втянешься — нормально, всё путем: беги себе спокойненько, дыши, повторяя про себя что-нибудь ритмичное. Можно мантру, можно стих какой, хотя бы даже самый бестолковый. Что-нибудь такое, простенькое, вроде: раз-два-три-четыре-пять, вышла Янка погулять. Текст роли не играет: прыг-скок, прыг-скок, я веселый гонококк; спирохета бедная, отчего ты бледная? Н-да. Или вот еще, на мотив «Во поле береза стояла»: я пойду-пойду погуляю, злобных мафиози постреляю, ой люли-люли погуляю, ай люли-люли постреляю! Короче, суть ясна, даром что конкретно с «постреляю» я забежала слегонца вперед — глав так на несколько. Успеется еще: пиф-паф, ой-ёй-ёй, умирает папик мой...

Обычно голова уже на первом десятке километров становится пустой, чем бы ни была ты озабочена. Упражнение в духе дзен-буддизма: прежде чем о чем-то размышлять, полезно иногда максимально глубоко опустошить сознание. В общем, то что доктор прописал, мне в самый раз показано.

Итак, я побежала. Пока погода радовала: солнечно, для октября достаточно тепло, почти безветренно. Правда, за спиной, где-то там, в районе Петербурга, набухало марево, но вроде бы дождя не предвещало. Всё как будто складывалось очень ничего...

Увы. Человек, пардон, предполагает, а черт-те знает кто располагает. Только собирался человечек, понимаешь, малость поскучать в гордом одиночестве, только я осилила первый километр, как вдруг из-за спины:

— Дайана Германовна!

В-вашу перемать... Ну что еще?

Оказалось, это нечто, а не что — собственной персоной капитан Тесалов. Мента мне только не хватало для компании! Почему-то я его узнала сразу же, по голосу еще.

— Здравствуйте, Дайана.— Я мрачно обернулась.— Рад видеть вас, Дайана Германовна, она же доктор Кейн,— Тесалов улыбался во всю ширь.— Мир немножко тесен, не находите?

Немножко нахожу. И множко нахожу. И Петербург, положим, город маленький. Но не настолько же! А если и настолько — лично я тесниться не намерена. Извиниподвинься, капитан.

— Удачная погода для разминки, повезло.— Тесалов в адидасовских кроссовках и адидасовском же, явно не китайского пошива тренировочном костюме без напряжения бежал рядом со мной.— Не возражаете, я присоединюсь?

Сейчас вам через час.

— Представьте, возражаю,— огрызнулась я.— Вы меня теперь и в выходные решили доставать, Юрий э-э... Сергеевич, пардон, он же просто капитан Тесалов?

— Зачем же сразу так,— Тесалова язвительность моя, похоже, забавляла.— Чего-чего, а доставать вас даже в мыслях не было. Я, представьте, тоже собирался здоровья поднабрать. По-вашему, менты горазды только водку жрать и взятки вымогать? К тому же в выходные...— Он усмехнулся: — Ну, не будьте букой, доктор Кейн, вам не к лицу.

Не к лицу мне, надо же. Сам хрен ты менторылый. От зануды слышу.

— Послушайте, давайте разбежимся, а? — предложила я.— Мне, например, туда, а вам, товарищ капитан, совсем в другую сторону. Куда конкретно — адрес подсказать?

— Ну вот, а я-то думал, мы подружимся,— нимало не смутился капитан.— Кстати, я сегодня не на службе, так что «капитана» можно опустить.— Учтем.— И потом, Дайана, вы уверены, что у вас и в самом деле имеются причины меня куда-то посылать? Не я же вас в конце концов подставил!

— Всё равно вы мне несимпатичны, капитан.

Он кивнул:

— Хорошая причина.

— Не хуже двух других.

— Каких?

— Любых.

Тесалов рассмеялся:

— А почему вдруг — двух?

— А почему бы нет? — пожала я плечами.— Кстати же, товарищ капитан, я раньше полагала, что дружить с подозреваемыми вам Уставом не положено.— Между прочим, если бы я знала о распоряжении Новодворцева «поближе приглядеться к этой странной Кейн», то не судила столь бы опрометчиво.— Я разве не права?

— Ну, доктор Кейн, опять вы за свое. Никто ни в чем вас не подозревает — всё, глупость кончена. Да, не спорю, скверно получилось, попался вам на жизненном пути один такой... не по уму ретивый мент Козлов. А теперь вы всех подряд ненавидеть будете? Да и обошлось-то, по большому счету, сущим пустячком — по крайней мере, по сравнению с вечностью. Вы не согласны?

Ясно, пустячком. А тем паче — по сравнению с вечностью. Даже если на секунду допустить, что этот, извините, пустячок стоил мне — ну, если не работы, то, по крайней мере, веры в человечество, даже если вера в человечество и стоит разве что такого пустячка...

Короче, напросился капитан.

— Послушайте, товарищ капитан,— я притормозила, затем остановилась,— я верно поняла — вы сегодня не при исполнении?

— Вот именно.

Тесалов находился где-то в метре от меня.

— Намекаете, что нынче вы не мент, а тоже человек?

От посторонних глаз нас прикрывала небольшая дюна.

— Примерно так. Что, плохо намекаю?

— Ну что вы, очень хорошо,— я мило улыбнулась.— Так вот, товарищ капитан... Юрий Сергеевич, раз на то пошло. Не в службу, так сказать, а как вы сами предложили — в дружбу, вы не передадите кое-что лично м-м... мусору Козлову?

— Хм. Почему бы нет. Что именно?

— А вот...

Вот именно.

Известно, человек есть существо скорее не рациональное, а склонное обычно сочинять рациональные причины для своих поступков. Не я придумала, зато в строку легло. Есть такая дисциплина — логика эмоций называется... А впрочем, Бог ты с ней. До того мне всё насто-, блин, через -бло, чтобы просто не сказать осточертело, что... Словом, надоело, не сдержалась я.

Я круто вертанулась (киношное пижонство в каратэ) и, не завершая оборота, еще из положения к противнику спиной, от бедра и от души смачно провела уширо-гери в средний уровень, говоря по-русски — врезала ему ногой в живот. А вы что ожидали?

Так, слово за слово, пустяк за пустяком...

Мой бедный ежик!

Удар прошел на славу: под стопой аж хлюпнуло, капитан сложился пополам и осел, как проткнутая камера. Товарища, похоже, до печенок проняло, если сразу не до позвоночника. Ну и хлипкие же мужики пошли! Я ведь даже не на поражение лупила, а чисто от души, под настроение. Всерьез лупила, да, но не настолько же; вот угораздило...

А ведь всерьез пробила. Захрипел Тесалов так, что было не понять, то ли завтрак у него наружу просится, то ли горлом кровь вот-вот пойдет. А что — а запросто: на тренировках подвешенную доску-сороковку (элемент тамеши-вари) ногой я разбиваю только так. Правильно, могла и внутренности в кашу превратить, если пациент особо хлипковатый. А всё туда же — мент!

И что теперь прикажете? Наплюнуть и бежать, словно ничего такого не случилось? Или помощь сдуру начинать оказывать? Так именно что сдуру разве что... Знаете, чем мудрый отличается от умного? Мудрый никогда не попадет в такую ситуацию, из которой умный выберется с честью. Не помню, кто сказал, надо полагать, что умный кто-то, потому что мудрый бы скорее промолчал — и уж всяко бы не распускал конечности. Ну, влипла м-мать!

Короче, я шагнула было посмотреть, чего ж я натворила.

Шагнула.

Было.

Хоп! Извернувшись, в отменнейшей — гимнаст бы позавидовал — растяжке, поймав меня на шаге, капитан элементарно подрубил ногой опорную стопу, и

хоп! я даже удивиться не успела, как оказалась скручена в некое подобие гордиева узла в положении э-э... пятой точкой кверху, и

хоп! симулянт Тесалов (а как еще назвать?), не щадя ни рук (своих, естественно), ни тем паче самолюбия (понятно, моего), тоже от души, сплеча, внахлест по ягодицам:

хоп!

— Драться еще будешь?

хоп!

— Драться еще будешь?

хоп!

— Драться еще будешь?

И так не десять раз. Угу, поболее. И что характерно — больно ж, черт возьми!

Уж не знаю, что в конце концов сработало: то ли бешенство мое какие-то границы перешло, за которыми и сталь в ладонях плавится, то ли малость подувлекся капитан, а то и просто подустал от экзекуции, но так или иначе захват на миг ослаб. Мне и того хватило: я вывернулась, слепо отлягнулась, перекатилась через голову, по ходу хапнув пригоршню песка, одномоментно оценила позицию противника и просчитала, как именно я буду его убивать (а что еще?!), сгруппировалась и — расхохоталась.

Ага.

Логика эмоций называется.

Идиотизм достиг апофигея. Взведенный, как курок, капитан держал боевую стойку, но с места не сходил, сохранял дистанцию. Пусть он и мент, но, к чести мужика, абсурдный юмор ситуации допер и до него:

— Сюрреализм какой! — Тесалов тоже фыркнул и настороженно, не без некоторой опаски повторил: — Драться еще будешь?

— Буду.— Я разжала кисть, дав песку, которым несколько секунд назад собиралась запустить Тесалову в глаза, стечь между пальцами.— Но не сейчас.

— Заметано,— улыбнулся он.— Хорошо еще бы не со мной.

Тесалов подошел, протянул мне руку, рывком поставил на ноги.

— Нежный ты какой,— проворчала я. И добавила без малого всерьез: — Спасибо за науку.

— Всегда пожалуйста.— Тесалов, болезненно поморщившись, потер рукой живот.— Это ты к тому, что в следующий раз контрольный выстрел сделаешь?

— Из гаубицы. Выбирай: в головку или в голову?

Тесалов хмыкнул:

— Гуманистка ты.

— Какая есть.

Примерно так. Инцидент как будто зашутили. Не сговариваясь, мы надежно перешли на «ты»: согласитесь, трудно «выкать» взбалмошной дамочке, которую ты только что изрядно отодрал... простите, выдрал только что как сидорову козу. Да и выдранной козе, вот если так подумать, версали разводить как будто не с руки — как-то это, право же, по-ханжески.

Взаимный мордобой как повод для сближения. Увы тебе, эпоха перемен!

А дальше что?

— Ну как, попробуем сначала? — Тесалов сам же уловил двусмысленность: — Э, я не в этом смысле, я же в том! Без ног, пожалуйста.

— И что ты предлагаешь?

— Пробежимся? Только не гони пока,— предупредил Тесалов,— дыхалку ты мне сбила основательно. Ударчик у тебя поставлен на убой.

— Ты тоже не подарок.

Так, слово за слово...

Мы мирно потрусили.

— А ведь я сообразил, где раньше тебя видел,— заговорил Тесалов.— Года три назад турнир был в «Юбилейном», тогда еще Чак Норрис приезжал. Ты в показательных боях участвовала, так?

Я кивнула:

— Имело быть такое. Боями увлекаешься?

— Спаси и сохрани, мне на работе битых морд достаточно. Я в тот раз случайно попал, приятель затащил.

— И как тебе?

— Занятно. Особенно когда ты трех парней в одиночку сделала.— Тесалов усмехнулся: — Я-то, грешным делом, до сих пор считал, что это всё подстроено. Не просветишь?

Я вздохнула:

— Касательно «подстроено»? Отчасти,— пожала я плечами.— В том смысле, что организаторы просили не калечить пацанов, а там — как масть пойдет.— Я мельком посмотрела на Тесалова: — Я, кстати, не шучу.

— Теперь охотно верю.— Тесалов снова выразительно поморщился.— А почему ты в состязаниях тогда не выступала? Я имею в виду собственно турнир.

— А сколько можно побеждать за явным преимуществом? Я вообще к тому моменту со спортом завязала. Так, разок вне конкурса тряхнула стариной.

— А кстати, почему? В смысле — почему ты завязала? Ты же была лучшей в своем роде, разве не так?

Потому, пардон, и завязала. Правду, что ли, для разнообразия сказать? А почему бы нет?

— Да, была. Но именно в своем.

Тесалов недопонял:

— Как?

— В женском роде,— пояснила я.— А в русском языке, если ты не обращал внимания, существительное, знаешь ли, «боец» в женском роде не употребляется.

— Но есть же профессиональный спорт...

Угу. Женские бои в грязи. Шоу «За стеклом», часть «Янка обтекает».

Я покачала головой:

— Женщина из каратэ профессию не сделает. Да и не хотелось лично мне становиться *только* каратэкой. В жизни слишком много интересного — та же медицина, например.

— Лечить, согласен, лучше, чем мочить.— Тесалов ухмыльнулся.— Но, извините, доктор, а как же слово «врач» — разве есть такое слово в вашем роде? Нелегко быть женщиной...

— Да как-то я привыкла,— в тон сообщила я.

Тесалов рассмеялся:

— Ты всегда такая ядовитая?

— Должна же я за трепку отыграться,— сварливо отозвалась я.— Не убивать же тебя в самом деле было. Опять же — люди не поймут...— Но пришлось признать для-ради справедливости: — Ты, кстати, был неплох. Чем занимался?

— В юности — дзюдо, кое-какие душегубские приемчики усвоил в армии. Ну и уголовка — тоже не дом отдыха,— пожал плечами капитан.— Короче, всякого поднахватался, в общем-то, но в целом — по верхам.

Последнему позвольте не поверить.

— С изяществом меня ты подловил.

— Логика,— ответил Тесалов. И пояснил: — Я на твои врачебные рефлексы понадеялся: клятва Гиппократа, то да сё... Как видишь, не ошибся.

Сукин сын.

Путь нам перегородила речка. Судя по отвесным полутораметровым берегам, прогрызанным в песчанике, в половодье по весне течение бывало здесь серьезное. В остальное время русло можно было перейти по бревнам и камням — и притом, замечу, очень запросто.

Перебравшись первым, капитан галантно протянул мне руку.

А я ее зачем-то приняла:

— Спасибо.

К чему бы это, а?

— А кстати, Яна...— Я чуть взвинтила темп, ему пришлось подстроиться: — Раз у нас о медицине речь зашла. Тебе не приходилось сожалеть о выборе профессии? Работа трудная, зарплата — смех один, люди медиков порой едва не матом кроют. Иногда за дело, между прочим. Разве нет?

— Всё реже, чем ментов,— пожала я плечами.— Лично мне с людьми работать нравится.

— Это я заметил.— Он снова выразительно поморщился: — Умеешь ты с людьми работать, доктор Кейн.

— В самом деле? — Уж не знаю, что за бес попал мне на язык, заставляя эпатировать Тесалова: — А знаешь, я сама, бывало, замечала. Особенно перед критическими днями, капитан.

— Брэк! Раунд за тобой,— улыбнулся Тесалов.— Ладно, медицина — это да, это я охотно понимаю. Но почему простая «неотложная»? Почему бы не травматология, не спорт? Не карьера, например, в солидной клинике? Опять-таки — престиж...

Ну он спросил, блин.

Впрочем, я ответила:

— Знаешь, если речь зашла о простоте... Во-первых, мне моя работа просто нравится. Этого уже достаточно, не правда ли? Во-вторых, простая «неотложная» совсем не так проста, как иным мерещится, прихватит — сам поймешь. А в-третьих, график: лично я не так чтобы ленива, но таскаться на работу каждый день мне как-то скучновато.— Я прикинула, не стоит ли добавить, и решила, что не повредит: — А престиж с карьерой — всё оно еще и грязновато: партнеров я предпочитаю выбирать по кайфу, а не по нужде. Престижа ради с нужниками спать — это, знаешь ли...

— Не знаю, но готов поверить на слово,— поспешил ввернуть Тесалов.— Значит, в медицине тоже так?

— А где-нибудь иначе? Женские карьеры все по-своему одинаковы — если ты, конечно, не страшна как смертный грех. Исключения лишь подтверждают правило.

Положим, я загнула, но не слишком.

— Циники вы, медики.

— Серьезно? Мысль свежая, доселе не встречала... Послушай, я, конечно, понимаю, что профессиональная деформация есть штука неизбежная, сама грешна. Но ты же вроде не при исполнении?

— Это ты к тому, что я тебя вопросами достал?

— Вот именно. Давай ролями поменяемся.

— А запросто.

И то. А раз уж мы заговорили о профессиях:

— Для начала расскажи, как ты в милицию попал. Работа скотская, зарплата — не смешно, опять же — люди через слово матом кроют. И ведь что характерно: все ж, кому не лень, и в большинстве — за дело, что существенно. Как же тебя, Юра, угораздило?

— Вот и я о том же говорю — ехидина ты вкупе с крокодилицей. Спросила ты...

— А ты? Будь проще, капитан. Соври чего-нибудь.

— Не хочется. Я даже возражать тебе не буду — почти всё так и есть. Просто... видишь ли, когда я начинал работать в органах, моя профессия,— он явно выбирал и взвешивал слова,— она... она имела смысл. Смешно поверить, но когда-то честь и совесть что-то значили. Другие люди, другие времена, другие представления. У меня к тому же и отец служил. А мама, кстати говоря, как ты — врачом была. Военным, правда.

— Была?

— Родители погибли. Афган, под самый занавес.

— Извини.

— Нормально. Жизнь есть жизнь.

А смерть есть смерть. И жизнь... А впрочем же, довольно. Просто жизнь.

А вообще Тесалов оказался далеко не худшим собеседником. Отнюдь не глуп, с занятным чувством юмора, без явных комплексов, раскован, но не нагл... ну, в меру разве что. Занятно, что тогда, в первый раз, в милиции, он мне показался никаким, вервием простым, и при этом же — ментом вполне типическим. Нормальное лицо, пожалуй, выразительное даже: если приглядеться, чем-то он на молодого Высоцкого похож (был такой артист по совместительству, а по существу — большой поэт; несогласных попросила бы остаться при своем, договорились?). Ладненько, посмотрим, капитан; может быть, и мент на что-нибудь полезен...

За разговорами мы без напряга отмахали километров семь.

Мельком оглянувшись, Тесалов сбился с шага:

— Ого!

И даже о-го-го: за какой-то час дымка за спиной, где-то там, над городом, превратилась в иссиня-черную, на взгляд тяжелую, налитую свинцом грозовую стену. Две вещи были очевидны: во-первых, непогоды нам не миновать, а во-вторых, всё скромненьким дождем никак не обойдется. Что-то явно будет, и определенно будет то еще... Крепко же мы трепом увлеклись, если приближения натуральной бури не заметили!

Мы притормозили.

— Не пора ли нам пора?

— Пожалуй,— согласилась я.— Поворот все вдруг?

— Резонно.— Мы развернулись.— Прибавим?

— С удовольствием.

— А наперегонки? — предложил Тесалов.

— А запросто.— Я вновь взвинтила темп, теперь всерьез.— Отстанешь же!

Тесалов поднажал:

— И даже не надейся.

Ну ладно, капитан.

Нам стало не до разговоров. Капитан не отставал, я тоже уступать не собиралась. Не дождетесь! Кстати же (без малого всерьез): изматывание противника длительным бегом есть лучший из известных мне приемов всех единоборств. Я почти серьезно. Впрочем, и Тесалов с этим упражнением отнюдь не понаслышке был знаком. Что ж, потягаемся...

Это был забег! Нет, это было больше, чем забег, лично для меня во всяком случае. Наверно, с каждым приключаются моменты, когда происходящее с ним лично и вокруг, зачастую нечто заурядное, почему-то вдруг воспринимается с особой, крайней, запредельной даже остротой, кажется — буквально каждой клеточкой. Тогда, в такие вот минуты, изредка — часы, обыденное обретает привкус новизны, припах чуда, призвук озарения. Сознание как будто расширяется, как бывает иногда во сне, но при этом разум ни на йоту не теряет ясности. Взгляд неожиданно становится острее, выделяя в окружающем малейшие детали, посторонние, далекие порой, друг с другом несовместные. Однако то ли вопреки тому, не то как раз именно поэтому каждое мгновение такого бытия отличает исключительная целостность; жить полной жизнью — не об этом ли?

Не знаю... возможно, не умею передать, а тем паче объяснить, но — накатило на меня. Это было нечто фантастическое: не уступая сопернику ни шага, рваться из последних сил навстречу неизбежному. За спиной светило солнце, перед и над нами отливала металлической окалиной грозовая жуть. Цвета приобрели несвойственные им звучания, смещение оттенков придало пейзажу выраженный сюрный колорит. Песок из золотистого стал скорее платиновым, тоже с металлическим отливом, сосны ощетинились ломкими кристаллами изумрудной зелени, поредевшая листва на кленах жарко засветилась изнутри — с гибельной, уже бесстрашной щедростью. Побережье как-то вдруг, почти одномоментно обезлюдело. С невидимого за деревьями Приморского шоссе доносился, словно спешно проносился мимо, шум автомобилей.

Мы не снижали темпа. В голове вертелось невесть откуда взявшееся подобие стиха: «Волна поднимается, ветер крепчает и сосны качает, и клены качает, и мечутся чайки, как сгустки отчаяния, а ветер крепчает». И так еще раз и еще, по кругу, даром что в действительности без того не слишком сильный ветер вовсе подзатих, и чайки не метались над водой с резкими скрежещущими криками, а насупленно сидели на камнях или на песчаных отмелях вдоль берега. По пустому пляжу с вальяжной наглостью прогуливалось разжиревшее за лето пригородное воронье; затишек перед бурей растянулся в пространстве и во времени. И тем не менее — и снова, и опять, в ритме разрывающего легкие дыхания: «И ветер нечаянный снова крепчает, под сполохи чаек наш берег качая; волна поднимается, ветер крепчает...»

Я приближалась к своему пределу, капитан был тренирован лучше, чем мне думалось. Но запросить пощады? Ни за что! Умру, сдохну, но Тесалов всё равно первым окочурится. Впрочем, и его, судя по сосредоточенной, напряженной донельзя физиономии, заклинило на принцип. Ах, ты так?!

Впереди была знакомая река, по логике вещей — что-то вроде промежуточного финиша. Но то по логике, однако не по мне; появилась у меня на этот счет одна не слишком здравая задумочка. Рискнуть? До речки оставалось метров пятьдесят. А почему бы нет? Я из последних сил ускорилась, выиграла у Тесалова несколько шагов и — поняла, что передумывать поздно. Мой бедный Йорик, то бишь здравый смысл...

В самом узком месте от берега до берега было метров пять, от силы — даже шесть, навряд ли больше. Не мировой рекорд, в конце-то расконцов, есть шанс и... Ап!

Я прыгнула. Рывок, толчок, полет, пронзительное ощущение зависания в воздухе и — есть! Я устояла; так-то, капитан. На миг с веселым (именно!) раскаянием подумалось, что не стоило бы так провоцировать его на выходку отнюдь не безопасную — вдруг тоже сиганет? Дурной пример, известно, заразителен, но... ап!

Он тоже сиганул. Всё-таки Тесалова я недооценила. Сугубое пижонство, разумеется, но — лихо, черт возьми! Справился не хуже моего; примите поздравления.

Мы снова поравнялись. Состязание потеряло былую остроту... Да и, честно говоря, сил больше не осталось. Переглянувшись, мы по умолчанию согласились на ничью и перешли на легкую трусцу. Недурно пробежались.

Тесалов тоже согласился:

— Ёп!..— в смысле «ёпаньки» и «ёханый бабай».— В следующий раз, когда меня угробить собираешься, ты хоть предупреждай!

— Тебя угробишь...— Я справилась с дыханием.— Похоже, до дождя никак не успеваем, сколько ни гони,— посмотрела я на грозовое небо.

— Похоже, всё к тому. Нет смысла надрываться, как ты думаешь? Всё равно промокнем так и так.

— Резонно. Всё равно я выдохлась.

Он ухмыльнулся:

— Спасибо, что призналась, а то я было закомплексовал... Ты на колесах?

Я чуть удивилась:

— Да, а ты?

— Увы. В ремонте тарантас — обещали, в понедельник сделают. До города подбросишь?

Я изобразила:

— Я подумаю.

(Янка, ты еще кокетничать начни! Совсем ты сбрендила. Вот и я считаю — всё к тому...)

В долгу он не остался:

— Уже признателен.— И уточнил: — Ты машину далеко оставила?

— У ресторанчика на станции Курорт. Знаешь?

— Видел. Километра два осталось.

— Меньше, полтора.

— Еще приятнее.— Он вновь взглянул на небо: — Ого! Всё-таки давай-ка мы хоть медленно, но будем поспешать. Чует мое сердце — пакость разразится преизрядная. Тучищи какие, а? Страхота, аж за душу цепляет.

Я согласилась:

— Мало не покажется.

В самом деле, жуть на небесах буквально завораживала. Фронт неотвратимо надвигался, он ширился и рос, чернильная клубящаяся тьма, местами по верхам белесая, словно с праздничными пенными барашками на фантастических, времен ветхозаветного потопа, чудовищных валах, была уже над нами. Солнечный кусочек синевы, забытый позади, у горизонта, всё еще держался, но он был обречен. Застоявшийся залив пришел в движение, на глазах наглеющие волны с нетерпением, с каким-то чуть ли не садистским даже вожделением оглаживали берег. Прощальным многоцветьем вспыхнула было листва, как полыхает при избытке напряжения в сети электрическая лампочка, и раз и до весны перегорела. Навалом потемнело, мир, как иногда бывает на закате, на какие-то секунды окрасился в причудливые фиолетово-бордовые тона, потом настали сумерки.

Буря наступала мощно, зримо, ровной линией: на заливе, приближаясь к нам, вскипали буруны, ветер гнал по пляжу мусор и песок. Дальше начиналась зона отчуждения, а за ней, с пока еще не слышным грохотом падала и не могла, не должна была упасть стена дождя.

Занятно, но Тесалов даже улыбнулся в предвкушении:

— Атас, сейчас начнется! — А то я не заметила. — Держись!

Пришлось, куда же денешься. С ног ветер не свалил, но заставил приостановиться и отвернуть лицо, чтобы не задохнуться и уберечь глаза от пыли и песка. На несколько мгновений обозначилась томительная пауза, еще ударил ветер, и еще; а в довершение прелюдии ликующим аккордом, показалось — непосредственно у нас над головами, пока еще всухую грянул гром.

Не буду врать — я не перекрестилась.

ГЛАВА 12. Продолжение

Давненько я такой грозищи не видала — наипаче в середине октября, на изломе осени. Дождь валился вперемешку с градом, шквальный ветер норовил смахнуть скорлупку «Жигулей» прямиком в бушующие волны. На моих глазах разлапистая молния с грохотом обрушилась в залив. Красиво было.

Как и следовало ожидать, к моменту, когда мы добрались до парковки, оба вымокли, пардоньте, до исподнего. Первым делом я запустила двигатель, врубила обогрев на полную и включила «дворники». Боковые стекла запотели, лобовое, обдуваемое теплым воздухом, оставалось чистым изнутри и всё равно снаружи непроглядным. «Дворники» с работой не справлялись, впрочем, смысла в этом на стоянке не было; тем не менее, казалось, их размеренное маятниковое колыхание исхитряется хоть как-то противостоять разошедшейся стихии. Всё чуть уютнее.

Лило как из ведра.

— Почти как в тропиках,— заметил капитан.— Имеет смысл переждать, как думаешь?

— У меня не вездеход-амфибия,— проворчала я, доставая с заднего сиденья рюкзачок со сменными одежками.— А ты еще и в тропиках бывал?

— Сам не сподобился. Приятеля однажды занесло...— Тесалов оценил салон «десяточки»: — Кучеряво медики живут. Я-то в простоте душевной полагал, что лекарской зарплаты хватит в лучшем случае на велосипед.

— На китайский самокат в рассрочку.— Я наконец-то раскопала полотенце, вытерла лицо и волосы.— Держи,— протянула я его Тесалову,— ежели, конечно, не побрезгуешь.

— И даже не надейтесь, доктор Кейн.— Тесалов повторил мои манипуляции.— Спасибо... чхи! И типа будь здоров, пока не околеешь.— Он хрустко потянулся: — Эх, теперь бы в баньку хорошо — и причем не в сауну с понтами, а в парную с веничком! Не увлекаешься?

— Так, иногда... Без фанатизма,— отозвалась я, копаясь в рюкзачке.— А машину, кстати, папа подарил — папа, а не папик, если тебя это как-то трогает.

— А ты знаешь...— он как будто даже удивился: — Почему-то, как ни странно, трогает.

Я не удержалась:

— Хочешь руку вместе с сердцем предложить?

Тесалов ухмыльнулся:

— Это мысль. Во всяком случае, с тобой не заскучаешь. Опять-таки и папа состоятельный...

— Практичный ты какой...— Я вытащила тонкий свитерок и олимпийку.— Ты бы отвернулся, женишок, переодеться надобно...

Хотя бы торс, с низами обойдусь.

— А грязных домогательств не пужаешься?

Капитан покладисто уставился в мутное стекло.

— Еще чего...— Я с наслаждением стянула мокрое тряпье.— Я хоть не психиатр, но в общем где-то врач. Суицидальным комплексом ты явно не страдаешь.

— Иначе говоря, я не настолько глуп, чтобы нарываться на кастрацию?

— На бирку в морге,— уточнила я, влезая в свитерок.— Порядок, капитан. Смотреть не возбраняется.

— Сейчас...— Тесалов что-то дорисовывал пальцем на оконной мути.— Готово. Как тебе?

Хм... хм!

— Недурственно.— На запотевшем боковом стекле беглыми штрихами был изображен злоехиднейший бесенок с рожками и рожицей, похожей на мою.— Сочтем за комплимент.

— Всегда пожалуйста.— Тесалов вынул из кармана куртки раскисшую от сырости пачку сигарет.— Не мать, так перемать. Нет в мире совершенства.

— Сигареты в бардачке, пошарь. И передай мне тоже. После такой встряски не грешно.

— Ты вроде не курила?

— Закурила вот... по вашей милости. Кому-то, может, это пустячок, а меня с работы чуть не выперли,— произнесла я с горечью, какой не ожидала.— На должность медсестры перевели, в регистратуру, блин, до окончания должностной проверки.

— Бред какой...— Тесалов передал мне сигарету, чиркнул зажигалкой, чуть приспустил стекло.— С твоим начальством... Ладно, погоди, давай-ка доживем до понедельника. Ты, между прочим, в курсе, что один из тех козлов, что не по делу м-м... поскользнулся в камере, в больнице окочурился-таки? Вчера, от перелома основания черепа.

Опаньки.

— А я-то здесь при чем?

Как еще должна была я реагировать? Ну грустно, да; вот я и оскоромилась. И ведь ничего в душе не ворохнулось, ровным счетом то есть — ни-че-го. Я дрянь, наверное? Я даже чуть подвинула зеркальце заднего обзора и внимательно взглянула на себя. Нет, вроде не похожа.

А зачем он мне об этом сообщил?

— Я бы, кстати, не переживал,— очень ясно посмотрел Тесалов.— Бывают в жизни... недоразумения. Сто из ста — сойдет на тормозах, заморачиваться никому не хочется. Так сказать, издержки бытия.

А кто бы возражал.

— Говорят, все беды от погоды.

Капитан как будто согласился:

— Всё зло от климата. Приходит ветер и уходит ветер, и снова возвращается на круги свои; всё суета сует... А еще и лунное затмение вчера имело место быть. Серьезно, полное, по ящику сказали.

Вот как? То-то мне спалось так странновато... Ясно, почему так странно мне спалось.

И черт ты с ним... со мной, сиречь. Проехали. А впрочем, нет: хоть я и не слишком любопытна до всего, что не меня касается, один вопрос Тесалову напрашивался сам собой. До сих пор не к слову как-то было, но теперь, раз масть сама легла:

— Послушай...

Всё-таки я отношусь к числу людей, для которых обращение на «ты» не всегда способствует легкости общения. Вот сказанула, а? И тем не менее: «выканье» — дистантно, имя-отчество — и есть просто имя-отчество. А на «ты» мне почему-то трудно сразу же выбрать обращение, удобное и мне, и собеседнику. Юрий? Юра? Юрик? Капитан? Просто по фамилии — Тесалов? Странно, может быть, но лично для меня переход на «ты» сродни едва ли не именованию наново; извините, впрочем, увлеклась, чтобы нс признать, что заболталась. Что в имени тебе...

Итак:

— Послушай, капитан...

— А без «капитана» нам не обойтись? — перебил Тесалов.

А я о чем?

— Попробуем.— Тогда в безличной форме: — Может быть, ты всё же объяснишь, что это за дело о маньяке? С чего волна пошла? Хотя бы коротко.

— Ну, если коротко, то,— пожал он плечами,— говорю же — бред. Дело всё — нелепость на нелепости. Марш бравых идиотиков имени товарища Козлова.

— Иже с ним. Немного поподробнее, пожалуйста. Или как у вас — уставом не положено?

— Не покладено, дражайший доктор Кейн. Ничего, спишем на сотрудничество в интересах следствия. К тому же ты у нас невинно пострадавшая... А дело в том, что дела-то на деле никакого нет, прости за тавтологию. Есть несколько смертей, часть из них со странностями, да, но всё остальное — от лукавого. Ну что, по-твоему, существует общего между умершим своей смертью стариком и двумя зарезанными бабушками в запертой квартире?

Я малость офигела:

— Откуда я... по-моему, ничего.

— И по-моему, как, впрочем, и по-всякому. Со старушками понятно: дело темное, копаем как могём. А что до старика, то когда его случайно обнаружили, он разложился весь. Никому до человека дела не было. Допускаю, что такое безразличие к ближнему есть тоже криминал, но никак не нами наказуемый. И не так уж редко, кстати говоря, такое в нашей практике случается. Или вот еще занятный эпизод...

— А сколько их всего, этих эпизодов?

— Как считать. Там, где смерть бесспорно криминальная — один: те две старухи в адресе. А там, где налицо кое-какие непонятки, было три. Теперь осталось два: один раскрыт — и представь, без нашего участия.

— Ты начал о занятном.

— А кто-то перебил... Хотя о нем и речь. Знаешь, факты вещь действительно упрямая, но вертеть их можно так и сяк, пока на место встанут. Запутки возле трупа еще не означают на все сто, что смерть была насильственной. Бывают в жизни совпадения. Иное дело, иногда соблазн подстроить факты под гипотезу сильней, чем здравый смысл...

— Особенно в отсутствие последнего... Ладно, извини. И дальше что?

— Насчет смертоубийства — ничего. А занятный эпизод такой. Представь себе, жила-была старушка. Немощная бабушка была, родственники где-то далеко, ухаживать за ней, понятно, некому. А в интернат для престарелых никому не хочется. Хорошо, соседка по лестничной площадке сердобольная — за некую посильную для старушки денежку пищу ей готовила, квартиру прибирала, то да сё...

— Знакомый вариант. Сама с таким встречалась.

— Вот именно. Да, следует сказать, что старушка ей и ключи доверила — так, удобства для, на всякий случай. Та, как водится, в один прекрасный день нашла старушку мертвой, а в квартире явно кто-то пошукал. Соседка, как положено, вызвала милицию, показала, что в квартире пропало кое-что — серебро столовое, к примеру, на самом деле — мелочи, нечего там, по большому счету, было брать. Такая вот картинка получается.

— И что же?

— Ну, небезызвестный нам Козлов был рад грешить на серию — в хронологическом порядке это оказался третий эпизод с запутками. Но закавыка заключалась в том, что судмедэксперты злодейства не увидели. Кража, получается, была, а убийства типа как и не было. Как тебе?

— Не знаю. Так и что?

— Ничего. Просто через пару дней соседка-ключница мужа своего с повинной привела. Алкаш он у нее, кое-как электриком работает. Обещался он старухе счетчик открутить — сугубо из гуманности, естественно, чтобы Чубайс икры не переел. Договаривался он с ней накануне, на следующий день пришел с работы, малость датый был. Супруги дома нет, добавить хочется, старуха вроде денег обещала. Он пошел, к бабуле позвонил, она не открывает. Мужик решил — заснула, может быть; а выпить невтерпеж. Он разыскал ключи, зашел. А там бабулька в самом деле в коечке скучает, правда, мужичонка говорит, холодная уже.

Я покамест ничего не понимала:

— Так это он ее?

— Ни в коем случае. Экспертизой время смерти установлено, алиби на тот момент у него надежное, мы, от греха, проверили. К тому же будь это насильственная смерть, эксперты так или иначе бы заметили. Попросту мужик, не долго думая, на голубом глазу покойницу обнес. Ну, по принципу: ей, дескать, ни к чему, а вот ему не худо бы поправиться. Вот и поправлялся пару дней, а затем перед женой покаялся. Знаешь, почему-то эти сердобольные гражданочки — в семье, как правило, законченные стервы. То ли у нее законопослушание в промежности взыграло, то ли просто муженек осточертел... или испугалась, может быть, что на нее подумают. Короче говоря, в милицию козла сдаваться погнала.

— И как?..

— Что — как? Конец главы. Теперь как суд решит: светит мужичку года три как минимум. «Повиниловка», сидельцы говорят, смягчает наказание, но продлевает срок. А дуре-бабе очень повезет, если с конфискацией приговор не вынесут.

— Бывает. Это анекдот?

— Ни в коем случае, доподлинная быль. К слову, между нами говоря, что-нибудь коснись меня, к примеру, я бы в рамках нашей правовой системы на справедливость бы рассчитывать не стал. Правосудие у нас резиновое, как презерватив.

— В смысле — растяжимое?

— В том смысле, что, прости, фуевое. Всё сгнило с головы.

— Циники вы, господа правоохренители. Сами же скулите, но как очередной министр проворуется, так всё ему условно, включая конфискацию, а как кто-нибудь попроще с голодухи колбасу с прилавка уведет, так расстрел пожизненно как минимум. Я не чересчур преувеличила?

— Так, разве что слегка. Правда, с этим — не к ментам, а к законодателям. Ну и к прокурорским и судейским заодно — гниль на гнилье сидит.

— Хрен редьки... извини, но лично мне монопенисуально. Тебе перевести?

— Подтекст я уловил. Сам люблю ругнуться на латыни. Не веришь? Dura lex sed lex: закон суров, но дура он и дура, потому как дура он и есть. И притом, что характерно, полная. Как тебе?

Блеснем-ка ерундицией:

— Не дура дуру кроет. Между прочим, слово *durus* в латинском языке изначально означает *твердый, жесткий*, а твердое и жесткое — но в даосизме, правда,— это то, что изначально не имеет справедливости. А то, что изначально не имеет справедливости, не только гибельно, но и обречено... А вообще-то, если разобрать, все мы так или иначе приговорены к пожизненному заключению условно, как ты думаешь?

Он вдруг захохотал.

Я даже удивилась:

— Ты о чем?

— Я? О национальном. Приятно убедиться лишний раз, что Адам и Ева были русскими. Только россияне в состоянии жить с голыми задами, грызть вдвоем одно ворованное яблоко и при этом искренне считать, что они в раю. Ну кто еще способен для затравки затеять мордобой, а немного погодя, вымокнув до нитки, упражняться в толковании латыни и цитировать Екклесиаста вкупе с Лао-цзы! Походя, заметь, как будто так и принято.

(Интересно, а даже и в России найдется ли еще мент, который в состоянии отличить цитату Лао-цзы от высказывания, например, Сун-цзы или от расхожего Конфуция?)

— Заметила. Дождь вроде бы подстих.— Я включила ближний свет и противотуманники.— Тебе куда?

— На Яхтенную. Всяко по пути: по Приморскому шоссе до города — и пять минут езды. Подбросишь?

А куда я денусь, спрашивается?

— Не в электричку же тебя, промокшего, сажать. Простынешь, заболеешь... умрешь, опять-таки, как тот интеллигент, которого асфальтовым катком сначала переехало. Страдай потом из-за тебя.

Благо крюк и в самом деле невеликий.

— Человеколюбица ты наша.

— Ни фига. Притянет же потом какой-нибудь Козлов за неоказание медицинской помощи. Или даже за убийство ценного сотрудника милиции в особо изощренной форме. Объясняться после заманаешься.

— Ну, Дайана! У тебя язык...

— Рабочий орган.— Тьфу! пришлось чуть прикусить; и впрямь я что-то зарапортовалась.— Поехали, короче. Так и быть, до дому довезу. Доволен?

— Ждал, что ты предложишь.

Сукин сын.

Я выехала на шоссе. Ливень в самом деле несколько подстих, но именно что несколько. Видимость на трассе оставляла желать лучшего. Машин, по счастью, было мало, кто-то всё еще отстаивался на обочине, один особо торопливый «мерседес» отдыхал в кювете. Так ему: раз три девятки в номере — бандитский, стало быть, туда им и дорога. П-пошляки.

Убедившись, что аквапланирование «десятке» не грозит, я слегонца прибавила.

— Послушай, капитан...— Блин, вот же прицепилось! — Извини.— Я еще немного придавила газ.— Вообще-то «капитан» тебе подходит. Я к чему...

— Подходит так подходит,— перебил Тесалов.— Я согласен даже на «сержанта», только не играй в Шумахера, лады? Я еще не потерял надежды в генералы выбиться.

Я покосилась на спидометр: н-да, выше девяноста, на такой дороге взаправду чересчур. Скромнее надо быть.

Скорость я снижать не стала.

— Расслабься, капитан. Отец меня с четырнадцати лет к баранке приучил. Фатер у меня раллистом был.

— Он мне всё больше нравится.

— Какое совпадение, мне тоже.

О чем бишь я спрашивала? Да:

— Я всё-таки не слишком поняла, какое отношение к вашей уголовщине имеют доктора? Речь же как бы о маньяке шла, о враче-вредителе. Или я чего-нибудь не уловила?

— Да при чем...— Капитан досадливо поморщился.— Говорю же, бредни это всё, поверь мне на слово.

На слово? Не поверю.

— Что-то вроде дыма без огня? Но отчего-то же волна пошла, наверное? Короче, мент, давай-ка ты колись, иначе «полицейский разворот» продемонстрирую!

Я газанула убедительности для.

— Злая ты какая-то,— проворчал Тесалов.— Между прочим, тайну следствия никто не отменял. Ты меня на должностной проступок провоцируешь.

— Я любя. Рассказывай давай.

Переглянувшись, мы на пару фыркнули.

— Мы с тобой друг друга стоим, доктор Кейн,— весело признал Тесалов.— Хорошо. С чего всё началось...— переключился он на суховатый, я сказала бы, на протокольный тон: — Недели три назад в адресе был обнаружен труп. Пожилая женщина, умерла без видимых причин, квартиру обнесли. На момент обнаружения тела входная дверь была открыта, труп двухдневной давности. А на лестничной площадке кроме этой — еще пяток квартир. Люди регулярно на работу ходят, в магазин, куда-нибудь еще. Странности не видишь?

— То есть двое суток дверь была не заперта, но никто не обращал внимания?

— В корень зришь. Резонно допустить, что и в этом эпизоде смерть и кража, скажем так, разнесены по времени. Для полноты картины намекаю: у нас второй этаж, кухонное окно над козырьком парадной, форточка была открыта. Есть соображения?

— Элементарно, Холмс. Почти по аналогии с предыдущим случаем,— я поднапрягла фантазию: — Жила-была старушка, умерла... и типа Бог ты с ней. Допустим, окочурилась от старости, сама, туда ей и дорога. А через день домушник мимо проходил: дай, думает, залезу от балды, обнесу покойницу. Ах да, откуда же он знал... Тем интереснее: нашел в квартире труп. Домушник стремный был: иной бы приужахнулся в натуре, а нашему — хоп хны. Не бросать же начатого, правильно? Короче говоря, вор...

— Или — воры,— вставил капитан.

— Вор или воры э-э... короче говоря, проникли через форточку, украденное выносили через дверь, за собой закрыть не удосужились... Погоди, ты это что — всерьез?

— Не я, а ты. Не нравится сюжет?

— Да нет, наверное,— я неопределенно повела плечами: да? Нет? Вот именно.— Я просто, собственно...— А собственно, что «просто»? Логических противоречий вроде нет, действительно — бывают совпадения; да и принцип парных случаев в полный рост работает.— Просто как-то диковато это всё. У вас и воры тоже идиотики?

— Не все, но иногда. Иной мозги пропил, иные за иглой реальности не видят. В упор, что характерно; наркоманы — контингент очень специфический.

— Значит, наркоманы? Хорошо, охотно допускаю. Но... А собственно, опять-таки, что — «но»?

— Не изобретайте лишних сущностей сверх необходимых,— не без смысла переврал Оккама капитан.— Достаточно с тебя, давай пока отложим,— и предупредил возможную реакцию: — Это вовсе не от недоверия, заметь, а из суеверия: просто в деле невзначай зацепка появилась, сглазить не хочу. Короче, доживем до понедельника.

— Ловлю на слове.

Ладно, дальше что?

Я не чересчур успешно попыталась на ходу переварить полученные сведения. На самом деле сколь-нибудь существенной служебной информации Тесалов мне не сообщил: так, стёб и нечто, никакой конкретики. Иного, правда, трудно было ждать... да я и не настаивала, в общем-то. Я даже как-то позабыла обратить внимание на то, что капитан по ходу разговора упоминал о трех случаях с запутками, между тем озвучил только два. Ну да, впрочем, если допустить, что в тех двух эпизодах дело — приблизительно хотя бы — обстояло так, как говорил Тесалов, то ясно же — маньяк там ни при чем; какой маньяк, какая, к черту, серия! Как всё это ни грустно, но — смешно.

И всё-таки я недопонимала:

— Ладно, предположим. Хорошо. А «врач» откуда вылез? Почему-то ведь не кто-нибудь другой, а именно что *врач*.

— А вы вообще вредители. Шучу. Один такой Козлов... в конце концов, мы все несовершенны. Бывает, человеку что-нибудь втемяшится — и всё, пошла писать губерния. Особенно по молодости лет, подумать не сподобившись... Я сигарету стрельну?

— Травись, я воздержусь.

— И правильно. Так вот,— он закурил,— представь такого м-м... чудака на месте происшествия. Налицо покойница, незапертая дверь, в квартире следы обыска. По счету это первый эпизод из нашей как бы серии, кавычки подразумеваются. Итак...

— Это где второй этаж?

— Вот именно. Итак: покойницу имеем? Не пойми превратно — таки да. И кража налицо? Да, никуда не денешься. А какая версия при таком раскладе на ум приходит первой? Ну?

— Убийство с целью ограбления, наверное,— пожала я плечами.

Он кивнул:

— Стреляй, не промахнешься. Разумеется. Вот и наш один такой Козлов... Словом, он на этой версии зациклился. А по службе он товарищ добросовестный: положено соседей опросить — достанет всех. Упертый такой юноша...

— Я в курсе, знаешь ли. И что же?

— Ничего. Познакомился он с бабушкой выше этажом. Для полноты картины уточняю: бабушка по жизни не того, даром что в дурдоме не прописана. *Днями*, говорит, ломился кто-то в дверь, уверял, что врач из поликлиники, забрать, поди, хотел. Старушка, понимаешь ли, боится, что ее в психушку упекут, бывала уже там. Так Козлов и зацепился за «врача». Сложилось у него, что некий врач-убивец так проникает в дом, укол смертельный делает — и чистит закрома. Ну втемяшилась ему такая достоевщина, известно: пять старушек — рубль.

— Наслышана.

— Да, старый анекдот. Короче говоря, зациклился пацан, в мозгах закоротило. Ну а дальше ясно — сплетни поползли, ужастики такие коммунальные. Надо объяснять, как слухи формируются? Стоит пару-тройку раз поспрашивать соседей с упором на врача — остальное граждане додумают. Публика у нас на страшилки падкая.— Он загасил окурок.— Вот, собственно, и всё, и вся тебе история... история болезни, скажем так. Достаточно?

Вполне.

И всё же я не уяснила главного:

— А я была при чем?!

— Ты? Подвернулась под руку. Не злись, лично я вообще-то белый и пушистый... Помнишь, у тебя как раз недели три назад больная умерла?

Я кивнула:

— Было, да.

А это-то при чем?

— Тебе тогда пришлось с милицией общаться — в том числе с Козловым.

Даже так?

— Как-то я не отфиксировалась, знаешь ли, не до того мне было. Зачехлил бы сам больного...

— Увольте, доктор, каждому свое. Да всё я понимаю, не трудись ты,— заверил капитан.— А вот Козлову ты уже тогда не очень-то понравилась: странная ты, мол, какая-то была. Плюс потом вы с ним еще разок столкнулись, правильно?

Попался бы он мне...

— Это когда он с гаишником машину тормознул? Мы тогда с Калугиным, с водителем моим, на вызов торопились. Помнится, я как бы нахамила слегонца. Погоди-ка, дай сообразить... Ага, во вторник дело было. Так, а в среду вечером, на следующий день, меня арестовали. Н-да...— Я припомнила свои умозаключения в камере.— Ты как бы намекаешь, что ваш такой Козлов так отыгрался попросту? Из личной неприязни, так сказать?

— Ну, он Козлов, но всё же не настолько. Впрочем, не без этого, наверное, антипатия сыграла свою роль. У вас она взаимная... А вообще-то там накладка приключилась. Помнишь, я тебя про ложный вызов спрашивал? Примерно в то же время там, на той же лестнице, гражданка умерла. Намекну: опять-таки сама, эксперты говорят — в диабетическую кому впала.

Я оживилась:

— Хочешь, я навскидку адрес назову? Пражская, 11–61, на первом этаже, старушка Соловец, забыла имя-отчество. Да не косись ты на меня ментовским мутным зраком,— развеселилась я,— я невиноватая! Вы своих особо выдающихся рецидивистов помните? Вот и мы — своих. На ту лестницу она одна такая, у нас вся «неотлога» эту бабку знает... знала, то бишь, царство ей небесное, опять-таки — туда ей и дорога. Сам же говоришь — она сама.

— Если не сама, то с Божьей помощью,— проворчал Тесалов,— в запертой на все замки квартире, *с засовом изнутри*. Просто к этому моменту один такой... пацан, короче говоря, вразнос пошел, всё, что мог, под версию подстраивал. Что называется, искал не там, где есть, а там, где посветлее. Труп есть? Ты есть?..

Я желчно обронила:

— Чего еще желать.

Капитан досадливо поморщился:

— Не трави мне душу, честь мундира всё-таки. Не все у нас Козловы...— После паузы он чуть пожал плечами: — Короче, дальше ясно всё...

Н-да...

Ясно, дальше — всё... то есть дальше-то всё где-то как-то ясно. Ярмарка абсурда, м-мать-размать, чтобы не сказать, что перемать, ешкину коту в корму ершачий корень! Воистину марш бравых идиотиков: много шуму, блин, и ничего; комедия ошибок плюс дебилизация ментов всея Руси — не всех, но поголовно.

Да-а...

Да, дамы-господа, такой идиотизм в голове не сразу же уложится. Настолько откровенной абсурдистики я не ожидала. Вам, между прочим, проще: вам-то вся эта галиматья была известна загодя, в режиме забегания вперед. И в придачу с большими подробностями, кстати; стоило трудиться, б-блин! Смешно...

Ладно, дело прошлое.

Проехали.

Мы проскочили Лахту, без задержки миновали КПП. Начинался город. Езды нам оставалось три, от силы пять минут.

А дальше что?

— Дальше нам направо,— подсказал Тесалов,— и до пересечения с Яхтенной... А теперь налево, и дальше вон туда, в проезд между домами...

И дальше таки что? Почему-то я подозревала, что сегодня мы с Тесаловым так просто не расстанемся. Не скажу, что я бы возражала.

Тесалов словно мысли прочитал:

— А дальше всё, приехали... Поднимешься?

Я выдержала паузу.

— Ждала, что ты предложишь.

Тесалов мило ухмыльнулся:

— Тонко намекаю: не женат, живу один. Горячий душ и ужин гарантирую... И как?

Чего еще желать.

— А был бы повод, так-то с удовольствием.

Между прочим, кто из нас кого соблазнить нацелился? Вот и я о том же: любовь, известно, зла, захочешь э-э... и мента. Впрочем, и менты же как-то размножаются? Почкованием, наверно, как и все.

А заодно проверим.

На самом деле я еще на побережье — еще не головой, тогда еще на гормональном уровне скорее — поняла, что без развития сюжет не обойдется. Потому тогда я и рванула взапуски: не от Тесалова, от самое себя — и от некой предопределенности, наверное, потому что всякая, совсем не обязательно плохая, предопределенность у меня... Ну, скажем, вызывает неприятие, дискомфорт какой-то; как еще назвать? И поэтому же я не очень-то стремилась убежать — и не убежала, потому что всё равно от предопределенности никуда не денешься, а коли так, то остается, по известной присказке, расслабиться и получить свой кайф. Я внятно объяснила? Как смогла.

Дождь уже не лил, а моросил. Дышать было свежо.

Машину я оставила на платной охраняемой парковке — от греха. По словам Тесалова, район здесь тот еще. Но вообще-то капитан недурственно устроился: не так давно построенный четырнадцатиэтажный дом фасадом на залив, цивильная стоянка во дворе, консьержка в закутке на лестнице. Как выяснилось, Юрий жил на предпоследнем этаже, в приличной однокомнатной квартире. Для одинокого мента вполне, вполне...

— Проходи,— Тесалов щелкнул выключателем, пропустил меня в прихожую: — Прошу. Кроссовки лучше снять. Где-то были тапочки. Ага...

Я несколько замешкалась, соображая, куда бы положить прихваченные из машины рюкзачок с вещами и сумку с документами и куревом.

— Да хотя бы вот сюда, на тумбочку клади,— подсказал Тесалов.— Вот, держи,— выдал он мне извлеченные из обувного ящика шлепанцы дамского размера.— А кроссовки я пристрою посушить. Проходи пока направо, в комнату. Или сразу для сугрева в душ?

— А спинку потереть? Шучу, не напрягайся. В душ — лучше первым ты: я-то хоть верхи переодела, а ты же — весь, насквозь. Если можно, я пока домой, соседке позвоню — предупрежу ее, что задержусь, чтобы не волновалась.

— А ты задержишься?

Потому и сиганула взапуски...

— А ты не догадался?

Тесалов улыбнулся:

— Я надеялся.— Определились, стало быть.— Сюда,— пригласил он в комнату,— вон телефон, звони. Я пока себя в порядок приведу. Я быстро, чайник не успеет закипеть... Кстати, курят у меня везде, особенно на кухне.

— Поняла.

Особенно на кухне. Уяснила.

Нет, всё-таки занятные мы люди, человеки... Ладно, после как-нибудь. Пока же мне действительно следовало позвонить старушке. Меня не столько беспокоило здоровье тети Лизы, то бишь ее вчерашний гиперкриз, хотя и это тоже, сколько не хотелось снова заставлять ее переживать из-за моего, так скажем, внеурочного отсутствия. Давным-давно небритый анекдот: в какое время порядочная девочка должна лежать в постели? Пополудни часиков так в шесть, чтобы к девяти уже быть дома. Не к месту, разумеется, поелику моя — по стариковским меркам всё-таки сомнительная — нравственность ее никоим образом заботить не могла и до сих пор как будто не заботила. Я просто опасалась, что на фоне треволнений из-за моего ареста тетя Лиза вновь накрутит невесть что — лечи ее потом; мне, право же, вчерашнего хватило.

Старушка словно бы ждала звонка:

— Ты, Яночка? А я уже и волноваться начала...

Вот я и беспокоилась. Впрочем, голос тети Лизы звучал довольно бодро, и притом не нарочито бодро, как бывало иногда, когда старушка почему-либо стремилась скрыть свое недомогание, а вполне естественно. На самочувствие у тети Лизы жалоб не было, как я и ожидала, от пережитого накануне приступа осталась только незначительная слабость, не более того. Когда я с некоторой толикой вины сообщила ей, что сегодня, вероятно, буду поздно (или завтра рано), соседка среагировала абсолютно адекватно — лукаво пожелав мне отгулять на полную. Показалось даже, что старушка подмигнула мне — сообщнически так — с того конца провода.

Замечательная всё ж таки у меня соседка; от сердца отлегло.

И славненько.

Закончив разговор, я с любопытством обвела глазами комнату. Отчего-то вдруг мне стало интересно попытаться таким образом составить впечатление о личности Тесалова. Говорят, жилище человека может очень многое рассказать о нем, в том числе и то, что сам бы человек не захотел рассказывать, более того, порою даже то, в чем он сам себе не отдает отчета. Сомневаюсь, правда, что мои способности к дедукции простираются настолько далеко, но ради развлечения попробуем.

Попробуем? А почему бы нет. Итак, что мы имеем. В общем — ощущение не то чтоб пустоты, но лаконичности, впечатление подчеркнуто мужского обиталища, обставленного только под себя. Зеленовато-голубой палас, светлые обои. Функциональный минимум меблировки: обычная в таких квартирах «стенка», вмещающая всё и вся, диван-кровать и пара мягких кресел возле столика. У окна в углу — письменный стол и офисное кресло на колесиках; видеомагнитофон и телевизор не из дорогих. Никаких «ненужных» мелочей, связанных обычно с представлениями об уюте в доме,— разве что изящно изувеченное деревце-бонсай на подоконнике... да и то, что характерно, из синтетики.

Так, а это интересно: ноутбук на письменном столе, подключенный через факс-модем к телефонной сети. Могутная машина, между прочим, точно знаю — у меня такой же агрегат, даром что я им не слишком часто пользуюсь. Со мной понятно — фатер подарил, а вот откуда у бюджетного российского мента компьютерная техника стоимостью в пару-тройку тысяч условных единиц, бишь заморских безусловных денег,— большой вопрос... А мне-то что за дело? Может, взятку человек борзыми получил; лично мне оно «около птицы». Страна у нас такая, на зарплату даже прокуроры не живут, в наше время это непатриотично.[1] Что? Тоже правильно, плохому человеку взятку не дадут.

Всё страньше, господа; тем интереснее...

Тесалов всё еще плескался в душе; впрочем, времени прошло всего-то ничего. Я сочла, что в самый раз теперь

---

[1] Шучу? Не знаю (*примеч. Дайаны Кейн*).

перекурить. На кухне так на кухне, заодно осмотримся. Я перешла туда.

А что — а очень мило: люблю отделку натуральным деревом (и вообще предпочитаю теплые тона). Похоже, герр Тесалов самолично руку к стенам приложил — так на заказ не делают. Нарядно получилось. Правильно считается, что кухня в большинстве квартир — самое жилое место. Так и здесь — не кухонька скорее, а столовая. Уютно посидеть — то, чего мне не хватало в комнате.

Чайник со свистком, который капитан поставил на плиту перед тем, как затвориться в ванной, покамест не кипел. Интересно, может, это модус операнди у него такой? Пришел с работы, чайник на огонь — и в душ, пока отмоешься — как раз и чай поспеет. Привычка называется... А впрочем же, не суть; боюсь, что Шерлок Холмс из меня не очень получается.

И всё-таки кое-какие выводы для себя я сделала. Позволите? Во-первых, капитан отнюдь не прост, даром что простых людей вообще не существует (нужно пояснять? разве только журналистам и политикам). Во-вторых, мне как-то показалось, что Тесалов обитает здесь не так давно — года два-четыре. Такое ощущение, и это уже в-третьих, на уровне фантазии на заданную тему, что капитан когда-то был женат. Потом развелся, разменял или купил жилье — и сразу же обставил на свой вкус, словно бы стремился поскорей отделаться от прошлого. Веселенький, похоже, у него был брак. (Не слишком чересчур? И любим же мы, бабы, посочувствовать... Еще бы знать, кому.) Теперь живет довольно замкнуто, но гости здесь бывают, ежели судить по выданным мне тапочкам — иногда и женщины; с другой-то стороны, вот если так подумать, а почему бы иногда и нам не быть? А применительно ко мне сейчас — не есть, э-э... н-да.

Да, кстати о насущном:

— Кто-то, помнится, на ужин намекал?

Что занятно, капитан и в самом деле закончил омовение практически одновременно с закипанием чайника. Деталька, но приятно, что подмечено. В ванной он переоделся в брюки от спортивного костюма (не путать с пузырящимися на коленях тренировочными) и черную футболку с пижонским ярко-красным номером «13» во всю грудь. Д-декадент... Я бы, кстати говоря, не слишком удивилась, окажись, что вольный стиль одежды на сегодняшний, предположительно интимный, вечерок Юрий выбрал из своеобразной деликатности: у меня же, очевидно, в рюкзачке парадных туалетов не имеется! Или я его переоцениваю всё-таки?

Замнем для ясности.

Короче, чайник засвистел, Тесалов вышел, я:

— Кто-то, помнится, на ужин намекал? — приветствовала я его на кухне.

— А запросто.— Тесалов улыбнулся.— Ты как по части азиатской кухни? Правда, суп из ласточкиных гнезд или, например, суши из рыбы фугу предложить сегодня не могу...

— Ну, настолько далеко мой ориентализм не простирается,— улыбнулась я.

— И правильно, всё в меру хорошо. А то еще бывают яйца по-китайски, приятель мне рассказывал. Это подают тебе яйцо, скорлупку отколупываешь, а оттуда — глаз, смотрит на тебя — и горючими слезами плачет!

— Не порти аппетит!

— Хм. Я слыхал, что это объедение... А как ты насчет жареного риса с мясом птицы, овощами и креветками? Я под птицей подразумеваю курицу.

— Пожалуй что рискну.

— Договорились. Намекаю: ванная свободна. Давай-ка ты туда, а я пока займусь. Полотенце для тебя там приготовлено.

Заботливый какой.

— Спасибо.

— Было бы за что.

Ну, за что-нибудь, я допускаю, было.

Не забыв про рюкзачок с вещичками, я закрылась в ванной. Наконец-то, благодать какая — смыть с себя усталость, килограммов так несколько. У Тесалова нашлись даже тонизирующий гель и массажная мочалка нужной жесткости. Кр-р-ромешный наслаждец!

(А интересно, если бы я знала, что весь мой разговор с Елизаветой Федоровной благополучно отпечатался в памяти тесаловского ноутбука? И, пока я нежилась под хлещущими струйками воды, милейший капитан с оным деловито ознакомился? Что тогда? Ну, тогда бы я, по крайней мере, могла бы похвалить себя за сообразительность: дражайший херр Тесалов в самом деле был по жизни далеко не прост. Не правда ли? Возможны варианты.)

Как бы там ни было, после омовения я себя почувствовала бодрячком — свежая, готовая к употреблению, как крахмальная салфетка в хрусточку.

Капитан на кухне споро резал овощи. Стол уже частично был накрыт: стоял приличного размера заварной чайник из керамики, две таких же чашки с блюдцами, тарелочка с нарезанным прозрачными кружочками лимоном, початая бутылка коньяка и пара стопок. Создавалось впечатление, что вся посуда на столе, в том числе и керамические стопочки, была из одного сервиза. На уровне исполнено, вполне.

— Привет. Ты проходи,— не отрываясь, пригласил Тесалов,— садись, где больше нравится... удобней вон туда. Я пока тут форточку открыл, тебя не просквозит?

— Нормально, жарковато у тебя.— Я опустилась на указанный мне стул.— Помочь тебе? — из вежливости предложила я.

— Изыди, сатана.— Тесалов ухмыльнулся: — Женщина и кухня — вещи несовместные; по крайней мере, если женщина в гостях.

— Похвальная позиция. Мне нравится,— усмехнулась я,— за исключением разве что «в гостях, по крайней мере»... Увлекаешься керамикой? — кивнула я на сервировку.

— Скажем, не люблю плохой фарфор. Керамика прикольнее.— Капитан слегка пожал плечами.— Ну и сразу некий антураж, опять-таки...— Он мельком улыбнулся: — Грешен, в чем-то я, пардон, чуть-чуть пижон — иногда, замечу, для разнообразия.

— Ну, если иногда и для разнообразия, то можно... иногда,— не стала я настаивать.— А ты не суеверен, как я погляжу,— обратила я внимание на «несчастливый» номер на его футболке.

— А никуда не денешься,— он вновь пожал плечами (редкостно универсальный жест, в чем-то философский даже).— По жизни у меня вообще кругом тринадцать, знаешь ли,— заметил капитан.— Тринадцатый этаж, квартира, обрати внимание, четыреста тринадцать. И родился я тринадцатого декабря — твоя воля, верить или нет, но аккуратно без тринадцати минут тринадцать.

— Здо́рово.— Стрелец, однако, свой; а кстати, сам подставился: — И сколько тебе лет?

— Тридцатник стукнет.

— Молодой ышшо.

— Не жалуюсь пока.— Капитан насмешливо прищурился.— Еще вопросы будут?

А как же!

— Разумеется,— я решила протестировать свои умозаключения: — Ты был женат?

Капитан кивнул:

— Два года разведен.

— Понятно.— Что-то я сегодня правда шибко умная.— И что же так? С женой не повезло? Стерва, дрянь и тройня от соседа? — не то сострила, то ли обострила я.

— От детей Бог миловал, а что до остального... хм,— Тесалов как бы даже призадумался.— А в остальном — ты знаешь-таки да: стерва, дрянь и всё такое прочее!

— По крайней мере, честно,— усмехнулась я.

— А врать нехорошо.— Блин, острослов в погонах! — Так, вроде бы и всё, все ингредиенты подготовлены. Перекур, пока креветки размерзаются. Сейчас...— Тесалов сполоснул и вытер руки.— Чай настоялся, как ты — не откажешься? Я, правда, не спросясь зеленый заварил...

— Годится.

Юрий сел за стол, разлил по кружкам чай, откупорил бутылку с коньяком:

— По стопочке, да? В качестве аперитива.

— В качестве аперитива? Зеленый — с коньяком? Эклектика, однако,— бормотнула я.

— Нам, русским, всё в струю,— подмигнул Тесалов.— За нас с тобой, не против?

— Принимается.

Мы мельком чокнулись. Стопарик коньяку, запитый терпким чаем (коий, кстати говоря, отличный антидот, в данном случае читай: нейтрализатор) прошел на ять: «на сердце» не скажу, но в желудке точно потеплело. Сам по себе чай тоже был неплох, даром что зеленый я, как правило, не пользую.

— С мятой и жасмином?

— Разбираешься,— довольно отозвался капитан.— У китайцев, между прочим, принято: первым делом подается чай, после — основное блюдо, по-нашему второе, и только напоследок — суп или снова чай. Азиаты почему-то полагают, что так оно полезнее. А медики?

— У нас тоже всё не так, как у людей. Но вообще-то с точки зрения физиологии азиаты правы. А впрочем, всё полезно, если в рот полезло.— Или всё-таки «пролезло»? Ведь черт-те что несу! — Короче, лишь бы впрок пошло...

— И это прауильно,— с незабвенной интонацией присноблаженненького Генсекретаря заключил Тесалов.— Известно, чай — не водка...— По-моему, и он мимоходом сбился с панталыку; бывает в разговоре иногда, порой на ровном месте.— А ты знаешь, чем китайская кулинария в принципе отлична от японской? — нашелся капитан.

Я малость подыграла:

— Чем же? Просвети.

— А джапаны, как правило, стремятся сохранить натуральный вкус ингредиентов, а китайцы — до неузнаваемости изменить его. Не замечала?

— Да, пожалуй,— согласилась я.— Я так подозреваю, что обещанный рис с мясом птицы, овощами и креветками — родом, скажем так, скорее из Китая?

— Не совсем. Вообще-то это блюдо в различных вариантах распространено практически по всей Юго-Восточной Азии: в Таиланде, Индонезии, Малайзии. Оно даже называется по-разному: *наси горен* — по-моему, в Индонезии; *чоу фан*... черт, надо же, уже не помню, где! Не суть,— Тесалов допил чай и встал из-за стола,— названием сыт не будешь...

Готовка заняла не более десяти минут.

— С изяществом исполнено! — улыбнулась я.— Где ж ты так насобачился?

— А приятель как-то научил: носило мужика когда-то в азиатчине, нахватался там — вот я и перенял. Так что я бы, кстати, остерегся — в смысле «насобачился»: в тех краях собачек, если ты не в курсе, м-м...

— Едят. Я в курсе, знаешь ли.

— Молчу. Предпочитаешь вилку или палочки?

— А как себе. Наверно, лучше палочки: сблюдём уж антураж.

— Соблю́дем, доктор Кейн!

— Сблюдём!

— Монопенисуально.— Способный ученик.— Хлеб?

— К рису? — удивилась я.— Ты бы еще хлеб к спагетти предложил!

— А почему бы нет? Нация, употребляющая макароны с хлебом, говорят, непобедима. Не мной придумано.

— Приятель просветил? — съехидничала я.

— В каком-то смысле... Всё, садимся жрать, пожалуйста! — поставил капитан на стол разложенное по тарелкам (надо уточнять, что керамическим?) пышущее пряным ароматом жарево.— Прошу.

— Красивая еда.

Словно радужная осень на тарелочке: желтовато-золотистый рис, оранжевые, красные, зеленые и желтые овощи с охряными грибами — лепота! На вид — наглядное пособие для отделения желудочного сока. А на вкус?

Я попробовала блюдо:

— Хм... хм!.. А вкуснотища! — оценила я, не покривив душой.— Мне лично нравится.

— Отлично. Рад был угодить,— Тесалов улыбнулся: — На самом деле это здесь изрядная экзотика, а там — еда на каждый день. По большому счету, это же довольно примитивный способ использовать оставшийся на кухне рис. Готовится изо всего, что под рукой окажется,— заметил капитан, сноровисто, не хуже моего, управляясь с палочками.— Эх, не пробовала ты вьетнамский *пхо* в моей интерпретации! Помнится, был у меня еще один приятель, редкостный гурман...

Не сам ли капитан?

— Кто-то сам себе приятель, как мне кажется,— пробормотала было я; он, впрочем, недослышал:

— Что, извини?

— Пустое, ничего. Богат ты на приятелей!

— Не жалуюсь. И сам я хоть куда.

— Готовишь, например.

— И терпентин на что-нибудь полезен.

— Ужо.

Так, слово за слово...

Так, слово за слово, мы славно посидели. Импровизированный ужин подходил к концу. От сытости меня немного разморило.

— Чаю? — предложил Тесалов.

— Можно лучше кофе с коньяком, а? — попросила я.

— После азиатской кухни? Кофе с коньяком? Эклектика, однако!

Я не спорила:

— У русских всё не так, как нужно правильно.

Это чтобы не сказать: не там, где хорошо.

— Хм. Кофе только растворимый.

— Несущественно.

Мне — лишь бы впрок пошло...

Что дальше?

Кстати — да: я было начала касательно того, что, мол, занятные мы люди, человеки. Оно к чему... а собственно, к чему? Вестимо — к сексу, а точнее — к особенностям эротически окрашенного поведения двух отдельно взятых разнополых особей при условии наличия продукта полного непротивления сторон, сиречь согласия. Вот завернула, да? Но в общем-то как раз: сойдет за иллюстрацию к достаточно банальному суждению о том, что всякому общению с прицелом на постель присущ, как правило, определенный наигрыш, если позволите — немножко выпендреж. Никогда не замечали? А по-моему, некий нами же — по умолчанию — придуманный, так скажем, сексуальный этикет превращает нас в актеров, в меру дарования и вкуса играющих опять-таки актеров, которые должны изображать актеров; круг замыкается.

Между прочим, в адекватном большинстве своем женщины к постельным упражнениям относятся попроще, нежели мужчины. Отчасти, может статься, потому, что инициатива перво-наперво исходит именно от нас, что бы мужики себе там ни воображали. Ну и неизбывно-потаенный мужской страх потерпеть фиаско в силу самоочевидных обстоятельств нам не слишком свойственен. И тем не менее предстартовый мандраж в вышеупомянутой ролевой игре, на самом деле-то — едва ли не древнейшей... А впрочем, черт то с ней. Сказано, что проще, вот и будь ты, доктор Кейн, попроще, пусть Тесалов парится. Ну и я товар лицом изображу...

Вот и с мухой в тему получилось. Эпизод из серии «нарочно не придумаешь» и по заказу далеко не факт, что с ходу повторишь. Пустой на самом деле эпизодишко: залетела, извините, муха в форточку, энергичное такое насекомое попалось, как-никак — тринадцатый этаж. Дело, разумеется, житейское, по любому счету — сущий пустячок; но не руками же ее ловить прикажете! Ну вот я и поймала. Не руками, нет, конечно — палочками. Просто на глазах Тесалова из воздуха взяла.

Киношно получилось.

Юрий оценил:

— Однако!

Для тех, кто понимает: это вам не кулаками кирпичи крушить — трюк сложнее на порядок минимум.

— Я надеюсь, это не была твоя любимая домашняя зверюшка? — вежливо осведомилась я.

Тесалов только хмыкнул:

— Приготовлю-ка я пиццу в следующий раз!

Хм. В следующий раз? Оптимист, однако.

Кофе был терпим, коньяк хорош, сигарета оказалась тоже к месту и ко времени. Палочка такая выручалочка — когда сказать уже как будто нечего, а к делу перейти так просто не с руки. Мужики — они застенчивые несколько.

— Ты красиво куришь...

Комплимент?

— Спасибо, капитан.

Придется подсобить.

Я потянулась, встала, подошла к окну, руками оперлась о подоконник. Мимоходом оценила собственное отражение в стекле — приемлемо. Снаружи, за стеклом, заканчивались сумерки, у горизонта начиналась ночь. Гаснущее небо и вода слабо отливали перламутровой эмалью, словно потемневшие от времени створки исполинской раковины. Слева смутно виден был Крестовский остров и красные огни на осветительных мачтах стадиона Кирова, далее мерцали из-за мглы смазанные огоньки Васильевского. Справа, в темном далеке залива можно было углядеть на низких облаках светящееся марево прожекторов Кронштадта. А прямо была мгла.

Прямо была мгла до горизонта, больше ничего, и даже горизонта самого в этой мгле как будто бы и не было. Почему-то мне подумалось, что было бы занятно из этого окна таким же мглистым вечером смотреть на первый снег, просто так, без умысла и смысла вглядываясь чуть расфокусированным взглядом в морок междувременья. Ожидание бы наполнялось на глазах хлопьями овеществленного безмолвия, собственное отражение в окоеме становилось бы всё глубже — глубже до тех пор, наверное, пока я сама не оказалась бы уже не только здесь, внутри, но даже больше — там, как будто в зазеркалье, с той стороны стекла. Каков пассаж?

А дальше можно так: говорят, когда заглядываешь в бездну, бездна тоже пристально смотрится в тебя. Вот и я бы тоже посмотрела, взглянула бы в себя и сквозь себя, на встающего из-за стола забавно неуклюжего Тесалова, которому, сдается, всё-таки пора бы что-нибудь сказать, спросить о чем-нибудь... Не мне же начинать! Еще недоставало.

Юрий, впрочем, не сказал и не спросил — он просто наконец-то подошел, взял меня за плечи, мягко развернул и притянул к себе.

Он не спросил.

А я зачем-то всё-таки ответила:

— Я уже заждалась, капитан.

А Тесалов притянул меня к себе, обнял, прижал, и дальше по законам жанра следовало бы сочинить этюд в *постель*ных (от тела и постели) тонах. Ну, например (цитирую по памяти «дамские» романы): «Его горящий взгляд, полный до краев желанием и нежностью, ожег ее лицо. Она покорно опустила веки, его ищущие губы встретились с ее — мягкими, горячими, чуть влажными. Трепеща, она руками обвивала его шею, его крепкие ладони скользнули по спине и принялись ласкать ее податливые бедра. Плоть его восстала, ее плоть исполнилась истомы, дрожь вожделения пронзила их тела. Не прошло и вечности, как он ненадолго оторвался от ее зовущих страстных губ и начал целовать ее пылающие щеки, шею, основание ключиц. Она не удержала стона, грудь ее под тонкой тканью напряглась, когда его рука...» — кавычки закрываем. А его рука — туда ей и дорога, кто бы, право слово, возражал; и если что-нибудь меня смущало несколько, так это разве то, что, честно говоря, бельишко нынче было у меня не чересчур парадное.

А затем моя многострадальная привычка посматривать на самое себя слегка со стороны, с неким иронически ким зазором, дала сбой, так что даже если до сего момента и была какая-то неловкость, а тем паче неуверенность (иначе бы зачем я столько распиналась, спрашивается), то всё теперь прошло. Более ни Юрию, ни мне не было нужды быть терпеливыми, у меня аж скулы от желания сводило, капитана тоже явно распирало изнутри. Путаясь в одежках и друг в друге, мы очутились на диване в комнате, уже безо всего, и — да, вот именно; а вы что ожидали?

Получилось у нас всё как получилось: в целом предсказуемо вполне, в общем очень — даже очень — выше среднего. Золотистый звон в ушах помалу утихал, радужное марево в глазах как будто прояснилось, сбитое дыхание кое-как приходило в норму. В интимном полусвете ночника жилистое тесаловское тело отливало бисеринками пота.

В его голосе осталась хрипотца:

— Интересно, ты сама-то сознаешь, *насколько* же ты необыкновенная? Фантастика...

— Угу. Сыр «Хохланд»,— бормотнула я.— Спасибо, капитан,— я его поцеловала в мочку уха.— Ты великолепен.

— Как и ты. Говорил же: мы друг друга стоим.— Приподнявшись на локте, Юрий беззастенчиво разглядывал меня с оттенком если и не восхищения, то, по крайней мере? вожделения.— Удивительное дело, никак не ожидал, что ты в постели можешь быть такой... настолько женственной.

Обидеться мне, что ли? В другой раз.

— Надо же! Занятно, почему-то в твоей мужественности я ничуть не сомневалась. Быть может, стоило?

— Прости, не так сказал. Просто поначалу ты мне представлялась — ну, не льдышкой, нет, но снежной королевой.

— Не жалеешь, что так быстро растопил?

— Горжусь!

Вот так-то лучше.

Юрий ухмыльнулся:

— Насчет снежной королевы я погорячился, факт,— и подмигнул: — Ничуть не удивлюсь, если ты, ехидина такая, вдруг высунешь язык, изобразишь «козу» и щелкнешь меня по носу!

Я фыркнула:

— Ужо. Мой бедный Юрик! Как же ты с такой-то монструозой в койку лег?

— С исключительным энтузиазмом.

— Я заметила.— Легонько щелкнув капитана по носу, я сделала «козу» и продемонстрировала кончик языка.— Доволен?

— Укушу.— Он в ответ взъерошил мои волосы.— А знаешь, на кого на самом деле ты похожа? Точней, на что — на шаровую молнию: ты такая же непредсказуемая вся, шальная и опасная. Взрывная девочка... Не доводилось видеть?

— В детстве как-то раз, на Волге дело было.— Я усмехнулась.— Юмор ситуации заключался в том, что это не она за мной, а я за ней тогда битых полчаса по берегу гонялась. Интересно же: летает, понимаешь ли, трещит, а на вид — пушистая такая! Так и не догнала.

— Благоразумная тебе попалась молния — догадывалась, с кем связалась.

— Видимо. Не то что некоторые — это то есть ты. Не желаешь проявить благоразумие, Тесалов?

— А это то есть где?

Так, слово за слово... А впрочем, капитан оказался, к счастью, не тем случаем, когда пустишь мужика в себя, а он еще и в душу лезет. Ладно, это очень мило, даже хорошо, но:

— Продолжение, я так понимаю, следует?

Тонко намекнула, называется.

— А то!

И то: с потенцией у капитана было всё ого.

А с напором и постельной техникой — и вовсе о-го-го.

А если так? То опаньки. И даже интересно, а этому прихвату капитана тоже, надо полагать, приятель научил? Недурственно.

И если даже поначалу в наших упражнениях и наличествовал элемент некой состязательности, то довольно скоро лично я и в самом деле потеряла голову, и дальше с удовольствием ее теряла до самого утра, без малого — до перерыва в биографии.

Смутно помнится, что кто-то что-то там про тренинг говорил? Не я, наверное.

ГЛАВА 13

На чем бишь я остановилась... Да: туман. Каким он может быть? Любым, по крайней мере — разным. Может — мимолетным и прозрачным, даже солнечным, словно паутинка на заре, и щекотным, точно пух от одуванчиков. И еще — ожидающе-уютным, будто свежевзбитая подушка, ласковым и неуклюжим, словно лопоухий, толстолапый щен, с неуемным любопытством шарящий по всем углам щенячьим влажным носом. А еще — громоздко-никчемушным, словно архаичный шкаф в прихожей, равно монументальным и орнаментальным, как воображаемый средневековый замок, например, со стрельчатыми башенками и ехидными химерами, зазубренными крепостными стенами и увитыми плющом висячими мостами, сводчатыми анфиладами, запутанными переходами и патентованными привидениями минимум столетней выдержки. Еще? Пожалуйста: он может быть цветным, как в городе — насыщенным неоном; слабо разбавленным скрипучей желтизной нечаянного фонаря в позабытом Богом и людьми осеннем пригороде; в конце концов — слепым...

Собственно, таким и был туман во сне — без малого любым, по крайней мере — разным. А еще — другим, как водится во сне — неправильным. Я как будто снова оказалась в сотканном из тонущего света городе, среди людей без лиц; продолжалась полночь полнолуния. Я зачем-то шла знакомой мне аллеей в чахлом скверике, вокруг густел туман, и вроде скверик должен был давным-давно закончиться, а я всё почему-то шла и шла. Туман вокруг густел, становился всё плотнее и плотнее, так что даже приходилось, как в воде, иной раз и подгребать руками. А я всё шла и шла, пока не поняла, что город кончился, затерялся где-то позади, возможно — навсегда. И опять мне было странно, но не страшно, а туман вокруг сгустился донельзя, и тогда я мягко оттолкнулась от земли — и плавно, поначалу словно нерешительно чуть-чуть, а дальше ровно, неостановимо и непоправимо устремилась ввысь.

Я парила над проселочной дорогой, раскинувшись, как будто на воде, окутанная легкой дымкой, сквозь которую отчетливо просвечивали звезды. Звезд мерцало неправдоподобно много — почему-то полная луна не затмевала их. Светло было без малого как днем, разве только свет был чуть зеленоватым — уютным, тихим, ласковым. Он мягко овевал меня, я словно дрейфовала по волнам, туман укачивал. Подо мною, где-то в потаенной глубине, не спеша брели в клубящиеся дали прихрамывающие телеграфные столбы, добродушно переухивались лешаки на лесной опушке, изредка вздыхала и ворочалась вовсе мне неведомая сказочная жуть, почему-то в этот лунный час ничуточки не страшная.

А туман качал меня, укачивал — и, видно, укачал, потому что всё одномоментно изменилось. Небо в одночасье посерело, словно бы я падала в туман, а я и в самом деле погружалась, падала в туман. Никакой дороги там, внизу, давно в помине не было, я погружалась в топь, беспомощно барахтаясь в тошнотной склизкой мути. Я тонула, задыхалась, а туман цеплялся за меня, лип к лицу, к рукам, как будто паутина, а меня неотвратимо засасывала топь, и со всех сторон ко мне тянула щупальца взаправдашняя нежить, до того чужая всему сущему, что было бы, наверно, лучше умереть, чем, ей доставшись, ей же уподобиться, но уже ни сил, ни воли у меня сопротивляться не было, всё было безнадежно, а значит, это было — всё, так что ничего другого мне не оставалось, кроме — да, теперь проснуться, наконец.

Долгонько получилось... ну, не суть.

Короче говоря, глаза я разлепила. За окном угадывался реденький туман, начиналось утро понедельника. Воскресенье — в смысле дня недели — я в буквальном смысле слова проспала. Имеется по жизни у меня такая, весьма своеобразная особенность: я с ранней юности спокойно обхожусь четырьмя-пятью, избыточно — шестью часами сна, без проблем переношу нагрузки, для многих — скажем скромно — неподъемные, однако же к какому-то моменту организм как будто бы подходит к некоему пределу — и вырубается. За всё приходится платить; приблизительно на сутки я впадаю в состояние типа коматозного — хоть без наркоза по живому режь; во всяком случае, пока опустошенный организм не наберет свое, будить меня — занятие бездарное. Вот так же и теперь: по утру, *приятно* распрощавшись с Юрием, я уже на автомате доехала домой, *вроде бы* общнулась в двух словах с Елизаветой Федоровной, на автопилоте же заползла в постель — и день спустя с трудом проснулась по будильнику.

Хочешь не хочешь, надо было жить. Времени раскачиваться не было, если я хотела попасть в регистратуру вовремя (даром что попасть туда я вовсе не хотела, ни вовремя, ни как), то следовало поспешать, притом не слишком медленно. Я споро привела себя в порядок, позавтракала парой чашек кофе. Одеться предпочла я понепритязательней: кроссовки, джинсы, скромный свитерок и поверх — джинсовая же курточка. Джинсу я, кстати говоря, предпочитаю черную: не знаю как других, но лично вот меня лаконично-агрессивный черный цвет поддерживает в тонусе. Неброско получилось, но продуманно и к тому же настроению под стать. Правда, памятуя, что на понедельник мы с Тесаловым договорились — всяко — созвониться и — более чем вероятно — встретиться, я намеревалась было прифрантиться основательней, но затем от этой мысли отказалась. Почему? А потому как раз и отказалась, что вечером маячил явный шанс с капитаном встретиться. Не поняли? Не стану пояснять.

А город наяву парил в тумане...

Выехала я с существенным запасом: опаздывать *в изгнание* казалось мне негоже, тем паче в первый день. На улице и в самом деле был туман, осклизлый и совсем не романтический. Машины ехали едва ли не ощупкой, то и дело образуя пробки, получалась не езда, а ерзанье. Всё еще просоночная голова занята была вещами посторонними, как бывает, когда впереди тебе светит нечто неприятное, чего однако же никак не избежать — ну, что-то типа посещения стоматолога. Мне, к примеру, было интересно, приснился мне туман из-за того, что был он наяву, или он случился наяву как раз из-за того, что мне приснился? Подите-ка второе утверждение опровергните... А впрочем, чушь, начхать.

Туман чуть поредел, я малость газанула, то и дело оставляя за собою кроющие заполошным матом гудки подрезанных машин, что характерно — кроющих заслуженно. Да, кто бы спорил, да, я не права, но как-то всё оно мне остокоммуниздело. Никакого позитива в жизни... О насущном, кстати, было бы подумать не грешно, а не гнать пургу под настроение. А впрочем же — много тут придумаешь? Вот именно что — думай тут, не думай, а на деле остается только стиснуть зубы, улыбаться и терпеть. Тем более, по слухам, ископаемая крокодилица Ветлицкая, заврегистратурой, кстати говоря, пересидевшая на этой должности уже трех главврачей, старушенцией была изрядно самодурственной. Ну и на... чхи, а хоть бы и не чхи, но не без оснований мне казалось, что сегодняшний рабочий день не сулит мне ничего хорошего.

Оказалось, впрочем, лучше, чем казалось.

— Разрешите?..

В поликлинику я прикатила вовремя и без приключений, ради справедливости отметив про себя, что практику езды по осевой, да еще едва ли не на двух колесах, поощрять не следует. Повезло, что никого из наших «неотложников» около работы я не встретила: как смотреть в глаза коллегам, я не представляла. Ну и ладно, вот и хорошо, вам туда, а мне в регистратуру; и таки что теперь?

— Разрешите? — постучалась я в кабинет Ветлицкой.— Здравствуйте, Людмила Семеновна, я...

Та кивнула:

— Я в курсе. С «неотложки», доктор Кейн. Яна Германовна, как я помню, правильно? — Приспустив очки на кончик носа, заврегистратурой несколько секунд буравила меня близко посаженными, слегонца навыкате глазами.— Проходите, доктор,— взгляд ее как будто подугас, очки вернулись на переносицу.— Да расслабься ты,— нежданно улыбнулась Ветлицкая,— не стой столбом, садись. По утрам я не кусаюсь, знаешь ли.

Я настороженно вернула ей улыбку.

— Ну-с, так-то лучше,— отметила она.— Басмаева тебя ко мне определила, стало быть. Сослала, так сказать... Так получается?

— Наверное,— пожала я плечами: а как еще-то? — Получается, что именно вот так.

— А вот по-моему, дурость получается,— с некоторым даже и сочувствием проворчала заврегистратурой.— Расстроилась, поди?

— Не без этого,— пожала я плечами.

— Да, надо полагать, могла бы и не спрашивать... Хорошо,— Ветлицкая как будто бы решила что-то для себя,— допустим. Ближе к делу. Кто в чем виноват — расспрашивать не стану. Вопрос — как поступить...

За неплотно притворенной дверью послышалось какое-то шушуканье.

— Можно к вам, Людмилочка Семеновна? — заглянула в кабинет какая-то регистратурная медюшка.— Я это, ну, того — хотела уточнить...

Ветлицкая досадливо поморщилась:

— А подождать никак, да? Видишь же, что я с врачом беседую. Извините, Яна Германовна,— отнеслась она ко мне подчеркнуто на «вы».— Ну, что тебе, Марина? — с неудовольствием уставилась она на подчиненную.— Короче говори.

— Так я и говорю,— девчонка с неприкрытым любопытством косилась в мою сторону,— там пациенты спрашивают, будут ли сегодня дополнительные номерки к эндокринологу. Что мне им отвечать?

— А ты у самого эндокринолога спросить не в состоянии? Вот позвони туда и поинтересуйся, сколько на сегодня у него записано больных. Если доктор сможет сверх того кого-нибудь принять, он так тебе и скажет. Будто бы сама не знаешь... Ну?

— Да знаю я.

— Вот и подсуетись. Свободна,— в голосе Ветлицкой явно зазвучало раздражение,— и дверь закрой плотнее, здесь сквозит. Пошла.— Та неохотно, но ретировалась.— Ишь, ушлая какая,— проворчала заврегистратурой,— номерки ее волнуют, как же, жди...

Угу. И мне вот тоже почему-то так подумалось: на злобную убивицу соплюшке было интересно поглазеть. По улице слона водили... А кстати говоря, я не без удивления должна была признать за слывущей редкой самодурицей Ветлицкой наличие какого-никакого такта. Взять хотя бы ее «вы» ко мне в присутствии регистратурной барышни: так-то, дескать, я с тобой по возрасту, не обессудь, на «ты», но при прочих — извините, доктор; субординация-с! Да, вот вам и Людмила-никому-не-мила-свет-Семеновна. Занятная старушка, даже жить повеселее стало.

А впрочем, дальше что?

— Ну так вот, вопрос — как поступить,— продолжила Ветлицкая.— Если госпожа Басмаева считает, что я врача заставлю номерочки выдавать и с карточками бегать, то перетопчется. Не терплю, когда меня втемную используют. В моем хозяйстве мне Зарина не указ... Ты в компьютере соображаешь?

Я чуть удивилась:

— Пользуюсь. На уровне тупого юзера, не более того. То есть написать программку, например, я с ходу не смогу, а так...

— Годится, в самый раз. Определю-ка я тебя в статистику, там как раз девчонка приболела. Ты не против? — Пожимать плечами я не стала, благо и Ветлицкая ответа не ждала.— Хорошо, на том и порешим для общего спокойствия,— с неожиданным для корпулентной старушенции проворством заврегистратурой вынесла себя из-за стола,— пойдем-кася.

Расположенная в боковом от собственно регистратуры помещении архива, «статистика» являла из себя отдельный закуток, размером вряд ли больше одиночной камеры. Подслеповатое, покрытое до середины стекол белой краской, узкое окно снаружи было забрано решеткой. Вполне понятным в моем положении камерным ассоциациям несколько мешал невесть каким образом запихнутый сюда монументальный канцелярский стол с пузатым монитором и компьютером, но в остальном — всё в тему. А и что, так даже и смешнее... да и ради общего спокойствия, опять-таки: коситься на меня здесь однозначно некому. Не жизнь — лафа!

Почему-то именно сейчас, впервые за сегодня, мне отчаянно хотелось закурить.

— Располагайся,— пригласила Людмила Семеновна,— поскучаешь здесь денек-другой. А для пользы дела — вот тебе,— Ветлицкая кивнула на компьютер: — Здешнее верховное висючество, знакомься, так сказать. Управишься?

Пожав плечами, я включила комп.

— И что я должна делать?

— А что-нибудь... Да хотя бы вот,— Людмила Семеновна ткнула пальцем в стопку хорошо знакомых мне сигналок «неотложной помощи»,— накопилось за неделю.

В файле «Неотложная» найдешь их дубликаты и для начала сверку проведешь. Если встретишь явную описку — в компьютере исправь, остальное всё не в нашей компетенции. Как сделаешь... Ну, дальше видно будет. Поняла?

Куда яснее.

— В первом приближении.

— Работай, стало быть. Что-то будет непонятно — не стесняйся, подходи и спрашивай. А вообще-то не усердствуй тут — так, потихонечку. Идею уяснила? Вот и ладно, обживай апартамент...

Ветлицкая ушла.

Ну-с, что теперь? Элементарно, доктор Кейн: если велено скучать для пользы дела — извольте поскучать. А как еще? Ну сами посудите: и что я должна делать? А что-нибудь. Ответ не в бровь, а в глаз, намек прозрачней некуда. Возможно, я не слишком проницательна, но всё же не настолько, чтобы не понимать, что на этом месте от меня потребно *номер отбывать*, не более того. Что ж, признаю́: Ветлицкая с понятным административным здравомыслием распорядилась мной по типу «с глаз долой», а там, глядишь, всё как-нибудь уляжется. Ну и аминь.

Скучнем же, как могём.

Для начала я обследовала ящики стола — без конкретной цели, просто так, просто чтобы несколько освоиться. Ничего особо интересного: какой-то сидирум, початая коробочка с дискетами, «чернильница» для принтера. Далее — запас бумаги, папки с документами, казенные гроссбухи. Особняком — принадлежащие хозяйке кабинета сахар, чай в пакетиках и кружка с кипятильником. Так, а это в тему: в нижнем ящике, припрятанная в самой глубине, обнаружилась жестянка из-под кофе — определенно пепельница. Оч-чень хорошо! Приоткрыв фрамугу, я вульгарным образом нарушила категорический запрет на курение в медучреждении. Неладно что-то стало у меня с законопослушанием, к чему бы это, а? Вот именно...

Примерно полчаса я осваивалась с программным обеспечением и с тем, как у нас вообще устроена статистика. Оказалось — грамотно устроена, я даже удивилась слегонца. Другое дело, что организацией здравоохранения я никогда особенно не интересовалась — так, элементарный минимум, который нам преподавали в Университете. Тогда я к этой дисциплине отнеслась с изрядным небрежением — может быть, еще и потому, что на пресловутой кафедре оргздрава специализировались преимущественно студиоты, скажем так, ко всему иному непригодные. Деликатно сформулировала? всё-таки в иных вещах я сноб.

Ну так вот, я всё же о статистике — если уж занудствовать, так хоть по существу. Два года назад, я как раз тогда пришла на «неотложную», спонсоры (Басмаев и компания, естественно) сподобились компьютеризировать нашу поликлинику. Поговаривали, правда, что вся эта оргтехника нашим благодетелям не вполне законным образом досталась за бесценок, а коли так — чего ж не порадеть. А впрочем, начинание в своей основе было здравое — печально только то, что традиционной, на бумаге, писанины у врачей не слишком поубавилось.

Возьмем, к примеру, нашу «неотложную». Диспетчер, принимая вызов, первым делом заполняет соответствующие графы так называемого сигнального талона: фамилия, имя, отчество больного, пол, возраст, адрес, телефон, повод к вызову и время обращения. Остальное — жалобы, анамнез, объективные параметры (температура, пульс, давление и т. п.), диагноз, проведенное лечение, а также время завершения работы с пациентом — заполняется уже на вызове врачом. Затем сигналка возвращается диспетчеру и дублируется им в компьютере. По окончании смены вся эта премудрость, обязательно проверенная Рудасом, по локальной сети сливается в статистику, вот в этот самый комп[1].

Аналогичным образом — с поправкой на специфику — сюда же поступает информация от участковых терапевтов и от специалистов — инфекционистов, пульмонологов, хирургов, прочих кардиолухов; нам имя — легион. Здесь хранятся данные на всех без исключения пациентов нашей поликлиники, в чем-то даже и избыточные вроде бы: сведения о ближайших родственниках больного, например... Хотя — надо же кому-то сообщать, если вдруг клиент от жизни окочурится. Циник я? Профессия такая — лицемерить за бесплатно у врачей не принято. Не очень и шучу.

---

[1] Замечу, ради простоты я много опустила, однако суть ясна, не правда ли? И то *(примеч. Дайаны Кейн)*.

Разобравшись в первом приближении, что к чему, зачем и почему, я принялась сверять сигнальные талоны. Принялась без фанатизма, как и было велено. Странно, уж не знаю почему, работа ли так на меня подействовала, хотя бы механическая и не слишком нужная, то ли просто солнышко к полудню проглянуло, но настроение слегка приподнялось. Во всяком случае, визит Забелина в мой ссыльный закуток я приняла вполне благожелательно.

Чего душой кривить, я в общем-то ждала, что кто-нибудь из наших всё же явится.

— Экий кабинетище себе ты отхватила,— за неимением других доступных мебелей Забелин непринужденно присел на край стола,— завидки разбирают ажно!

— А не пошел бы ты,— сварливо отозвалась я.— Сочувствовать приперся?

— Кому — тебе? И в мыслях не было. Ты же у нас девочка без нервов.

Если бы.

— Нервы? Хм... а что это такое?

Забелин ухмыльнулся во всю ширь:

— Вот за это ты мне, солнечная девочка, и нравишься!

— На взаимность лучше не рассчитывай,— предупредила я.— Ладно, раз пришел — рассказывай давай, чего такого в этой жизни нового.

— Ну ты спросила. Хочешь анекдот?

— Бородатый?

— Очень.

— Не хочу. Ты лучше объясни, на кой ляд тебе такой ошейник,— обратила я внимание на новорусского размера золотую цепь, украшавшую не слишком атлетичную забелинскую выю.

— А это типа гонорар,— довольно сообщил Забелин.— Я тут частным образом конкретного братка в натуре, понимаешь, от бандитской жизни полечил.

— И так сразу радикально вылечил?

— Какая ты... А кто б мне заплатил? За бесплатно не дождетесь!

Я вздохнула:

— Меркантильный ты.

Он осклабился:

— Не, я теперь продвинутый.— Забелин оттянул цепочку: — Пошлость, правда?

— Жуть.

— Вот и мне понравилось. А Зарина хипешь подняла: что за вид, мол, вызывающе, больные не поймут, типа как бы облико морале!

Я недопоняла:

— Главврач-то здесь при чем?

— Ни при чем, я так ей и ответил: вам типа баиньки, я вас имел. В виду. Послал ее, короче говоря, не так чтобы конкретно, но по адресу.

— Ты адекватно можешь излагать?

— Не могу, еще не успокоился, чуть было не уволился к чертям. Представляешь, мне с утра Басмаева зараз два выговорешника оформила. Скоро следом за тобой кудабудь сошлет. По-моему, у мадам, блин, крыша съехала. Чучмечка драная...

— Попробуй без эмоций,— посоветовала я.

— Куда мне до тебя... Короче, госпоже Басмаевой шлея под хвост попала, приперлась поутру на отделение порядок наводить. Помнишь, я когда-то на двери диспетчерской объявку налепил: «Оставь надежду, всяк сюда входящий, а также пишущий, тем более звонящий»? Хохмочка, не спорю, так себе, но никому же не мешала, правильно? А Зарина взбеленилась: это кто здесь растакой-сякой типа над больными издевается?! Ну, Цуцко, конечно, живо доложила, кто конкретно типа издевается...

— Зело серьезно,— улыбнулась я.— В особенности ежели учесть, что больным на отделение «неотложной помощи» вход официально воспрещен.

— Алису же пускают.

— Да, это меняет дело,— согласилась я.— А второй фитиль за что?

— За отзывчивость однако. Хроник на меня телегу накатал. Вызвал, понимаешь, старый хрыч в четвертом часу ночи — бессонница с запором у него, ни погадить, ни заснуть, подавай ему врача по такому случаю. Ну а я спросонок отвечаю, но притом сугубо вежливо, заметь: «Вам не кажется, дедуля,— говорю,— что в этой жизни вы уже достаточно нагадили?»

— Скромнее надо быть. Ублажил бы, прописал бы старичку слабительное вместе со снотворным — глядишь, и пронесло бы.

— А что же я ему, по-твоему, прописал? Вот его и пронесло, естественно.

— Тады ой!

Мы дружно рассмеялись. Лично я еще и потому, что с живостью представила, как бы среагировали на наш разговор записные моралисты и нравоучители. Каюсь, на дух не переношу такую публику, никогда и ни за что не отвечающую, на поверку отдающую гнильцой. К сожалению, на современный лад «гуманизм» и «лицемерие» — синонимы, никогда не замечали? Впрочем, наплевать.

— Весело неделя началась,— заключил Забелин.— Не одна ты в поле кувыркалась.

Я раздумчиво кивнула:

— Это утешает.

Забелин усмехнулся:

— Прелесть ты! Последний светлый человек на отделении. В самом деле, как-то у нас нервотрепно, склочно стало, не к добру. Неладно что-то в королевстве гадском. Кстати, анекдот...

— Уймись, Забелин,— попросила я,— на мой вкус тебя сегодня слишком много.

— Всякий рыжего обидеть норовит,— пожаловался Гоша Валентинович.— Ладно, всё, молчу. Ты в курсе, что Калугин наш в реанимации?

— Лешка?! Как?!

— Автец, по пьянке вроде бы. На своей «шестерке» загремел. Но вообще-то там, похоже, дело темное. Подробностей пока не знаю.

Калугу было жалко.

— Где он?

— В «Двадцать пятом октябре». Говорят, жить будет. Может быть.

— Типун тебе...

Забелин посчитал вопрос исчерпанным:

— А кстати, анекдот...

— Забелин!

— Ты же свежий анекдот хотела рассказать.

— Кто — я?

— А кто же!

— Иди ты на туда!

Забелин хохотнул:

— А на куда?

— На три веселых буквы,— уточнила я.— Ладно, Гоша, извини, мне поработать надо.

— Уже в пути.— Забелин мельком чмокнул меня в щеку.— Побегу, пока очередной выговорешник не созрел.— И из дверей уже: — Ты веселей смотри!

Куда же боле.

Ладно, дальше что? Касательно того, что мне, мол, поработать надо, я была слегка соврамши: всю возню с сигнальными талонами я закончила как раз к забелинскому появлению. Ась? Нет, пожалуй, не хочу сказать, что Гоша меня так-таки достал, отнюдь, но так вот хорошо, в плепорцию, а больше ни к чему... Хотите верьте, не хотите — сами чуть подумайте, но когда твой ближний огребает неприятности, подобные твоим, это в самом деле как-то утешает [1]. Не знаю, правда, кто из нас в большей степени нуждался в утешении — похоже, что не я. Вообще-то штатный наш болтун и хохотун показался мне сегодня не по делу взвинченным. Даже странновато как-то, было бы с чего переживать: ну, два выговорешника зараз, один за просто так, другой за дело в общем-то. Ну да, на отделении всяческий невроз, уместнее было бы сказать — нервоз. Ну, чердаки у публики текут, обострение сезонное... И что же? Год нынче високосный. Не мальчик вроде бы...

А кстати, о мужах — о мужчинах бишь, а не о мальчиках. Время незаметно подошло к обеденному, а я вроде собиралась позвонить Тесалову. Я вроде собиралась как будто позвонить — звучит, а? *Непрактично* даме первой мужику названивать, но поскольку новый мой рабочий телефон капитану я оставить не могла, поелику тогда сама его не знала, а мобильный... М-да, вероятно, стоит всё-таки мобильник завести — неприлично даже как-то получается. Ладненько, короче говоря, самой придется проявиться, лично я по пустякам не гордая.

---

[1] Хорошо еще, когда не радует. Увы, хотя и не в лицо приятный, тем не менее непреложный факт. Желаете поспорить? Да, бывают исключения *(примеч. Дайаны Кейн)*.

В поисках бумажки с тесаловскими телефонами я перебрала всё содержимое кармашка моей сумочки. Бардак однако, мелочовки у меня — как у деревенской дуры фантиков. Заблудшая рекламная листовка с записанным на обороте графиком работы на октябрь, несколько визитных карточек, два бланка для рецептов (вылетело из башки — собиралась клофелин тете Лизе выписать), еще какие-то клочки с пометками, обертка из-под шоколадки — словом, черт-те что, не гожусь я в бизнес-леди с органайзером! Вот еще какая-то визитка — хотелось бы мне знать, что такое Караваев Станислав Викентьевич, телефон мобильный и домашний. Кто таков? Ах да, сообразила — это Стас, басмаевский клеврет. Всё правильно, на обороте караваевской визитки сэр-гражданин Басмаев записал мне свой служебный номер — прямой, в обход секретаря. Премного польщена, но типа на фиг, откажусь я от его крутого предложения, завтра отзвоню и извинюсь.

Я механически перевернула визитку еще раз — так сказать, на караваевскую сторону. Что-то меня там как будто зацепило, показалось вроде бы знакомым... вроде бы домашний телефон: один, три тройки, три шестерки. Приметный номерок, где-то я его не так давно встречала. Где же? Черт, случается порой — настолько очевидно всё, что в упор не видится!

Интересно, если бы...

А хоть бы и кабы — ни припомнить (пустячок, вертелось в голове!), ни позвонить Тесалову (бумажку я в конце концов нашла) я так и не сподобилась. Неожиданно мне на голову свалилась Лерочка и, не желая слышать возражений, утащила меня на обед — на бизнес-ланч, как нынче называется. Не лаптем щи, так консоме ботфортом...

Бон аппетит.

Лерочка, по своему обыкновению, объявилась живенько. Еще из коридора было слышно:

— Здрасьте вам, Людмила Семеновна, как ваш радикулит? Помог массаж?

И голос заврегистратурой:

— Тьфу-тьфу-тьфу, с того раза думать позабыла. Поставила ты меня на ноги!

И Лерочка:

— А я что говорила: ловкость рук — и никаких таблеток! Если снова, не дай Бог, прихватит — сразу же ко мне, не запускайте больше... Да, моя сестра у вас?

— В статистике сидит — вон, за дверью, где «Архив» написано. Нужно что?

— А на часок ее отпу́стите? Мы пообедать сходим.

— Да хоть на два. Смотрите, в сухомятку не питайтесь, Яночка твоя тоща, как манекен, мужику и прихватить-то не за что. Ей, кстати, передай, что после четырех она свободна, пусть только ключ от кабинета мне отдаст.

— Будет сделано!

— С обеда не спешите.

Младшенькая заглянула в мой апартамент:

— А, вот ты где,— она небрежно притворила дверь,— между прочим, от работы кони дохнут, слышала? Шабаш, короче, перерыв, культурно отдыхаем. Собирайся!

— Да я как-то...

Сестренка перебила:

— Ты сегодня завтракала?

— Кофе с сигаретой.

— Вот и я примерно так же, заодно и пообедаем. Ну, старшая, не тормози!

В конце концов, а почему бы нет? Не «сникерсом» же с колой перекусывать.

— Ладно,— выключив компьютер, я надела куртку, прихватила сумочку,— куда пойдем?

— Поедем, на своих двоих лениво. На Бухарестской есть приличное кафе. Ты же на колесах, нет?

— Поехали.

Сестренкино «приличное кафе» находилось всего в нескольких кварталах, по дороге только о погоде поболтать: питерская осень, что поделаешь. Проблем с парковкой не возникло, не центр всё-таки. Мы зашли в кафе. Неброский интерьер едальни мне пожалуй что понравился — без кухаркиных претензий на бомонд, не обязывающе, но располагающе. Расставленные по периметру столы были разделены невысокими перегородками, получилось что-то вроде обособленных купе, создающих, скажем так, иллюзию приватности. Как принято в подобного пошиба заведениях, гардероб отсутствовал как класс, возле каждого «купе» имели место простенькие стойки-вешалки. Окна были занавешены тяжелыми портьерами, что лично мне, признаться, больше по душе, нежели «аквариумы» всяческих «Макдоналдсов»; по-моему, есть в витрине — вульгаризм... В общем, явно подразумевалось, что в этом заведении принято питаться, а не тусоваться или красоваться.

Народу было мало, из дюжины «купе» занято было меньше половины. Лерочка решительно прошла к угловому столику, равноудаленному от входа и от стойки бара, за которой находилась дверь на кухню. Едва мы разделись и уселись, возле нас образовался официант.

— Здравствуйте.— И персонально Лерочке: — Добрый день, Валерия Германовна, рады вам. Пожалуйста, меню.

Лерочка в меню не посмотрела.

— Кто из поваров на кухне, Шурик?

Тот ничуть не удивился:

— Сегодня сам Ашот командует. Баранина сегодня на славу удалась, цыплята хороши, заливная севрюжина из холодного... Как всегда, для вас — всё в самом лучшем виде!

— Так и быть, поверим.— И в мой адрес: — Закажемка тебе цыпленка табака, а мне...

Я проформы ради уточнила:

— У меня есть право голоса?

— А зачем? Говорю тебе, не пожалеешь, здесь единственное место в городе, где их по-человечески готовят. Во-первых, тут действительно цыплята, а не курицы, а во-вторых, они и в самом деле — табака.

Усмехнувшись, я смирилась:

— Верю на слово. Заказывай сама.

— Верно, слушай младшую,— сестренка соизволила взглянуть на официанта: — Значит, так: один цыпленок табака, две севрюжины с хреном. Ну и зелень, разумеется, лаваш — короче, сам сообразишь. На десерт два кофе с коньяком, коньяк отдельно.

— Напитки? В качестве аперитива что-нибудь?

— Два сингапурских слинга[1]. А к закускам минералку принеси. На этом — пока всё.

---

[1] Сингапурский слинг — коктейль из джина, черри-бренди, тоника и лаймового сока; по жаре неплох, однако в октябре... Пижонит Лерочка *(примеч. авторов)*.

Официант откланялся.

— Я так понимаю, ты здесь за свою? — уточнила я сугубо очевидное.

— Не я, Руслан, он это заведение контролирует. На самом деле эта забегаловка ему принадлежит... не формально, но... Короче, да — на самом деле. Внятно изложила?

— Как будто поняла.

На мой аппетит сей факт не повлиял.

— Ты с ним до чего-нибудь договорилась? — поинтересовалась Лерочка.

Я кивнула:

— Созвониться. Завтра позвоню, там дальше видно будет.

О своем решении я сообщать не стала, успеет назудеться.

— Руслан тебе привет передавал,— сообщила Лерочка,— и здоровьем тети Лизы интересовался,— сестренка пояснила: — Он тогда мой разговор с ней краем уха слышал. Кстати, как она?

— Нормально, оклемалась в этот раз. А в остальном...— я неопределенно повела плечами.— В этом заведении курят?

Лерочка поворотилась к бару:

— Шурик, пепельницу нам организуй!

Пепельница и коктейли были поданы с похвальной расторопностью. К коктейлям прилагалось блюдечко с маслинами, запотевшие бокалы украшали ломтики апельсина и лимона, листья мяты и засахаренные вишенки.

Пить можно было.

— Не выбежать бы мне из денег, мать,— обеспокоилась я этакими изысками.

Сестренка только отмахнулась:

— Плюнь, еще чего! Всё спишем на мой счет — за меня здесь папик платит. Должен же он быть на что-нибудь полезен.

— Да я как-то не привыкла...

— Не дури. Кстати, я с ним переговорила. Да, короче, Руслан мне обещал, что через день-другой все твои проблемы устаканятся. Ты типа не журись.

Оставалось лишь вздохнуть:

— Весьма признательна.

Сарказм сестренка опустила.

— А, как бы пустяки...

Сгустившаяся пауза мне как-то не понравилась.

— У тебя какие-то проблемы, младшая? — закурив, поинтересовалась я.

— Пардон, ты это, мать, с чего? — натурально удивилась Лерочка.

— Я же тебя знаю, младшенькая, как и ты меня. Когда тебя чего-то беспокоит, ты, к примеру, чересчур м-м... *напористой* становишься.

— О как!

— Именно. К тому же и в кафе ты сразу к угловому столику прошла...

— А это-то к чему?

— Издержки подсознания: если человек... ну, не то чтобы чего-то опасается, конкретного чего-то, понимаешь, а попросту испытывает некий душевный дискомфорт, он в общественных местах стремится сесть лицом ко входу, а спиной к стене. Идиомоторика, мать, идиомоторика, проверено... Колись!

Сестренка хмыкнула:

— Ну ты и накрутила! А тебе не приходило в голову, что мне этот столик типа *просто* нравится? Всегда я здесь сижу!

Я покачала головой:

— Неубедительно.

— Иди ты, мать!

— Куда?

На этом интересном месте мы прервались — принесли закуски. Порции здесь были отнюдь не символические. «Зелень» представляла из себя солидного размера салат из свежих помидоров, сладких перцев, огурцов, салатных листьев с базиликом и кинзой. Лаваш был теплым.

Сервис, блин...

Сестра так не считала:

— Шурочка,— попробовав севрюгу, поманила она пальцем официанта,— это что, мил человек, по-твоему? Хрен?

— Хрен со сливками. «Пикантный» называется.

— Шурик, хрен — не член, он не пикантным, он острым должен быть! Нет нормального — горчицу принеси!

Я про себя прихмыкнула. Нет, всё-таки чему-чему, а вот сестренкиной коммуникабельности я, право же, завидую. Я, кстати говоря, почти что не шучу: да хотя бы даже с этим официантом — натурально же она халдея строит, чтобы не сказать — в лицо хамит, а парень вроде как не обижается. И ведь не по службе, что заметно, он не обижается, не по жизни человек услужливый такой, а просто — Лерочка! Или, например, с Ветлицкой той же — полное вась-вась, хотя, казалось бы, скорее это мне заврегистратурой знать положено. Талант однако!

Ладненько, всё это хорошо, но мы еще с сестренкой не закончили.

— И всё-таки, подруга, что с тобой?

— Да ничего такого...— А и то: что бы там с моей сестренкой ни было, аппетит ее не пострадал; ну да севрюжина в самом деле оказалась знатная.— Так, с Русланом слегонца поцапались,— нехотя ответила она.— По жизни мне кайфово быть при сильном мужике, ты этого не понимаешь, ну да ладно. Ты — это ты, а я, короче, я — но я-то, между прочим, тоже женщина свободная! Как бы тебе по-умному сказать... Короче, ничего я не имею против папика, но конкретно в содержанки я не нанималась, ясненько? В жизни есть другие интересы...

Я постаралась не съехидничать:

— Работа, например?

— Хотя бы даже так. Верь не верь, но мне моя работа нравится. Другое дело, что не всю же жизнь в массажистках числиться... В общем, я на юридический в Госуниверситет решила поступать. Платное там отделение, бесплатное — пока вопрос второй, экзамены-то всё равно сдавать, врубаешься? Ясно, что придется походить на подготовительные курсы — Универ же, не лажовщина какая. А Руслан мне: на фиг надо типа, то да сё. Ну, короче, разошлись во мнениях. На фиг, дескать, мне тот Университет...

Я предпочла вопрос попроще:

— Почему юрфак?

— А почему бы нет? Всяко в жизни пригодится, в бизнесе... Вот ты чего-нибудь от жизни хочешь?

— Я? Хочу. Чтобы всё сразу и похмелья не было.

— Да ну тебя,— сестренка без совсем чуть-чуть обиделась.— Считаешь, у меня мозгов не хватит?

— Ну вот уж черта с два! Если ты чего-нибудь по-настоящему захочешь — однозначно справишься.

— То-то! Вся в тебя...— Лерочка в задумчивости повертела вилку.— А знаешь, может быть, ты даже и права: не по себе мне как-то, как-то всё не то и всё не так. Пора, похоже, что-то в жизни поменять. В общем... Ай, в натуре, муть сплошная в общем, ничего конкретного. Ну его,— сестренка как встряхнулась, словно выбросила всё из головы.— Ладно, мать, проехали. Будем жить, и всё у нас получится!

— Аминь.

Взрослеет Лерочка.

За разговором севрюжина кончилась. Мне принесли цыпленка.

— И это всё мое? А себе ты что ж не заказала?

— Я у тебя чуть-чуть гарнира украду. Фигуру надо поберечь, это же тебе всё не в кобылу корм! Так что ты грызи, а я буду завидовать. Для пищеварения полезно.

Что характерно — факт.

— Между прочим, младшенькая...

— Черт,— перебила Лера,— извини, пока я снова не забыла...— приподнявшись, она стянула свою сумку с вешалки и вытащила из нее видеокамеру: — Во-первых, так сказать, спасибо, во-вторых, держи, всё в целости, батарею я подзарядила. А в-третьих, мне с утра звонила тетя Лиза, ты ей свой рабочий не оставила, короче. Ну так вот, она тебе просила передать, чтобы ты на почту заглянула. Вроде всё.

— Поняла, спасибо.

У старушки был на почте абонентский ящик, иногда ее корреспонденцию по доверенности забирала я. С этим ясно...

Черт, а я ведь вспомнила! То ли по ассоциации с сестренкиным «звонила тетя Лиза», то ли вследствие какого-то еще выкрутаса прихотливой памяти — так или иначе я сообразила, где не так давно встречала номерок со Стасовой визитки: один, три тройки, три шестерки. Помните, недели три назад, первый же мой вызов после отпуска? Если я не ошибаюсь, а похоже, я не ошибаюсь, больно уж цифирь приметная... Так вот, сдается, этот номерок принадлежал безвинно мною умерщвленной пациентке Жмаре, как же бишь ее... Да, Аделаиде Митрофаньевне. Хм...

Что-то здесь слегка не стыковалось.

Интересно, как...

— Ты что-то начала про «между прочим»,— перебила мои размышления Лерочка.

Я не сразу сообразила:

— Что?

— Ну, когда я вспомнила про камеру,— напомнила она.

— А... думаешь, я помню, мать? Пустяк какой-нибудь... Цыпленок в самом деле замечательный,— я легонько повернула тему: — Ты здесь фуршет заказывала?

— Ты про новоселье? Да, на фига самой готовить. А кстати, как тебе *парти* — нормально получилось?

— В лучшем виде. И квартира у тебя на загляденье — И к чему я, собственно, вела: — Занятно, я тогда на пьянке у тебя парой слов со Стасом перекинулась,— на ходу сымпровизировала я.— Тоже, хвастался, квартиру приобрел.— Я припомнила, где проживала Жмара: — И тоже где-то здесь, на Будапештской, кажется...

Лерочка кивнула:

— Есть такое дело, «двушку» Стасик прикупил с полмесяца назад.— И младшая добавила насмешливо: — Пижон он, этот Стас: хлестался, что квартиру только из-за телефона приобрел — номер, дескать, так ему понравился!

Свет прозрения, тень... Нет, лучше даже — сумрак подозрения... Блин, черт-те что несу...

Я как можно безразличнее заметила:

— Бывает иногда. Человеку деньги девать некуда?

Сестренка усмехнулась:

— Это вряд ли, просто подвернулся пацану дешевый вариант. Как бы тоже папик посодействовал — у Руслана на сей счет фирмочка имеется. Я же тебе вроде говорила как-то? То есть фирма-то формально не его, но... Да, ты, в общем, понимаешь. Короче, там народ квартирными делами занимается, в том числе и обезличкой. Знаешь? Ну, типа умер одинокий человек, стало быть, его жилплощадь государство хапает. А что такое наше государство, надо объяснять?

— Спасибо, представляю.

— Есть шанс, что ты небезнадежна... В общем, эту обезличку, ежели умеючи, понятно, то можно тихой сапой поиметь. Ну, где подмазать, где-то отстегнуть... всюду свои сложности. Короче, в нюансы, извини, меня не посвятили.

Вопрос, уместный, как монашенка в борделе:

— А как с законностью?

Сестренка покрутила пальцем у виска:

— Закон? У нас? А что это такое? Старшенькая, ты в какой стране живешь? В России нет законов — есть понятия. Кто типа смог — того, мать, и пирог!

Vox populi, он же Глас народа...

— Басмаев просветил? — съехидничала я.

— Ай,— Лерочка подначку опустила.— Я же не в пробирке деланная, мать! Это ты у нас какая-то... Наивная ты, старшенькая, вот!

— Я тоже от тебя в восторге.

— Тьфу!..

Спорить с младшей я не собиралась. На фига? Если не по форме, то по существу она права: «закон» в России — слово неприличное. Ну вот кто такой, к примеру, лох, а? Законопослушный гражданин. Даже странно, что еще не все родители начали воспитывать детей в духе наглости, цинизма, беспринципности — в наше время мало кто без этого становится успешным человеком... А занятно, надо полагать, выслушивать такие рассуждения от дочери удачливого бизнесмена, хотя бы даже вроде и пока к лику олигархов не причастного. А и то — кому еще судить? Не люмпенам же, право.

Впрочем же, я снова отвлеклась.

— А с чего ты вдруг квартирами-то заинтересовалась? — спохватилась Лерочка.

— Да просто к слову, тему поддержать,— спрятавшись за сигаретой, отозвалась я.— Вроде бы здесь кто-то кофе обещал?

— Шурик!..

Подозреваю, что за кофе я была несколько рассеяна — даже не заметила, как выпила коньяк, который пить никак не собиралась... Ну да было бы с чего переживать.

— О чем горюешь, старшенькая?

— Так, от сытости немного разморило,— отозвалась я.— Ну что, закончили? Пошли?

Сестренка потянулась кошечкой:

— Поехали.— И Шурику: — Запишешь на мой счет. Спасибо, кстати!

Милое создание.

В машине мы болтали ни о чем. Преимущественно щебетала Лерочка, я больше размышляла о своем — было мне о чем подумать, к сожалению... Для начала я хотела побыстрее добраться до компьютера — теперь я представляла, что и как искать.

Вы-то, надо полагать, пораньше догадались.

Сумрак — нет, уже не подозрения — понимания, так точнее; да, сумрак понимания, в самый раз.

Всё на самом деле просто... Ну, хотя не всё, положим, и на деле далеко не просто, но кое-что действительно же — вот вам, на поверхности. Едва ли не смешно: банально до того, что как-то скучновато, не находите? Обезличка, стало быть. Допустим. Хорошо. Но только тут ведь как: можно сколь угодно долго ждать, пока жилье освободится естественным путем, а можно обезличить, так сказать, и явочным порядком, принудительно. Логично? Правильно, зачем в наш скорый век томиться в ожидании, если пациента можно э... чуток поторопить. Так вот, сдается мне, что кое-кто у нас весьма успешно этим занимается. Я, что характерно, в том числе.

Сослагательное наклонение не слишком продуктивно, однако же теперь, почти как жизнь спустя, тянет иногда порассуждать на тему «если бы»: что было б, если бы...

Замечу в скобках: что такое жизнь? Помимо, разумеется, озвученной уже сентенции касательно текущего с пессимистическим прогнозом заболевания, передающегося половым путем, не после бурно проведенной ночи будь сказано. Позвольте мне еще немного позанудствовать. Meiner Meinung nach, сиречь по-моему, жизнь вообще и в частности представляет из себя сцепление случайностей, но с той лишь оговоркой, что каждая из них есть всё-таки закономерность, только неосознаваемая.

Так, к примеру, не нарвись я по-пустому пару раз на м-м... чудака Козлова, то вполне возможно, что меня даже бы и не арестовали. А если бы меня тогда не арестовали, если бы не загремела я в качестве подозреваемой в милицию, то вряд ли бы меня затем за просто так сослали бы в статистику. Но коли так, то теперь я, не имея доступа к главному компьютеру в статистике, навряд ли смогла бы с ходу подтвердить (хотелось — опровергнуть!) свои подозрения... Сойдет за логику?

Однако интересно, а если бы судьба распорядилась не так? Если бы событийный ряд развернулся по-иному, если бы... а хоть бы и кабы — что-нибудь да непременно было. Бы. В этом смысле я действительно по жизни фаталистка: как сложилось, так всё и сложилось, потому что только так оно сложиться и могло. Хотите — проверяйте, если можете.

Опять я отвлеклась... Хорошо. Короче,— прицепилось же Леркино «короче» — ну так вот, короче говоря, вернувшись на работу, я немедля занялась компьютером. Да, теперь я в первом приближении представляла, что и как искать, пускай лишь в самом первом приближении. Права была тогда Елизавета Федоровна (даже как-то слишком уж она была права): статистика — наука пусть не точная, но непременно тонкая. Умеючи, всю нужную мне информацию можно было бы извлечь из базы данных едва ли не за полчаса. Я потратила намного больше времени, но в расконце концов — да, всё-таки нашла. Всё в общем-то лежало на поверхности...

А теперь что?

Во многом знании есть многие печали (царь Соломон, он же Екклесиаст), однако же незнание не освобождает от ответственности, факт (Уголовный кодекс). Что ж, теперь я знала — ну, по крайней мере понимала, точнее, начинала понимать; действительно же — *сумрак* понимания. Конечно, это не была еще картина целиком — в лучшем случае лишь несколько фрагментов в полутьме, по нечаянности высвеченных лучиком фонарика. Что еще там громоздилось по углам, среди теней, в тенетах — разглядеть покамест было не дано, но кое-что теперь я всё же знала.

Или нет?

Хотелось бы мне знать, что же я теперь на самом деле знала...

ГЛАВА 14

Несколько часов спустя я сидела в том же самом кабачке за тем же самым столиком, но теперь с Тесаловым.

Позвонить ему я так и не сподобилась — Юрий объявился сам.

— Не возражаешь? — без стука заглянул он в мой апартамент.— Не ждала?

Я улыбнулась:

— Как ты меня нашел?

Тесалов ухмыльнулся:

— Ну, доктор, я же мент!

А то я сомневалась.

— Да, каждому свое.

— Ехидина. А я-то расстарался.— Он положил передо мной на стол три ярко-алые розы: — Держи, это тебе.

— Чертовски мило,— улыбнулась я,— я вами тронута. Спасибо, капитан.

— Ты когда заканчиваешь?

Я взглянула на часы: половина пятого.

— Да, собственно, уже... Есть предложения?

— Мне к восьми на службу, к сожалению, я сегодня в ночь дежурю. В запасе три часа. Предлагаю подростковый секс в автомобиле, а после перекусим. Мне тут симпатичный ресторанчик порекомендовали... Как тебе?

По крайней мере прямо.

— Принимается.— По-моему, мент с цветами — это всё же нечто, чтобы не сказать, что кое-что: уместно поощрить.— А ресторанчик не на Бухарестской, часом?

— Хм. Как ты догадалась?

Так, слово за слово...

Поехали мы на моей «десяточке» — Тесалов снова оказался без колес. Ну, эротико-акробатические упражнения в салоне припаркованной в укромном уголке машины я с вашего соизволения описывать не стану. Впрочем, воздержусь я и без позволения — рискну предположить, что так или иначе все это проходили, возможно, не по разу. Почему бы нет? разве только тесновато несколько.

Проехали однако.

«Ресторанчик» в самом деле оказался той же симпатичной забегаловкой, где мы днем обедали с сестрой. В зале ненавязчиво играла музыка, рассеянный неяркий свет создавал уют. На столе в стеклянной вазе, быстренько организованной предупредительным халдеем Шуриком, красовались розы. Наверное, со стороны мы напоминали парочку влюбленных.

Разговор клеился не слишком.

— Что-нибудь не так? — поинтересовался Юрий, *вкусно* поедая приготовленный на углях шашлык из баранины.— Ты как будто чем-то озабочена?

— Количеством еды.— Честно говоря, и я не отставала.— Теперь денек-другой придется попоститься — так и раздобреть недолго.

— Нашла печаль!

Н-да, если бы одну.

Вообще-то, если с кем и следовало бы мне поговорить о моих м-м... *сомнениях*, то, по идее, именно с Тесаловым. Он, во-первых, мент... Но, во-вторых, он именно что мент, а доверять милиции — ну, быть может, кто-нибудь и счастлив доверять милиции, но вот лично мне достаточно козлов. Юра, правда, человек как будто свой, с поправкой на мундир... Хотя, опять-таки, постель — не повод для доверия. Ладно, как-нибудь определюсь по ходу дела, контекст подскажет.

А пока зайдем издалека:

— Никогда не видела тебя в милицейской форме.

— Я тебя в халате, между прочим, тоже. А форму как-нибудь надену — специально для тебя.

— Заметано. Ты, кстати, обещался рассказать, как движется расследование. Помнишь, эпизод с покойницей, которую как будто бы наркóты обнесли,— на Славе, кажется.

Тесалов был на удивление сговорчив:

— Расскажу. История действительно занятная — к вопросу, так сказать, о роли случая... Напомнить вводную?

— Поправь, если не так. Имеет место быть: покойница в квартире...

— Труп в адресе,— поправил капитан.

— Монопенисуально. Итак, второй этаж, кухонное окно над козырьком парадной. Одинокая старушка умерла без видимых причин, эксперты криминала не увидели.

Приблизительно два дня спустя с момента смерти квартиру основательно обчистили. Судя по всему, залезли наобум, публика достаточно безмозглая, возможно — наркоманы. Предположительно проникли через форточку, покинули квартиру через дверь, за собой закрыть не удосужились. В хронологическом порядке это как бы первый эпизод из вашей как бы серии... Ничего не упустила?

— Исчерпывающе, схватываешь влет. А дальше — чуть ментовского везения.— Тесалов усмехнулся: — Нам тоже, знаешь ли, перепадает иногда. Так вот, на той неделе, в пятницу, патруль трех битых отморозков задержал. В общем-то случайно получилось, милицию на уличную драку вызвали. Какой-то законопослушный гражданин в окошко углядел — убивают-де друг друга до смерти. Что называется, дежурный вариант: две шайки что-нибудь не поделили, как уж водится. Из-за чего конкретно приключился мордобой, науке неизвестно, да и, честно говоря, не слишком интересно. Задержанные лажу гонят кто во что горазд. В общем, получается, что они такие белые, все из себя пушистые тихо-мирно шли, на ночь глядя воздухом дышали. Агнцы Божьи априори, так сказать, что с латыни переводится «в натуре»...

— Не смеши, Тесалов, подавлюсь же!

— А ты бы их послушала. Короче говоря, на этих милых молодых людей двое злобных дядечек набросились. Измордовали, понимаешь, их ни за что ни про что и на машине скрылись.

— А где это случилось? — перебила я.

— Кусок от Бухарестской до Софийской представляешь? Вечерами тот еще микрорайон.

Ничего вам это не напоминает? Именно, мне тоже почему-то представляется, что одним из этих «злобных дядечек» была небезызвестная вам Яна, то есть лично я. Припоминаете? Когда я с Леркиного новоселья вымелась и на трех придурков нарвалась. Вовремя тогда мне «кстати Алексей» с машиной подвернулся — с патрулем мы, получается, не слишком разминулись. Конечно, это если я не ошибаюсь... Но сдается мне, что я не ошибаюсь, селезенкой чувствую. Н-да, мир местами преизрядно тесен, чтобы не сказать, что тесноват. Бывают, право, в жизни совпадения!

Свои соображения я на всякий случай не озвучила.

— Извини, что перебила. Ну и дальше что?

— А задержали клоунов. В наряде мужики простые оказались: то ли ты избил, то ли тебе по чавке настучали, всё равно ты в чем-то виноват, раз ментовку вызвали. Обшмонали для начала их, извини за прозу жизни, у одного придурка героин нашли, ну и...— Капитан пожал плечами.— Короче, всех троих забрали в отделение. Дело в общем-то житейское, к подобной публике всегда вопросы есть. Эти ребятишки за иглой никакой реальности не видят...

Скепсис я скрывать не стала:

— А без иглы?

— К чему ты?

К очевидному:

— Ну, в ломке наркоман за дозу подмахнет вам что ни попадя,— пожала я плечами.

Юрий отмахнулся:

— Детективные страшилки, извини, начиталась ересси. Ну ты сама по жизни рассуди: да любой же, даже самый бестолковый адвокат дело, на одном, на голом, так сказать, признании построенное, до суда развалит! Такие показания — лишь отправная точка; дальше конкретика нужна, улики, доказательства, подробности...— Тесалов ухмыльнулся.— Между прочим, по иронии судьбы не кто-нибудь, а именно Козлов из них почти всё вытащил. Он у нас хоть и законченный Козлов, но товарищ въедливый...

— Попался бы он мне!

— Злопамятная ты.

— Скажи еще, что злая и ни фига не женственная, блин!

— По-твоему, я Козлов?

— Вроде бы пока не очень...— Пикировка, впрочем, мне поднадоела.— Ну так как насчет подробностей, товарищ капитан?

Капитан развел руками:

— Как известно — в интересах следствия. Так сказать, при всем моем к тебе...

— А без подробностей?

Похоже, Юрий понял, что так просто я не отцеплюсь.

— А всё примерно так, как и предполагалось. Не поверишь, но покойницу они только под конец заметили — мелочи какие! Думали, в квартире никого. Окошко-то они приглядели с вечера, понаблюдали, для страховки позвонили в дверь. Там тишь да гладь, естественно. Один из этой гоп-компашки в нежном криминальном возрасте, еще по малолетке, «форточником» был. Погоняло у щусёнка характерное — Акробатом кличут. Он и вспомнил розовое детство — влез, подельников впустил, дальше по-гагарински — поехали... Всё это, разумеется, с их слов, остальное, извини, те самые детали. Краденое, как ты понимаешь, куда-то надо сбыть, а это — снова люди, а люди — это снова показания. Доказательная база называется; так что в сумме даже кое-что, не говоря уже об отпечатках пальцев... Ты удовлетворена?

Я неопределенно повела плечами: понимай как нравится.

— Старушку, стало быть, они не убивали?

— Старушку — нет. А вот врач с соседней «неотложки» — на их совести, из-за наркоты забили. До смерти. Не слышала еще об этом инциденте?

Я отрицательно качнула головой.

— Если не секрет, когда и где?

— На той неделе, в ночь со вторника на среду, ты как раз работала. Улицу Воронежскую знаешь? Ну, параллельно Лиговке к Обводному идет?

А то бы я не знала:

— Естественно. Я сама туда не раз каталась — это ж год назад еще был наш район. Потом этот кусок соседям передали — административно-территориальная реформа типа.

— Хорошо вам. А за нами до сих пор те трущобы числятся... Так вот, история банальная. Представляешь же, как это делается, да? Отморозки выбирают парадняк поглуше, лучше — проходной. Из автомата звонят по «03», говорят, что плохо с сердцем, называют адрес. Фамилию дают, понятно, липовую... Ну, не мне тебе рассказывать. Короче, приезжает «неотложная», врача на темной лестнице встречают и тупо изымают наркоту. Бывает, без членовредительства обходится, а бывает...

Я кивнула:

— Да. Не повезло коллеге[1].

---

[1] А что еще тут скажешь? Что за некоторые вещи некоторых нужно убивать? Так именно что нужно убивать, а не разговаривать *(примеч. Дайаны Кейн)*.

Тесалов согласился:

— Да, не повезло... А кому-то, кстати говоря, напротив — повезло. И не кому-то, говоря сугубо между нами, а именно тебе.

— Пардон?

— А ты припомни ложный вызов на Пражскую, 11. Да-да, не удивляйся: они сначала там гоп-стоп хотели провернуть. Мир, как видишь, в самом деле тесен. Кстати, юмор ситуации, между прочим, в том, что тогда фамилия и адрес мнимого больного были настоящие.

Я обозначила непонимание.

— Их кореш там живет,— пояснил Тесалов.— Говорят, должок с него хотели получить, но дома не застали. Правда, есть такое подозрение, что на самом деле этот корешок дурью приторговывает. С ним еще придется разбираться, пока что просто руки не дошли. Ну, короче, обломилось типа им — в смысле, ничего не обломилось: ни денег нет, ни дозы, а уколоться и забыться невтерпеж. Вот и организовали вызов, так сказать, в надежде наркотой разжиться. С дури дали адрес и фамилию этого приятеля. За должок так отомстить хотели — ментовка, дескать, на него подумает. Потом остатками мозгов один сообразил, что при таком раскладе их скорее всего вычислят, ну и поменяли место действия. Судя по всему, ты с ними на минуты разминулась... Такой вот совпадец.

Угу.

Кромешный, право слово. От меня как от судьбы — так просто не уйдешь: как те отморозки от меня не бегали, всё равно в итоге нарвались. Что-то в этом в самом деле есть от закономерности, не находите, а? Кстати, если капитан меня стремился удивить (а иначе бы зачем же он рассказывал), то преуспел не слишком. Я как-то начала помалу привыкать к дурному изобилию случайностей, которые последнюю неделю цеплялись за меня с параноидным буквально постоянством. Дайана Германовна Кейн как центр мироздания; ощущение песчинки, по чьему-то недосмотру угодившей в солевой раствор, где вот-вот должна пойти кристаллизация...

Н-да.

— Бывает,— неопределенно заключила я,— занятненько. Иронию шутить, положим, неуместно, хотя...

— Хотя ирония — она ирония и есть: последнее прибежище достойного,— заметил капитан.

— Хм... а недурно! — улыбнулась я.— Ты это сам придумал? Или твой очередной приятель подсказал?

— Ну, мы тоже не ботфортом консоме хлебаем... Кстати говоря, закажем что-нибудь?

— Мне сок какой-нибудь и кофе,— отозвалась я.— Сок лучше апельсиновый, а кофе чуть попозже, если ты не против.

— Принимается.

Пока Тесалов, подозвав официанта, озвучивал заказ, я кое-что припомнила:

— Послушай...— Я дождалась, пока Шурик унесет тарелки со стола, за разговором незаметно опустевшие.— Помнишь, ты тогда, на побережье, говорил, что во всей этой, прости, белиберде имели место быть *три* случая с запутками. Ты пока мне рассказал о двух,— я выжидательно взглянула на него: — Интересуюсь как безвинно потерпевшая.

— Охота же тебе фигню запоминать. Сдается, кое-кто из нас несколько поторопился с выбором профессии — тебе бы в стоматологи идти!

— Однако ты к чему?

— А к тому, что въедливая ты, как та бормашина, понимаешь. Ладно бы там был какой-то криминал...

— «Бормашину» я тебе припомню, дорогой. А что до криминала — всё равно, запутки-то, по крайней мере, были, сам проговорился. Короче, Юра, не крути!

— Ну, ежели короче, то пожалуйста. История на первый взгляд довольно-таки скользкая, приходится признать. В чем-то ситуация напоминает эпизод с покойницей на Славе: одинокая пенсионерка в адресе, незапертая дверь, вроде бы сплошные совпадения. Труп старушки, правда, свежий, часиков так шесть, а в квартире, судя по всему, ничего не тронуто. Экспертиза в этот раз проводилась тщательно, указания на насильственную смерть отсутствуют как класс. В момент смерти женщина лежала на диване, рядом находился телефон... Есть идеи, доктор?

— Пока нет. Впрочем, ты мне тоже очень нравишься.

— Взаимно. Кстати, ты к чему?

— Просто практикуюсь в лобном юморе.

— А я думал — в английском... Ну так вот, покойница, что крайне характерно, сердечницей была, историю болезни мы проверили. Короче, на секунду допусти, что приплохело бабушке. Старушка первым делом набирает номер «неотложки», верно же? Дозвониться до вас сразу можно не всегда, а можно — битый час не дозвониться. А между прочим, именно в тот день, в подходящее к моменту смерти время у вас проблемы были с телефонной связью, это установлено. Что-то с кабелем такое приключилось...

— Было дело, я припоминаю. Я-то не работала тогда, а вся смена огребла выговорёшники. За врачебную халатность, не за что-нибудь, заметь!

Тесалов понимающе кивнул:

— Начальству надлежит быть с тараканами. Кстати, я сегодня с твоим шефом переговорил, с завом вашей «неотложной помощью». Он эту больную помнит хорошо. Говорит, что сам когда-то ей советовал, вызвав доктора на сильный приступ, дверь открывать заранее. Ну, больная, мол, действительно тяжелая, в ожидании врача сознание может потерять — как тогда попасть в квартиру, правильно? В нашем случае, рискну предположить, бабушка дверь загодя открыла, а дозвониться так и не смогла — просто сердце раньше отказало. Согласен, основания для этих рассуждений преимущественно косвенные, но... Ты сама как доктор мне скажи — реальный вариант?

Я чуть поразмыслила:

— Пожалуй...

— Я надеюсь, что теперь-то мы со всем разобрались? — Тесалов недовольно посмотрел на собственные пальцы.— Я тебя оставлю ненадолго — руки сполосну, изгваздался слегка.

— Конечно.

В смысле — очень вовремя, я сама была не прочь на несколько минут остаться в одиночестве. Мне требовалось тихо покурить и сосредоточиться. Шутки шутками, но следовало наконец определиться, стоит ли мне доводить до сведения *мента* мои соображения. Дурой не хотелось выглядеть, во-первых, и оказаться правой, во-вторых... Что, впрочем, лирика. Положим, я решила: если с кем-то я на эту тему буду говорить, то, наверно, всё-таки с Тесаловым. То есть мне с ним всё-таки есть смысл поговорить, однако же насколько откровенно... А видно будет, правильно?

Но подстраховаться тоже не грешно...

К моменту возвращения Тесалова на столе лежала вытащенная из сумки тоненькая папка с распечатками — всё существенное, что я извлекла из базы данных главного компьютера. О существовании дискеты с той же (в чем-то даже более подробной) информацией капитану было знать, по-моему, ни к чему.

Верхний лист из этой папки я передала Тесалову:

— Посмотри-ка. Ничего не упустила?

Капитан недоуменно поднял брови, взял листок и пробежал его глазами. После просмотрел бумагу основательно, перевел взгляд на меня и очень сухо поинтересовался:

— Как это понимать?

По тону судя, я попала в яблочко.

— Ну, Юра, ты же мент,— пожала я плечами.— Забыл, как ты меня допрашивал? Где я была тогда-то и тогда-то. Не так уж трудно, зная, о чем речь, выбрать подходящие по срокам констатации. У нас же смерти обязательно фиксируются, как ты понимаешь, а меня как раз в архив, в статистику сослали. Вот я и покопалась ради интереса. Элементарно, Холмс!

Действительно, чему тут поражаться. На листе всего-то были распечатаны паспортные данные людей, чьи смерти породили, как сон разума, версию с маньяком. Я коротко напомню, хорошо? Первым имел место эпизод на проспекте Славы, отморозки обнесли покойницу, аминь. Второй случай капитан только что озвучивал — незапертая дверь, старушка типа вызывала «неотложную». Третий случай — эпизод с соседкой-ключницей, четвертый — убиенные старушки в количестве двух штук, сплошная, право слово, достоевщина. Еще один сюжет — несчастный старичок, за ненадобностью просто разложившийся. Наконец, шестой, последний в списке эпизод — умершая от диабета бабка Соловец; после этого меня и прихватили... Итак, теперь я знала, кто есть кто из семерых покойников, знала, где конкретно и когда эти люди умерли. То, что способ отыскать такую информацию мне подсказала моя семидесятидевятилетняя соседка, я афишировать не стала.

Тесалов меня, впрочем, тоже удивил.

— Я сказал бы — грамотно сработано,— отметил капитан; было видно, что он несколько расслабился.— Я сначала об утечке информации подумал. Серьезно говорю, исчерпывающий результат, всё вычислила грамотно... Может, взять и наплевать тебе на всё — и к нам работать, в органы?

— Спасибо, лучше вы к нам. Обращайтесь — вылечим.

— Да, каждому свое...

— Ну и кто из нас ехидец после этого?

— Сдаюсь! — Тесалов поднял руки.— А ведь и в самом деле — въедливая ты. У тебя определенно есть способности к аналитической работе. Похоже, это у тебя семейное...

— О чем ты?

И вот тут-то меня Юрий удивил:

— О родственнице о твоей — ну, о Нарчаковой.

— О Елизавете Федоровне? В смысле — о моей соседке?

— О соседке? — Юрий чуть пожал плечами: — Ладно, не принципиально... Тетка-то на самом деле уникальная, реликт, можно сказать. Еще из тех, из бериевских кадров, теперь таких не делают. Она ж еще в войну карьеру начинала — разведчик-диверсант НКВД, несколько забросов в глубокий тыл противника. Была даже представлена к званию Героя, правда что по молодости лет ей тогда лишь орденок повесили. Да и после тоже — оченно серьезная дамочка была. До хрущевской оттепели в Госбезопасности работала... А ты разве не знала?

— Знала... кое-что,— я пристально взглянула на него: — Интересно, а откуда у *тебя* такая информация?

— Хм...— Капитан не то чтобы смутился, но почти.— Да как тебе сказать... Подловила ты меня однако,— как будто виновато улыбнулся он.— Каюсь, я тут малость злоупотребил служебным положением. Уж очень, Яна, ты меня тогда заинтересовала, понимаешь ли. Вот я и постарался разузнать немножко о тебе — ну и о круге твоего общения. А что до информации о твоей м-м... соседке — есть приятель у меня один, он, так скажем, по архивам числится. Этот материал по Нарчаковой он и раскопал, почти случайно.

— Вот как... интересно...

Что ж еще тут скажешь?

Разве только это:

— *Капитан, а ты вообще-то мент?*

Да, именно вот так. Не знаю, как у всех, но лично у меня порой случается: разрозненные факты, даже фактики скорее, нестыковки, мелочи какие-то, за ненадобностью вроде бы бесследно выпавшие за пределы памяти черт ведает куда, в безмысленные дебри подсознания, там со временем как-то сами по себе стыкуются друг с другом и, составив некую критическую массу, вдруг вспыхивают в голове отчетливым решением, настолько очевиднейшим, что просто непонятно, как же можно было раньше это не сообразить! Уместно говорить об озарении; однако было, промелькнуло у меня в мозгах и кое-что еще помимо очевидного, еще одна — не до конца, увы, сформировавшаяся — мысль, совсем немного не поспевшая за первой, а потому как будто ею ослепленная, отброшенная ей назад, обратно за границу сознавания... А впрочем, хорошо уже, что до меня хоть кое-что доперло.

Так что:

— Юрочка, а ты вообще-то кто? Кто ты есть такой на самом деле?

Капитан почувствовал себя, похоже, неуютно.

— Ну, Дайана! Любишь же ты общие вопросы задавать. То — кем я буду, то вот — кто по-жизни есть. Во-первых, человек, вестимо...

Я почти что попросила:

— Послушай, человек по жизни, не крути. Ты кто на самом деле, а? И не говори мне, что ты мент!

Не знаю, для кого из нас в эти несколько струной натянутых секунд определялось большее.

— Вообще-то не совсем,— решился капитан.— Другая государева контора, чуть посерьезнее.

— Контора — с большой буквы? — уточнила я.

Капитан молча кивнул.

— Понятненько...

Как я и предполагала. Госбезопасность, значит. ВЧК-ГПУ-НКВД-МГБ-КГБ-ФСК-ФСБ. Всё перечислила? Контора, словом. Как ее не гнобь — всё равно она с заглавной буквы.

— Всё понятно,— повторила я.— То есть ничего, конечно, не понятно...

— Для начала объясни мне, как ты догадалась,— требовательно перебил Тесалов.— Как и когда?

— Да в общем только что. А могла еще на побережье разобраться,— горьковато усмехнулась я.— Слишком уж ты вовремя там объявился, Юрочка. И дальше слишком много было этих самых «слишком». Для районного мента ты слишком классно двигался, я же в этом как-никак соображаю, знаешь ли. И говоришь ты слишком как культурный человек, а не как какое-то вервие простое. И...

Тесалов собирался было перебить.

— Не стоит, Юра,— отмахнулась я.— Я знаю, что ты скажешь. Я же и не спорю: и столкнуться мы могли действительно случайно, и единоборствами владеть менту аж сам Устав велел, и даже интеллект в конце-то расконцов погонам не помеха. С кем типа не бывает, ничего, даже это худо-бедно лечится. Я согласна, по отдельности всё можно объяснить. Но вместе, извини, круглый треугольник получается. Помнишь, как ты между прочим обронил, что твой отец погиб в Афганистане, а служить ты по его стопам пошел? Тесалов, это ж не Чечня! Даже мне известно, что *за речкой* в ту кампанию менты не воевали — а вот комитетчики работали. Не станешь возражать?

На этот раз Тесалов не спешил.

— И это прауильно,— не удержалась я.— Ну-с, ладно. Хорошо, пускай и эту оговорку тоже можно как-то по-другому объяснить, допустим. Но когда ты Нарчакову помянул — вот тут, не обессудь, ты прокололся. Нарчакова же — она в органах госбезопасности работала. А это значит, что ее досье можно было отыскать в архивах исключительно Конторы, никак не МВД. И доступ к этим материалам ты, будучи ментом, не смог бы получить ни через каких своих приятелей. Достаточно с тебя?

— Вполне.— Тесалов помолчал.— Лихо же тебя я недооценил, ох, до чего же лихо! Не знал бы, что ты врач,— за коллегу бы принял,— капитан едва не поморщился: — Раскрыла ты меня, как... слов не подберу... Как не знаю кто-кого-чего, как...

— Как консервную жестянку без ножа,— любезно вывела его я из филологического ступора.— А кстати говоря, хотелось бы мне знать, что может делать офицер госбезопасности в милиции? Не просветишь, а?

Капитан вздохнул:

— Ты серьезно ждешь, что я отвечу?

Я покачала головой:

— Пожалуй, нет, не жду. Тогда другой вопрос: почему ты всё-таки м-м... раскрылся, скажем так?

— Ну, знаешь! На тебя не угодишь!

— И всё-таки? — не уступила я.— Ты же мог мне врать до посинения...

— Не мог, а *должен* был,— отметил капитан.

— Тем более. Так почему же, а? На этот-то вопрос ты, наверно, в состоянии ответить?

— Попробую.— Тесалов бережно взял кисти моих рук и заглянул в глаза.— Предположим, мне чертовски не хотелось раз и навсегда потерять твое доверие, а так бы и произошло. Это тянет на причину? — Я неуверенно кивнула.— Хорошо, тогда это «во-первых». Но доверие, замечу, штука обоюдная, не правда ли? Отсюда во-вторых: возникло у меня такое подозрение, что тебе есть что мне рассказать. Что-то, судя по всему, достаточно серьезное. И почему-то я уверен, что с *ментом* об этом ты бы говорить не стала, разве нет?

Ну и кто из нас кого переиграл, хотелось бы мне знать?

— Я не ошибся?

— Нет. То есть — да. Я не уверена...

— А можно как-нибудь попроще?

Я кивнула:

— Да. В смысле — нет...— Не мать, так перемать.— Сейчас...— Я высвободила руки, закурила.— Короче, так: нет — в смысле «не ошибся», да — есть что рассказать, а не уверена... Знаешь, честно говоря, ни в чем я не уверена, Тесалов. И вот что, пусть нам кофе принесут.

— Разумно.

Шурик был привычно расторопен, но и этих нескольких минут мне в общем-то хватило, чтобы наново переосмыслить весь расклад, пожалуй что принципиально изменившийся. В общем-то — в том смысле, что почти.

Капитан задумчиво покуривал, меня не торопил.

Я раздавила сигарету:

— Хорошо, попробую. Постарайся только не перебивать, у меня и так в мозгах порядочная каша. Мне сперва придется малость позанудствовать. Давай опять вернемся к этим эпизодам,— я кивнула на листок.— Для ясности двух явно убиенных бабушек вынесем пока за скобки...

— В жизни вообще многое выносится за скобки,— заметил капитан.

— Угу, иной раз сама жизнь,— не осталась я в долгу.— Не сбивай меня, Тесалов...— Я собралась с мыслями.— Так вот, с запутками вокруг этих смертей всё как бы разъяснилось, верно? Там, где соседка-ключница,— там ейный муж-алкаш покойницу обнес, на Славе — наркоманы хладный труп обчистили. Во всех прочих случаях вообще без кражи обошлось. Таким образом, все эти смерти были признаны естественными, так?

— С судмедэкспертизой не поспоришь, знаешь ли.

— Поспоришь, капитан. Только несколько попозже, если ты не возражаешь. Вернемся к этим якобы естественным смертям. Во всех случаях есть общий знаменатель: все умершие были одинокими людьми, я сегодня по компьютеру проверила. По нашим данным, не было у этих пациентов родственников, никаких, и сообщать о смерти человека просто некому. Но, что характерно, справка-то о смерти в каждом случае была затребована чуть ли не в тот же самый день! Чтобы получить такую справку, в регистратуре нужно просто паспорт предъявить. Паспортные данные, естественно, фиксируются. Посмотри, вот эти «получатели»,— я протянула капитану следующий лист.— Все без исключения фамилии, заметь, характерны, говоря политкорректно, для выходцев с Кавказа. Меня бы, кстати, один этот факт уже настороaccess:жил. Правда, получали эти справки люди разные, каждый, скажем так, на «своего» покойника, сиречь покойницу. Вот если бы один затребовал на всех...

— Ну, тогда бы и сюжета не было... Допустим. Как я понимаю, на основании этой вашей справки далее выписывается свидетельство о смерти, которое необходимо, в частности, для оформления наследства, в том числе жилплощади. Ты ведь к этому вела?

— Примерно. Может быть, не так чтоб сразу же вот так, но где-то как-то около.

— Замысловато. Ладно, давай так: постарайся четко обозначить свою версию. Очень коротко, пока сухой остаток.

— Если коротко... Тогда примерно так: все или большинство этих якобы естественных смертей носят насильственный характер. Умертвия осуществлялись медикаментозно. Мотив — обезличивание жилой площади с целью, надо полагать, ее продажи. Исполнитель — врач, возможно — не один; очень может быть, что дело на поток поставлено...— Я несколько запнулась, как споткнулась: — Н-да, диковато, честно говоря, звучит. Этакий лечебно-похоронный кооператив «Без очереди в рай». Теперь, похоже, у меня круглый треугольник получается...

— Пока что треугольный круг скорее. Продолжай.

Я, признаться, ожидала больше скепсиса.

— Дальше будет еще хуже,— предупредила я.— Я сегодня подняла статистику смертей по нашим пациентам, причем по людям именно таким, то есть пожилым и одиноким. Короче, за последние три с половиной месяца у нас двадцать восемь подходящих трупов. Это не считая вышеперечисленных. Не надейся, капитан, я не сошла с ума. Я вполне серьезно полагаю, что не все, но многие, возможно, большинство этих «естественных» смертей — результат врачебного умертвия.

— А откуда вдруг взялись именно три с половиной месяца?

Этого вопроса я ждала:

— Оттуда же, из базы данных нашего компьютера. Взгляни на эту распечатку,— протянула я ему еще один листок,— цифирь потом изучишь, графики нагляднее. В позапрошлом, прошлом и первом полугодии нынешнего года количество подобных одиноких, пожилых смертей достаточно стабильно, в среднем... ну, чуть больше одной смерти в месяц. Конечно, колебания случаются, к примеру, это — колебания сезонные. Отклонения везде на самом деле скромные, не более того, в пределах статистической погрешности. А вот этот взлет, с июля начиная, никакими флуктуациями ты не объяснишь, это не природа поработала. Скачок же — в восемь раз!

— То есть это твой гипотетический э-э... кооператив, по-твоему, потрудился?

— А по-твоему, есть другое объяснение? Валяй, спиши тогда на високосный год, а заодно пришли мне психиатров. Глядишь, и полегчает.

— Мне? Вряд ли, как тебе — не знаю. Не лезь в бутылку, Яна... Не гони, мне для начала нужно это всё переварить.

— А с чего ты взял, что это — всё? Оптимист ты, капитан, однако!

— Вот как? Ладно, продолжай.

— А куда ж теперь я денусь, спрашивается,— проворчала я.— Знаешь...

Тут я несколько заменжевалась. Право, неуютно както признаваться, что в одном из этих злонамеренных лекарственных умертвий я вполне всерьез подозреваю самое себя. Ась? Кто там? Я? А если я не я, а скверный анекдот, то у кого ж тогда шизофрения? Н-да, не к месту я ввернула психиатров...

Ну да с этим пока можно погодить.

— А знаешь,— как и капитан, я закурила,— у меня и у самой всё это в голове еще не уложилось. Дикость ведь первостатейная! А главное, абсурд-то главный в том, что всё оно — ну вот же, на поверхности, казалось бы... и что? А ровно никому не интересно. Скажешь, нет? Позволь задать вопрос: если бы в тех ваших эпизодах с мертвым старичьем не было запуток — кража, например, незапертая дверь — кто-нибудь в милиции о чем-нибудь задумался бы?

Капитан не колебался даже:

— Нет. Кому какое дело, где у Нельсона Мандела? Нету указаний на насильственный характер смерти — всё, протокол в сортир, пустить по назначению. При всем моем, отсутствующем, впрочем, уважении к милиции имею честь признать: энтузиазм в их доблестных рядах не поощряется. Система-с, доктор Кейн.

— А то я сомневаюсь. Знаю же, как это происходит: двинул кони престарелый человек, соседи через деньдругой запашок почуют, дергают милицию. Те квартиру вскроют, если явно криминала нет — вызывают нас на констатацию. При таком раскладе в морге вскрытие проводится формально, если и проводится вообще. Аналогично и в обратной ситуации, когда подобный беспризорный пациент чехлится при враче. Тогда уже сам доктор вызывает труповозку и милицию, причем совсем не обязательно наряд — часто просто присылают участкового. С экспертизой снова всё в порядке, никаких вопросов, всё тип-топ. Район у нас большой, покойнички отнюдь не криминальные, связывать такие смерти воедино — а с чего? Кто их считал-то, сирых и убогих! Так что даже и плевать, в конце концов, что типа лично я тихой сапой старушонку укокошила...

Вот и догодилась, называется.

— Я надеюсь, это у тебя фигура речи? — уточнил Тесалов.

— В смысле старушонки? Если бы,— криво усмехнулась я.— Ладно, не спеши звенеть наручниками, капитан. Может, всё еще и рассосется.

Юрий к висельному юмору был не расположен.

— Объяснись.

— Придется. Поглянь на этот лист,— передала я Юрию новую бумагу.— Это вот та самая статистика по двадцати восьми сомнительным смертям. Двадцать восемь, так сказать, позиций, перспективных с точки зрения «черного» риэлтерства. Все без исключения люди пожилые и, что в рамках моей версии важнее, одинокие. Я ради простоты табличкой всё оформила. Слева умершие: даты, адреса, фамилии, официальные причины смерти — словом, разберешься. Справа — паспортные данные людей, получивших справки на «своих» покойников. Из общего числа этих смертей в присутствии врачей случилось шесть: два «чехла» в присутствии у Рудаса, по одному у докторов Брыкина, Забелина, Хазарова — и, как ты понимаешь, у меня. Замечу в скобках: по результатам вскрытий и проверок никому из нас претензий профессионального характера в итоге не предъявлено.

— Ну и при чем здесь...

— Наберись терпения,— попросила я.— Сам по себе «чехол» в присутствии ровно ни о чем не говорит, в том числе и в нашем случае, даже и с оглядкой на контекст,— я кивнула на листок в руках Тесалова.— Навряд ли всё так просто, капитан, при всей наглядности — возможны варианты. К примеру, у Хазарова с Забелиным умершие — они закономерные, естественные, что ли. У Забелина покойник — старичок с тремя инфарктами в анамнезе, по меркам нашенской бесплатной медицины — сущий долгожитель, год назад еще был должен умереть. У Хазарова — неоперабельная раковая бабушка с сердечной патологией в придачу, при любом раскладе счет там шел на дни. Я пока понятно излагаю?

— Для тупых, сиречь мне — в самый раз. Так, а что такое доктор Брыкин?

— О! Коллега Брыкин — он не просто «что», он у нас в натуре даже «нечто», чтобы не сказать, что «кое-что». Лечить он не умеет по определению, попадется, не дай Бог, что-нибудь серьезное — хвать хроника в больницу, и тикать. Сдал, задницу прикрыл — и всё, не подкопаешься, так что, кстати говоря, поди его уволь: по суду же восстановится! Система-с, капитан... К чему я? Да, теперь-то медицина у нас как бы страховая, за немотивированные госпитализации рублем бьют, понимаешь ли. Вот коллега Брыкин и рискует иногда *лечить*. Между прочим, если бы мне вдруг приспичило кого-то уморить, какого-нибудь пациента, я бы к нему аккурат коллегу Брыкина направила — с наказом обязательно на месте помощь оказать. С вероятностью девяносто девять процентов больной будет излечен раз и навсегда — от жизни, разумеется. А намек это тебе или навет — определяйся сам.

— Подожди-ка... впрочем, продолжай.

— Так вот, теперь о Рудасе... Послушай, капитан, а бутылку минералки я не заслужила? В горле пересохло.

— Давай тогда и кофе повторим. Мне допинг был бы кстати.

— Аналогично.

Капитан распорядился.

На время ожидания заказа сам собой случился небольшой тайм-аут. Капитан задумчиво просматривал бумаги, рассеянно оставив в пепельнице только что прикуренную сигарету. Я про себя прикидывала, что еще и как мне следует сказать, а о чем, напротив, говорить не стоит. Кстати, как это ни странно, я помалу начинала сомневаться в состоятельности своих умозаключений. То, что в голове представлялось прежде цельным и осмысленным, отчего-то, будучи озвученным, теперь казалось мне слабоватым. Казалось — или всё-таки оказывалось? Ладно, поглядим.

Кофе по-восточному с глотком шипящей минералки из запотевшего стакана пришелся очень кстати.

— Продолжим? — предложил Тесалов.— Ты что-то начала о Рудасе.

— Я помню.

Рудас, да. Дражайший Карабас, милейший наш Альберт Михайлович Рудас, наш образцовый босс, врач Божьей милостию, человек, достойный всяческого уважения, профессионал такого класса, каким мне вряд ли стать, подвижник, страстотерпец и бессребреник — да, это всё о нем...

— Он тебе довольно симпатичен, так? — заметил капитан.— Помочь немного? Ясно же, что если ты права, подчеркиваю — *если* ты права, то без ведома заведующего в рамках «неотложки» такая... скажем, избирательная, да, «зачистка» пациентов очень маловероятна. В целом верно? — Я кивнула.— Ладно, предположим,— с неопределенной интонацией заключил Тесалов.— Дальше твоя очередь: аргументы, факты, что-нибудь...

Похоже, дело я проигрывала.

— Я попробую. На многое не рассчитывай,— предупредила я.— К тому же первый аргумент ты только что привел: без Рудаса такое невозможно. И посмотри еще раз на статистику: с Рудаса же всё и началось. Те самые три с половиной месяца, их отправная точка, так сказать,— это два его «чехла» в присутствии...

— Что-то вроде пробы сил, по-твоему?

— Скорее поиск алгоритма. Не перебивай. Так вот, об этих двух смертях. Не в том нюанс, что у него их две, то есть больше, чем у остальных, а в том, что эти смерти не были, так скажем, обязательными, понимаешь? Не какая-то запущенная онкология, не три инфаркта кряду, как у Забелина; нет, рядовой расклад. Судя по историям болезни, это были две довольно непростые в смысле патологий, да, однако же вполне сохранные сердечницы. Точь-в-точь как у меня...

— Объясни мне наконец-то — ты-то здесь при чем?!

— При рудасовском чемодане. Это в самом деле надо объяснять. Та моя больная... Нет, не так...— Тесалов терпеливо ждал.— Черт, тут придется много объяснять!..

— Я весь внимание,— заверил капитан.

— Отрадно, если так. Нюансы в следующем. У нас на «неотлоге» принято работать со стандартными укладками — личных, персональных чемоданов у нас нет. То есть доктор свои сутки отработал, чемодан коллеге передал, тот его шприцами и лекарствами пополнил, смену отработал, дальше передал. Я ради простоты чуть огрубляю, но именно за-ради простоты, не изменяя суть. Единственное исключение — личный чемодан заведующего, вещь принципиально неприкосновенная, без вариантов так сказать, аминь. Учредил себе наш шеф такую привилегию. Пока понятно?

— Вроде бы — пока. И чего же в нем особенного, в этом чемодане?

— Дефицитов чуть побольше, выбор препаратов чуть пошире, но по большому счету — так, особенно особенного — ничего. Дело-то не в этом.

— В чем же?

— В странностях. Опять тот самый случай, когда всяких разных «слишком» — с явным лишком, многовато, перебор. У меня тот день вообще ни к черту не заладился, первая же смена после отпуска. Утром на работу вышла, то да сё, с народом потрепалась, а про чемодан не то чтобы забыла — вроде бы не к спеху просто. Дальше ясно — вызов поступил. И сразу странность первая: по жизни этот вызовешник был из тех, на которые мы поспешаем медленно. То есть я спокойно бы могла и чемодан казенный получить, и не спеша лекарствами пополниться. Но! Рудас чуть ли не пинком отправил меня эту бабушку лечить, во-первых, и с его священным личным чемоданом, во-вторых. Это — странность, как ты понимаешь, номер два, причем беспрецедентная. А в-третьих, Рудас однозначно указал, что мне должно с этой пациенткой делать — финоптин на физрастворе в вену уколоть. Нет, это-то как раз не странно, я бы и сама ее лечила именно вот так, там вариантов не было. Третья странность именно что в том, что пациентка тем не менее преставилась!

— Разжуй для ясности.

— А нечего жевать. Человечий организм — система иррациональная. Старушка в самом деле умереть могла на ровном месте, так сказать, от жизни, невесть отчего, на практике такое происходит чаще, чем ты думаешь. Могла от жизни.

— А могла?..

— От моего «лечения». Если физраствор, к примеру, не был физраствором, если ампула была намеренно заполнена чем-либо другим, если Рудас собирался этим сам старушку приморить, а я — так, типа подвернулась. Типа как экспромт.

— Ну, знаешь... Слишком зыбко. Для начала: на кой ляд ему такие «ампульные» сложности, в особенности если Рудас, как ты полагаешь, собирался умерщвлять больную сам. Да еще такой экспромт с тобой за гранью риска...

— Не скажи! — живо возразила я.— Для начала: риска никакого, а вот результат — считай что гарантирован. Босс мог быть практически уверен, что на вызове я сделаю всё абсолютно так, как он мне указал. Это было как-никак распоряжение, фактически приказ, и распоряжение в том конкретном случае было адекватное. Это что касается экспромта...

— Ладно, логику я понял. Допустим, соглашусь. А подмена препарата в ампуле? Как и чем, но, первое,— зачем?

— Возможны варианты. Предположим, Рудас изначально собирался приморить старушку сам. Во-первых, многие из нашей постоянной клиентуры могут знать «свои», привычные им ампулы, «в лицо». Во-вторых, заведующий мог бы прихватить на этот вызов фельдшера. Это, кстати, вероятнее всего — у Рудаса и так с «чехлами» перебор, а тут свидетель есть на случай осложнений. У нас же доктор при таком раскладе сам не колет — он диагноз ставит и распоряжается. Ни во что не посвященный фельдшер поступил бы в точности как я: взял бы из коробки с соответствующим ярлыком первую попавшуюся ампулу, конкретно — верхнюю, взглянул на маркировку, всё тип-топ — поехали, короче, дело сделано. Теперь о том, как подменить и чем. Физраствор...

— А почему ты на него грешишь, на физраствор конкретно, а не на то, другое, как его...

— Финоптин. У финоптина ампула довольно характерная, на вид фигуристая, с ней химичить сложно. Физраствор же поступает к нам в стандартных десятикубовых ампулах. Представляешь? Берешь такую ампулу, отпиливаешь самый кончик, шприцем с тонкой иглой вытягиваешь содержимое, заполняешь чем-либо другим и без проблем запаиваешь. Если руки не совсем корявые, то никаких проблем, операция особых навыков не требует.

— Чем-либо заполняешь — это чем?

— Ты серьезно ждешь, что я отвечу? — Юрий в самом деле ждал.— Ну, знаешь ли...— пожала я плечами: — Возможны варианты, капитан. Если говорить о данном случае... Теоретически нам нужен препарат, который в сочетании с финоптином должен привести к летальному исходу. Первым из общедоступной фармацевтики в голову приходит новокаинамид. Но можно сделать ставку на простую передозировку, и тогда... ну, папаверин тогда, к примеру: десять кубиков по жиле вряд ли человек переживет. Не знаю, правда, что из этих средств быстрее разлагается — это я уже на экспертизу намекаю. Жаль, справочника нет: думаю, что я смогла бы подобрать еще с десяток «нужных» препаратов. Достаточно тебе?

— Вполне, мисс Криминальный Ум.

— Спасибо.

— Не за что.— Капитан подумал чуть.— И всё же слишком зыбко...

— Да,— согласилась я,— однако, как ни морщись, не бессмысленно — по крайней мере, с точки зрения врача. А с точки зрения мента, которым ты хоть и условно, но являешься, взгляни на этот факт,— ткнула я в последний из листов, переданных мной Тесалову.— Посмотри вот здесь и здесь. Видишь? И три с половиной месяца назад, после первого «чехла» в присутствии у Рудаса, и сравнительно недавно, в моем случае с несчастной бабкой Жмарой, соответствующие справки о смертях получил один и тот же человек — некто Караваев Станислав Викентьевич. Уже есть повод призадуматься, заметь.

— Заметил.

— Лучше поздно, чем несвоевременно. Желаете иронии судьбы? По случайности я с ним знакома, шапочно. Тебя очень удивит, что бывшее жилье безвинно мною убиенной бабки Жмары принадлежит теперь ему? Опять-таки — по случаю узнала... Достаточно с тебя? А если нет, то поимей в виду, что этот некто Караваев — бодигард Басмаева, один из приближенных. Это раз. Об этом деятеле ты наслышан, я уверена.

— Имеет быть такой авторитет,— кивнул Тесалов.

— Именно. А господин Басмаев, между прочим, ко всему еще муж нашей главврачихи. Это два. И третье: по достоверным слухам, оный бизнесмен курирует какую-то риэлтерскую фирмочку, как раз имеющую дело с обезличкой. Это всё.

(И то, скажу, чего же боле?)

Я, право слово, выложилась.

— Вот как... интересно.

Да, надеюсь, так. Возможно даже — именно вот так...

А знаете, что самое смешное? Кажется, Тесалов мне поверил — начал верить, судя по всему.

Впрочем же — не знаю, не уверена.

Во всяком случае, когда я назвала фамилию Басмаева, капитан как будто встрепенулся, словно бы почуяв дичь — не в смысле ерунду, а скорее в смысле «кушать подано».

— Вот как... интересно,— произнес Тесалов, что-то явно про себя прикидывая.— Хм. Ты знаешь... Впрочем, ладно, это подождет,— оборвал он сам себя.— Я могу забрать твои бумаги?

— На здоровье. Прихвати тогда еще и это,— протянула я ему последний из моих листов.— Последки по компьютеру надыбала. Здесь еще полсотни наших пациентов — не пугайся так! — пока вполне живых. Тоже, как ты понимаешь, люди пожилые, тоже все, по нашим данным, одинокие — тот же самый контингент, короче. Если я ошиблась — что ж, волноваться нечего. Ну а если в данной группе почему-то вдруг приключится мор...— Я нарочито безразлично повела плечами: — Поживем — увидим, словом.

— Добренькая ты.

Я возражать не стала... да и то: а что тут возразишь?

Тесалов отложил бумаги, повторил:

— Интересно. В чем-то даже очень даже интересно, особенно в конце. Откуда ты узнала о квартире басмаевского охранника и о риэлтерской шарашке самого Басмаева?

Вопрос был неудобный.

— Как тебе сказать...— Ссылаться на сестренку я не собиралась.— Я же как-никак среди людей живу. Что-нибудь здесь услышишь, что-то там узнаешь... Всё по случаю, короче говоря,— объяснила я не слишком вразумительно.— За достоверность тем не менее ручаюсь.

Странно, но Тесалов не настаивал.

— Предположим.— Он глянул на часы: — Время пока терпит, относительно. Проверим-ка твою гипотезу на прочность. Для начала: с *нашей* химией я в общем-то знаком, а в гражданской фармацевтике почти не разбираюсь. Об одном конкретном случае ты мне м-м... нафантазировала, хорошо. А вообще: насколько сложно умертвить больного медикаментозно, да еще и так, чтобы потом никто не докопался?

— Для врача, который знает пациента? Не вопрос. Ты хочешь, чтобы я нафантазировала м-м... предметно?

— Да, и желательно — доступно.

— Попытаемся. Исходим из того, что мы имеем дело не с умеренно здоровыми людьми, а с теми, у кого в анамнезе два-три хронических заболевания. Возьмем такой пример...

А дальше — извините.

Допускаю, тема в чем-то даже увлекательна, пускай и не для всех, и всё же эту часть беседы я, пожалуй, вынесу за скобки. Согласитесь, не вполне этично тиражировать рецепты практически недоказуемых умертвий с использованием в общем-то вполне доступных средств. Я не то чтобы о людях плохо думаю, но... в жизни без того довольно пакостей, не стоит умножать, не так ли? Между прочим, я должна признать: задачка оказалась далеко не тривиальной, тем более без справочной литературы. Давненько же я так не напрягала память, со времен экзамена по фармакологии в Медуниверситете, да еще столь специфически — навыворот. А самое смешное, что иные варианты мне, грешно сказать, изяществом своим пожалуй что даже *понравились*; сдается, у меня и в самом деле криминальный ум. При случае попользоваться, что ли? Шучу.

Проехали.

— Я тебя не слишком загрузила? — заключила я.

— Терпимо. По крайней мере, что-то я усвоил... вроде бы,— ответил капитан.— Я так понял, умерщвлять больного непосредственно, в присутствии врача, совсем не обязательно? То есть можно организовать отсроченную смерть — на день, неделю, месяц,— по желанию?

— Ну, не так чтоб в точности вот так, но... да.

— Иначе говоря, искать прямую связь между посещением врача и смертью пациента не приходится?

— Между *официальным* посещением врача. Но ты имей в виду, что доктор может навестить клиента и приватно. Тот же самый Рудас, например, частенько практикует частным образом. Пациенты платят, разумеется, но это же не повод, чтобы при нужде их не морить! Кстати, вот тебе и объяснение тех двух старушек в адресе. Одна из них в квартире проживала, а другая в гости к ней пришла, так? Ну и представь себе, что некий доктор Смерть, о визите загодя условившись, пришел с намерением хозяйку приморить. А гостья так или иначе планы спутала — что-то заподозрила, внезапно появилась, что-нибудь еще; не знаю, словом. Вот и пришлось тому в Раскольниковы перепрофилироваться, нервы, надо думать, подвели. Другое дело, что на Рудаса такое как-то не похоже, не в его характере, лощеный он у нас. Ну да всякий человек — скотина с прибабахами... Что скажете, товарищ капитан?

— Что пока вопросов больше, чем ответов. Как, по-твоему, можно реализовать квартиры убиенных пациентов?

— Ты спрашиваешь у *меня*?!

— А почему бы нет? У тебя пока добротно получается, иногда так даже чересчур.

— Мне сухари сушить?

— Лучше запасись напильником... Так что ты думаешь?

— Послушай, ты всерьез? Юрочка, откуда же я знаю!

— И тем не менее.

Сдается мне, Тесалов отчего-то полагал, что я знаю больше, чем рассказываю. Не слишком-то мне это нравилось, положим... Ну да ладно, кто бы возражал — заблуждаться никому не возбраняется. Я вот тоже мало сомневалась, что сейчас мой визави со мной играет втемную — что-то всё-таки ему известно; знать бы — что...

Пока пришлось смириться.

— Всё равно — не знаю, никогда не сталкивалась с этими вещами,— повторила я.— Но не думаю, что это слишком сложно. Большинство людей свое жилье приватизировали, так? Если кто-то не сподобился, квартира числится муниципальной. Значит, вероятны махинации с пропиской. Тогда здесь обязательно милиция замешана, концы искать имеет смысл в паспортном столе. Ну а ежели жилье оформлено как собственность, то всё — еще и проще. Как я понимаю, нужно-то всего — паспортные данные больного и нечистый на руку нотариус. То и другое — никаких проблем. Без ведома больного оформляешь завещание, допустим, акт дарения, доверенность какую-нибудь. В наше время, если поискать, для жулья лазейка всяко сыщется... Что скажешь?

Тесалов мельком снова глянул на часы:

— Что время помаленьку поджимает.— Он в задумчивости закурил очередную сигарету.— А если говорить по существу — пока не знаю. Слишком много «слишком», как ты выражаешься. Допуски, натяжки, черт-те что — но ведь, что паскудно, убедительно. Что ж я могу сказать — придется проверять... Черт, как не вовремя! Короче, так. Всё это я забрал,— аккуратно сложенные вчетверо бумаги легли в карман тесаловского пиджака,— надо всё обдумать и проверить. Мне нужно пару дней... Да, вот что: кто-нибудь еще об этих документах знает?

Уже и «документы», надо ж!

— Нет.

— Хоть это утешает. Я к тому, что если ты права, то стоит лишь этим документам опрометчиво дать официальный ход, не зная, кто еще замешан... Как ты думаешь, ты долго проживешь?

— Не думаю.— Причем в обоих смыслах.— Ты допускаешь, что настолько всё серьезно?

— Допускаю.— Юрий не шутил.— А еще я допускаю, что кому-то хочется тебя подставить. Блин, чувствовал же я, что нестыковки в твоем деле могли возникнуть не за просто так!

— Изволь-ка объясниться,— потребовала я.

Капитан темнить не собирался:

— Опять тот пресловутый ложный вызов. Если помнишь, в том подъезде и примерно в то же время умерла гражданка Соловец. Так вот, ты мне тогда сказала, что отсутствовала около пятнадцати минут. Только ты не суетись, твоим словам я доверяю полностью...

— И в чем же дело?

— В расхождениях по времени. Во-первых, ваша старшая сестра, Цуцко, которая тогда диспетчером работала. Цуцко уперто уверяет, что ты отсутствовала около полутора часов. Я списал это на контры между вами, вся «неотложка» в курсе. Баба она в самом деле пакостная...

— Стерва та еще. Но я же...

— Яна, я не сомневаюсь. Скверно то, что есть еще и показания ларечника с приятелем. Я о круглосуточном ларьке на Пражской говорю, ты на вызов мимо проезжала. Ларечник и его приятель говорят, что твоя машина им запомнилась. По их словам выходит, что прошло никак не меньше часа между тем, как ты проехала туда, а затем обратно. Якобы назад ты возвращалась не раньше двух часов. То же время называет и Цуцко.

— Иначе говоря, на основании этих показаний меня бы можно было привязать к убийству Соловец?

— Если бы та смерть квалифицировалась как убийство — несомненно.

Мелочь, но приятно...

— Юра, стоп! Ларек же не работал! Не было там ни внутри, ни рядом никого, я абсолютно точно помню. И вернулась я на базу без двадцати час, одновременно с Калугиным, с водителем моим. И он, и я — мы оба на часы смотрели. Более того, Калугин же в ларек за пивом заезжал — и никто в ту ночь там не работал. Он может подтвердить...— И тут я осеклась: — Ох, ёханый бабай! Лешка же лежит в реанимации! Автец, подробностей не знаю. Говорят, что дело вроде темное...— Я лихорадочно соображала: — Слушай, капитан, это же бредятина какая-то. Для совпадения это слишком...

— Я не удивлюсь,— мрачновато обронил Тесалов.— А я-то в простоте душевной полагал — это я гадючник ворошу по долгу службы. Во что же ты такое влипла... Ладно, риторический вопрос. Всё-таки давай не торопиться с выводами. Сможешь мне помочь? Нужно завтра же скопировать *всю* базу данных вашего компьютера. Сумеешь сделать незаметно?

— Не вопрос.

— Отлично. Только, ради Бога, больше — ничего, не вздумай что-то предпринять самостоятельно. Я надеюсь на твое благоразумие. Будь более чем осторожна, обещаешь?

Почему бы нет.

— Конечно, капитан.

Я даже и сама почти поверила.

Теперь уже и я взглянула на часы:

— Я так понимаю, темпус фугит?[1]

Было около восьми.

— Да, засиделись мы.

Тесалов подозвал официанта, намереваясь расплатиться. Не скажу, по делу или нет, но удивили меня оба. Шурик:

— За счет заведения, товарищ капитан.

Юрий:

— Мы знакомы?

Шурик:

— Положение обязывает. С правоохранительными органами следует дружить. У нас так принято.

И Юрий:

— Сам сказал, настаивать не буду. Сочтемся как-нибудь.

Такой вот диалог. Мне почему-то не хотелось делать выводы...

Так, ладно, дальше что? Еще одна глава, не вспомню сразу же, которая по счету. Ах, да...

ГЛАВА 14. Продолжение

...Ну, пусть хотя бы так, в конце концов не столь принципиально.

С Тесаловым мы распрощались около кафе. От предложения подвести его до службы Юрий отказался: по времени отсюда выходило так на так, но машина невзначай могла увязнуть в пробке. Может быть, он просто ощутил желание проветриться — слишком много было выкурено сигарет, и слишком много информации озвучено. Возможно, впрочем, капитану почему-то не хотелось лишний раз светиться около работы в моем обществе. Я ничему уже не удивлюсь.

Короче, дальше что? Сочтем, что вечер удался? Да, пожалуй, так или иначе — и скорее всё-таки иначе, нежели чем так, бишь не очень так, как представлялось. При-

[1] Tempus fugit *(лат.)* — время бежит. А по мне — еще и погоняет *(примеч. Дайаны Кейн)*.

знаю, концовка получилась малость смазанной — ну да время в самом деле поджимало. К тому же продолжение разговора вряд ли бы к чему-то привело, кроме умножения неопределенностей.

По уму мне следовало паинькой отправиться домой и еще раз прокрутить диалог с Тесаловым. Прокрутить в буквальном смысле слова — помните, я обронила фразу касательно того, что не грешно слегка подстраховаться? Вот я и подстраховалась как могла: когда Юрий удалился в туалет, я, не мудрствуя лукаво, поставила видеокамеру на запись. Не так уж сложно было: камера лежала в сумочке, сумочка — на вешалке около стола; объектив мне удалось расположить вверху с торца, если можно так сказать — в щели под клапаном. А почему бы нет? На качество изображения особенно рассчитывать не стоило, но звук не мог не записаться. При ином раскладе — тоже аргумент.

Вот только аргумент чего, недурно бы понять. В одном Тесалов несомненно прав: пока вопросов больше, чем ответов. Да, но чтобы получить ответ, желательно задать вопрос, не правда ли? Суждение банальное, не спорю, равно как и то, что человечество ни от чего не пострадало более, чем от забвения банальных истин. Придумала, увы, не я, но тоже человек не сущеглупый, кто не помнит — Ницше был такой. Редкий женоненавистник, между прочим...

И всё же я засомневалась: а не чересчур ли доверилась я Тесалову, не пошла ли я на поводу м-м... у собственного естества? И не переоценила ли я состоятельность своих умозаключений, основанных-то, честно говоря, в основном на пресловутой женской интуиции? Если вы заметили, Юрий же ни разу прямо не сказал, что он сотрудник Федеральной службы безопасности — фактически он говорил мне то, что я хотела слышать. Эфэсбэшника на откровенку раскрутила — ой ли, господа? Ну а если он меня элементарно обманул, стремясь разговорить? И если с обезличкой я попала в яблочко, а милиция и в самом деле в теме? И капитан каким-то боком при делах? Тогда — пиши пропало.

Чем дальше, тем тупик. Запуталась я, право, основательно... И хорошо бы, если именно запуталась, а не очень капитально впуталась. Если допустить, что Юрий — в самом деле офицер Конторы под прикрытием, а не злопастный оборотень-мент... то жить, конечно, легче. Но много ли с того? Не стоит забывать: Контора есть Контора, у них своя игра, и квартирные аферы им — до лампочки. А много мне поможет капитан в порядке частной инициативы? Ой, сомнительно.

Блин, еще же ведь и Лерочке аукнется, если я касательно Басмаева права! Хорошо хоть, Леркина квартира вроде бы не из этой «черной» серии. А если?..

Ладно. Не имеешь представления, что делать,— делай что-нибудь. Ежели не получается клубок распутать с одного конца, имеет смысл порыпаться с другого. Благо зацепиться есть за что: Тесалов помянул о нестыковках в показаниях свидетелей, предположительно намеренных. Но коли так, то что б мне это не проверить, как вы полагаете? Алису пока трогать погодим, противно слишком, а ларечника — попробуем. Отчего бы человечка слегонца не э-э... не попытать? Вполне могу в буквальном смысле слова. И что занятно — ведь действительно могу!

Где же ты, мое благоразумие? Ау-у!

Надейтесь, капитан...

Так что вечер удался, но не закончился. Продолжим, дамы-господа? И правильно, есть смысл подсуетиться. До сих пор я, в общем-то, плелась в хвосте у обстоятельств — по-моему, это стало утомительно. Пора брать инициативу в свои руки; разумеется, такая самостийность может выйти боком, возражать не стану, но кто сказал, что непременно мне? Я, в конце концов, не комнатная барышня, силу применить не постесняюсь, в смысле рукомашества и дрыгоножества я — твердый профессионал без всяких «-ка». Известно, если в первом акте пьесы на стене висит ружье, то... дальше — сами знаете.

Никакого подкупающего новизной и остроумием плана у меня, признаюсь, не было. Думала немного покрутиться около ларька, посмотреть, сыграть по обстоятельствам; получится, смогу разговорить — попытаюсь записать разговор на камеру. Машину я сознательно оставила за квартал от цели, на парковке возле супермаркета. Вероятно, это было ни к чему, но почему-то мне не захотелось, чтобы моя тарантайка без нужды оказалась в поле зрения ларечника. Да и просто прогуляться было бы нелишне, насиделась я сегодня.

Сыроватый холодок бодрил, горели фонари, в домах светились окна. Небо затянули облака, но вроде бы дождить не собирались. Я пошла без сумки, налегке, камера отлично уместилась в боковом кармане курточки. Мне нужно было пересечь приличного размера квартал наискосок, быстрее — напрямик между домами. Торопиться мне особо было некуда, но делать лишний крюк, пусть даже и по освещенным тротуарам, как-то не хотелось.

Идти кварталом было неуютно. Стемнело, если я не ошибаюсь, с час назад, но здесь казалось, что давно и безнадежно. В глубине этот микрорайон большей частью представлял собой заброшенную стройплощадку. Некогда существовавшие здесь скверы, школьный стадиончик, гаражи — всё пало жертвой уплотнительной застройки, так почему-то и не состоявшейся. Ограда подразумевалась, но формально; перекопано всё было вдоль и поперек, тем не менее какое-то подобие прохода через это безобразие имелось. Будь я в настроении, так скажем, адекватном, углы бы я срезать не стала, местечко выглядело угрожающе. Отчасти всё это напоминало проходную сцену в каком-нибудь малобюджетном триллере, когда всё в кадре дурноматом вопиет о том, что данный эпизод добром не кончится.

И какого черта эти целлулоидные киногероини вечно тупо прутся на рожон, хотелось бы спросить? нашла кого — сама же ведь поперлась. Нет, нарваться я не нарвалась — оказалось чуть иначе, чем казалось. Я благополучно миновала больше половины стройплощадки. Тропа была сравнительно нахоженной, марево луны просвечивало через облака, так что света в общем-то хватало. Немного в стороне от тропки, за сюрреалистическим нагромождением бетонных блоков, рассеянно горел невесть откуда и зачем здесь взявшийся фонарь. Тут меня и поджидали неприятности — точнее говоря, тут я их и нашла.

Ситуация была проста, как перпендикуляр. Далее тропинка проходила в непосредственной близи от мрачных штабелей строительного невостреба. За ними явно кто-то тусовался. Сначала я почувствовала легкий запах дыма, надо полагать — от костерка, затем стали слышны и голоса. Один... нет, даже несколько мужских — и женский, приглушенный, как придушенный. Удвоив осторожность, я подобралась, пошла почти что крадучись. Голоса стали слышны отчетливее. Женщина, на слух — сопливая девчонка, кажется, всерьез была напугана. Отрывистые реплики парней звучали угрожающе, какой-то тип паскудно рассмеялся. Неожиданно девчонка взвизгнула, раздался звон разбитого стекла, затем — возня со всхлипами и матом. Н-да, ежику понятно было, что какую-то соплячку там затеяли насиловать... А я-то здесь при чем?

Вконец ты, Янка, сбрендила...

Да, сбрендила, раз мимо не прошла. И какого черта я теперь оправдываюсь, спрашивается? Как сложилось, так всё и сложилось, как случилось, так и получилось. По мне — достаточно.

Я предельно осторожно пробралась между штабелями железобетонных блоков. С противоположной от тропинки стороны подрядчики как будто по заказу оставили укрытый от досужих глаз свободный пятачок земли. Здесь-то и происходило м-м... действие. Света заблудившегося на строительной площадке фонаря хватало, чтобы различить подробности. В первом приближении всё выглядело так, как мне и представлялось: полупрогоревший костерок, в изобилии бутылки из-под пива и дешевой водки — словом, логово. Насильников было побольше, правда, чем я ожидала,— не три, как показалось мне на слух, а пять. Классический помойный молодняк, из тинэйджерского возраста уже мальчонки вышли, но в разум, очевидно, не пришли. Жертва — тоже из кухаркиных детей, к гадалке не ходи, того же поля ягода. Типичная писюха-пэтэушница, убогонькое в общем-то создание — из тех, что в состоянии надеть заниженную в талии джинсу с застиранным бельем в линяющий цветочек. И на кой меня в этот междусобойчик занесло...

Пока мне удавалось оставаться незамеченной — компания была увлечена процессом. Девица брыкалась, пожалуй, непритворно, хоть это кое-что; толку всё едино было мало. Дуреху, незатейливо разложенную прямо на земле, держали ажно трое, четвертый недоделок, матерясь, возился с ее джинсами. Еще один стервец, постарше остальных, усмешливо покуривал в сторонке. Забавляли его, судя по всему, не только, а вполне возможно, и не столько даже трепыхания жертвы, сколько бестолковая довольно-таки суета подельников. Продвинутый пацан; сдается мне, он здесь за основного; учтем.

Основной, не выпуская изо рта сигарету, небрежно отодвинул одного из недоделков:

— Ну-ка, Чубчик, отвали. Девочка тебя не понимает,— опустился он на корточки,— ей надо объяснить. Она на самом деле ласковая девочка, не так ли? Не хочет же она, чтобы мы окурки о нее гасили, правильно? — Он стряхнул ей пепел на лицо.— Почему-то я не сомневаюсь, что не хочет...

Девчонка попыталась было трепыхнуться:

— Подонки... гады... сволочи...

Насильник выпустил ей дым в глаза:

— Люблю норовистых — подмахивают лучше,— заметил Основной.— Нет, пожалуй, жечь ее не стоит,— он щелчком отбросил сигарету в сторону,— мы же не животные какие, верно, пацаны? Ну а ты что скажешь, мандавошка? Ну, не слышу?!

— Отпустите меня, сволочи... пожалуйста!..

— Хамит, манда,— отметил Основной.— Короче, так, дешевка, ты смотри — ты сама не захотела по-хорошему,— переменил он тон.— Сюда смотреть, сказал! — В руках у вожака угрожающе блеснуло лезвие не то ножа, не то опасной бритвы,— я повторять не буду! Либо ты сейчас со всем усердием даешь, потом добавки просишь, либо, блядь, тебе всю морду на ремни порежу! Ясно, кусок мяса? Поняла?!

Девчонка тихо всхлипнула:

— Подонки...

Основной внахлест ударил ее по лицу:

— Не слышу, прошмандовка! Поняла?!

— Поняла...

— Не слышу! Громче, падла!

— Поняла!..

Кто-то из подонков гоготнул:

— Гля, она на всё согласная, в натуре!

Основной похлопал ее по щеке:

— Понятливая девочка попалась, молодец. Давай, изобрази нам доброволочку. Постараешься — живой домой пойдешь!

По уму девчонке оставалось только подчиниться.

Правила игры пора было менять.

— Не правда ли, приятный вечер, господа,— выступила я на свет.— Позвольте отрекомендоваться, я — ваш экзистенциальный ужас,— со свойственной мне скромностью сообщила я.— Для затравки по мордасам не желаете? Или всё-таки поговорим сперва?

Без двух букв ребятки похудели.

— Не понял? Што за ё?..

— Ну, ё не ё, но так уж получилось,— дружелюбно пояснила я.— Еще какие-нибудь содержательные реплики последуют? — Народ безмолвствовал.— Какие-то вы некоммуникабельные, право,— прямо-таки пожаловалась я.— К вам тут, понимаешь, женщина на огонек зашла...

— Гля, пацаны, да это же бабец, в натуре... блин! — один из недоделков начал выходить из филологического ступора.— Баба, ёптать!

— Надо же, дошло,— порадовалась я.— Он у вас всегда такой сообразительный? Или в основном по понедельникам?

— Гля, точно — телка. Пацаны, врубись — свежак, сама пришла!

— Придурошная, што ли?

— Есть маленько,— согласилась я; действительно, не съедь бы я слегка по фазе — мимо бы прошла.— Что поделаешь,— пожала я плечами,— говорю же — так уж получилось.— Я развела руками: — Не везет.

Впрочем же, кому — не уточнила.

— И чего же ты у нас забыла, цыпочка? — включился Основной.— Ты, наверно, шибко образованная, да? а потому совсем-совсем тупая? дома не сиделось? — нацепил он на лицо улыбку.— А-а, я сообразил: телочка по приключениям соскучилась, промежду ног свербит.— Он опять почувствовал себя в своей тарелке.— Как, утешим телку, пацаны?

— Ёптать, ну!

— Должна предупредить: вы мне просто редкостно не нравитесь.

— Понравимся,— заверил Основной.— Сейчас ты нас полюбишь — всех и всяко, и со всем усердием, усекла? Двоих драть веселее,— осклабился он.— Распорядись-ка,

Чубчик. Филин, подсоби — вали ее с Чубайсом. В темпе, пацаны!

Я усмехнулась:

— О как! Интересно. А кстати, между нами, а почему — Чубайс, а? Рыжий потому что? Или этот тоже лохотронщик, только недоделанный? Чубайсик, стало быть?

— Ну ты... Всё, ты напросилась, сука! Всё, молись, манда! — Обозванный Чубайсом недоделок подобрал с земли расколотую «розочкой» бутылку: — Амбец тебе, в натуре!

Двое двинулись ко мне.

Хорошо, того и добивалась. Для того я с ними тут и бутафорила — дабы ненавязчиво подстроить сцену под себя. Для начала мне хотелось сбить подонков с панталыку, загрузить сюрреализмом ситуации, если вам угодно — спровоцировать задержки в поведенческой программе. Параллельно я старалась навязать им свой пижонский, ернический тон — и заставить их самих спижонить; нет бы взять им — навалиться сразу всем! А двое, даже трое — всё не пятеро...

Так примерно и получилось. «Розочка», конечно, осложняла дело, однако не настолько, чтобы с переляку разбираться с ними *радикально*.

Ладушки, пора и начинать.

— Я так понимаю, вам не стоит предлагать отпустить девчонку по-хорошему? — проформы ради уточнила я.— Больше я предупреждать не стану.

Чубайсик гоготнул:

— Гля, она в натуре дурканутая! — Он угрожающе наставил на меня бутылочную «розочку»: — Сама разденешься или тебе помочь?

— Зачем же помогать, сама.— Я, как будто так и надо, вылезла из курточки и бережно повесила ее на торчавшую из блока арматурину; не хватало мне еще разбить видеокамеру.— Ну-с, воля ваша, господа.— Что, впрочем, вряд ли: Бога и моя.— Минуточку...

Игнорируя наставленную на меня разбитую бутылку, я невозмутимо выудила из кармана завалявшуюся там пятирублевую монету.

— Хочу монетку бросить,— пояснила я.— Должна же я решить, убивать вас или лишь калечить. Ну, на решку или на орла? Загадали? Опаньки!..

Повторяю, убивать я их не собиралась — в конце концов, не на меня наехали. Даже и калечить их серьезно — много чести будет, но... Охотно признаю, что мое (не)понимание Священного Писания довольно, скажем так, своеобразное. Нет, никаких ветхозаветных максим типа «зуб за зуб» равно «око за око». Как нынче говорят, наш ответ имеет место быть адекватным, но асимметричным. Если вам намерены, к примеру, врезать по щеке — сломайте нападающему руку, можно даже две, избыток не вредит — для профилактики.

Жестоко, да? А неповадно будет.

— Ай, какая я неловкая!

Монету я намеренно подбросила, во-первых, слишком сильно, во-вторых, неточно — не вверх, а по наклонной траектории, за спины двум недоделкам. Знакомый старый трюк в иной модификации: отвлечение внимания противников на миг, а дальше...

Да, естественно. А дальше — как учили. Лично мне наука впрок пошла; впрочем, зверствовать сверх меры я не стала. Вооруженному расколотой бутылкой Чубчику-Чубайсу я, взяв его на простенький прием с закручиванием руки за спину, сломала кисть в запястье и вывернула из сустава плечевую кость. Оружием имеет смысл пользоваться, а не угрожать — хоть это-то ему уроком будет. В продолжение комбинации я послала воющее тело Чубчика под ноги нерасчетливо шагнувшему ко мне второму недоделку, Филину, практически одновременно прихватив того и дернув на себя. Просто так падать я ему не позволила — встретила его ударом колена по лицу, в довесок для гарантии добавив по ушам сложенными «лодочкой» ладонями. Била я осознанно — чуть легче, чем необходимо для того, чтобы убить, но перепонки вряд ли уцелели. Всё-таки я гуманистка...

Ладно, минус два. В остатке — еще три. Точнее — два в остатке, Основной — в уме.

Пощекочем-ка щенка по самолюбию.

— А всякому выебнувшемуся да отпизднется, ибо — не хуй! — изрекла я назидательно.— А монетку я, пожалуй, приберу, нечего ей просто так валяться,— деловито подобрала я пятирублевик.— Вдруг еще и пригодится, как ты полагаешь, петушок?

«Петушком» я вожака достала.

— Ах ты, блядь!..

В руке у сопляка была, похоже, бритва. Гнусное оружие, со стажем, так сказать: дворовая шпана с позапрошлого столетия эти штуки пользует. Тенденция, однако, связь времен...

— ...порежу, прошмандовка!..

В самом деле бритва, да. Опасная. Другое дело, наезжать с подобной неприличностью на каратэку-профессионала («-ку» опустим), право, опрометчиво. По существу, это настолько же разумно, как пытаться затушить окурок в емкости с бензином. Теоретически последнее возможно — если повезет, ежели сосуд наполнен доверху, а значит, в замкнутом пространстве нет паров, то — может быть. Шанс, несомненно, есть, но проверять — нет, я бы воздержалась.

— ...мать твою, на фарш манду пущу!

— Ну, это вряд ли,— усмехнулась я презрительно.— Гундосить ты горазд, парашничек,— усугубила я,— пока в кустах сидишь, за малолеток прячешься. Нехорошо, сестренка!

Как и следовало ожидать, Основной на эту удочку попался.

— Амбец тебе, манда! — выкинул он на манер навахи бритвенное лезвие.— Пацаны, не упустите мандавошку.— Основной пошел ко мне.— С придурочной я лично разберусь. Всю рожу распишу, паскуда!

Лучше б он не пробовал. Серьезно. Зря он попытался полоснуть меня опаской по лицу. Напрасно. Объяснить? Для женщины в любом единоборстве едва ли не труднее всего научиться не беречь физиономию: известно же — чего боишься, то и огребаешь. Однако не беречь — не значит не бояться, страх быть изуродованной остается, никуда не денешься. Но страх — он страху рознь: кто-то цепенеет с перепугу, кто-то гибельно вдруг лезет на рожон. А кто-то — я, к примеру,— превращает этот самый страх в холодную, расчетливую ярость. Надо продолжать?

Аминь. Товарищ напросился.

Гьяку-цуки... Знаете ли вы, что такое классный гьяку-цуки? О нет, вы не знаете, что такое классный гьяку-цуки! Выполненный в технике джан-кайтен протыкающий удар рукой, когда начатое бедрами движение завершается закрученным ударом кулака в организм противника, энергией своей подобен направленному взрыву. Так не бьют — так убивают: сила этого удара такова, что он не только пробивает пресс, сминает грудную клетку или черепные кости пациента, но и разрывает внутренние органы. О каких там почках, печени или селезенке стоит говорить, если в целях демонстрации этим простеньким на вид, а на деле — шлифуемым годами тренировок ударом можно разбомбить нехилого размера бетонный блок или даже превратить в труху содержимое среднего размера железнодорожного контейнера, например, с фарфором? Что такое средостение с сердцем и аортой и корнями легких? А сами легкие в плевральных полостях, так легко пронзаемых оторванными от грудины и хребта реберными дугами? А мозг? А?..

Перебор. Увы. Согласна, даже при таком раскладе — это чересчур... Тем не менее — возможны варианты.

Недоделок был классический правша, я же в состоянии работать одинаково — почти — как справа, так и слева. Для начала я его слегка *потанцевала*, уворачиваясь от ударов и ловя момент для контратаки. Основной уперто продолжал махать своим оружием поверху, на уровне лица и шеи. Опаньки! Опасно заложил...

— Я тебя достану, сука рваная!.. Порежу на ремни!..

Достаточно с меня. Увернувшись от очередной размашистой атаки, я левой с полуразворота жестко провела уширо-геро-кекоми в подмышечную впадину — при некотором навыке такой удар ногой практически парализует руку оппонента. Бритва отлетела в сторону, подонок устоял; тем хуже для него. Ребром зажатой между пальцами монеты (говорила же, что может пригодиться) я без сожаления пропахала ему щеку до челюстной кости. Не смертельно, но, по-моему, поучительно: какою мерой меряете вы, такою же и вам будет отмерено. Не я, Христос; а заслужил — носи.

Завершающий удар маваши-гери по виску отправил Основного в аут. Минус три.

Оставшихся я *танцевать* не стала — не было нужды. Один из них подался было на помощь вожаку, но малость припозднился. В общем-то благоразумно; ну да ничего — кто не успел, тот всё равно получит. Для начала я ему хотя и незатейливо, однако же добротно шибанула основанием ладони в верхний уровень. Отнюдь не гьяку-цуки, нет, но тоже по уму, в нашем случае — по лобной кости. Быка таким ударом вряд ли свалишь, но быкующему переростку — в самый раз. Приложила я его без фанатизма, аккурат в плепорцию: рудиментарные мозги гаденышу не вышибла, но в изумление пациента привела. А чтобы вьюноше наука точно мимо не прошла, сугубо воспитательно, так скажем, ласково почти ребром стопы сломала ему переносицу. Наличествует всё-таки во мне педагогическая жилка, как вы полагаете?

Удирать ему оно не помешало.

С последним недоделком мне возиться вообще не пришлось. Девчоночку я недооценила, характерец у пэтэушницы, пожалуй, был бойцовский. Не она теперь, а этот сукин сын валялся на земле, и девчушка неумеючи, зато с энтузиазмом пинала это напрочь деморализованное дерьмецо ногами.

— Притормози чуток, так дело не пойдет,— в итоге всё-таки вмешалась я.— Позволь-ка ему встать,— распорядилась я, подобрав с земли опаску.— Для начала, кстати, застегнись,— посоветовала я девчонке. И, угрожая бритвой, пацану: — А ты штаны снимай, забавничек. Кому сказала? Ну!

Незадачливый насильничек от страха пребывал в легком помрачении сознания.

— З-з-зачем? Т-ты что?..

Торможенный клиент.

— Я — как, мудак.— Я вдруг перешла на рык: — Штаны спустить! Не спустишь — член отрежу! Живо! — Он сломался.— Ниже! До колен! Трусы! Руками не держать! Как всё запущено... Давай-ка мы его слегка подвинем,— обратилась я к девчонке,— к примеру, вот сюда, поближе к костерку. Распорядись-ка.

— Я?

— Ну, не всё же мне трудиться, правильно?

— А... а как?

— А пни, как по мячу. Или, если хочешь, стукни по уху.

Упрашивать себя девчонка не заставила — и стукнула, и пнула, и еще добавила вдогонку. Передача получилась очень ничего, мне грешно было бы промахнуться. В круговом прыжке (признаться, для души — не то чтобы пижоня, но уже шаля) я переправила его ногой в тлеющее костровище. А что — а даже артистично, тоби-йоко-гери, право, удался... ну не яйца же ему кромсать прикажете!

Траекторию мне править не пришлось.

А углей там оставалось больше чем достаточно.

— И зачем ты голым жопом на углях сидишь, гордый и красивый птица Феникс? А затем, чтобы все знали, кто я есть — гордый и красивый птица Феникс! — игнорируя отчаянный скулеж подонка, живенько прокомментировала я.— Больше, правда, на паленую ворону смахивает,— подмигнула я девчонке,— как ты полагаешь?

— Гнида он!

— Есть некоторое сходство.

С перепугу выбраться из костровища у него никак не получалось, хоть помогай ему... сам, впрочем, обошелся. Стреноженный своими же портками недоделок, опалив себе не только задницу, но и бока и руки, наконец-то выкатился из костра и теперь, корячась на земле, пытался кое-как одеться. Подвывал и всхлипывал он в равной степени от боли, унижения и страха. А ужо ему.

Достаточно с них всех.

Ноги никому я, если кто заметил, не калечила.

— Бегом отсюда! Все! Б е г о м!!!

Командно получилось. Удивляюсь, как девчонка тоже не сбежала. Остальные же (я даже допускаю, что не все в сознании, во всяком случае — полном) драпанули, словно тараканы от струи инсектицида. В конечностях они, по крайней мере, путались.

Праздник жизни удался.

— И никакого тебе полового удовлетворения, понимаешь, окромя одышки,— проворчала я.— Измельчала нынешняя молодежь! — Я взглянула на девчонку: — Ну, чего уставилась?

— Простите...— малолетка стушевалась,— а меня вы бить не будете?

— За что? За глупость разве что,— пожала я плечами.— Расслабься, повезло тебе. Всё хорошо, что хорошо кончается.

— Как вы с ними... круто, как в кино! Я думала, вы их совсем убьете...

— А надо было? Впрочем, не мой жанр. Ладно, ты не обращай внимания, настроение у меня такое. Я сегодня — как та девочка в песочнице... Знаешь этот анекдот?

Девчонка покачала головой.

— А очень просто. Девочка в песочнице сидит и плюшевому медвежонку лапы отрывает. К ней мужик подходит: «Девочка, зачем же ты зверей-то так не любишь?» А девочка встает, отряхивает руки — и к нему: «Знаешь, дядя, а людей-то я на самом деле тоже не люблю!»

Девчонка вежливо хихикнула.

— Вы, наверное, какой-нибудь спецназ?

Угу, спецназ. Спец-нас, спец-вас, спец-всех кого ни попадя...

— Наверное,— не стала я ее разочаровывать.— Тебя как звать-то?

— Настя... Староскитская...

Бывает.

— Ну и как же ты, Анастасия Староскитская, до такой, пардоньте, жизни-то дошла?

— А?

Ясно. Будем проще.

— С этим погодим.— Я деловито прибрала в карман трофейное оружие.— Нам, между прочим, сматываться нужно — не дай Бог, еще какая шелупень на огонек заявится. Мне лично продолжение банкета ни к чему,— сообщила я, натягивая курточку.— У тебя другие планы?

— Я... можно с вами?

— Отряхнись сперва.

— Ой, извините, да... Так лучше?

— В темноте сойдет. Пошли. Держись пока за мной.

Мы благополучно вышли на тропинку.

— Мне — в ту сторону,— махнула я рукой.— Ты как?

— Я тоже, по пути, я...

— Ладно, двинулись.

Поначалу она жалась рядом, как испуганная собачонка.

— Расслабься, ночь нежна.— Пэтэушница не поняла, естественно.— Это тоже что-то вроде шутки юмора,— со вздохом пояснила я.— Проехали. Ты лучше объясни, как же тебя угораздило так влипнуть, Настя Староскитская? Ты ведь не законченная дура... вроде бы.

Девчонка отвела глаза.

— Откуда же я знала, что они такие сволочи? Подонки, гады...

— Можешь пропустить.

— А?

— Ты по существу давай.

— А, да, конечно, извините... Понимаете, тот парень, ну, который... которого вы сунули в костер, он вроде бы нормальный был, мы даже с ним... гуляли. А сегодня он позвал меня с друзьями посидеть, потом сказал... они хотели... все... ну, знаете...

Ну, в общем представляю.

— Не жалеешь, что я в это дело влезла?

— Что вы, нет!

— А не боишься?

Настя поняла:

— Что отомстят? Кишка у них тонка! Сволочи они, конечно... Но это ничего, я справлюсь, вы не беспокойтесь. Я теперь сама.

Эта Настя начала мне нравиться.

— Сколько тебе лет?

— Пятнадцать. Ну, уже шестнадцать скоро.

— Учишься, работаешь?

— Работаю. В ларьке, недалеко здесь. Может, знаете — на Пражской, возле перекрестка?

Опаньки.

— Это круглосуточный который?

— Ага, он там один такой. А вы...

— Я...— Опаньки! Мне б только не спугнуть ее внезапным интересом.— Я там сигареты как-то ночью покупала,— объяснила я.— Только продавец там был другой, по-моему, не ты...

Попала или нет?

— Так а я же ночью не работаю. Мы с подружкой в смену через день, а по ночам всегда Сова торгует.

— Сова?

— Ну, кликуха у него такая. Он вообще-то Савёнков. А что?

Что-то смутно шевельнулось.

— Савёнков?

— Ага, фамилия его.

— А...

Оп-паньки!

Бывают совпадения.

— Что-нибудь не так?

Я спохватилась:

— Глупость, ничего, я так... я о смешном подумала: тут Филин, там Сова — прямо сборище пернатых, понимаешь... Он тоже из таких?

— Сова-то? Нет, Сова вообще-то тихий. Он на игле сидит... Ой, я...— зажала она рот ладошкой — Я не то сказать хотела!

— Не журись. Мою службу мелочь не интересует. Мы за другими супостатами охотимся,— сблефовала я на голубом глазу.— Мне просто интересно, как он может постоянно в ночь работать?

— Так ведь он всю ночь и не работает. Пересменка у нас в девять, ну, Сова, короче, с вечера выходит. Реально он до двух сидит, бывает что до трех — и дрыхнет до утра. Когда — в ларьке, когда — домой идет, он же тут недалеко живет, на Пражской тоже...

Что на Пражской, я уже не сомневалась (если кто еще не уловил, чуть позже поясню).

— Хорошо устроился сэр-гражданин Сова. И куда же ваш хозяин смотрит? Кстати говоря, хозяин у вас — черный?

— Ну, кавказец в смысле, да. А с Совой у них какие-то свои расклады...— Наконец она насторожилась: — А почему вам это интересно?

Потому. Пора было сдавать назад.

— Да в общем-то не почему, скорее — для чего: беседу поддержать. Надо же нам по пути о чем-то разговаривать?

— Ну... да.

Я усмехнулась:

— Честно говоря, я просто не хочу, чтобы *ты* меня о чем-нибудь расспрашивала, понимаешь? — доверительно пояснила я.— Правду говорить я не имею права, а врать тебе лениво. Ну, соображаешь?

— А... понимаю, да. Это, как же... государственная тайна?

— Вроде как. Так что ты о нашей встрече лучше не распространяйся, ни к чему. Это, кстати, и в твоих же интересах. Мы договорились?

— Я не подведу!

Прозвучало чуть ли не торжественно.

Янка, я с тебя балдею...

Между тем заброшенная стройплощадка осталась позади.

— Вы знаете,— девчоночка притормозила,— а я уже пришла... почти. Мне вон в тот дом, я там живу, последняя парадная...

Я улыбнулась:

— Рада за тебя. Сама дойдешь?

— Конечно, я... спасибо вам большое!

— Да в общем не за что.

Тоже в общем-то всего лишь эпизод.

— Как же «не за что» — да если бы не вы...

— Ты тоже молодец. Шагай.

Шмыгнув носом, Настя повторила:

— Спасибо вам большое!

— Всё путем. Удачи тебе, Настя Староскитская.

Шагай уж.

Добрые дела... иногда и добрые дела на что-нибудь полезны. Очень изредка.

Продолжим, дамы-господа?

Я, собственно, к чему — опять же к «если бы»: если бы я не пошла через заброшенную стройплощадку, если бы я не вмешалась, мимо бы прошла, то есть поступила по уму бы, не по настроению, если бы затем я эту Настю ненароком не разговорила, если б, наконец, не с ходу поняла, что же именно такое я услышала... Но должно же было мне когда-то повезти, в конце-то расконцов!

Как бы там ни было, с Настасьей я пересеклась действительно удачно. Занятно убедиться лишний раз, что наш несовершенный мир местами очень уж кстати тесен — я о вышеупомянутом господине Савенкове, как вы понимаете. Именно, опять тот пресловутый ложный вызов: Пражская 11, квартира 69, возраст 25, повод «плохо с сердцем». Он? А кто еще-то, спрашивается. Юрий мне сегодня говорил, что вызов организовали наркоманы, но фамилия и адрес мнимого больного были настоящие. Отморозки тупо дали адрес своего приятеля, с которого у них не получилось поиметь должок. Капитан еще упомянул, что, судя по всему, этот их приятель дурью приторговывает, так? А Настя обронила, что ларечник, Савенков-Сова, определенно на игле сидит — а значит, очень может быть, в придачу и торгует. Ночной ларек — местечко подходящее; да и график для простого продавца у Савенкова малость странноватый...

Короче, дважды два — никак не двадцать восемь. Интересно, как же сам Тесалов не сообразил, что ларечник, давший на меня нужные кому-то показания, и мой несостоявшийся клиент — один и тот же тип? Нет, это хорошо, конечно же, что не сообразил — у меня пока есть некоторое пространство для маневра. Пожалуй, конструктивная беседа с этим организмом может оказаться несколько важнее, чем мне думалось. Придется пощипать пернатого всерьез. Уж не знаю, как там на ментовские вопросы, однако на мои гражданин Сова ответит *правильно*.

Ладно, это лирика. Пока.

Выйдя к нужной мне пятиэтажке, я взглянула на часы: без двадцати девять. Сравнительно удачно, время пока есть. Пересменка в ларьке — в девять, стало быть, имеется определенный шанс, что гражданин Сова покамест пребывает дома. Согласитесь, прихватить объект в квартире — всё-таки сподручнее, чем поджидать его на оживленном месте около ларька или неизвестно как оттуда его выковыривать. Кроме того, не стоит забывать, что в лицо я этого пернатого не знала.

Стараясь не светиться около парадной, я навскидку попыталась выяснить, он дома или нет. Планировка в таких зданиях стандартная, работая на «неотложной помощи», я эти хрущобы изучила (чтобы не сказать, что залечила) вдоль и поперек. Я припомнила, как расположена на лестничной площадке савенковская дверь, и прикинула, куда выходят его окна.

Однако — есть, в квартире горел свет. Квартира, судя по ее расположению, однокомнатная... что, конечно, ничего еще не значит, тем не менее почему-то у меня сложилось впечатление, что гражданин Сова изволит жить один, по крайней мере, всяко без родителей. Положим, даже достоверное предположение — еще не факт, опять же, но...

Пора бы ближе к телу.

Взвесив за и против, я решила попытаться взять клиента в оборот на лестничной площадке, в идеале — непосредственно в дверях, когда он соберется на работу. Если я всё рассчитала правильно, то уже мне надо было поспешать, теперь это могло произойти с минуты на минуту.

Что занятно — так и получилось.

Если кто не помнит, шестьдесят девятая квартира находилась на последнем, пятом этаже. Как и в прошлый раз, освещение на лестнице практически отсутствовало. Теперь мне это было только на руку: даже и столкнись я с кем-то из жильцов, всё равно осталась бы неузнанной.

И опять мне повезло. Во-первых, навстречу мне никто не попался, во-вторых, к квартире Савенкова я поспела вовремя. Из-за двери было слышно, как в прихожей кто-то возится. Я затаилась сбоку. Щелкнул отпираемый замок, дверь открылась, на площадку вышел человек. Будь в квартире кто-либо еще, из-за двери бы наверняка пробивался свет. Получается, что этот тип сейчас действительно один; хотелось бы еще, чтобы он и в самом деле оказался Савенковым...

А заодно проверим.

— Гражданин Савенков? — протокольным тоном осведомилась я.

— А...— дернулся субъект; оно понятно: лестничная клетка, тьма кромешная, а тут, изволите ли видеть, ниоткуда — я, вся из себя, прошу заметить, в черном.— Да, я, а что... в чем дело?

— В сущих пустяках.— Ну что ж, процесс пошел; но раз уж он пошел, тут чем быстрее, тем — сами понимаете.— Пройдемте,— затолкала я его назад в квартиру,— разговор имеется.

— В чем дело?!

— Не шуметь.

— Какого черта, блин!..

Я без затей заехала ему под дых, перешибив дыхание, ощупью закрыла на замок входную дверь и нашарила в прихожей выключатель.

При ближайшем рассмотрении гражданин Сова оказался типом мало выразительным. Действительно лет двадцати пяти, рост близко к среднему, изрядно худощав, лицо... ну, скажем так, лицо *пока что* как лицо, несколько сейчас зеленоватое.

Таращился ларечник на меня в самом деле чисто посовиному.

— Не дергайся, целее будешь,— посоветовала я.

Он просипел:

— Да я же тебя, блядь!..

И отчего же они все так неоригинальны? Чем-то я парней сегодня раздражаю, надо полагать. А жаль.

Пришлось ему слегка добавить под кадык и полутушкой переправить в комнату.

— Погрусти пока,— уронила я его в подвернувшееся кстати кресло и включила свет.— Не суетись, здоровье береги.

Я бегло оглядела комнату. Жилище одиночки, очевидно. Очень средненько, не бедно, не богато, здорово запущено. Типовой набор домашней техники: телевизор, видеомагнитофон, компьютер, музыкальный центр. В углу неряшливо заправленный диван, по центру — основательно захламленный невысокий столик, пара разномастных кресел рядом с ним. Одно из них с моим клиентом — низкое такое креслице, в котором человек полулежит скорее, нежели сидит. Расслабься, дорогой, всё равно ты с этого седалища на раз не очень встанешь...

Судя по количеству в комнате кассет и дисков, сэр-гражданин Сова имел быть меломаном. Очень хорошо: резонно допустить, что соседи к музыке приучены. Звукоизоляция в таких домах ни к черту не годится, а значит, разговор с клиентом лучше заглушить. Не изобретая лишних сущностей, я сунула в проигрыватель первый же попавшийся си-ди: урежьте-ка нам марш, маэстро!

Можете смеяться, но в квартире зазвучал Бетховен. А он эстет, сэр-гражданин Сова.

Ларечник начал приходить в себя:

— Какого черта тебе надо, ты...

Небрежно сбросив на пол всё, что было на столе, и слегка его подвинув, я присела на столешницу напротив кресла с Савенковым, оказавшись таким образом на голову выше «пациента».

— Готов поговорить?

— Ты кто такая, блин?

Я ухмыльнулась:

— Я твой шанс, Сова. Твой невеликий шанс подохнуть не сейчас, не здесь, а где-нибудь попозже. Но для этого тебе придется очень постараться.

— Ты, блин...

— Говорить мне «вы»! — резко перебила я [1].— Не хамить мне больше. Шум не поднимать. Отвечать, когда буду спрашивать. Всё усвоил?

Савенков сглотнул.

— Вы из ментовки? В смысле — из милиции?

— Надеешься легко отделаться? Не выйдет, голубок.

Пернатый вдруг осмелел:

— Тогда пошла ты, сука!

— Я пойду. Потом, немного погодя. Ну а ты, вполн возможно, здесь останешься. Что характерно — в виде куска мяса.

— Имел я всех таких.

— И тебе еще имелку не отрезали? Так это я в момент исправлю,— без малого всерьез пообещала я.— Закатайка рукава, позорничек, на вены твои гляну.

— Да? А отсосать не хочешь?

Я скорбно покачала головой:

— Не по делу шелестишь, кулечек.

— А катись ты!

Как это ни грустно признавать, но дискуссия, по-моему, захлебнулась. Конечно же, мне было бы полегче, если бы ларечник попытался рыпнуться...

Спасибо. Он и попытался. Как я, собственно, и ожидала.

— Зря, я так старалась по-хорошему!

От подробностей я вас избавлю...

Несколько секунд спустя Сова мог только сипло подвывать. Руки он держал перед собой, через шоковую пелену в его глазах просачивался натуральный ужас. Другого трудно было ожидать: вывернутые из суставов пальцы, по два на каждой из кистей — это, право, аргумент болезненный.

На весь дом звучала «Ода к радости».

Я приглушила звук.

— Попробуешь визжать — перебью дыхательное горло,— предупредила я (хотелось бы мне знать, как я с ним

---

[1] Не из интеллигентских фанаберий: при таком раскладе принудительное «вы» есть вещь того же ряда, что и подчиненное, на уровне подкорки, положение объекта, вынужденного смотреть в лицо мне снизу вверх *(примеч. Дайаны Кейн)*.

тогда общаться буду).— Теперь смотри сюда,— я вытащила из кармана бритву,— видишь инструмент? Как ты полагаешь, что с тобой случится, если для начала я тебе мошонку распорю и что-нибудь туда засыплю? На твой выбор — перец или соль? Ты что предпочитаешь? Отвечать!

Савенков еще и обмочился.

— Вижу, ты предпочитаешь отвечать,— за явным перебором я убрала бритву.— И это, между прочим, очень правильно. Уполовиненных свидетелей в живых нет смысла оставлять, имей это в виду.

— К-кто... от кого вы?

Какой зануда. Классика почти: «Из какого вы учреждения?» — «Не из какого я не из учреждения!»; вот скука-то...

Пришлось чуть поднажать.

На пальцы.

— Сова, ты хочешь жить? Ты не мычи, телятя, ты кивни... Правильно, тогда не задавай вопросов, спрашивать здесь буду только я. И учти: преамбула закончилась.

— Ч-что вы хотите?

Так-то уже лучше.

— Сущих пустяков,— мило ухмыльнулась я.— Правды, только правды и ничего другого, кроме правды. Для начала память напряги. Прошлая неделя, от полуночи до двух часов 11-го, то есть в ночь со вторника на среду. Вспомнил? Где ты был?

— Я... Как всегда, в ларьке, я в ночь работаю... работал.

— Не звизди, в ту ночь ты не работал, это установлено. Ну, гражданин Сова?

— З-значит, дома...

— И опять вы, гражданин, соврамши,— я была само терпение,— а врать нехорошо. А применительно к тебе — еще и чревато. Ты на свои грабки посмотри. Симпатично пальчики топорщатся? Как, нравится тебе? Калекой хочешь стать?

Сова скульнул в том смысле, что не хочет.

— Вот и я к тому — оно нам ни к чему. В конце концов, не зверь же я какая, правильно?

Сова тупо кивнул.

Я типа улыбнулась:

— Но, видишь ли, Сова, проблема наша в том, что через полчаса суставчики твои ни один, поверь мне, айболит никак уже на место не поставит. Пальчики к тому моменту напрочь отекут, суставные сумки деформируются, сухожилия заклинит и... короче, всё, кистям хана[1]. Или ты вообще без рук остаться хочешь?

— Не надо, я... Не надо, не хочу!

Берия во мне, похоже, пропадает. И откуда что берется, спрашивается...

Я сочувственно вздохнула:

— Тогда определяйся, гражданин Сова. Я повторяю: прошлая неделя, ночь со вторника на среду. Понял? Где ты был?

— Не помню... я... действительно не помню!

— А я тебе немного помогу. В ту ночь тебя разыскивали трое оч-чень недовольных молодых людей. Нехорошие такие мальчики, подонки, между нами говоря. Одного из них, замечу, Акробатом кличут. Как двух других, напомни-ка?

— К-кусок и Помидор.

Ох, ёшеньки! Бывает же такое.

— Допустим,— я глубокомысленно кивнула,— значит, Акробат, Кусок и Помидор. Юноши с тебя должок хотели получить, что, кстати говоря, не возбраняется. Что конкретно ты им задолжал? Не деньги, верно?.. Живо!

— Г-героин...

— Всё правильно, не врешь. Теперь подробнее.

Сова заговорил.

Если коротко, то капитан в своих предположениях был в общем-целом прав. А конкретно — да, наркотики он, гражданин Сова, распространяет. Да, то есть продает. Нет-нет, по мелочи, проверенным клиентам, корешам — имеет право человек друзьям помочь? Как? Ему самому́? Да, тоже помогли, д-да, на иглу подсел. Да, поэтому и денег не хватает, потому-то и связался он, Сова, с такими, как та отмороженная троица. Да, брал у них по случаю вещички, в основном рыжьё, ну, в смысле золото. Не знал, что краденое, но подозревал, Сова же не дурак. Да, задолжал, накладка получилась. Конкретно про ту ночь? Теперь он

---

[1] Надо ли пояснять, что с медицинской точки зрения сие есть полная, пардонте вам, фуйня? Ну, Сове, по-моему, было не надо *(примеч. Дайаны Кейн)*.

вспомнил, точно, он тогда у знакомой по работе парился... ну, в смысле прятался, но что в этом такого? А? Не у Насти, нет, у сменщицы ее, у Зинки Котовой. Да, до утра с ней был. Наркотики? Она здесь ни при чем. Ах, в смысле он? Он тоже ни при чем, его, Сову, хозяин заставляет. Кто хозяин? Ну, зовут Рашид, а фамилия его Чекоев, кажется. И вообще, раз уж на то пошло, так именно с него, с хозяина, и весь спрос, а Сова в натуре белый и пушистый...

Даже и давить особо не пришлось.

— Вот видишь, как всё оказалось просто,— похвалила я.— Правду говорить совсем не больно, правильно? Что ж, испражняйся дальше, начал — продолжай. Весь героин к тебе идет через Рашида?

— Да, я же говорил.

— А твой хозяин знает, что ты сам на героин подсел?

— Н-нет, если он узнает, то...

— То если твой хозяин не дурак, он, вероятнее всего, тебя закопает, как ты думаешь? А кстати, твой хозяин не дурак?

— Не знаю... нет... Поймите, если вы...

— Ну, лично мы ему об этом не расскажем. Пока, а дальше поглядим, от твоей правдивости зависит. Сколько у Рашида таких точек?

— Вроде три.

— Везде торгуют дурью?

— Да, я думаю... наверно... точно, да.

— Кто поставщик Рашида? Знаешь?

— Нет, для чего мне... я в его дела не лезу — жить хочу.

— Хотеть не вредно, вредно не хотеть. Допустим. Верю. Кто крышует вашу лавочку?

— Не знаю, это всё Рашид, он всё с братвой решает.

— А менты?

— С ментами — тоже он. Не сам, через кого-то... там всё схвачено. Я больше ничего не знаю, честно. Всё, клянусь!

— Допустим...

— Эт-то всё?

— Почти. Заметил, как легко со мной поладить? Умница. Значит, ночь со вторника на среду ты провел у Зинаиды Котовой. Я верно поняла?

Исподволь я подобралась к главному.

— Да, правильно.

Ну-с, коли так:

— Тогда как объяснить, что ты под протокол наплел сотруднику милиции, будто бы всю ночь тогда работал? За просто так соврал?

— Д-да...

— Ой ли? Лучше не грузи. В протоколе помнишь что записано? Что примерно в половине первого с приятелем болтал, а мимо вас машина проезжала, ты запомнил даже номер... Вижу, ты врубился, о чем речь. Кто тебе эту парашу впарил?

— Рашид велел мне...

Савенков осекся.

— Продолжай, я жду.

Было видно, как Сова что-то лихорадочно соображает.

— Послушайте, я... кажется, я знаю: вы — та самая врачиха с «неотложной помощи»...— Сова опять осекся.— Ничего я больше не скажу,— заявил он неожиданно.— Мне жизнь еще не надоела, ясно вам? И вообще — вы права не имеете!

Вот залепил-то.

Интересный поворот.

— А даже если так,— пожала я плечами.— Только кто тебе сказал, что я — *всего лишь* врач, догадливый ты наш? С чего ж ты взял, что всё окажется так просто, а, гражданин Сова? — Я печально покачала головой: — Очень жаль, но зря ты понадеялся. Ну-с, будем продолжать?

— Нет.

— Ты уверен?

— Да.

— Напрасно ты уверен.

— Пошла ты...

Н-да. Однако рецидив.

Пришлось вернуться м-м... к острым ощущениям.

— Бедный глупый гражданин Сова!..— Сам, впрочем, напросился.— Предупреждала я тебя: попробуешь шуметь — перебью дыхательное горло? — дозировано вызверилась я, едва он отошел от болевого шока.— Не понял, сукин сын? Решил, что я шучу? Смотреть в глаза, урод! Смотреть! В глаза! Лица не видеть! В глаза! Не видеть, я сказала! Отвечать! Что приказал Рашид? Когда?

Как это было? Не корчить дурачка! — продолжала я давить на психику.— В глаза смотри! Что говорил Рашид? В глаза! Рассказывай! В глаза мне! О т в е ч а й!

Клиент *поплыл*.

— Я... да, я расскажу...

— Само собой, расскажешь.

Рассказал.

Если опустить, ну, скажем так, избыточные знаки препинания, обусловленные пограничным состоянием пациента (черт, давала же себе зарок ни гипноз, ни нейролингвистическое программирование всуе не использовать!), то я уразумела следующее. После этой злополучной ночи, то есть в среду утром (с Зинкой он уже расстался), Савенкова вызвонил Рашид и велел немедленно явиться на работу. Сова хоть и стремался, но пошел...

— Кто должен был в тот день работать? — уточнила я.

— Да Зинка же...

— Рашид, выходит, знал, что в ночь ты не работал?

— Нет. Если б знал — спросил. Я сам ему не говорил, естественно.

— А Зинка?

— Вряд ли. Нет, Рашид не знал.

— Чего Рашид хотел?

— Чтобы я заместо Зинки в смену вышел.

— Как он эту рокировку Зинке объяснил?

— Не знаю. Я, когда пришел, ее там не застал. Никак, наверно, просто...

— А тебе?

— Сказал — так надо.

— Дальше излагай.

— Ну, я пришел. Рашид был не один, меня еще там Гарик дожидался. Вот мне, короче, Гарик и сказал...

— Стоп. Что за Гарик? Кто он?

— Из таких, крутых, хозяин перед ним — шестерка. Слышал как-то раз, что этот Гарик... ну, короче, он под самим Басмаем ходит. Басмай авторитет...

— Басмай? Басмаев, стало быть?

— Ну да. Он здесь за всем стоит.

— За дурью — тоже он?

Сова мне не ответил.

Но кивнул.

— Вот как... Басмаев, говоришь...— Почему-то я не слишком удивилась.[1] Занятненько. Додумаю потом.— Вернемся к Гарику. Что он тебе сказал?

— Сначала он спросил, не видел ли я около полуночи, как мимо ларька серебристая «десятка» проезжала...

— И? Продолжай.

— Ну, я ответил, что нет, не обратил внимания.

— А Гарик?

— Он сказал, что, когда придет мент...

— Когда? Не «если», стало быть, а именно «когда»?

— Да, он сказал «когда». Я, короче, должен был соврать, что «десятка» ночью дважды проезжала мимо, с интервалом в час. Якобы он, Гарик, в смысле, тоже был там, у ларька стоял. Мы типа оба эту тачку видели. Я должен был сказать, что за рулем сидела баба... женщина, короче, врачиха с «неотложной помощи», мол, я ее узнал. Он мне вашу фотку показал...

— Вот как... И что же? Мент пришел?

— Ну да. Какой-то недомерок... въедливый такой.— (Козлов, решила я.) — Я так всё и сказал, как Гарик мне велел. Только я не говорил, что будто номер видел. Наверно, это Гарик, я здесь ни при чем, с него спросите!

— Спросим и с него,— задумчиво пообещала я.— Всё рассказал?

— Да, больше ничего, поверьте. Я не виноват!..

— Заткнись, позорничек.

Хотелось бы мне знать, как теперь мне разбираться с этой информацией. Как-то надо разбираться... впрочем, не сейчас.

Пауза и так подзатянулась.

Совеныш осмелел:

— Послушайте, вы объясните хоть, кому я дорогу перешел? Я же тут со всеми ладил, в том числе и с вашими, ну, с «неотложки» типа. Есть тут врач один...

— Кто именно?

— Не знаю, он не представлялся. Я вообще узнал случайно, что он врач.

— И что же этот врач?

---

[1] Ай-яй-яй! Почтенный бизнесмен. А все чеченцы — землепашцы. Мирные *(примеч. Дайаны Кейн)*.

— Он у меня товар берет. Ну, в смысле героин. Сперва за деньги брал, короче, а потом и он стал цацками рассчитываться, золотишком то есть.

Опаньки...

Вот это поворот.

— Как он выглядит?

— Ну, как... обыкновенно. Молодой довольно, вроде вас...

— Рост? цвет волос? особые приметы?

— Он такой... ну, в общем, никакой, обыкновенный.

— Не рыжий?

— Нет. Пришибленный слегка... сутулится всегда... да, обручальное кольцо на пальце... вроде всё.

К сожалению, боюсь, я догадалась.

— И как давно он начал золотом рассчитываться?

— Ну, месяца так два, возможно — три назад, я не запоминал...

Да, всё сходилось. Не скажу, что я такого поворота ожидала менее всего, но всё-таки не слишком ожидала. Ох, как я такого поворота не ждала...

Впрочем же, с Совой пора было заканчивать.

— Жизнь ты себе купил. Почти. Остался пустячок: сейчас всё то, что ты мне рассказал, ты без запинки повторишь на камеру. И повторишь ты всё, Сова, подробно и по существу, более того — и с удовольствием.

— Я не...

— Ты — да, щусёнок. И начнешь ты так: я, гражданин такой-то, имя-отчество, работаю я там-то... Уяснил?

— Я...

— Не тяни, Сова, всё равно ты никуда не денешься. Ты сам об этом знаешь.

— Я...

— Да, Сова,— я улыбнулась,— да.

— Я... Да, я, Савенков Сергей Олегович, работаю в ларьке...

Улыбка у меня, надо думать, получилась *ласковой*.

Монолог Совы, иной раз прерываемый моими уточняющими репликами, много времени не занял. В общем-то я мало сомневалась, что о здешнем наркобизнесе Савенков знал больше, чем мне рассказал,— ну да пусть это заботит, извините, органы. На *свои* вопросы я ответы получила; лично мне достаточно того, что непосредственно касается меня... а меня, как оказалось, много что касается. Ох, много что...

Сова договорил.

Я выключила камеру.

— Я... вы... вы обещали жизнь...

Сопляк меня боялся.

Кстати, правильно.

— Зачем тебе такая жизнь, Сова? Ну, подохнешь ты не от меня, а в результате передозировки — думаешь, в глобальном смысле что-нибудь изменится? — Я вздохнула: — Ладно, раз уж обещала — так тому и быть. Но забудь о нашей встрече. Уяснил? Я с тобой сейчас не говорила, я — вообще мираж и фикция, усвоил? — Он истово кивнул.— Какой ты умница. Ручонки протяни...

В конце концов, я девушка порядочная, обещания и в самом деле нужно выполнять. Пальцы, правда, я ему вправлять не обещала, но всё же — клятва Гиппократа, то да сё; да и вообще — неаккуратно как-то. Другое дело, процедура эта, мягко говоря, небезболезненная... Ну да тут уж как? Тут, как сказал маркиз де Сад Захер Мазоху: «Имейте же терпение, мой друг!»

Впрочем, чтобы сделать наше расставание менее болезненным, пациента я по здравом размышлении отправила в наркоз: пусть полежит часок в беспамятстве, подальше от соблазна доложить кому-нибудь о нашем разговоре. Вряд ли он, конечно, до такой-то степени дурак, но разве не грешно за просто так вводить людей во искушение? Грешно, по-моему.

Однако дальше что? Здесь, в общем, ничего. Я — на всякий случай — наскоро протерла всё, к чему я прикасалась, и благополучно вышла из квартиры. За собой дверь я закрыла без проблем — замок у Савенкова был с защелкой. Эх, телефон ему я, жалко, не сломала, лучше бы Сова без связи поскучал... Ну да ладно, это всё же лишнее. К тому же и не Савенков меня теперь заботил...

Полагаю, вы и сами догадались. Да, конечно же, теперь я собиралась вдумчиво потолковать с маньяком. Вы не против, дамы-господа?

Ну, здравствуй, Эдичка!

ГЛАВА 15

Хазаров говорил... Но, впрочем, по порядку.

От Савенкова я убралась незамеченной, до оставленной у супермаркета машины дошла без приключений. И не только потому, наверное, что на этот раз я пошла по освещенным улицам,— не до того мне было. Окружающее я не слишком замечала. На ходу я без толку перебирала варианты, пытаясь привести полученные сведения в непротиворечивую систему. В голове царил сумбур. Предположим, лекарь-наркоман (за дозы, если кто не обратил внимания, расплачивающийся «цацками») и есть тот пресловутый врач-вредитель, якобы несуществующий маньяк. Цацки, надо полагать, награбленные, это очевидно, а маньяк, выходит, всё же существует, факт. То есть нет, конечно же, еще пока не факт, но уже навряд ли предположение. Допустим...

Н-да. Не знаю, почему я сразу поняла, что речь идет об Эдичке: не допустила, не предположила, а почему-то сразу — поняла. Более того — и приняла, поскольку раньше можно было догадаться. Как его ларечник описал? пришибленный, сутулый, никакой, кольцо на пальце. Что? мало ли таких? а непонятный разговор на лестнице? тогда, с басмаевскими бодигардами, на Лерочкином новоселье? не похоже? ладно, соглашусь, здесь вопросов больше, чем ответов, там вообще мог быть другой сюжет, даром что я в этом ой как сомневаюсь. Интуиция-с... но хорошо, допустим. А собрание? точнее, Эдичкина реплика на нем? ну, помните, Хазаров выдал Рудасу: вы, мол, знаете — она здесь ни при чем. Вы — *знаете*...

А он тогда при чем? оговорился просто? черта-с два, прозвучало-то вполне конкретно. Именно: не «как такая чушь вам в голову пришла», а как «кто-кто, но вы-то это знаете». Но отсюда можно заключить, что Эдик так или иначе ангажирован в квартирную аферу, верно? Не стыкуется: этакий, простите, старухоубивец, промышляющий грошовым грабежом, мало совместим с *серьезным* предприятием. Рудас — да, Басмаев — тоже да, с ними «черное» риэлтерство рифмуется. Но Эдичка...

Куда ни глянь, однако, всюду срань. Что-то я, похоже, упускаю. Маньяк, квартирная афера... да, наркотики еще, распространение которых контролирует Басмаев. Тоже ведь сюжет, в особенности ежели учесть, что этот бизнесмен всерьез намеревается открыть наркологическую клинику. Получается, одной рукой сажаем на иглу, другой с нее снимаем... в общем, грамотно: этакий круговорот бабла в народе. Как-как? цинизм? а что это такое в наше время? вот именно.

(Не хотелось бы прослыть вульгарной националисткой — с моей-то родословной! — но как-то даже и не удивляешься тому, что во главе подобной изощренной пакости имеет место быть не кто-нибудь, а выходец с Кавказа. Толерантность, право, толерантностью, но меру надо знать; угораздило же Лерочку связаться с такой нечистью. Хотя, с другой-то стороны, национальность человека определяется тем языком, на котором человек, ну, так скажем, думает,— а Басмаев, мне сдается, думает как раз по-русски. Или я гоню?)

Короче, доктор Кейн. Пациентов стоит потрошить по мере поступления, сомневаться будем после. Вечер для меня не только не закончился, но толком, судя по всему, не начался. Резюме: права я или нет, перво-наперво берем за жабры Эдичку... а кстати — как? А незатейливо: сегодня понедельник, так, а значит, он работает — если бы меня не сняли с линии, я была бы в смене вместе с ним. Стало быть, есть шанс перехватить Хазарова возле поликлиники, когда он будет возвращаться с какого-нибудь вызова. Если мне немного повезет (а почему-то я не сомневалась — повезет), ожидание надолго не затянется, а дальше...

Дальше — поглядим. Помнится, Хазаров рвался сам со мной поговорить. И вряд ли только о своих нелепых чувствах, как теперь мне кажется...

Дождался Эдичка.

Ну что ж, Хазаров говорил. Почти ремейк, почти по Достоевскому: «Так кто же всё-таки убил-то?» — «Как же кто? Да вы же и убили-с, Родион Романыч (бишь Эдуард Евгенич), больше некому-с. Вы-с и убили-с». Как ни странно, Эдичка почти что не юлил и даже в общем-то не слишком рефлексировал. По-моему, ему уже всё было безразлично, как покойнику,— фиолетово, как нынче говорят. Не знаю, впрочем же, могу быть неправа... в конце концов — судите лучше сами.

Итак...

Подъехав к поликлинике, я оценила обстановку. Автомобилей «неотложной помощи» на стоянке не было — все разъехались по вызовам. Отличненько. Под окнами родного отделения светиться не хотелось, я припарковалась в стороне, чуть наискось от входа в «неотложную». Ждать и в самом деле долго не пришлось, что лично я восприняла как должное. Карета с Эдичкой подъехала минуты через три, от силы — через пять. Похоже, всё-таки куда-то я попала — пускай пока не в точку, но в струю; теперь греби, зевать здесь не приходится...

Хазаров и водитель вышли из автомобиля. Водитель, кстати, был мне незнаком... Ну да, конечно же, сообразила я, подмена: Калугин ведь в больнице. Я мигнула фарами. Эдичка, подслеповато щурясь, обернулся, углядел мою машину, на какое-то мгновение вроде бы заколебался. Затем он что-то объяснил водителю, отдал ему свой чемодан и подошел ко мне.

Я приглашающе открыла дверь:

— Ну, здравствуй, Эдичка.— Хазаров молча сел в машину.— Уделишь мне несколько минут? — Мой визави кивнул.— Тогда поехали.

Куда — он не спросил. Впрочем, и сама я этого не знала — просто незачем нам было оставаться возле поликлиники. Найдем укромный уголок...

Отъехав с полквартала, я свернула с улицы в проезд между домами, выбрала местечко потемнее и заглушила двигатель.

Эдичка по-прежнему молчал. Вместе с креслом я отъехала в глубину салона. Теперь Хазаров вынужден был сесть ко мне вполоборота — ко мне и, как нетрудно догадаться, к камере, вместе с сумочкой пристроенной на заднее сиденье.

Вроде бы в кадр Эдик попадал.

— Тебя не хватятся?

— Нет. Я предупредил, что отлучусь. Тем более мне ужин полагается.

— Извини, придется попоститься.— Эдичка опять меланхолически кивнул.— Передай мне сигареты. В бардачке.— Закурив, я обронила как бы между прочим: — И как давно ты на наркотики подсел?

Хазаров, кажется, ничуть не удивился:

— С полгода как,— пожал плечами Эдичка.

— Практически с тех пор, как мы с тобой расстались?

— Примерно. Ты здесь ни при чем.

— Отрадно слышать.— Я наполовину утвердительно спросила: — Героин?

— А как ты думаешь? — Хазаров криво усмехнулся: — Сперва амфетамины, разумеется. Попробуй-ка в режиме сутки через сутки покрутись без допинга. Вот и подхлестнул себя разок-другой. А дальше — знаешь же, как это всё бывает.

— Теоретически. Скорее, представляю.

Эдичка опять пожал плечами:

— Классика. Подсел, понравилось, уверен был, что слезу. Ну и пошло: сегодня еще раз, а завтра типа завяжу. У всех примерно так. В душе-то понимаешь — все так думают: ну, я-то, мол, не все, я, мол, совсем другой, у меня-то точно воли хватит. Все мы другие, пока не припрет.

— Но ты же врач...

— А толку-то с того? — Согласна, прозвучало глуповато.— Булгаков же свои «записки морфиниста» не из пальца высосал. Так что я такой не первый, не последний. И именно как врач я понимаю, что наркоманов лучше не лечить, а сразу убивать.— Не спросясь, Хазаров тоже закурил, чуть помолчал, спросил: — Но ты ведь не об этом говорить хотела, правильно? — Я молча покачала головой.— Ну и о чем же?

— О смертях. Говоря точнее, об умертвиях.

«Убийства» я употреблять не стала.

— Даже так...— неторопливо затянулся Эдичка,— с чего ты... впрочем, ни к чему.— Эдичка опять немного помолчал.— Пусть так, допустим. Как же ты узнала?

— По-разному. Считай, что догадалась. Иногда и я соображаю...— Теперь уже плечами пожимала я: — Навряд ли это так принципиально. Главное, я *знаю* — это ты.

Хазаров на меня взглянул едва ли не насмешливо:

— И не боишься? Если я действительно маньяк, а?

Как ни странно:

— Нет.

Почему-то я и вправду не боялась. Я серьезно: в замкнутом пространстве, без посторонних глаз, в компании серийного убийцы (паче наркомана) страшно не было. И не только, кстати, потому, что я была уж так уверена в себе... впрочем, и в себе была я всё-таки уверена.

— Хоть это кое-что,— кивнув, вновь угрюмо усмехнулся Эдичка.— Только вот жалеть меня не надо, хорошо?

Жалеть? Его? А ведь пожалуй что.

— Не буду.

Эдик раздавил окурок:

— Ну и как? Я так понимаю, должен исповедаться? С чегс прикажешь начинать?

— С начала. Или как тебе удобно. Можно и с конца.

— С конца удобнее.— Он вынул из кармана пиджака потрепанный конверт.— Держи.

— Что это?

— Заявление в прокуратуру. Явка, так сказать, с повинной. Можешь прочитать.

Незапечатанный конверт на ощупь был довольно-таки пухлым.

— Не сейчас.— Я отложила Эдичкину писанину в сторону.— Ты расскажи мне сам, мне хочется... ну, скажем так, п о н я т ь. С чего всё началось?

Он, помолчав, ответил:

— С эвтаназии...

Впрочем, далее — от третьего лица.

Всё началось с намерений, на Янин вкус, благих, пусть и при том отнюдь не бескорыстных. Официально эвтаназия у нас запрещена, что абстрактно, несомненно, правильно. А вот конкретно...

Конкретно — это частный разговор. В условиях бессовестности здравоохранения любое милосердие — в том числе *последнее* — остается исключительно на совести врача. Коллегам о таких вещах не говорят — их просто иногда приватно делают.

Характерно, что не только деньги вдруг сподвигли доктора Хазарова сделать этот шаг, хотя, конечно, сидя на игле, Эдик в них отчаянно нуждался. И ведь даже и не деньги (не особенно большие за подобную *услугу*, кстати) вкупе с состраданием, без которого там, впрочем же, не обошлось, хотя как раз на нем Хазаров не настаивал. Похоже, что-то там при всем при этом было личное, толком Эдиком самим неоговоренное, но...

За неделю к этому больному Эдичка Хазаров попадал три раза. Ситуация была там безнадежная: неоперабельный онкологический старик, мучимый в придачу аритмией и сосудистыми спазмами. На свою беду, больной пребывал в сознании, что с ним происходит, понимал, знал о своем диагнозе. Ну и перспективы он, конечно, тоже сознавал.

Старика давно пора было сажать на наркоту, однако в этом-то и заключалась дикость ситуации. Больной жил не один — при пятидесятилетней незамужней дочери. Женщина, всерьез подвинутая на религиозной почве, оказалась яростной противницей наркотиков. Страдания отца ее не убеждали: Господь терпел и всем другим велел, в муках человек рождается и в муках умирает, и что Всевышний на роду кому-то написал, то всё без знаков препинания правильно. Что характерно, против остальных, неэффективных в данном случае лекарств она не возражала: анальгин, так надо понимать, наш Бог благословил, а вот морфины-омнопоны — от лукавого. У старых дев — бывает; тоже жизнь...

Совести религия не заменяет, вся религиозность без ума чревата подлостью. Впрочем, подоплека там могла быть вовсе не религиозная: мало ли за что могла бы захотеть так «отблагодарить» родителя дочурка? Не исключено, что даже и за дело. А почему бы нет? В чужой семье, иной раз, как в душе́ — в потемках иногда такие черти водятся!

Как бы там ни было, страдающий старик, несмотря на нарастающие боли, дочери перечить не решался. По закону при таком раскладе мнение врача в расчет не принимается.

(На практике подобный терроризм в семье — явление вполне распространенное. У Эдички так и не получилось связно объяснить, что конкретно в этой ситуации задело его за живое. Тем не менее что-то в нем определенно срезонировало: неурядицы ли в собственной семье, ощущение по жизни схожей безнадежности, еще что-либо... Не исключено, реакция Хазарова была вообще по сути алогична, как у многих героинзависимых людей. Каких только химер не прячет подсознание...)

Иначе или так, больной был обречен на каторжное умирание. Дед, ясно, перспективы сознавал, и очень даже ясно сознавал. Поэтому, когда старик, оставшись с доктором наедине, вполголоса заговорил об эвтаназии, Эдичка удивился не слишком.

На подобности Хазаров был довольно-таки скуп, но картинка в общем представлялась. Может быть, старик заговорил примерно так: «Сынок, ты можешь сделать так, чтобы я не мучался? Вообще не мучался, совсем, ты понимаешь?» Вполне возможно, Эдик возразил: «Не могу, я не имею права». Наверное, старик был убедителен: «Ты не думай, я ведь заплачу́, у меня от дочери кое-что припрятано...»

Вероятно, было как-то так, возможно, впрочем, как-то и не так — Хазаров, главное, в итоге согласился. Дельце оказалось на поверку не особо хлопотным. По квартире кое-как старик передвигался и входную дверь открыть был в состоянии. Эдичка пришел (приватно, разумеется), когда он был заведомо один. Остальное было делом техники: загрузив сознание пациента психотропами, Хазаров медикаментозно (кстати, безболезненно) остановил ему дыхание и — собственно, и всё. Оставалось лишь благополучно выйти из квартиры, заперев входную дверь ключами старика, о которых дочь давно забыла. Труда это большого не составило.

На эвтаназии Хазаров заработал пятьсот долларов.

Отложил себе старик на черный день...

....

Может быть, не стоило бы так подробно говорить об этой эвтаназии — дело по большому счету в общем-то житейское, обошлось — и всё, раз обошлось. И тем не менее Хазаров был по-своему принципиально прав, поведя отсчет своим смертям отсюда. Как-то слишком уж легко и необременительно случилось у него отправить человека на тот свет — как-то слишком даже как-то слишком.

Навряд ли это — *только* это — обстоятельство толкнуло Эдичку Хазарова еще на один шаг, однако же его оно изрядно облегчило. И если в предыдущем эпизоде Яна (то есть я) была бы из последних, кто в душе бы осудил доктора Хазарова, то следующий случай в Эдичкиной «практике» оправдать она бы не смогла... Да и нуждался ли теперь Хазаров в чьем-то оправдании?

История там была такова.

Хазаров, будучи врачом отнюдь не бестолковым, подрабатывал иной раз частной практикой. С одним таким клиентом Эдичка и вляпался. Начиналось всё вполне традиционно и цивилизованно. Как-то на дежурстве он попал на вызов к старичку, сделал всё необходимое, откланялся. Пациент был вроде бы доволен, лечение, очевидно, впрок пошло, у Эдички рука на старика оказалась легкая. Во всяком случае, вызывая в следующий раз, клиент просил прислать к нему конкретно доктора Хазарова. Так у них и завязались отношения.

Жил этот старичок один, для пенсионера был неплохо обеспеченным. Материально человеку помогали родственники — помогали, но не более того, никак иначе в жизни старика участия они не принимали. В любой семье, опять же, как в душе́...

Пожалуй, Эдичке бы стоило уже насторожиться и не принимать так сразу предложение старика полечить его системно частным образом. Впрочем, ради справедливости следует признать, что на первый взгляд всё выглядело в общем-то нормально. С профессиональной точки зрения там было с чем работать: застарелая стенокардия, атеросклероз, гипертония — типичный, словом, возрастной набор, который до конца, естественно, не лечится. Старость исцеляется, увы, сугубо радикально, остальное же при надлежащей терапии может быть успешно скомпенсировано. Этим Эдичка честно и занялся.

Довольно скоро Эдик пожалел о своем решении. Пациентом старичок оказался исключительно неблагодарным, проявил себя законченным занудой и брюзгой. Предписания врача он сплошь и рядом просто игнорировал, дергал Эдичку по поводу и без, результатов требовал немедленно. Платил при этом он сугубо неохотно и както унизительно, как будто Эдик у него одалживался. Тот еще типаж; ничуть немудрено, что те же родственники от него предпочитали быть на расстоянии.

Самое разумное, что Эдичка мог сделать в данной ситуации, это отказаться от такого пациента. Так он и попытался поступить.

Однако же, увы, не тут-то было. Старичок повел себя, как паучок, уверенный, что муха из его сетей никуда не денется. Старикан отлично понимал, что частная хазаровская практика не вполне законна, и решил его на этом поприжать. Для начала он пообещал нажаловаться на Хазарова начальству «неотложной помощи», а после вовсе пригрозил судом, причем, похоже было, не впустую. Ну а требовал дедок всего-то ничего: чтобы Эдичка и дальше продолжал обслуживать его капризы, но уже бесплатно. Деньги, понимаешь, уже плочены, эффекта, понимаешь, никакого — вот и отрабатывай давай, ежели не хочешь разбирательства...

Врач — во многом существо бесправное, перспектива тяжбы в данной ситуации — весомый аргумент. Сутяжничество в наше время поощряется, а правосудие у нас совсем не там, где здравый смысл. Так что в случае разборок по суду нервотрепка предстояла Эдичке изрядная, более того, при абсолютно неблагоприятных обстоятельствах он вообще мог бы лишиться права заниматься медициной. В профессиональном смысле это — смертный приговор.

Шантаж — занятие не всегда благоразумное. А уж требовать от доктора *лечения* посредством шантажа[1] — вовсе как-то нездоро́во и не здо́рово. Лечить, известно, можно ведь по-разному...

Так Эдичка в конце концов его и «полечил» — тот заснул и больше не проснулся. И честно говоря, в чем-то доктора Хазарова понять, пожалуй, можно — ну да в жизни всё понять, наверно, можно, но...

Но то-то и оно, что именно что — «но».

В качестве моральной компенсации Хазаров небрезгливо покопался в стариковских закромах и приподнялся аж на штуку с лишним долларов. В конечном счете, почему бы нет? С паршивого клиента тоже причитается.

....

Самое смешное (если здесь вообще уместно говорить о чем-нибудь смешном), что в следующем, третьем эпизоде, оказавшимся для Эдички буквально роковым, никакого умысла на убийство не было. Элементарная врачебная ошибка — да, была, остальное приложилось от лукавого.

---

[1] Дороги мы когда-нибудь построим, но вот с разумом в России есть, была и будет напряженка. Не знаю, впрочем, может, это к лучшему. Ась? Да, без башни веселее — на свой лад *(примеч. Дайаны Кейн)*.

На очередном дежурстве доктору Хазарову достался вызов к одинокой бабушке. Эту пациентку Яна смутно помнила. Старушка вызывала часто, особенно она любила Рудаса, однако же в отсутствие последнего довольствовалась и другими докторами. Больная плавно и на удивление безболезненно угасала от злокачественной опухоли легкого. При онкологических заболеваниях изредка бывает и такое: до последней, терминальной стадии, человек дотягивает без значительных болей. С женщинами, кстати говоря, такое происходит чаще, нежели с мужчинами.

В действительности дни старушки были сочтены, но от госпитализации она категорически отказывалась. Пусть даже и не очень по-людски, даже пусть в кромешном одиночестве, но умереть она хотела дома. Потихоньку всё к тому и шло.

Повод к вызову в тот раз был — «задыхается». В легких у старушки в самом деле хлюпало. Эдичка закономерно расценил это как следствие известной онкологии и, чтобы пациентка раздышалась, внутривенно уколол эуфиллин. Ошибка заключалась в том, что задых был обусловлен в данном случае сердечной недостаточностью, наличие которой у старушки Эдичка не принял во внимание. Зациклило его на основном диагнозе, случается.

Применение эуфиллина при такой сопутствующей патологии чревато фибрилляцией. Эдичка ее и получил — как и труп старушки, разумеется. Зато ей мучаться в итоге не пришлось.

А вот от мародерства Эдичка не удержался — сказывался, очевидно, предыдущий опыт. Брать в квартире было толком нечего, старушка доживала век свой бедненько, почти что в нищете. Одна вещичка, впрочем, стоила внимания. В старушечьем серванте на виду, рядом с выцветшей от времени фотографией мужчины в военноморской форме, лежал парадный офицерский кортик — семейная реликвия какая-то, надо полагать. Эдичка его и прикарманил.

(А и то: в наше предприимчивое время всякий труд непременно должен быть оплачен, как вы полагаете? Иначе даже неприлично как-то.)

На общем фоне это были пустяки.

Только вот Хазарову эти пустяки дорогого стоили.

Попался он на этом самом кортике. Об иных деталях своего влипалова, кстати, Эдик сам не знал, Яне многое известно стало позже. В реконструкции цепочка выглядела так. Эдичка, не мудрствуя лукаво, запродал раритет знакомому ларечнику, кортик от того (через хозяина ларька, резонно допустить) попал к кому-то из людей, напрямую знающих Басмаева, и был преподнесен последнему в качестве презента. К холодному оружию кавказский человек Басмаев был неравнодушен, коллекционировал его.

Одна случайность потянула за собой другую. В тот же день в приватном разговоре с Рудасом (куда же без него) Басмаев похвалился новым экспонатом, этим кортиком. Рудас, очевидно, вещь узнал — он бывал частенько у покойницы. Цепочку раскрутить в обратном направлении труда не составляло.

Так Рудас достоверно вычислил, во-первых, что Эдичка Хазаров наркоман. Во-вторых же, будучи субъектом далеко не глупым, умудренным опытом и весьма догадливым, заведующий «неотложной помощью» сопоставил кое-какие факты. В частности, он оказался в курсе взаимоотношений Эдички со склочным старичком — паучок успел-таки состряпать на Хазарова обещанную жалобу. Сложив в конечном счете два и два, выводы почтенный доктор Рудас сделал правильно.

Разговор у них с Хазаровым был очень непростым, но в известной мере предсказуемым. Между прочим, помнится, когда Дайана в первый день по выходе из отпуска зачехлила Жмару, кто-то из коллег заметил в утешение: ты, дескать, не грусти, отпишешься — и ладно. Мол, у Эдички Хазарова, к примеру, в позапрошлом месяце тоже был «чехол» в присутствии, к тому же еще скользкий — Рудас, мол, ему потом еще разборку учинил. Вероятнее всего, тогда оно и было.

Заведующий напрямую обвинил Хазарова в убийствах злонамеренного старичка и ни в чем не виноватой бабушки-старушки. С фактами у Рудаса, положим, было слабовато. В первом случае был налицо мотив, во втором — зацепка с кражей кортика. Впрочем, доказательства причастности Хазарова собрать — или сфабриковать — *при желании* труда бы не составило. Ну а то, что подобное желание у компетентных органов возникнет обязательно, уважаемый Альберт Михайлович железно обещал. Эдичка в конце концов сломался.

Занятный, надо полагать, у них был разговор...

В жестком стиле доведя клиента до кондиции, Рудас предложил ему альтернативу. Либо законопослушный доктор Рудас дает делу официальный ход, используя при том свои неофициальные возможности, и гарантировано топит чем-то симпатичного ему доктора Хазарова. Либо Эдичка и дальше практикует, так скажем, *эвтаназию*, но отныне только им, заведующим «неотложной помощью», будет определяться, когда и, главное, кого его коллеге, доктору Хазарову, придется приморить — сугубо скрытно и, конечно, безболезненно...

Да, именно вот так, ничуть не более.

Но и никак не менее того.

....

Навряд ли есть необходимость говорить, что Хазаров предложение Рудаса принял. События, описанные выше, происходили в первых числах августа, в то время Яна пребывала в отпуске. К этому моменту «черная» риелторская деятельность в исполнении Рудаса, Басмаева и К° набрала уже значительные обороты.

(Тут уместно маленькое отступление. Еще одна занятная деталь: жилплощадь ненароком убиенной Эдиком старушки тоже значилась среди «сомнительных» квартир Дайаниного списка. Не исключено, что Рудас сам бы день-другой спустя приморил бы бабушку. Эдичка ему всего лишь поспособствовал.)

В общем, Эдичка Хазаров оказался в роли чистильщика, можно так сказать, киллера-невольника при квартирной мафии. Впрочем же, за каждое умертвие великодушный доктор Рудас Эдику кое-что платил — как правило, по двести-триста долларов. В конкурсе на звание самого дешевого киллера Российской Федерации Хазарову, за явным преимуществом, пришлось бы выступать — простите тавтологию — вне конкурса. С другой-то стороны, известно: пять старушек — рубль...

В общей сложности, по поручению Рудаса Эдичка отправил на тот свет восемнадцать одиноких пожилых людей. Схема во всех случаях была примерно одинаковой. Поначалу с этими людьми имел дело сам Альберт Михайлович, в основном причем официально, в рамках патронажного эксперимента «неотложной помощи». Далее под тем или иным предлогом (сам сегодня посетить, мол, не могу, но коллега за меня что нужно сделает) обаяшка Рудас рекомендовал больным коллегу — доктора Хазарова. Последний этих пациентов навещал уже приватно, частным образом — и обставлял всё под естественную смерть. Как говорит Священное Писание, no comment.

За разговором Яна всё-таки не удержалась от соблазна просмотреть хазаровское заявление в прокуратуру. Изложено было подробно и по существу: даты, адреса, фамилии, способы умертвия с детальной рецептурной прописью. В целом это походило на историю болезни — на свой лад... А кстати, чью историю болезни?

В детали, не желая слишком отвлекаться, Яна не вникала, однако беглого ознакомления с Эдичкиной писаниной ей вполне хватило для того, чтобы убедиться в абсолютной верности своих регистратурных изысков. Все связанные с «черной» обезличкой адреса в хазаровском признании имелись и среди тех, что Дайана извлекла сегодня из компьютера. За догадливость ей следовало бы себе поставить высший балл — но желания отчего-то не было.

Шесть достопечальных эпизодов, попавших так или иначе в поле зрения милиции, начиная с обокраденного трупа в адресе на проспекте Славы и заканчивая невозможным вроде бы убийством Соловец, тоже были все на совести Хазарова. Как ни странно, но за малым исключением всё то, что сегодня Яна напредполагала в разговоре в кабаке с Тесаловым, оказалось очень близко к истине. Бывают же достойные суждения...

Тоска.

Нелепый Эдичка...

Такой примерно вышел разговор, по большей части — монолог Хазарова. Вопросы к нему, впрочем, оставались.

— И как же дальше-то ты жить намерен, Эдичка? — помолчав, спросила тусклым голосом Дайана, то есть, очевидно, снова я.

Эдик взглянул на меня едва ли не насмешливо:

— Никак, я думаю.

Хотя, наверно, нет, пожалуй, не насмешливо; и пожалуй что не на меня он странно так смотрел, скорее — на себя, с академическим каким-то интересом, с каким дети смотрят на насаженное на булавку редкостное насекомое; насекомое, которое по недоразумению еще сучит ножками...

Эдичка спокойно закурил.

— У тебя еще вопросы будут? — Я кивнула.— Спрашивай.

— Послушай, как...— Зайдем со стороны: — Что за водитель у тебя сегодня был?

— Водитель? Сменный, за Калугина.

— А что с самим Калугиным?

— Автец, в больницу загремел.

— Как именно, не в курсе?

— Нет. По пьянке, говорят. Калуга на семейной почве всю последнюю неделю пил немерено... А он-то здесь при чем?

— Так просто, к слову...— Эдик, судя по всему, нимало не лукавил: что знал, то и сказал; замнем пока.— Откуда ты узнал, что вся... Ну, скажем так, вся эта деятельность связана с квартирами?

— Да так,— Хазаров чуть пожал плечами,— Считай, что догадался. Иногда и я соображаю, знаешь ли. Для чего еще такое затевать? Да и Рудас не особенно скрывался...

— Кто-нибудь еще из наших в деле? Кроме Рудаса?

— Не знаю. Вряд ли. Думаю, что нет.

— Допустим...— Соглашусь: излишество вредит.— Послушай, как ты попадал к м-м... клиентам, это я усвоила. А как ты за собой квартиры запирал?

Эдичка опять пожал плечами:

— Ключами, как еще. Люди же обычно держат их на видном месте, под рукой, как правило, в прихожей. Если у кого-то был замок с защелкой, просто дверь захлопывал. Один раз вовсе запирать не стал, не смог найти ключи... да и, честно говоря, особо не усердствовал. Мне всё тогда уже по барабану было.

— Понятненько...

Понятно, почему была открыта дверь в том странном эпизоде, когда больная пожилая женщина якобы накручивала номер «неотложной помощи»: отнюдь не в ожидании врача была она открыта. Нужно пояснять? Теперь, по-моему, это очевидно, равно как и то, почему в квартире с полуразложившимся трупом старика при милицейском обыске не нашлись ключи. Всё оказалось просто, как лечение.

Еще в двух эпизодах из «моих» шести, в случаях с соседкой-ключницей и с обнесенным трупом в адресе на проспекте Славы, Эдичка сработал абсолютно чисто. Все известные запутки, ныне разъяснившиеся, если кто запамятовал, целиком и полностью, приключились *после*. Удивительно? Отчасти разве что. В очередной раз проявился принцип парных случаев... да, соглашусь, причудливо, на уровне дурных случайностей — из тех, что изрядно отдают закономерностью. Есть в Книге Судеб странные места.

На мой вкус, такие совпадения ничуть не удивительнее, например, чем бодяга с той же наркоманской троицей. Тоже было во всем этом нечто от дурной, от слепой, так скажем, предопределенности, от хромой, как мелкий бес, судьбы. Ну сами посудите. Для начала эти наркоманы тупо обнесли покойницу в квартире на проспекте Славы, спровоцировав тем самым интерес милиции. А казенный (или всё-таки *козлённый*?) интерес, напомню, лично для меня в конечном счете обернулся ночкой в «обезьяннике». А еще был накануне ложный вызов на квартиру Савенкова, когда эти отморозки чуть не дождались меня на лестнице; тогда им повезло — не дождались, но в итоге на меня ребятки всё-таки нарвались. Жизнь горазда на замысловатые сюжеты...

Между прочим, незадолго до наркош в том подъезде побывал и Эдичка...

А кстати, да:

— Помнишь прошлый вторник? Ну, когда мы с тобой аппаратуру загружали. Ты тогда хотел со мной поговорить. О чем?

— О чем-нибудь.

— Об этом?

— Обо всем... теперь уже неважно.

— Предположим...— Если я всё верно рассчитала: — Ты же ведь потом пошел к старухе Соловец? И ее ты тоже, так ведь, Эдичка? — Эдичка меланхолически кивнул.— Тут я, честно говоря, не очень понимаю, как с ней у тебя такое получилось. Насколько мне известно, когда труп нашли, дверь была закрыта изнутри засовом...

Эдик усмехнулся:

— Дело техники. Определенный опыт накопился, знаешь ли... Не помню, говорил я или нет, что я в виварии когда-то подрабатывал. В студенческие годы, разумеется, санитаром на полставки числился. Было там одно особенно паскудное занятие — отработанных подопытных собачек усыплять. Там всё грубо, безо всяких изысков. Колется зверушке миорелаксант, и собачка, как ты понимаешь, в корчах задыхается. Зрелище пренеприятное, замечу... О чем я?

— О собачках.

— Да, о ящике. Трупы их потом в такой контейнер убирали, перед тем как оптом отвозить на утилизацию. Короче, мы с напарником так наловчились дозу подбирать, что у нас собачки сами в ящик прыгали. Ну, уколешь, подведешь ее к контейнеру, собачка залезает — тут ей и кранты. Сугубая такая рационализация: на агонию смотреть не надо, труп потом тащить. Идиллия...

— Я принцип поняла.

— С Соловец той было, в общем, то же самое. Подобрал «коктейль» ей, уколол... уже не помню, под каким предлогом. Даже как-то интересно было максимально точно дозу рассчитать, во вкус вошел. Бабушке как раз хватило времени, чтобы дверь за мной закрыть и в коечку прилечь. Изящно, нет?

Лично мне сказать на это было нечего.

Хазаров раздавил окурок. Как клопа.

— Занятно, я-то думал, ты морали мне читать затеешь. Я даже аргументы подготовил.

— Например?

— Что я сделал, например, такого, чего не делало бы наше государство? Сколько нищих стариков загнали в гроб реформами, их кто-нибудь считал? Что характерно, я — *убийца* после этого, а всевозможные, понимаешь, типа *реформаторы*... По-твоему, это справедливо?

Он всерьез?

— Ждешь, что я тебе отвечу, Эдик?

— Вряд ли. Мерзко просто всё...— Хазаров помолчал немного.— Помнишь, я сказал, что мне к какому-то моменту всё по барабану стало? Действительно, прихватят меня, нет — на самотек пустил. А знаешь, что меня особенно достало? Ведь не поверишь!

— Что же?

— Простота. Получалось всё, как будто так и надо, я себя буквально невидимкой чувствовал. Прямо несуществование какое-то, словно до меня нет дела никому — и ведь мне ни до кого нет дела, даже до себя. Улавливаешь, нет? Не знаю, как сказать... Я как будто бы попал в другое измерение. Ни эмоций больше не было, ни страха — ничего...

— Могу себе представить.

Н-да, могу.

— Навряд ли, Яна. Вряд ли кто поймет, что такое э т о безразличие...[1]

Возражать большого смысла не было.

Я вернулась к актуальной для меня шестерке эпизодов:

— А случай с двумя трупами в квартире? Насколько мне известно, люди были там убиты м-м... не медикаментозно. За что же их ты так... не пожалел?

— Получилось просто всё по-глупому. Я с порога не сообразил, что старуха не одна в квартире. Гостья у нее какая-то была, втихаря на кухне копошилась. Плюс к тому же бабка что-то заподозрила, когда я «общеукрепляющий» укольчик сделать предложил. Зачем-то позвала вторую с кухни, я и психанул. Пришлось их... грубо. Шеф потом вонял, узнал откуда-то.

— Басмаев подсказал. У него какие-то повязки есть в милиции.

— Я так и понял, что Басмай — за главного.

— С чем ты к нему на новоселье Леры подъезжал?

— Искал, как слезть с крючка. Знал, само собой, что не получится... Я, кстати, было дело, думал, что и ты к этому всему имеешь отношение.

Однако...

— Ты мне льстил.

Эдичка слегка пожал плечами:

— В конце концов, а почему бы нет? Сестренка же твоя с Басмаевым якшается? Ты думаешь, она не в курсе?

— Точно знаю — нет.

— Да мне без разницы. — Хазаров помолчал. — Как же всё бездарно получилось...

Подвисла пауза.

---

[1] Что-то это смутно мне напоминает. «Да разве старушонку я убил?!» А почему бы не убить-то, впрочем, старушонку *(примеч. Дайаны Кейн)*.

О чем еще спросить?

— Ты сейчас на дозе?

— Разумеется.

Вопрос излишен... Между прочим, да:

— Зачем ты им был нужен, как ты думаешь? — Я не столько спрашивала, сколько размышляла: — Ты же для них — слабое звено. По идее, Рудас мог бы сам управиться. Или руки пачкать не хотел?

— А зачем ему так напрягаться? Он у нас такой... интеллигент. Баре черновой работой брезгуют.

— Предположим. И душонка у него, наверное, ранимая... Эдик, неужели ты не понимал, что тебя в конечном счете спишут? Тупо, за ненадобностью, при любом раскладе?!

— Понимал, конечно. Только всё равно... всё равно деваться было некуда.

— Послушай...

С мысли меня сбила неожиданно сработавшая где-то в стороне автомобильная сигнализация. Нервы у меня, как оказалось, всё же не железные.

Я механически взяла из пачки сигарету, покрутила ее в пальцах, сунула обратно. Чтобы вновь собраться с мыслями, мне требовалось некоторое время. Эдичка молчал — не то чтобы расслабленно, скорее — отрешенно, как будто в ожидании приговора.

Встать, Страшный суд идет...

Заговорил Хазаров, впрочем, первым:

— Ну и что ты скажешь?

— Ничего.

— Я имел в виду — что станешь делать?

Я всё же закурила.

— Знаешь... ничего.

Хазаров этого как будто бы и ждал:

— Спасибо. Ты права. Я должен сам покончить со всем этим. Мне нужен еще день.

Спрашивать, зачем, мне не хотелось. Ни помочь, ни помешать ему ни в чем я не могла.

Я взяла конверт с хазаровским признанием:

— А это?..

— Это дубликат. На всякий случай. Пусть будет у тебя, не против?

— Хорошо.— Я бросила конверт на заднее сиденье.— Еще один вопрос...

Эдичка болезненно поморщился:

— Тебе не надоело меня мучить?

— Извини.

Он странно улыбнулся:

— Впрочем, спрашивай.

— Меня интересует механизм приватизации. Можешь рассказать, как эти квартиры переоформлялись? Не мог же ты об этом не задумываться, так? Или ты совсем не в курсе?

— В общем разве что. В детали, извини, меня не посвящали.

— Пусть будет в общем, Эдик. Расскажи.

— Устал я. Ладно... Из тебя бы следователь, кстати, получился, раньше за тобой не замечал.

— И всё же?

— Ближе к телу? Хорошо. Я думаю, вся хитрость была в том, чтобы завладеть на время паспортом больного. То есть хитрости-то тут как раз особой не было. Помнишь, да, у нас же ведь сейчас страховые полисы меняют в поликлинике. Вот под этим-то предлогом документы Рудас, я так думаю, и брал. Ну, как бы: очереди, мол, зачем же вам стоять, я вам всё по доброте душевной сделаю. Говорил, что через день-другой пациент получит документы — с доставкой на дом, никаких хлопот, патронажная программа называется. Рудасу же люди доверяют, Альберт Михайлович у нас, ты знаешь, обаятельный, без мыла в анус влезет... Логика пока понятна?

— В общем-целом — да. А ты откуда...

— Знаю. Рудас как-то раз попросил меня вернуть такому пациенту его паспорт. Ну, я и побеседовал с клиентом...

— А потом?

— Отправил к праотцам.

— Я не об этом. Предположим, паспорт[1] на день-два изъяли. Дальше что?

---

[1] В действительности еще требуется копия свидетельства о приватизации, раздобыть которую, впрочем, не проблема *(примеч. компетентных органов)*.

— Говорю же, в точности не знаю. Рудас, повторю, мне как-то не докладывал. Так, что-то здесь услышишь, что-то там...

— Ну, и? — не выдержала я.

— Ну как по нашим временам уводятся квартиры? Как правило, через нотариат. Там важен документ, наличие его, а кто предъявит ксиву — дело пятое. За невнимательность нотариусу можно приплатить. Есть у подставного человека минимальное хотя бы сходство с фотографией — и типа как сойдет.

— Использовались подставные лица?

— Думаю, что да. Подставного загримировать под фотку в чьем-то паспорте — проблема невеликая. С этим даже скромный педик Кукин на досуге справится... Намек, надеюсь, ясен?

— Вроде как...

— Учти, что подавляющее большинство умертвий — бабушки-старушки. Есть подозрение, что бумаги за них всех подписывались посторонним человеком — одним и тем же во всех случаях, заметь. Есть у них такая, понимаешь ли, старуха на проценте...

Мне показалось было — я ослышалась:

— Как ты сказал?

— Старуха на проценте.

Оп-паньки... Нет, с этим погодим.

— Ты уверен в этом, Эдик?

Он пожал плечами:

— Как тебе сказать. Ручаться не могу: кое-что я в самом деле слышал, что-то сопоставил...— Он как споткнулся: — Яна, я пойду.

Хазаров однозначно ставил точку в разговоре.

Перечить я не стала:

— Я тебя подброшу.

Эдик отказался:

— Ни к чему. Пешком хочу пройтись. Врачи советуют, полезно для здоровья.

Что я могла еще сказать?

— Иди.

— Пойду.

Мы помолчали.

— Что же... я пошел.

— Еще увидимся.

— Навряд ли. Всё, пошел...

— Иди.

— Пошел.

Он, наконец, ушел.

Если бы она — то бишь я, бишь то бишь Яна — знала...

Впрочем же, что с Эдичкой мы больше не увидимся, уже тогда откуда-то я знала. Отчего-то я не сомневалась, что не только дни, но даже и часы Хазарова были сочтены. И ничего бы, право, я менять не стала...

При любом раскладе, как я и сказала, участь Эдички была предрешена. Хотелось бы мне оказаться вовсе ни при чем, но наша встреча возле поликлиники, увы, ускорила события. Тот факт, что Эдик сел ко мне в машину, стал известен Рудасу, он в то время находился на работе. Опасаясь, что Хазаров мог мне что-то рассказать, Рудас о произошедшем сообщил Басмаеву. Подозревая, что контроль над ситуацией теряется, почтенный бизнесмен раздумывать не стал. Зачистка началась.

Хазарова зарезали в парадной тем же вечером, когда он возвращался с вызова; зарезали, обставив дело так, как будто на него напали наркоманы. Обставлено всё было просто, даже буднично: адрес, на который вызвали врача, для Рудаса, работавшего в ту же смену, узнать труда не составляло. Остальное для людей без лиц было делом техники. Наверное, так будет странно говорить, но этот вариант оказался для Хазарова никак не самым худшим. Рискну предположить — даже наоборот...

Нет, я ничего не стала бы менять.

....

Теперь меня интересовало другое.

ГЛАВА 16

Временами может быть и так, как вообще-то быть никак не может.

Не знаю, как у всех, но у меня случается. Иной раз нечто во всех смыслах постороннее, чья-то неожиданная фраза, например, странным эхом резонирует в сознании, вызывая поначалу ощущение абсолютной невозможности, бредовости пришедшего на ум. Неисповедимо долгое мгновение спустя в голове как будто происходит некий поворот с переворотом, а когда после него всё в первом приближении успокаивается, невозможное уже становится естественным вполне, даже словно в чем-то ведомым заранее. Ощущение бредятины при том, замечу, сохраняется, но...

Сами посудите. Эдичка Хазаров: «Есть у них на этот счет какая-то старуха на проценте». Лерочка: «Бывают в жизни совпадения: видела я тут не так давно, как твоя соседка из машины Стаса вылезала». К чему бы это, а? И сама моя соседка: «Меня тут как-то раз за бомжиху приняли: мол, синюха, заработать хочешь?» Тоже информация для размышления... хотя и не скажу так сразу же, о чем. Тем не менее, похоже, я недаром удивлялась, какое дело тете Лизе до смертей на нашем отделении, и не одних моих, а именно что — всех. И ведь что-то вроде бы еще было с Нарчаковой как-то странно связано...

Словом, я теперь почти не сомневалась, что мафиозная старуха на проценте, упомянутая Эдиком Хазаровым, и милейшая моя Елизавета Федоровна Нарчакова суть одно лицо.

Я ехала домой.

Понятно, настроение было у меня отнюдь не жизнерадостным. Ни думать, ни гадать мне больше не хотелось, подозрения, подспудно переросшие в уверенность, мутной тяжестью лежали на душе. И вообще — не по себе мне было...

Случаются такие ситуации, когда ты, вопреки рассудку, чувствуешь: всё, что бы ты ни делала, получится неправильно, ошибочно, не так. Я механически давила на акселератор, стрелка на спидометре всё больше отходила вправо. Ощущение неправильности только нарастало. Почему-то мне казалось, я должна спешить — но сердцем чуяла, что не успевала. Точнее объяснить не умею.

По какому-то наитию машину я не стала загонять во двор, бросила ее на улице, прямо у парадной. Возможно, впрочем же, наитие тут было ни при чем, а просто — в спешке получилось так, в растрепанном сознании...

Не суть.

Я всё же опоздала.

Дурная бесконечность, скверный сон... Дверь в квартиру оказалась приоткрытой, на непривычно темную площадку изнутри пробивалась тонкая полоска света. Не раздумывая, для чего-то задержав дыхание, как перед прыжком в ледяную воду, я юркнула в прихожую. Замерла, перевела дыхание, прислушалась. Как будто никого...

Следов взлома на двери я не заметила. Сочтя, что надо бы себя обезопасить со спины, я заперла замок, поставила его на стопор. Теперь снаружи было не открыть, желающим зайти на огонек без разрешения дверь придется взламывать. Зато и я теперь в ловушке — изнутри.

Ощущения постороннего присутствия в квартире вроде не было.

Я наконец решилась:

— Тетя Лиза, где вы?

Тишина.

— Елизавета Федоровна?!

Та же тишина. Пустая тишина такая, нехорошая.

— Есть в доме кто живой?!

Свет горел в прихожей, в зале, в нарчаковской комнате. Я осторожно заглянула к ней:

— Елизавета Федоровна, вы...

Живых в квартире не было.

Она лежала на полу. Лежала неестественно, как сломанная кукла. Не нужно было быть врачом, чтобы сразу же, с порога осознать, что она убита. Подойдя, я опустилась рядом с ней на корточки, ради-для очистки совести попробовала пульс. Мертва она была бесповоротно, окончательно. Я разглядела минимум три пулевых ранения: в грудь, в живот и в голову. Последний выстрел был контрольным, надо полагать. Как ни странно, но лицо Елизаветы Федоровны он не обезобразил. По меньшей мере еще одна пуля угодила в застекленный книжный шкаф — на полу за телом тети Лизы рассыпались осколки. Больше разрушений я так сразу не заметила. Крови натекло не слишком много.

Поблизости от трупа Нарчаковой на полу валялся пистолет. В некотором помутнении сознания я подняла оружие. Вяло спохватилась: что же я наделала, ведь — отпечатки пальцев, то да сё... а если это из него стреляли в тетю Лизу? По-моему, меня слегка трясло... не помню, честно говоря, настаивать не стану. Я постояла несколько секунд в прострации, зачем-то попыталась было рукоятку «пушки» протереть — и наконец-то вроде бы очухалась.

Нужно было что-то делать. Вызывать милицию? Положено... впрочем, нет, пока повременим. Для начала я должна была сама понять, что здесь произошло.

Попробуем.

Во-первых, пистолет. Я поднесла ствол к носу. Чувствовался запах пороха — сомневаться не приходится, совсем недавно из него стреляли. Модель была мне незнакома, что неудивительно: раньше из таких приспособлений ничего, кроме «макарова», в руках я не держала. Это было более компактное оружие, не новое на вид, воронение местами от времени вытерлось. Я пригляделась к пистолету повнимательнее. Вот те раз! Германское клеймо, времен Отечественной, как я понимаю. Трофей? Возможно. То есть... если так, это несколько меняет композицию.

Посмотрим, что к чему. Затвор, предохранитель... так... обойма вынимается таким манером... ясненько. Обойма непривычная, рассчитана на семь патронов, осталось в ней четыре — плюс один в стволе. Итого: стреляли дважды, судя по всему, никак не в Нарчакову, м-м... Да, именно, как раз наоборот. Где, кстати, гильзы? Рядом, под столом, и аккурат две штуки. С этим в первом приближении разобрались.

Со щелчком вернув обойму в рукоять, я поставила предохранитель на небоевое положение и в задумчивости прибрала оружие в карман. А и правильно, уж раз такие танцы, пускай при мне побудет, под рукой. Оно спокойнее.

Так, дальше — время м-м... происшествия. Интуитивно я бы заключила, что всё произошло сравнительно недавно — с полчаса, от силы — час назад. Попробовать определить точнее? Вроде бы я врач, мне как бы карты в руки. Н-да. Судмедэкспертизу в Университете нам, само собой, читали, но поверхностно. Посмотрим. Кровь уже свернулась и порядком загустела, даже начала как будто подсыхать... впрочем, это происходит быстро. Показатель неинформативен. Что еще? температура трупа, разумеется. В среднем температура тела умершего человека понижается за час на один градус. Труп Нарчаковой еще не остыл, был *ощутимо* теплым. Ну и что? не градусник же ей теперь совать прикажете, тем паче посмертная температура измеряется в прямой кишке. Спасибо, обойдусь, с излишества мутит. Первоначального предположения о том, что всё произошло в пределах часа, лично мне достаточно.

Но что же именно, и как произошло?

Я прошлась по комнате, присматриваясь к мелочам, не зная, что ищу конкретно. Что-нибудь. Гильз от оружия, из которого была убита Нарчакова, я не обнаружила. Положим, это ни о чем не говорит: застрелить ее вполне могли из револьвера, например. Или даже револьверов, ежели незваный гость был не в единственном числе, что, кстати говоря, довольно вероятно. Или же, к примеру, киллер свои гильзы из каких-то хитрых киллерских соображений за собой прибрал, аккуратист такой... Как ни крути, возможны варианты.

Я прицельно поискала следы пуль от нарчаковских выстрелов. На первый взгляд как будто ничего: ни характерных дырок в стенах, непонятных вмятин, сколов — ничего подобного. Зато у двери в комнату, буквально на пороге, на полу имелось смазанное темное пятно. Я соскребла немного ногтем — однозначно, кровь. От двери до трупа Нарчаковой было метров пять, не менее того. Картинка начала приобретать какую-то определенность.

Поиски я продолжала в зале; по пути в прихожую заметила еще одно похожее пятно, за ним — еще одно. Очередной красноречивый след нашелся на стене в прихожей, около входной двери. Похоже... точно, некто вынужден был здесь опереться окровавленной рукой о стену. А ведь крепенько его соседка зацепила — обои напрочь испоганил, паразит. Их, правда, без того пора бы переклеить...

Янка, ты о чем?!

О своем...

О девичьем, вестимо. Ладно, это нервное. Еще раз быстро осмотрев квартиру и ровно ничего такого специфического не найдя, я вернулась к телу Нарчаковой. Который, кстати, час? Блин, пять минут двенадцатого; стало быть, я здесь, на месте преступления, топчусь уже не меньше десяти минут. Однако. Время откровенно напрягало, следовало как-нибудь определяться, наконец.

Я постаралась как могла сосредоточиться. Информация для размышления была достаточно скудна — но в некотором смысле всё-таки достаточна. Подумаем. Для начала: я не сомневалась, что убийство Нарчаковой напрямую связано с басмаевской преступной группировкой, с «черным» риэлтерством Басмаева и К°. По каким-то неизвестным мне соображениям старуху на проценте им потребовалось срочно ликвидировать. Вариант зашедших к нам домой на огонек каких-нибудь безбашенных грабителей всерьез не обсуждается. Разумеется, бывают в жизни совпадения, но при существующем раскладе это, право слово, даже не абсурд — это за пределами абсурда. Точка. С этим всё.

Заказчиков определили. Дальше — исполнители. Почему-то для себя я подсознательно решила, что их было двое. Почему? Ну, допустим, в одиночку действовать рискованно, втроем избыточно, два — вроде в самый раз. На самом деле я, конечно, понимала, что подобная аргументация зелым-зело слаба; предположение основывалось в основном на интуиции... но чутью пока имеет смысл поверить. Примем за основу — в первом чтении.

Итак, они вошли в квартиру. А кстати, как вошли? Просто позвонили в дверь, и Нарчакова им открыла? тупо, без вопросов? Не пойму, тетя Лиза была дама осторожная. Была знакома с киллерами? не исключено, что так... но отчего-то как-то мне сомнительно.

Тем не менее, оно *могло* быть так. Но могло быть и немного по-другому. Предположим, киллеры вошли в квартиру, сами открыв дверь. Как? отмычкой, например, а то и вовсе без затей — ключами. А ключи у них откуда? хм... хотя бы от меня. Это-то как раз элементарно, Ватсон, бишь — элементарно, доктор Кейн. Ключи от дома я ношу обычно в сумочке, без присмотра сумка остается... ну, к примеру, на работе, когда я на вызове. Незаметно их изъять оттуда на короткий срок — проблема невеликая; дубликаты без вопросов сделают в слесарной мастерской, каковых теперь, по-моему, больше чем достаточно. Это, кстати, означает, если я права, что ликвидация планировалась загодя, что характерно — именно в квартире. Только вот осуществлять ее пришлось поспешно, как мне кажется...

А что — а это, между прочим, версия. Практически наверняка убийцы были информированы, что меня нет дома. Я вряд ли им нужна, разве только для комплекта, за компанию... Но не до такой же степени Басмаев бредит наяву?! Да и застать двоих врасплох существенно сложнее...

Что ж, считаем — киллеры проникли в дом неслышно. Нарчакова их заметила лишь на пороге комнаты. При таком раскладе подразумевается, что пистолет она должна была держать буквально под рукой. Возможно это? почему бы нет: тетя Лиза — дама м-м... *непонятная*. Если что-то бывшая разведчица предполагала, скажем так, чего-то опасалась, что-то чуяла, то запросто могла держать оружие поблизости *всегда*.

На угрозу Нарчакова среагировать успела, нападавшие, сдается, бабушку-старушку недооценили крепенько. Вряд ли после первого же попадания в нее (не важно, в грудь или в живот) она была бы в состоянии ответить на огонь прицельной парой выстрелов. А стало быть, стреляла она раньше, на опережение. Серьезно зацепила одного (я сужу по крови на полу; возможно даже, он упал), но второй с ней справился. Дальше оба впопыхах покинули квартиру, не потрудившись даже запереть входную дверь. Запаниковали? тоже может быть. Вероятно, они очень торопились, опасаясь, что стрельба привлечет внимание соседей. Между прочим — зря, ведь здесь же старый фонд, звукоизоляция у нас на удивление хорошая.

Допустим.

Дальше...

Собственно, а всё. В смысле — всё, что я могла придумать, я придумала. Не стану утверждать, что всё без исключения происходило именно вот так, как я тут напредполагала. Надеюсь, я не ошибаюсь... слишком основательно[1]. Я же не криминалист, в конце-то расконцов...

Довольно.

Множить неопределенности чревато. Как не суетись, но вопрос «что делать» никуда не денется. Мы, в конце концов, в России или как?

Кто-то «как», а я в глубокой заднице. Хоть оставляй в буквальном смысле слова всё как есть и беги к родителю в Самару. Фатер, разумеется, проблемы так или иначе утрясет, но...

---

[1] В действительности, я тогда совсем не ошибалась. Правда, удивительно? *(Примеч. Дайаны Кейн.)*

К черту, этот бред не обсуждается. Я вообще-то взрослый человек. До сих пор себя я уважала, смею верить — не без основания. Да и всё-таки не те это — пока еще — запутки, чтобы сразу лапки кверху задирать.

Есть еще Тесалов. Позвонить? Пусть поможет объясниться мне с милицией. Право же, страховка мне не повредит: разговор с ментами у меня коротким не получится, чистилище мне предстоит изрядное. Но ведь я так до конца и не решила, стоит ему верить или нет. Рискнуть? а если он...

Что делать?

Делать.

Что-нибудь.

Собраться и звонить.

Забавно, но, протягивая руку к телефону, я еще на самом деле не определилась, какой я номер буду набирать: «02» милиции или тесаловский мобильный. Для начала, вероятнее, «02»...

Я взялась за трубку.

И в этот самый миг телефон рассыпался звонком — как будто бы взорвался под рукой.

....

То еще, я доложу вам, ощущение!

Хотите верьте, не хотите — доверяйте, но в итоге, поднимая трубку, я уже догадывалась, кто это звонит. Может быть, чего-нибудь подобного — опять же подсознательно — я даже и ждала.

И не ошиблась:

— Яна, с вами говорит Басмаев. Вы слушаете?

— Да.

А ведь нервничает господин Басмаев, нервничает.

— Слушайте сюда внимательно, я повторять не буду,— в голосе Руслана Ибрагимовича вдруг явственно прорезался акцент: — Лично мне не интересно, Яна, для чего вы застрелили, да, свою соседку...

Я обалдела:

— Я?!

— А кто еще, по-твоему? — резко перешел он на «ты».— Еще не понимаешь, нет? Ствол, из которого она была убита, найдут у тебя. Может быть, не дома, да, сооб-

ла цель: я отбиваю Леру, дальше... дальше поглядим, дальше в самом деле хоть к родителю в Самару. Впрочем, что-то мне подсказывало, что развязка будет несколько иной... Ничего, в процессе план подкорректируем.

Рассудим по порядку.

Басмаев, взяв в заложницы сестру, фактически не оставил мне выбора. В милицию я обратиться не могла — думаю, что это в пояснениях не нуждается. Вряд ли можно что-то быстро объяснить товарищам в погонах, стоя возле свеженького трупа, как вы полагаете? Еще есть вариант: довериться-таки Тесалову. Рискнуть? Касалось бы всё одной меня — да, может быть, в конце концов бы рискнула. Не знаю. Но я точно знаю, что за сестру я не имею права рисковать.

Искать загадочные «записи», понятно, я не собиралась. Хотя бы потому, что даже в самом первом приближении я не представляла, где и что искать. «Записи» — словечко растяжимое. Что это может быть? бумаги? видео какое-нибудь? что-нибудь компьютерное? я откуда знаю! К тому же, даже будь у меня эти документы (или что оно такое) на руках, всё равно не отпустил бы нас Басмаев по-хорошему. Он слишком далеко зашел, мне с ним не по пути — и, сдается, Лерке теперь тоже.

(Кстати говоря, о документах: еще тут и шантаж. Ну, Нарчакова, блин, ну... слов не подберу! Ну да Бог теперь с ней, с бабушкой-старушкой. А занятно, если вправду — Бог.)

Я, впрочем, не о том.

Обложив меня со всех сторон, почтенный бизнесмен по-своему упростил всю ситуацию. Говорят, что всё должно сначала стать гораздо хуже, чтобы после хоть немного измениться к лучшему. Хотелось бы поверить на слово, но — что ж, придется проверять. Выхода Басмаев мне и в самом деле не оставил. Кроме одного — сработать напролом.

А ведь я не сомневалась — у меня получится.

В активе у меня был выторгованный час. Для того чтобы добраться до «Гусятника» в такое время, хватит десяти минут. Еще десять я оставила себе на сборы. Итого: нагряну я, по крайней мере, неожиданно. Как именно — на месте уточним.

Своих возможностей я не переоценивала. И ясно сознавала, что разделать под орех испитый молодняк и справиться с басмаевской охраной — вещи разные. Навряд ли далеко не глупый большой босс станет ждать меня в компании лишь пары бодигардов.

Стало быть, вставал вопрос оружия.

Да, именно вот так. Понадобится — буду убивать. Что характерно — хладнокровно и осмысленно. Не думала я, что когда-нибудь до этого дойдет, ведь я же не такая, я другая...

Все мы другие.

Пока не припрет.

Покуда жизнь за горло не возьмет.

Итак, оружие. Я в темпе прокрутила варианты. Первый как бы самоочевиден: трофейный — применительно ко мне наследственный, скорее — пистолет. А так ли очевиден? есть сомнения. Стреляю я сравнительно э-э... Да, я стреляю именно сравнительно: с трех метров, например, в сарай не промахнусь, а вот дальше, извините, не уверена. К тому же и патронов маловато, всего пять, плюс нет гарантии того, что этот антиквариат надежен. Брать, не брать? прихватить на самый крайний случай? всё-таки возьму, право слово, как-то с ним спокойнее.

Принято пока. Пусть будет пистолет, но только не во-первых, а в-последних. Во-первых, предположим, я сама, во-вторых, необходимо что-нибудь еще такое... более сподручное.

Последний раз окинув взглядом комнату соседки, я прошла к себе. Посмотрим, что найдется у меня в домашнем арсенале.

Естественно, имеется катана, новодел, но из отличной стали. И кстати говоря, классическим кендо я владею в целом основательно. Н-да... жалко, номер не пройдет. И дело тут не в том, что если я начну катана головы сносить и кишки выпускать, то после даже и отец меня из-под суда не вытащит. Девочку с мечом в тюрьму, возможно, не посадят, но из спецпсихушки, есть такое подозрение, уже навряд ли выпустят. Здесь логика — в другом. Катана — слишком *явное* оружие. В бою у внешне безоружной женщины перед мужчиной есть психологическое преимущество. Извращенцев, просто психопатов и хороших профессионалов спецподразделений не считаем, но мало-мальски окультуренному большинству мужского населения известно с нежных лет, что женщин бить на поражение — неправильно. На этом, между прочим, и спецы элементарно сыплются. Другое дело — человек с оружием в руках: он для потенциального врага есть существо бесполое. Тут встроенный в противника «предохранитель» форы мне не даст.

Пристрелят, проще говоря, меня с катана, даже не поморщатся.

Требовалось что-то менее приметное, не такое радикальное на вид. Компактные нунчаки? не мой стиль. Уметь умею, но не слишком жалую, всерьез оружие должно быть по руке. Да и эффективность их преувеличена.

А вот шарик... Шарик — это да. Это, знаете ли, в самом деле — да, это инструмент в моих руках действительно убойный. И на оружие, что характерно, он на первый взгляд не слишком-то похож.

Представьте детский «раскидайчик» на резиночке. Замените мысленно нарядный безобидный шарик на аналогичного размера шарик из тяжелого металла, скажем — из свинца, а тонкую резинку, соответственно, на эластичный жгут. Представили? вот то-то и оно, таким даже нечаянно засветишь — мало не покажется. А ежели прицельно? с максимальной силой, в темпе, в окружении нескольких противников? двигаясь для них непредсказуемо и сколь возможно быстро? А жгут, используемый в качестве удавки? а шарик как кастет, хотя и без шипов? а...— можно множить сущности. Себя бы, правда, хорошо не зацепить.

Не думаю, что это мое ноу-хау. Кто-нибудь наверняка такую штуку пробовал. Тут вся проблема в том, что этот инструмент требует реакции предельной даже для меня. Это я к тому, что... словом, не советую, нунчаками махать порядком проще будет, как и безопаснее.

Шарик у меня на самом деле не простой, а золотой. Я всерьез, в буквальном смысле слова. На одном из выигранных мной турниров спонсоры-пижоны выдавали премиальные золотыми слитками. Ну я ими и распорядилась именно вот так, по-своему тоже в общем-то спижонила. Свинчатка всё-таки неэстетична — руки пачкает. И жгут я, кстати, заменила на довольно хитрый эластичный полимер... но подробностей, я думаю, достаточно.

Годится.

«Раскидайчик» однозначно принимается. Даже странно, что не сразу же я вспомнила про свой любимый м-м... ударный инструмент. А ведь это позволяет план уже подкорректировать...

От изложения пришедшей в голову идеи на текущий исторический момент я вас избавлю. Во-первых, потому, что была она чистейшей авантюрой — натуральной, рафинированной, так сказать, беспримесной. А в-главных — именно ее я в конечном счете в точности почти и реализовала. Зачем же дважды об одном и том же, правильно?

Очень кстати было, что я впопыхах не забыла прихватить из тачки ни видеокамеру, ни сумочку. Правда, Эдичкин конверт так и остался в бардачке... ну да это пока к делу не относится. А относятся к нему: «прямой, в обход секретаря» телефонный номер г. Басмаева (визитка в сумочке) и камера (еще на полчаса, а то на целый час ее ресурса хватит). Оч-чень хорошо.

Еще мне требовалось нечто, что могло на первый взгляд сойти за «документы» Нарчаковой. Интересно, Басмаев точно знает, что именно он должен получить? А ведь в этом я, положим, не уверена. Знай он конкретно, точно — так бы и сказал, а не просто «документы» или «записи». Есть в этом допущении логика, а? не исключено. Тогда вопрос — в другом: на что Басмаев может клюнуть? что ж, подумаем. Предположим, компакт-диски... подойдут? Нарчакова была женщина продвинутая, информацию (любую, подчеркну) она могла хранить и с помощью компьютера. Поверит в это г. Басмаев? не поверит? заинтересуется? пожалуй, на последний вариант есть некоторый шанс.

Аминь, на том и остановимся. Излишество и правого смутит.

С дисками всё оказалось просто. В ящике стола завалялись несколько заведомо никчемных, боевички, по-моему, какие-то... н-да, подходящий жанр. Что называется: вы хочите кина? в заглавной роли... титры прилагаются.

Дисков взять за-ради пущей убедительности имело смысл, наверное, не менее двух штук. Всего их было шесть. Решив не мелочиться, я прихватила все. Не стоит забывать — при нужде всё может стать оружием. Кругляш из пластика, запущенный в лицо, противника из строя вряд ли выведет, но вот внимание непременно отвлечет. А в бою порой и меньшего достаточно.

Я прикинула, не стоит ли переодеться. Ни к чему, одежка в самый раз — нигде движений не стесняет, чувствую себя я в ней уверенно. Да и черный цвет мне, повторюсь, к лицу, разве только вязаную шапочку добавить в завершение образа. Кроссовки, правда, легковаты, в берцах, например, удары наносить куда *весомее*, но мне важнее скорость. Хорошо.

Еще что? Деньги, паспорт — это обязательно: есть вероятность, что придется всё-таки удариться потом в бега. Так, камеру — в чехол, чехол на пояс, руки мне нужны свободными. Визитку с телефоном этой сволочи — с собой, хотя номер я и так запомнила. В карманах куртки «раскидайчик», компакт-диски, пистолет... хм, вроде бы, и всё.

Я сверилась с часами. Из отпущенных себе на сборы десяти минут я уложилась в семь. Осталось посетить, простите, туалет, на ход ноги еще раз прокрутить сценарий в голове — и действовать.

Всё.

Будь оно что будет.

Ну да всяко дальше что-то будет, как вы полагаете?

Как говаривал один давнишний мой сэнсей: в кино бывает редко так, как в жизни, зато в жизни — очень часто, как в кино.

Что поделаешь, не я же всё придумала...

Кое-что придется пояснить. Для начала: я не сомневалась, что за домом — вероятнее всего, за уличным подъездом и моей машиной около него — ведется наблюдение. Не вслепую же Басмаев мне звонил; очевидно, что большому боссу доложили, когда я приехала. Уж очень точно всё сошлось по времени: я — в дом, успела более-менее оглядеться, тут же и звонок. А если так, то резонно допустить, что наблюдение еще не снято. Предположительно соглядатай сидит себе в машине где-нибудь поблизости, «держа» мою «десятку» и парадное.

(На окна, кстати же, гипотетический соглядатай тоже, надо полагать, посматривает, так что, уходя, не стоит гасить свет. Пускай любуется, с Чубайса не убудет.)

Короче, стоит только этой пресловутой Яне, то есть мне, отъехать от парадной, наблюдатель тут же сядет незатейливо на хвост. Лично я бы так и поступила: мало ли куда могу я по пути в «Гусятник» завернуть, а? с дуры-бабы станется.

Логично? да, по-моему, есть смысл.

Отсюда и сюжетные *затеи* в моих действиях. Задача: выбраться из дома незамеченной. Подсказка: есть забытая «копейка» во дворе, продать ее я так и не сподобилась. Пути решения проблемы: э-э... лежат через чердак, иначе вроде бы никак не получается.

Похоже, всё-таки вы хочите кина.

Извольте, право.

Будет вам кина.

Наша квартира на последнем этаже — единственная на площадке. Еще маршем выше — дверца на чердак. Проникновению туда бомжей и романтически настроенных подростков препятствует изрядного размера навесной замок. Вешали его отнюдь не дармоеды-коммунальщики, а мы с соседкой, сами, за свой счет. Ключ от него, естественно, имеется. То есть на чердак я попадаю без труда, а вот оттуда...

Оттуда я хотела выбраться на лестницу, ведущую во двор. В крайнем случае, спущусь и по пожарной, с меня станется. Фонарик еще надо захватить...

Я сторожко вышла из квартиры. Вряд ли кто-то мог бы поджидать меня на лестнице, но приходилось быть готовой ко всему. Никого, конечно,— пусто, тишина; и всё же темень лестничной площадки напрягала. То ли лампочка перегорела так не вовремя, то ли киллеры ее зачем-то вывернули, черт их разберет. Надо будет новую купить.

Я едва ли не ощупкой поднялась к чердачной двери, нашарила замок, открыла. Дверь чуть слышно скрипнула... порядок, я была на чердаке. Тьма здесь оказалась не такой густой, как я предполагала, через слуховые окна крыши призрачно сочился лунный свет.

И всё же без фонарика пришлось бы туговато. Чердак у нас просторный, но запущенный, навернуться в темноте здесь можно основательно. А ведь мне еще и выход нужно отыскать.

Если я не ошибаюсь, во дворе парадных всего три. Стало быть, на чердаке теоретически имеются три двери, выводящие на эти лестницы. Вопрос стоит предельно просто: есть ли шанс, что хоть одна из них не запирается, в отличие от нашей? По нынешним занятным временам безалаберность жильцам не слишком свойственна, бомжей над головой плодить как будто не с руки... тем не менее, всякое случается. Мы всё-таки в России, а не как.

Ну а в крайнем случае, действительно, я слезу по наружной, бишь по пожарной лестнице. Предусмотрена у нас экзотика такая, всё же старый фонд. Руки, правда, ржавчиной измажу, перчатки надо было прихватить...

Трюкачить не пришлось.

Расчет был верен. Первая же дверь, которую я быстро обнаружила, была не заперта. Через минуту я благополучно оказалась во дворе. Получилось всё на удивление просто, как-то буднично.

Оно и к лучшему.

Проблемы еще будут.

«Копеечка» меня не подвела, послушно завелась. Пока я вроде оставалась незамеченной. По идее, мой гипотетический соглядатай должен быть сосредоточен на «десятке», припаркованной на улице. На машину, выезжающую из двора, он навряд ли обратит внимание. Во всяком случае, он вряд ли разглядит, кто именно сидит в машине, благо время темное.

Авось и пронесет.

Я без лишней спешки выехала из двора, повернула не направо, как должна была свернуть, чтобы ехать к «Аргусу», а в другую сторону. Может быть, и лишний штрих, но — пусть не повредит. Надеюсь, наблюдающим я шансов не оставила.

Отъехав с полквартала, я погнала всерьез. За сотню километров в час по городу, пускай и по ночному, по полупустому... ну да что ж поделаешь.

До «Гусятника» я добралась за семь минут.

Пока я — в графике.

Остались пустяки. К примеру, незамеченной пойти мимо охранников на входе. Более того, Басмаев запросто мог там поставить дополнительно кого-то из своих доверенных людей, вроде Стаса с Гариком. И система видеоконтроля там, замечу, предусмотрена...

Машину я, естественно, приткнула в стороне — ни к чему светиться раньше времени. По дороге в голове я коечто перекроила: пистолет решила всё-таки не брать. Огнестрельные игрушки — это не мое; незачем так подставляться, лишних бед наделаю. Короче, пусть он от греха останется в машине, ну его.

Вопрос с проникновением в «Гусятник» разрешился так же просто, как и неожиданно. Черт мне сегодня, что ли, ворожит? не знаю, но везение пока как будто бы наличествует. Верным, надо полагать, путем идете, доктор Кейн.

Поперло наконец, что называется.

Помимо основного, так сказать, парадного, в «Аргусе» есть и служебный вход. «Гусятник» — заведение круглосуточное, но по ночам служебный вход закрыт. Однако суть не в этом. Там же, с торца здания, практически напротив того места, где сейчас стояла моя тарантайка, имеется приличного размера подвальное окно, приспособленное для приемки грузов.

Ну так вот, буквально на моих глазах от этого окна отъехал грузовой фургончик. Очевидно, что-нибудь привез и разгрузил — мало ли «Гусятник» потребляет всякой всячины. Главное, «приемное» окно оставалось всё еще открытым.

Это был мой шанс.

Не медля больше ни секунды, я перебежала от машины до торца «Гусятника». На мгновение замерла, прислушиваясь, около окна. Внизу, на складе, кто-то шебаршился, вроде бы один. От окна довольно круто вниз уходила лента транспортера. Я по ней и съехала.

По-своему даже лихо получилось.

Человек на складе был действительно один. Молодой довольно парень, возился с упаковками какими-то, укладывая их на стеллажи.

На меня он вытаращился в крайнем обалдении:

— Эй, что за...

Больше грузчик ничего добавить не успел. «Раскидайчик» аккуратно угодил ему чуть выше переносицы, надежно обеспечив пациенту кратковременный наркоз. Крепкий лоб, не страшно, оклемается, причем довольно скоро. Не зверюга же какая-то я всё-таки, чтобы посторонних без нужды всерьез гасить.

Получилось. Дальше что? Закрыть окно, во-первых, и поискать, чем спеленать клиента, во-вторых. Да и обыскать его не повредит, по законам жанра вроде полагается.

Я затворила металлические створки, разобралась с запорами, задвинула в пазы засов. Теперь снаружи амбразура не откроется. Нормально.

Я вернулась к телу. Идея обыскать кладовщика оказалась, как ни странно, продуктивной. Набор ключей от склада — уже кое-что, но, главное, я разжилась мобильным телефоном. А ведь это я заранее должна была предусмотреть, без мобильника мой план вообще не очень-то срабатывал...

Сочтем, что снова повезло.

Кладовщик по-прежнему пребывал в нокауте. Пока ему, конечно, хорошо, но надолго это удовольствие не затянется. Чем бы его связать м-м... во избежание? Должна ж на складе отыскаться бечева какая-нибудь, шнур, капроновый шпагат, хотя бы даже скотч — пациент, в конце концов, не станет привередничать.

Первым из искомого мне подвернулся скотч. Приемлемо вполне. Что характерно, даже и щадяще: в несколько слоев намотанная лента не пережимает кровоток, но при этом держит замечательно. И с кляпом нет необходимости мудрить — достаточно заклеить рот; весьма разносторонний материал. Как результат — всё просто, как мычание.

Упаковала я кладовщика на совесть, основательно. Ничего, Бог даст, не околеет человечинка, найдут. Ну а припрет — к утру и сам освободится, если постарается.

Совесть на сей счет меня не мучила.

Остатки скотча я взяла с собой. Уходя, на складе выключила свет, дверь за собой закрыла на замок. Тылы, короче, как могла обезопасила.

До сих пор мне в этой части комплекса бывать не приходилось; впрочем, планировку здания я в целом представляла. Попасть мне нужно было на второй этаж, в спортивный зал, то самое додзё. Вот уж точно — место встречи с истиной.

За дверью склада находился полутемный коридор. По идее, из подвала он выводит в холл служебной лестницы. Направо, если я не ошибаюсь... так и есть.

Хочется надеяться, что эта часть «Гусятника» не оснащена системой видеоконтроля. Вроде ничего такого камероподобного пока мне не встречалось. Досадно было бы...

На лестнице, похоже, ничего. На технике здесь явно сэкономили. Я едва ли не прыжком взлетела вверх на два пролета. Дверь на второй этаж... Закрыта?! Блин.

Не мать, так перемать.

Спокойствие. Ключи кладовщика. Связка там достаточно весомая — вдруг что и подойдет?

И... да.

Смешно, но подошло. Не сразу же, но со второй попытки ключ без возражений провернулся в скважине. От очередного приступа везения по спине проскребся холодок, на душе несладко защемило. Не знаю, что это такое...

(Знаю. Чую смерть. И изменить что-либо, знаю, я не в состоянии.)

Пустое.

Я тенью просочилась на этаж. Нормально, никого. Посетителей здесь по ночам обычно не бывает. Сауна, пул-бар и тренажерный зал, работающие круглосуточно, расположены на первом этаже. Офис самого Басмаева находится на третьем. Интересно было бы узнать, о чем сейчас он думает.

Что до меня, то... впрочем, ерунда.

Думай не думай — поздно передумывать.

Спортивный зал был пуст, как я и ожидала. Свет снаружи, с улицы, просачиваясь через забранные проволочной сеткой окна, словно прятался, терялся где-то по углам в сторожкой тишине. Есть, по-моему, мистическое что-то в отдыхающих от вздорной человечьей суеты знакомых помещениях, нечто странное... не знаю... что-то всё же есть. Ощущение инобытия какого-то, а?

Может быть, и так. Может быть, мне раньше это снилось, быть может, жизнь спустя привидится во сне...

Найдя распределительный щиток, я включила в зале освещение. Наваждение сразу же рассеялось.

А кстати, это мысль: весь свет мне ни к чему. Весь мир — и так театр, кто бы возражал, но обустроить сцену на свой вкус не возбраняется.

Я немного помудрила с выключателями. Центр зала освещался четырьмя прожекторами — примерно по тому же принципу, к примеру, как боксерский ринг. Для традиционного додзё подобная иллюминация излишня, разумеется, но Басмаев иногда любил устроить *красочные* спарринги. Хм... почему бы нет? Призывно освещенное пространство в сердцевине зала плюс к тому периферийный свет над торцевой (зеркальной, кстати говоря) стеной, ближайшей к входу, будут в самый раз.

Композиция меня устроила.

Теперь — видеокамера. Вход (хотя бы краешком), зеркальная стена, пространство между ней и «рингом» — всё это следовало как-то вставить в кадр. Объективчик у меня, положим, широкоугольный, но задача всё равно не тривиальная. И ведь при этом камера еще должна быть очень хорошо замаскирована...

Решение я нашла м-м... под стать всей ситуации. Деликатно назовем его не слишком ординарным.

Расположенные наверху, почти под потолком, прожектора держались на кронштейнах, прикрепленных к стенам. Нужный ракурс должен получиться, если камера окажется на крепеже одного из двух прожекторов, ближайших к освещенной торцевой стене. Я выбрала кронштейн прожектора, который находился наискось от входа, на противоположной стороне.

От пальцев вытянутой вверх руки до основания кронштейна было метра полтора, а то и два. Допрыгнуть всяко не получится; альтернатива — вертикально пробежаться по стене. Это для меня вообще-то не проблема, вот только выдержит ли чертова конструкция мой вес, хотелось бы мне знать...

Крепежка выдержала. Извернувшись, я взобралась на кронштейн верхом. Разместилась я на нем не без труда, впритирку с потолком, но действовать руками я могла достаточно свободно. Камеру я в нужном положении закрепила скотчем, изрядно повозившись, правда, и едва не сверзнувшись. А удачно я рулон со склада прихватила, хоть кладовщику потом спасибо говори...

Надеюсь, что затраченных усилий моя задумка сто́ит.

Включив видеокамеру, я аккуратно спрыгнула. Перевела дыхание, отряхнула пыль с одежды, взглянула на часы. Было без пяти минут двенадцать. Наверное, по мнению Басмаева, сейчас я должна бы выходить из дома.

Что ж...

Можно начинать.

Я по памяти набрала телефон с басмаевской визитки.

Трубку взяли сразу же:

— Басмаев.

— Это Яна,— я решила с ним не церемониться: — Жду тебя в спортивном зале, ниже этажом.

— Ты...

— Леру приведи с собой. Иначе разговора не получится.

— Думаешь, ты можешь диктовать условия? Да я тебя...

Я резко перебила:

— Не суетись, Руслан, не по-мужски. Ты же сам хотел договориться по-хорошему. Разве твое слово ничего не стоит?

— Ты понимаешь, с кем ты говоришь?!

— Надеюсь, что с серьезным человеком.

— Почему ты сразу не поднялась ко мне в офис? Отвечай! Как ты вообще попала внутрь здания?!

— Сейчас это неважно.

— Отвечай!

— Потом отвечу. Не по телефону.

— Так поднимайся в офис!

Время было сбавить тон:

— Извини, Руслан, так не получится. Ты умный человек, да, должен понимать, что я пока тебе не доверяю. Подумай сам: я много прошу? Только встречи на нейтральной территории.

— Вопрос доверия?

— Да. Сделай первый шаг.

Басмай о чем-то помолчал.

— Ты материалы принесла?

— А как ты полагаешь?

— Яна, если ты меня обманываешь...

Как он меня достал.

Я сухо заключила:

— Мы друг друга поняли. Про Леру не забудь, Руслан. Я жду.

Я отключила связь.

Всё лишнее: мобильный телефон кладовщика, его ключи, футляр от моей камеры — я положила в дальний угол зала. Куртку я сняла, накинула на плечи, чтобы при необходимости в момент от нее избавиться. И так-то скоро будет жарковато. «Раскидайчик» и компьютерные диски находились под рукой, жгут «раскидайчика» я закрепила на запястье. Вроде всё.

Не сомневаюсь, вы уже давно сообразили, что я собиралась сделать. Очевидно, то же, что сегодня я уже так или иначе делала: разговорю Басмаева под камеру, а дальше — как пойдет. Повезет мне — спровоцирую его на поединок. Он не глуп, но он мужчина, стало быть — пижон, а значит — шанс имеется. Церемониться не стану, сразу его вырублю, затем по-быстрому охрану покрошу... короче, всем доставлю удовольствие[1].

Н-да.

Разберемся.

В том, что большой босс сейчас придет, я была уверена. Не пришлет вместо себя каких-нибудь охранников за мной, а с ними сам придет и Леру приведет. Телефонный разговор я ж неспроста так строила: в меру разозлив, сбив с толку непонятками, я выказала явную готовность к компромиссу, что в басмаевской трактовке значит — к подчинению. Ну и плюс к тому немного очевидной *бабской* глупости добавила, естественно, чтобы папик, ощутив свое сугубое мужское превосходство, против воли бы покладистее стал. Чего стоит одна фраза о «нейтральной территории» — в анналы слезно просится!

Коктейль для мужика убойный.

Он придет.

Если я хоть что-то смыслю в психологии, то стоит мне Басмаева выбить из игры, полдела будет сделано. Без него охрана грохнуть Лерку не рискнет — да и придется им на мне сосредоточиться. А уж я устрою им парад планет.

Да, еще. Я ставила на то, что охранников не будет слишком много. Не исключено, что Басмаев всё же обойдется парой бодигардов, может — троицей. Разговор нам предстоял довольно специфический, целая бригада «ассистентов» при таком раскладе боссу ни к чему: расширять круг посвященных м-м... непредусмотрительно. К тому же вряд ли он меня *настолько* опасается.

Увы.

В последнем я ошиблась.

Для начала в зале объявился незнакомый мне охранник. Крупный экземпляр, серьезно оквадраченный, но, на глаз, как будто без оружия. Оквадраченный от двери далеко не отходил, обшарил взглядом зал. Меня он углядел не сразу, хотя я не пряталась: спокойно стоя в глубине додзё, вне ярко освещенного пространства, я находи-

---

[1] А запись всей этой бодяги телевизионщикам потом каким-нибудь продам. Заодно на адвоката заработаю. Шучу. Отчасти *(примеч. Дайаны Кейн)*.

лась как бы в сумеречной зоне. Оквадраченный, держа меня глазами, доложился в сторону двери:

— Здесь она. Одна.

Тут же появились еще двое бодигардов, опять мне незнакомые. Заняли позиции по сторонам двери — этакие часовые. Идиотики. Один из них вполоборота сообщил:

— Порядок, Руслан Ибрагимович.

Вошел Басмаев, за ним следом — Лера, вплотную к ней — очередной мордоворот, причем, сдается, в роли конвоира. Сестренка, судя по всему, успела побузить... ну да с Лерки станется.

Ужо вам, клоуны.

Ан это всё — не всё. Парад-алле на этом не закончился. Еще два бодигарда затолкали в зал какого-то помятого субъекта. Руки у него были чем-то связаны. Одним из этой парочки охранников оказался Гарик; субъект мне смутно тоже был знаком... пока не вспомню. Странно, Стаса не было. Возможно, кто-то оставался страховать еще снаружи...

Итого: м-м... да, многовато будет.

Даже для меня.

Действовать придется на уничтожение.

Компания, как я и ожидала, задержалась в освещенной части зала, у зеркальной торцевой стены.

Ваш номер, доктор Кейн.

Я вышла в центр освещенного пространства, под прожектора. Помолчала, чувствуя плечами тяжелеющую паузу, готовую вот-вот сорваться. Надеюсь, получилось, как задумала: в чем-то нарочито, в целом выверенно, в главном — обоснованно. Я как бы показала: я сейчас на сцене, остальные заняли места согласно купленным билетам. Так мы и останемся[1].

Пока.

Раздражения Басмаев не скрывал:

— Что это за спектакль, Яна? Отвечай!

— Спектакль? Хм. А это, значит, зрители? Не много?

— Это мои люди.

---

[1] Театральщина по-своему заразительна. По существу, я навязала стиль, на время очертив, почти овеществив, границу между мной и «залом». Правила игры: в театре публика на сцену же не лезет! Ну, как правило *(примеч. Дайаны Кейн)*.

— Я думала, у нас приватный разговор.

— Здесь думать буду я!

— Как скажешь. *Мне* скрывать особо нечего.

Басмаев неприятно усмехнулся:

— Это тебе кажется.— Но всё-таки распорядился: — Ахмед, Рустам, посторожите дверь. С той стороны, понятно? — «Часовые» вышли.— Ты материалы принесла?

— Да.

— Покажи.

Я вытащила пару компакт-дисков.

— Это что?!

— Лежали у соседки в тайнике, в конверте,— сочинила я.— Там была пометка «Черное риэлтерство».

Похоже, что Басмаев ждал чего-нибудь другого:

— Что ты мне мозги грузишь?!

Придется делать морду утюгом:

— И в мыслях не было.

— Откуда у старухи может быть компьютер?!

Гарик ему что-то шепотом сказал.

— Вот как...— Басмаев сбавил тон.— Ты знаешь, что на дисках? Ты их видела?

— Когда? Ты сам же торопил.

— Дай их сюда.

Я покачала головой:

— Успеется. Поговорим — отдам.

— Наглеешь, Яна!

— Вовсе нет, Руслан. Я просто рассуждаю здраво. Я в общем-то и так в твоих руках, деваться мне отсюда некуда. Логично?

— Ты к чему?

— К тому, что силу ты всегда успеешь применить. А договариваться лучше без насилия. Я тебе зачем-то же нужна.

— С чего ты так решила?

— Ну, Руслан. Ты ж умный человек. Хотел бы ты меня в ментовку сдать, а то вообще убрать — не стал бы разговаривать... К тому же и ее тогда пришлось бы убирать,— кивнула я на Леру,— как ты думаешь?

— По-твоему, это сложно? — процедил Басмаев.

— Это нерентабельно. Ты ж бизнесмен, Руслан.

— О чем здесь вообще речь? — растерянно вмешалась Лера.

Басмаев резко повернулся к ней:

— Заткнись!

— Без рук,— предупредила я.— А речь здесь, в основном, о махинациях с квартирами,— любезно объяснила я сестренке.— Так, в общем пустяки: всего-то несколько десятков трупов. Ты не знала?

Лица на Лерке не было:

— Я? Что ты, Янка, нет!

— Заткнись, кому сказал!..— Басмаев угрожающе прищурился.— А ты и в самом деле много знаешь. Не слишком много, а?

Недобро так сказал...

Бояться я не стала:

— Так получилось.

— Хазаров разболтал, да? Знаю, не юли! Не надо было с ним тебе сегодня разговаривать. От таких — одни проблемы...— Басмаев помолчал.— Напрасно он болтал. Зарезали его.

Эмоций я не показала.

— Да, Эдик для тебя был «слабое звено». Но зачем ты приказал мою соседку ликвидировать? Она же на тебя работала, ведь верно? В роли *подставной*, «старухой на проценте»... всё приварок к пенсии. Зачем ты так, Руслан?

Сестренка тихо охнула.

— Она меня пыталась шантажировать, понятно?!

— Этим?

— Да!

Ну, вот ты и сказал.

— Странно. Тихая старушка, безобидная...

— Эта сука Стаса завалила! — на крик сорвался Гарик.— Эта тварь... Он умирает, ясно? Я теперь тебя... за Стаса...

Ай да Нарчакова.

Басмаев осадил охранника:

— Уймись. Так на старухе проколоться, пидоры!

Я не преминула настучать:

— Они там наследили. Сильно.

Гарик снова дернулся.

— Молчать! — Басмаев не без напряжения держал себя в руках. Пока.— Теперь я буду спрашивать. Кто этот человек? — Он показал на смутно мне знакомого субъекта, явно подневольного.— Ты его знаешь, Яна? Отвечай!

Вообще-то, я сама гадала, что это за джокер. Странный поворот. Чего-то кто-то здесь не понимает...

— Смотри внимательно!

Что за тип? Лицо действительно мне кажется знакомым... побитое лицо... Блин, «кстати Алексей»! Ну да, конечно же, тот самый доброхот, который влез тогда в разборку с отморозками. Какого черта? Он-то здесь при чем?!

— Кто он такой, ты знаешь? Говори!

Как быть? Признать?

Рискнем:

— Я не уверена. Могу и ошибаться, но, по-моему, он меня однажды подвозил. Не так давно. Случайно получилось.

Случайно ли?

— О чем он говорил? Что спрашивал?

Резонней умолчать:

— Подвез, и всё. Извозчик как извозчик, о чем нам говорить... А он-то здесь при чем?

— Не знаешь? Ладно, я тебе скажу. Вынюхивал он что-то, понимаешь, вопросов много лишних задавал. Нехорошие вопросы, Яна, задавал, неприятные вопросы, очень скользкие...— Басмаев посмотрел на «кстати Алексея»: — Ну, что молчишь? Скажи, я разрешаю. Кто ты такой?

— Сказал же — журналист. Работа у меня такая — задавать вопросы. Разные.

Час от часу не легче.

— Журналист? А «жучок» зачем ты в кабинете мне хотел поставить, журналист? Молчишь? Ну-ну. Еще заговоришь... Так ты его не знаешь, Яна?

— Только шапочно.

— Звиздит она, Руслан! — опять сорвался Гарик.— Он мент, Руслан, его кто-то навел! Она и навела, клянусь!

— Не тянет на мента. Нет, Гарик, я бы знал.

— Пускай она докажет! Руслан, не верь ей! Кровью повяжи, пускай она замочит этого хмыря! Клянусь тебе, Руслан...

— Заткнись. Вообще-то это мысль. Что ты на это скажешь? — насмешливо спросил меня Басмаев.

Ну, кина!

— Что Гарику лечиться надо,— усмехнулась я.— Аминазинчик ему выписать по блату?

— Ты, мать твою!..

— Ша, Гарик. Помолчи... Что, Яна, в этом есть резон, как думаешь? Докажешь мне свою лояльность, покровительство заслужишь, а? Идея перспективная.

Он больше не шутил.

Я тоже:

— Нет.

— Не понял?!

— Нет, Руслан. Тебе мало смертей? Мало стариков тебе? Беспомощных людей, которых твоя банда уморила? Место Эдички мне хочешь предложить?

— А у тебя есть выбор, Яна? Ты не дура, нет? Так что ж ты целку строишь! Что тебе до этих стариков, кому они нужны! Всё равно они все были безнадежны!

— Вполне возможно...

И вполне достаточно.

Охранники переминались с ноги на ногу.

Пора было переходить к активной фазе.

Я вздохнула:

— Знаешь, в чем твоя ошибка? Главная ошибка? Знаешь, нет, Руслан? Не в том, что ты бандит, что твоя деятельность в корне аморальна. Мораль по нашим временам в расчет не принимается. Твоя ошибка — это я, Руслан. Не стоило тебе меня в свои забавы втягивать. И сестре не надо было угрожать — *моей* сестре, Руслан. И Нарчакову ты напрасно ликвидировал, она была мне дорога. Так что это дело уже личное. Око за око, смерть за смерть, Руслан[1].

— Ты спятила?!

— Слегка. Хочу дать тебе шанс. Ты и я — сейчас, здесь, без оружия. Не забыл, как ты валялся в этом зале? Попробуй взять реванш.

— Ты мне бросаешь вызов?!

— Разумеется. В присутствии твоих людей. Ты же мужчина, нет? Так докажи! Докажи, что ты сильнее!

Был момент — казалось, всё получится.

— Ах ты, тварь!..

Он даже сделал шаг:

— Да я же...

И остановился.

---

[1] Хотелось вылепить еще что-то эпохальное. Ну, вроде: «Я не судья тебе — я воздаяние». Но как-то постеснялась *(примеч. Дайаны Кейн)*.

Жаль.

Номер не прошел. Басмаев оказался всё-таки умнее, чем хотелось бы. Или трусливее, что по большому счету роли не играет. Номер не прошел.

Но попытаться стоило.

Басмаев совладал с собой:

— Мараться о тебя, о сучку... тьфу! Ты много хочешь, шлюха. Ты никто, ты ноль, пустое место... блядь, достала ты меня! — И Гарику: — Она не понимает. Растолкуй. Доходчиво.

Тот вынул тупорылый револьвер:

— Доходчиво?

Спокойствие.

— Весьма. Это из него ты застрелил мою соседку? — поинтересовалась я.

Наставив на меня оружие, Гарик взвел курок:

— Догадливая, блядь. Шагай сюда. И не пытайся дергаться.

Спокойствие...

Я изготовилась сместиться с линии огня...

....

И тут всё завертелось.

Журналист, то бишь «кстати Алексей», второй раз за период нашего сомнительно случайного знакомства спутал карты. Правда, в большей степени не мне, хотя и мне пришлось на шаг форсировать события.

Практически одномоментно:

«кстати Алексей» пытается ногой обезоружить Гарика, отбивает его руку с револьвером в сторону, тот непроизвольно нажимает спуск; выстрел бьет по нервам и по барабанным перепонкам, пуля вдребезги разбивает оконное стекло, а

«кстати Алексей», со связанными за спиной руками, тараном сносит Гарика, врезаясь в бодигарда корпусом, и тот роняет ствол, практически под ноги Лере, и

дальше фрагментарно:

сестренка, пользуясь всеобщим замешательством, ногой изо всех сил пинает револьвер — подальше от басмаевской компании; туфля отлетает в одну сторону, револьвер волчком летит в другую, а

я, используя компьютерные диски на манер хрестоматийных сёрикенов, прицельно громлю люминесцентные светильники над торцевой стеной, усиливая хаос, более тогоохраннику, насевшему на «кстати Алексея», один из дисков рассекает бровь, возможно — повреждая глаз, и «кстати Алексей» удачно достает того ногой по гениталиям, но тут же на него наваливается Оквадраченный, а

Лерка со всех ног в одной туфле несется в мою сторону; туфелька на тонком каблуке мешает, Лера спотыкается, теряет равновесие; но уже в падении, раздирая на коленях дорогущие колготки, сестренка всё-таки оказывается позади меня, а

я последней парой дисков с дребезгом гашу мешающие мне теперь прожектора — те два, что спереди, командуя сестре: «Лежи! Не лезь под руку!», и

снова параллельно:

Гарик с Оквадраченным ногами месят «кстати Алексея», Басмаев им орет: «Не убивать! Не здесь!», но в раже Оквадраченный кастетом разбивает Алексею голову, проламывая череп, а

двое «часовых», ворвавшихся на шум (Ахмед, Рустам), плюс двое из охраны, бывшей в зале (один — с залитым кровью глазом), под лай Басмаева «Хватай ее! Держи!» прут на меня...

...всего их, значит, семь, считая самого Басмаева; великолепная семерка, мать их разъети...

...прут на меня...

И с этого момента я по-настоящему включилась в боевой режим.

Пустив в ход «раскидай», я сразу же взвинтила темп до запредельного. Восприятие ударно обострилось, мысли и эмоции ушли. Сознание своеобразно трансформировалось. Время растянулось, как полимерный жгут моего шарика, а после схлопнулось, но для одной меня. Бандиты оставались словно заторможены, на каждое движение противника я успевала сделать два, а то и три. Такой режим я в состоянии выдерживать порядка тридцати секунд, навряд ли более...

Всем хватит и того.

Взбесившимся эксцентриком я пронеслась по залу, буквально разметав басмаевских бойцов по стенам. «Раскидайчик» для моих противников явно стал сюрпризом.

Один из «часовых» (Ахмед? Рустам?) досрочно выбыл из игры — шарик вдребезг размозжил кавказцу переносицу и смял лобную кость. Второй (Рустам? Ахмед?), нырком пытаясь увернуться, сам подставил темя под удар. Кости свода черепа там тонкие — а шарик врезался в него отнюдь не на излете.

Одноглазый получил сперва по корпусу, а после снова в глаз, на этот раз в другой; но свалила я его лишь с третьего удара, вновь по черепу. Никакого благородного искусства каратэ, лишь голый прагматизм. Досадно даже.

Между тем последний из четверки «первого созыва» оказался за моей спиной. Достать-то я его до этого достала, но, видно, недостаточно. Увертливый, мерзавец. Плюс к тому на меня уже накатывались Гарик с Оквадраченным — атака вторым темпом, второй фронт.

Увертливый, пожалуй, близок был к тому, чтобы меня свалить. Но помешала Лера. Похерив мой приказ не лезть мне под руку, сестренка, зажав туфельку в руке, попыталась шпилькой распороть охраннику лицо. Увертливый мощнейшей оплеухой сбил Лерку с ног. На этом его подвиги закончились: «раскидайчик» с хрустом угодил ему в висок, лишив если не жизни, то сознания. Негоже женщин бить.

Оставались Гарик с Оквадраченным. Плюс Басмаев — на периферии восприятия.

Гарик явно осторожничал, держался позади, но Оквадраченный пер танком, напролом. Пришлось остановить, «раскидаем» раздробив ему колено. И не шариком уже — ногой добавив под кадык. И снова шариком, уже куда придется, потому что Гарик исхитрился меня всё-таки достать. Почти. Один удар я всё же пропустила — вскользь, по корпусу.

Развить успех ему я не позволила. Калечащий прием из айкидо: на встречном курсе, левой снизу вверх, основанием кисти в подбородок, пальцами в глаза — и голову назад. Вся хитрость — в резкости. При доведенном до конца движении нарушается сцепление двух верхних позвонков, костный «зуб» второго выворачивается из суставного крепления — и врезается в продолговатый мозг. С Гариком прием я *довела*. Сознательно вполне.

Он был бандит.

Но больше он не будет[1].

---

[1] Единственно возможный мир с бандитами — это мир их праху (*примеч. Андрея Измайлова*).

А вот с Басмаевым я чуть не провалилась. Я, уже *заканчивая* Гарика, увидела, как босс рванул за револьвером. Весь бой я контролировала эту зону, не давая шанса никому добраться до оружия. Весь бой, десятка полтора растянутых секунд. А под финал — едва не проворонила.

Едва. Басмаев до ствола добрался. Поднял. И уже почти нацелил на меня, когда брошенный через ползала шарик (вместе со жгутом) вновь выбил револьвер. А я, рванув к нему немногим медленнее шарика, была уже на расстоянии прыжка. И прыгнула, буквально выстрелив в Басмаева ногами — в грудь, в лицо. И довела рукой по горлу — с воплем, со слепящим грохотом, за всё!..

Да, с грохотом. Да, именно вот так. Мелькнула мысль, что всё ж таки Басмаев — он всё-таки успел нажать на спусковой крючок. А грохот оглушил меня и ослепил — как, почему? Но — да, но — ослепил; но Басмаева я всё равно достала.

А после, в помрачении сознания, впав в амок, я вслепую и вглухую била по теням. Их было много, неподъемно много; их оказалось слишком много — даже для меня. Я с лету будто угодила в паутину, еще пыталась дергаться, бороться, но тени массой навалились на меня, скрутили, смяли...

Это было всё.

Растянутое до предела время лопнуло. Я сорвалась, я словно провалилась, не вниз, не вверх — куда-то, в никуда. Там было небо. Небо было там глухим, непробиваемым, как лед, как будто полынья, сомкнувшаяся над утопленником...

Я упала в небо.

Всё когда-нибудь бывает в первый раз.

А еще бывает и в последний.

Но в этот раз... да, но не в этот раз.

Сознание возвращалось. Было странно. Кружилась голова, перед глазами плавали круги, в ушах звенело.

Я вдохнула. Судорожно.

Вроде получилось.

— Очухалась! — сквозь ватный звон в ушах пробился чей-то голос.— Спокойно, девушка, всё кончилось, свои,— похоже, это мне: — Спокойно, всё, свои!..

Что за «свои»?

Еще, со стороны:

— Без шуток, мужики! Эта тигра духу горло вырвала...

Откуда тигры в зале?

И еще:

— У духов — три «двухсотых», повторяю, три... Четверо еще дышат, нужна «скорая»... Не мы, заложница... так точно...

Кто «не мы»?

Я попыталась приподняться, что-то помешало...

Я пришла в себя.

Я лежала на полу, спеленутая тонкой сетью. Десятка полтора субъектов в камуфляже, брониках и устрашающего вида шлемах в зале... Хм, надо думать, что это свои. Автоматы к униформе прилагаются.

Один придерживал меня за плечи:

— Всё позади, спокойно. ФСБ. Сейчас распутаем. Вы поняли? Не надо больше драться. Хотя бы с нами.

Их-то я за что?

Неподалеку от меня спиной к стене сидела ошарашенная Лера. Как будто в шоке... вроде бы цела. Но точно в шоке.

Понятно. Светошумовых гранат бойцы не пожалели. Отсюда слепота и глухота — и бой с тенями. Вот я их за что.

Через зал ко мне размашисто шагал товарищ в штатском, нервно сдергивая на ходу спецназовский «намордник» с дырками для глаз и рта. Тесалов собственной персоной. Значит, не соврал...

Сказать чего хотел? Наверное.

Но помешала Лера.

Что-то до нее сквозь шок дошло:

— В натуре, мальчики, вас что — стучаться не учили? Вы тут не очень-то, а то сестре пожалуюсь. Сестренка задницы вам живо надерет!

Я хрипло, с полувсхлипом выдохнула.

Впрочем...

А и то: такой мне бой испортили!

ГЛАВА 17

Отпустили нас с сестрой на следующий день, во вторник, ближе к вечеру, не продержав и суток. Обошлось. Насчет сестренки, впрочем, я не слишком беспокоилась, а вот относительно себя была практически уверена, что в узилище я задержусь надолго и всерьез. Так бы, более чем вероятно, и произошло, когда бы не Контора. Б-благодетели...

Какого черта им вообще понадобилось лезть, хотелось бы мне знать! К тому моменту, как ребятушки затеяли, простите мне, массовку в духе голливудской кавалерии под аккомпанемент пиротехнического шоу, всё было закончено. Им в итоге тоже перепало: не разбирая в шоке, кто здесь и к чему, зачем и почему, *напоследок* билась я отчаянно. Прежде чем меня успели спеленать, трех бойцов спецназа я из строя вывела, замечу не без гордости — всерьез. Так что обошлись они со мной по-своему даже ласково.

Поле боя выглядело м-м... Ну, на пожизненное заключение как минимум. Четыре трупа (три из них — моих, четвертый — «кстати Алексей»), кровища, в том числе на мне (Басмаеву кадык я в самом деле вырвала, сама не помню как), четыре битых полутрупа, все басмаевцы. Плюс три умеренно поломанных спецназовских бойца... Да, обошлись со мною более чем ласково. Для «профилактики» могли и подстрелить. Не скажу, что я была бы не в претензии, но понять, возможно, поняла. Бы. Точка, с новой строчки.

Комитетчики нас сразу взяли в оборот. Работников прокуратуры и милиции до нас не допустили, как я поняла — просили подождать. Очень убедительно просили.

Первые беседы происходили прямо здесь, в «Гусятнике». Леру и меня, понятно, разделили; меня, что символично, отвели в кабинет Басмаева.

Беседовали со мной двое. Оба были в штатском, оба — очень вежливы. Разговор весь шел под диктофон.

Мне скрывать особо было нечего. Про видеокамеру и про конверт с хазаровским признанием я рассказала сразу же. По их просьбе отдала ключи от дома и «десяточки». Когда, не мудрствуя лукаво, я попросила кофе,— организовали. Поладили, короче говоря.

Ага, как два удава с кроликом.

Приблизительно за два часа я связно изложила всё, что знала. Ну, почти: кое-какие пустячки я предпочла пока оставить без внимания. Например, не стала вспоминать про нарчаковский ствол, оставшийся в «копейке». Надо будет — спросят.

Затем был перерыв на те же два часа. Комитетчики подсуетились, где-то раздобыли пиццу, правда — скверную. В офисных апартаментах убиенного мною Басмаева наличествовала душевая. Мне даже разрешили ей воспользоваться. Просто благодать. Еще бы рюмку коньяку с засахаренным ломтиком лимона...

Можете смеяться, но коньяк мне в самом деле предложили. Позже, вместе с ноутбуком, на котором попросили просмотреть отредактированную версию моих видеозаписей. Убран был кусок с «разоблачением» Тесалова в кафе, остальное *в основном* «цензура» пропустила. Этот — только этот — вариант должен был стать достоянием следствия. Сказано об этом было недвусмысленно, об оригинале записи меня просили позабыть.

А всё равно — *сюжетно* получилось.

Могли бы и на «Оскар» номинировать.

Удивительно, вопрос про пистолет моей соседки пока так и не всплыл. Конторских больше интересовали *материалы*, собранные Нарчаковой на Басмаева. Судя по всему, при обыске у нас в квартире их так и не нашли. Откровенничать — опять-таки пока — я не спешила. Вы верно поняли — я знала, где они. В конечном счете всё же догадалась.

Утром нас перевезли в прокуратуру.

Если комитетчики со мной — особенно к концу — общались с некоторым даже пиететом, всяко — с уважением, почти как со с в о е й, то дама-следователь из прокуратуры (Точильская ее фамилия? Томильская? не суть) настроена была иначе. По-своему оно понятно: вроде не война и не чума, а трупов-то навалено, трупов! Я бы и сама сочла, что это перебор.

При моем допросе в роли «адвоката» присутствовал товарищ из Конторы. Пару раз меня просили подождать за дверью. Тягомотина.

От процессуальных тонкостей я вас избавлю[1].

Всё же следователь оказалась женщиной не только въедливой (и далеко не глупой), но и вопреки профессии — вменяемой. Видеозаписи, конверт с хазаровским признанием, компьютерная распечатка (та, что я передала Тесалову), подробный мой рассказ ситуацию помалу прояснили.

---

[1] Многие там были. Или будут *(примеч. Дайаны Кейн)*.

Букет статей, который мне светил, по большому счету был сведен к двум оправдательным: крайняя необходимость и необходимая же самооборона. Писанины только оказалось многовато.

Тяжелый получился день, по правде говоря.

Мерой пресечения для меня была избрана подписка о невыезде.

....

Для справки:

«Право на необходимую оборону имеют в равной мере все лица независимо от их профессиональной или иной специальной подготовки. Это право принадлежит лицу независимо от возможности избежать общественно опасного посягательства или обратиться за помощью к другим лицам или органам власти». (Уголовный кодекс Российской Федерации.)

И там же:

«Превышением пределов необходимой обороны признаются умышленные действия, явно не соответствующие характеру и степени общественной опасности посягательства».

Трактуй как знаешь.

Трудный день пока что не закончился.

Сестренка дожидалась меня у прокуратуры:

— Ну, отстрелялась, старшенькая?

— Вроде как. Пока.

— Давно пора.

— Замерзла?

— Есть слегка. Поехали к тебе, домой я не хочу. Не против?

Я была ей рада:

— Спасибо, младшенькая.

— Было бы за что... Слушай, мать, давай нажремся, а? Снимем стресс как люди!

— Принимается.

— Тогда вперед?

— Машину надо взять.

На маршрутке мы добрались до «Гусятника». Сегодня на парковке около него было непривычно пусто. «Копеечка» скучала там, где я ее оставила. Я первым делом заглянула в бардачок, куда я положила — точно помню — нарчаковский ствол. Пистолета там не оказалось.

Почему-то я ничуть не удивилась — сил, наверно, не было.

Сестра обеспокоенно спросила:

— Что-нибудь не так?

— Фигня всё, младшая,— повернула я ключ; додумаю потом.— Поехали. Сначала в магазин. Что будем пить?

— Я — то же, что и ты.

Живем по-русски:

— Водку.

— Принимается.

— Мне еще на почту надо заглянуть,— предупредила я, выруливая на проспект.

— А это-то зачем?

— Так надо. После объясню.

— Лады.

Сестра была на удивление покладиста. Досталось ей. Не меньше моего — по-своему, разумеется, но всё-таки...

Что до почты, то я поясню. Помните, накануне в кафе сестренка говорила, что тетя Лиза просила мне передать, чтобы я взяла ее корреспонденцию? Нюанс тут в том, что случаев, когда она меня о чем-либо просила *через Леру*, раньше не было. Значит, там, на почте, нечто очень важное.

Предположим, это документы — да, те самые. А почему бы нет? Во-первых, почта — это способ «спрятать» их достаточно надежно, а во-вторых, не слишком далеко. Полагаете, замысловато? Не уверена.

Предположим, Нарчакова опасалась за себя, чувствуя, что приближается развязка. Допустим, тетя Лиза по каким-то непонятным мне пока соображениям хотела, чтобы эти документы в случае чего попали бы ко мне. Предположим, их соседка загодя отправила...

Бывает, что зеленое равно двенадцати часам, но дважды два по-прежнему четыре. Я, собственно, к чему: если в допусках своих я не была уверена, то в выводах почти не сомневалась. В особенности — получив на почте бандероль. Всё верно: отправитель — Нарчакова, адрес отправителя — домашний (то есть наш; теперь, бишь, только мой), адресат — а/я такой-то, та же Нарчакова.

А хорошо придумала...

С Лерой она мало рисковала. Даже если бы сестра забыла передать слова Елизаветы Федоровны, рано или поздно бандероль вернулась бы на адрес отправителя. То есть всё равно попала бы ко мне.

Догадливая я.

Сестра ждала меня в машине.

Она спросила только:

— Что-то важное?

— Надеюсь. Дома разберемся.

— Загадочная ты.

Я покачала головой:

— Не я.

До дома мы молчали.

«Копейку» я припарковала во дворе. Сюда же стоило бы перегнать «десятку» от парадного, но сил на это не было. Из меня как будто стержень вынули — всё, отстрелялась, сдохла доктор Кейн!

По лестнице я поднималась нога за ногу.

И уже почти что доплелась.

А на площадке между третьим и четвертым, нашим, этажом меня вдруг осенило: где ключи?! ключи-то мне от дома не вернули! как же теперь...

Догадливая, м-мать!

Ей-же-ей — я чуть не разрыдалась.

— Сестренка, что с тобой?

И тут же голос сверху:

— Дайана Германовна, извините...

— Блин!

Кого еще убить?!

— Я от Юрия Сергеевича, в смысле — от Тесалова,— отрекомендовался дожидавшийся нас около квартиры очередной товарищ в штатском; паренек был вряд ли меня старше.— Дайана Германовна, вам просили передать — вот, ключи от дома и машины.

Очень вовремя.

— Спасибо.

Хм. А если обнаглеть?

— Послушайте, м-м...

— Сергей,— представился товарищ.

— Послушайте, Сережа, вас не затруднит отогнать мою машину от подъезда? Припаркуйте ее во дворе, рядом с бежевой «копейкой».

— Будет сделано.

— И на сигнализацию поставьте. А ключи...

— Так точно, занесу. Разрешите исполнять?

— Идите.

Он пошел.

Младшенькая на меня взглянула с присвистом:

— Ты у них там что — авторитет? Матой Хари на полставки числишься?

— В харю матом,— проворчала я.— Заткнись, а?

— Слушаюсь, товарищ... как тебя? товарищ лейтенант?

— Старшóй,— ворчнула я, возясь с ключами.— Не напрягай меня, сестренка. Проходи.

— Есть, ваше благородие!

— Урою!..

Дома было странно. Воображение, наверное, однако всё равно — каким-то не таким мне показался дом, неправильным, как будто не моим. Не знаю, как точнее выразить...

Проехали, не суть.

Дверь в комнату соседки была опечатана.

Мы прошли в мои апартаменты. Всё как будто находилось на своих местах. Если обыск у меня и делали, то действовали, очевидно, с аккуратностью.

Лера как-то основательно притихла.

— Что загрустила, младшенькая?

— Просто. Не сердись, не по себе немного.

— Не одной тебе. Не дрейфь, прорвемся.

— А куда мы денемся. Давай мы только твое зеркало завесим, хорошо? Я понимаю — суеверие, но всё-таки...

— Само собой.

Раздался звонок в дверь — Сергей принес ключи, засим откланялся.

Дверь я заперла на все замки.

Приведя себя в порядок и переодевшись, я порядочно воспряла духом. Лерка вроде тоже. Телефон мы тупо отключили, водка и закуски были на столе. Еще одна бутылка остывала в холодильнике.

— И чего мы ждем, как две кретинки с выставки? — бодренько поинтересовалась Лера.— Наливай, имеем право!

— Лево. Не гони. Сначала бандероль.

— Сдалась она тебе.

— Не только.

— Что?

— Не только мне сдалась.

Не смешно, но вновь я угадала.

В бандероли было: заверенная копия завещания Елизаветы Федоровны, компакт-диск в коробочке из пластика и несколько убористо исписанных листов бумаги. Первым делом мы с сестренкой занялись бумагами, с диском я решила разобраться позже.

Завещание меня не слишком удивило. Тетя Лиза всё без исключения оставляла мне. Похоже, в том числе свои проблемы.

Что до других бумаг, то их можно было разделить на две неравные части.

Первый, на одну страничку, документ представлял собой сухой отчет «старухи на проценте». Складывалось впечатление, что ес «отчет» написан был не столько для меня, сколько для, так скажем, компетентных органов.

Нарчакова просто констатировала, что начиная с августа этого года она неоднократно выступала в роли подставной фигуры при оформлении сделок, связанных с недвижимостью. Далее по датам приводились имена-фамилии владельцев этого жилья, более того, почти по всем позициям указывались имена-фамилии людей, получивших в результате данной махинации право на квартиры. Адреса нотариатов и фамилии нотариусов были в каждом случае свои.

В общей сложности в «отчете» Нарчаковой значились двенадцать адресов. Ниже Нарчакова сообщала, что за каждую такую сделку она получала сумму в пятьсот долларов[1]. Все расчеты вел с ней некто Стас...

Ничего *принципиально* нового отсюда я не почерпнула. До фактов я сама, положим, докопалась. Но — мотивация? зачем ей это было нужно? как она могла?!

Вторым было письмо, предназначавшееся мне. Оно было весьма объемным и местами очень личным. Я себе позволю его несколько подредактировать.

---

[1] И это всё — за месяц-полтора. Нехилый приработок для старушки *(примеч. Дайаны Кейн)*.

Письмо если не всё, то многое расставило по своим местам.

Начиналось оно так:

«Дорогая Яночка! Если ты читаешь эти строки, значит, меня больше нет в живых. Моя смерть была насильственной, не так ли? Не особенно печалься обо мне, право слово, это много лучше, нежели мучительная смерть от онкологии. В моем возрасте и положении насильственный исход — достойный вариант. Более того, в определенном смысле я к такой развязке шла сознательно.

Мне многое тебе придется объяснить. Наберись, пожалуйста, терпения.

Получилось так, что я связалась с криминальным бизнесом. Если помнишь, как-то я рассказывала, как меня однажды за бомжиху приняли. Это приключилось в самом конце августа, приблизительно за две недели до того, как ты приехала из отпуска. Я в тот день без дела отдыхала в скверике. Ко мне подсели двое молодых людей, предложили мне подзаработать. Вид у меня тогда действительно был несколько синюшный, признаю. Короче, я разубеждать парней ни в чем не стала и предложение, как ты понимаешь, приняла.

Мне трудно объяснить, зачем и почему я поступила так. Не всегда в основе человеческих поступков лежит какой-либо единственный мотив, я думаю, как правило, их несколько. Бывает, что не только молодые склонны к приключениям — в старости себя порою тоже нужно чем-то занимать, а все мои дела к тому моменту были в основном закончены.

Если ты считаешь, что я мало сознавала, что я делаю, то ты ошибаешься. Конечно же, такого рода уличные предложения всегда чреваты неприятностями, иногда — фатальными. Однако неизбежный риск такого предприятия меня не столько беспокоил, сколько — буду честной — привлекал. Когда тебе на самом деле нечего терять, занятно посмотреть, а что же там получится...

Любопытство, говорят, сгубило даже кошку. Считай, о том и речь.

Оправдываться я, поверь, не собираюсь.

От меня, как выражались некогда в Одессе, требовалось сущих пустяков. Я должна была изобразить владели-

цу жилья при оформлении сделки у нотариуса. Документы, я так поняла, использовались подлинные. Молодые люди объяснили мне, что настоящая владелица квартиры собиралась им ее продать, получила уже половину суммы, но внезапно — вот проблема — умерла. Теперь квартира вроде как бесхозная, обидно, дескать, государству отдавать, ни за что ворам-чиновникам достанется.

С последним я была допустим что согласна, остальному же нимало не поверила, но дело довести решила до конца. Уж слишком я была уверена в себе.

Прошло всё гладко — даже удивительно...»

Тут я прервусь.

Детальный механизм этой очевидно криминальной акции, я думаю, не стоит приводить. Не стала же я приводить рецепты безнаказных (то бишь недоказуемых) медикаментозных умерщвлений. Суть-то всё равно не в этом, если вы еще не поняли.

Продолжим.

Слово Нарчаковой:

«Сперва идея этакого водевиля с переодеванием меня порядком удивила. К чему такие сложности? По нашим временам, когда всё продается и всё покупается, заиметь „карманного" нотариуса можно без труда. Насколько мне известно, большинство афер с жильем так и осуществляется. А ведь эти молодые люди проворачивали эту авантюру (с подставной фигурой) явно не впервые, я была уверена.

Однако логика здесь всё-таки была. Что до соответствия лица и фотографии — риск в целом минимален. У нас давно ведь человек — ничто, бумажка — вот что главное. Да и сличить реальное лицо и фотографию в паспорте отнюдь не так легко, особенно когда за невнимание приплачено. Мне и самой когда-то приходилось иметь дело с визуальной идентификацией — поверь мне на слово, при помощи элементарных средств можно обмануть и профессионала[1].

К тому же „свой" нотариус обходится заведомо недешево, подставной же бомж почти не стоит ничего. В милицию он всяко не пойдет, болтать на эту тему вряд ли станет. Ну а если есть какие-то сомнения, то его без шума можно и убрать, всё равно бомжа никто не хватится. Дай ему заря-

[1] Подробности опять-таки опустим *(примеч. Дайаны Кейн)*.

женный банальным клофелином водочный пузырь — он и загнется где-нибудь в подвале, хитрость невеликая.

Шокировала я тебя, Дайана?

Нет, не думаю.

Вернемся к тому дню. Надо полагать, что недалекую, не стоящую дополнительных хлопот бомжиху я изобразила со всей достоверностью. Убивать меня никто не собирался. Стас (так звали одного из молодых людей) отвез меня обратно в центр города, выдал оговоренную сумму в полста долларов и велел проваливать. Аферист ничуть не сомневался, что на заработанные деньги я, как полагается порядочной синюхе, немедленно и до соплей нажрусь и назавтра вряд ли что-то вспомню.

В роль я вошла, однако не настолько. Напиваться я никак не собиралась, но как мне поступить, я, признаюсь, не знала. Обратиться в правоохранительные органы? Смешно, кто стал бы меня слушать. Во-первых, преступление, что называется, неявное, а у милиции и так хлопот невпроворот, им и без хармсовских старух работать некогда. А во-вторых и, как ты любишь выражаться, в-главных, продажность наших „компетентных органов“ давно известна всем, кроме Президента и правительства.

Да, придумавшие этот внешне несуразный ход с „одноразовыми“ подставными лицами всё рассчитали правильно. Всё оказалось бы в итоге шито-крыто, я ничего бы не сумела предпринять — и, наверное, не стала и пытаться.

Но обстоятельства решили за меня. Когда я выходила из машины, я лицом к лицу столкнулась с Лерочкой. Твоя сестра меня, естественно, узнала и по своей привычке бурно поздоровалась, что было полбеды. Каково же было мое удивление, когда выяснилось, что она хорошо знакома и со Стасом!

Ситуация для всех переменилась кардинальным образом. Для аферистов я теперь была не безответная, безгласная синюха, никому ничем не интересная, а вполне благополучный человек. Не думаю, что этот факт мошенников обрадовал. В свою очередь, я стала беспокоиться, не связана ли Лерочка сама с жилищным криминалом. Я же знала, что не так давно твоя сестра приобрела квартиру, кстати — очень дешево. Речь о милиции теперь идти, конечно, не могла. Она твоя сестра, мне этого достаточно.

За собственную безопасность я не очень волновалась. Я рассудила, что мошенники меня не станут убивать, пока не выяснят, насколько я для них опасна. Телефон наш можно запросто узнать у той же Леры, было бы желание.

Ситуацию я просчитала правильно, навыки еще не растеряла.

Стас позвонил на следующий день и предложил с ним встретиться. Я согласилась, невзирая на известный риск, который для меня был, впрочем, минимален. Лишнее убийство — вещь накладная, даже и по нашим временам, к тому же я слегка подстраховалась. У меня был пистолет, трофей времен войны, который я теперь всегда держала при себе.

Давненько мне не приходилось столь серьезно лицедействовать! На этот раз я как могла изображала жадную до денег, беспринципную старуху, в общем-то готовую на всё. Роль я опять сыграла убедительно. По крайней мере, Стас уверился, что я не только предпочту молчать, но и при случае не прочь еще так заработать, однако же не пятьдесят, конечно, долларов, а, например, пятьсот — ведь мы же деловые люди, правильно? (Жадным — по определению верят больше, нежели бессребреникам, всегда имей в виду.) Стас принял это к сведению.

Так всё и пошло. Тем (или теми), кто стоял за Стасом, очевидно, было решено, что такой сюжет заслуживает продолжения.

Я же повела свою игру. Не отрицаю, я была самонадеянна — но не слабоумна. С момента этой встречи я начала фиксировать все относящиеся к делу разговоры. Вне дома я использовала диктофон, все без исключения домашние звонки записывались с помощью компьютера[1]. Не удивляйся, я была знакома с разной техникой. Самое существенное ты найдешь на диске, информацией распоряжайся, как считаешь нужным.

Так вот, Дайана...»

Дальше я сама.

Елизавета Федоровна скоро убедилась, что такого рода махинации с квартирами поставлены буквально на поток.

---

[1] А я-то не могла понять, с чего у нас так телефон фонит! Шпионский детектив, блин (*примеч. Дайаны Кейн*).

Отметила она и то, что всё это жилье находится в одном районе города. Затея с подставными лицами (а в ее случае — с одним и тем же подставным лицом) и разными нотариальными конторами теперь представлялась ей более осмысленной. Если бы все сделки оформлял один нотариат, рано или поздно кто-нибудь на это мог обратить внимание.

Тот факт, что вся жилплощадь, по которой проводились сделки, расположена на территории обслуживания моей поликлиники, был тоже принят к сведению. Стас уверял, что данные квартиры все без исключения являются бесхозной обезличкой. Нарчаковой в это слабо верилось. Приноравливаясь к обстоятельствам, Елизавета Федоровна как умела собирала и анализировала информацию. А умела она это делать очень даже грамотно.

Что-то Нарчакова исхитрилась выведать, к примеру, у меня — помните ее казавшийся мне странным интерес к статистике смертей на нашем отделении? О чем-то она как бы невзначай выспрашивала Леру, разговаривая с ней по телефону; что характерно, ничего такого необычного в ее вопросах Лера не заметила. Старушка без особенных хлопот установила личность Стаса, выяснив, что полностью он — Караваев Станислав Викентьевич. Для справки: адрес и домашний (а часто — и мобильный) телефон практически любого петербуржца можно вычислить без всякого труда. Для этого достаточно приобрести компьютерную базу данных, м-м... Да, кстати — очень дешево.

Нарчакова ясно сознавала, что для главного лица в такой развернутой афере Стас всё же простоват. Само собой, Елизавету Федоровну интересовала личность «крестного отца» квартирной мафии. Способности к аналитической работе старушка проявила далеко не рядовые, однозначно следует признать. Уже к моменту моего ареста она была практически уверена, что большим боссом в этом предприятии является, естественно, Басмаев.

Так, во многом оперируя лишь косвенными данными, до сути Нарчакова докопалась в общем-целом правильно. Старушка оказалась в самом деле очень непростой. Ох и многого же я тогда о ней не знала!

Но это пусть от первого лица. Замечу от себя одно: когда б не мой арест, всё обошлось бы проще и бескровнее.

Когда бы, если бы, кабы...

Вот что еще писала Нарчакова:

«Я ведь как рассчитывала, Яночка. От одного мошеннического эпизода правоохранительные органы отмахнутся с легкостью. Закрыть глаза на целый ряд таких сомнительных деяний, очевидно, несколько сложнее. Невозможно на корню скупить буквально всех, никакая бухгалтерия не выдержит. К тому же для страховки я предполагала подключить к делу еще и СМИ, с этакой затеей я бы, право, справилась. Тоже развлечение для старухи, как ты думаешь?

Но прежде мне необходимо было убедиться, что ни твоя сестра, ни ты (уж ты меня прости) никоим образом с аферами не связаны. На это мне потребовалось время, ошибку допустить я не имела права. Догадываюсь, что тебя порядком удивляли некоторые из моих вопросов. Надеюсь, ты теперь отчасти понимаешь, почему я действовала так. В конечном счете из твоих ответов я почерпнула больше информации, чем тебе могло бы показаться. Иные навыки непросто забываются. Прокачивать объект „на косвенных" меня учили там же (и тогда), где обучали и героев Богомолова. При случае перелистай его роман.

Твой арест стал для меня полнейшей неожиданностью. К тому моменту я уже была целиком и полностью уверена: к басмаевским делам ни ты, ни даже Лера прямо не причастны. У меня тогда сложилось впечатление, что кому-то хочется тебя подставить или замарать, более того, я сразу же связала это „недоразумение" с квартирными аферами. Возможно, я действительно ошиблась, Яночка, хотя и до сих пор очень сомневаюсь в том, что странный твой арест приключился только волей случая. Вдобавок к опыту есть, веришь ли, чутье, а оно меня не часто подводило.

Я это всё к чему. Узнав от Леры о твоем аресте, я поспешила действовать. Возможно, я и вправду — поспешила, но что теперь гадать, как водится — что сделано, то сделано.

Я исходила из предположения о том, что сам этот арест мог быть инспирирован Басмаевым. Очевидно, что, замазав человека в уголовщине, довольно просто получить над ним контроль. Представь, что он надумал тебя как-нибудь использовать. Он отнюдь не заурядный махинатор, планы у него могли быть далеко идущие. С учетом этих допусков такая комбинация мне виделась вполне ло-

гичной. А в том, что у Басмаева в милиции есть неплохие связи, я была уверена.

Разумеется, существовала вероятность, что мои исходные посылки могут быть неверными. Однако для меня это была как раз та ситуация, когда лучше что-то сделать и жалеть, чем не сделать и жалеть. Я решила припугнуть Басмаева и снять тебя с крючка, во всяком случае — на некоторое время.

Выйти на него по телефону было делом техники. Наш разговор найдешь на диске. Суть его проста. Я предложила «боссу» выбирать: либо он тебя вытаскивает из милиции, либо я даю ход собранному мною материалу. Хотя Басмаев до конца играл непонимание, я думаю, он мне поверил.

Не сомневайся, я предельно ясно сознавала, чем для меня чреват подобный разговор с Басмаевым. Я знала, что теперь меня попробуют убрать, никаких иллюзий я не строила. По-другому поступить я просто не могла, что поделать, так сложились обстоятельства. Да и всё равно мне нужно было как-то выходить из этой затянувшейся истории. Полагаю, так оно и получилось.

Что ж, Яночка. Такие вот дела.

Теперь о главном.

Я далеко не всё рассказывала о себе. Ты сообразительная девочка, Дайана, я не сомневаюсь, что ты поняла: я не всю жизнь была простым искусствоведом. Восемнадцать лет я прослужила в органах Госбезопасности.

Всё началось с войны, в злосчастном сорок первом. Часть моей истории ты слышала. Я тебе рассказывала правду, но не всю. Да, поначалу я действительно была обычной переводчицей, впоследствии недолго числилась за контрразведкой „СмерШ". Историю войны ты худо-бедно знаешь, как я думаю, так что понимаешь, о чем речь.

Разведка с контрразведкой ходят рука об руку. Когда мне предложили перейти в разведывательно-диверсионное подразделение при НКВД, я сразу согласилась. Если помнишь, у меня к фашистам был немалый личный счет.

Отплатила я сполна, десятикратно минимум. Со многих наших операций гриф „секретно" не снят до сих пор. Всякая война бесчеловечна, даже справедливая, применительно к врагу все средства хороши. Мы умели быть такими же жестокими и столь же одержимыми, как, к примеру, и головорезы из СС. В учебниках об этой стороне войны ничего, как правило, не сказано. В этом есть, наверное, свой смысл, но о содеянном я никогда не сожалела.

Я опять зашла издалека. Ты уж не будь в претензии, пожалуйста. Не так всё это просто для меня.

Полтора послевоенных года я провела в Германии. Время было пестрое. Эйфория от победы быстро улеглась, назревало противостояние с бывшими союзниками. Мое знание английского пришлось как нельзя кстати — но это была уже не моя война.

Я возвратилась в Ленинград в конце сорок шестого. Тогда мне, капитану Нарчаковой, было — странно вспомнить — двадцать два. Для войны любого возраста достаточно. В мирной жизни — мало иногда.

Служить меня определили в Большой дом. Выбирать тогда не приходилось — да и вряд ли бы я стала выбирать. Мы были солдатами Отечества...

Но бывали мы и палачами, это так. С горечью добавлю — к сожалению.

Одним из дел, которые в те годы приходилось мне вести, было дело Романа Николаевича Яновского. Как ты, очевидно, понимаешь, речь идет о твоем прадеде по материнской линии. Тебе известно, чем оно закончилось. Теперь всё это видится иначе: дело было откровенно дутое, затеянное по команде из Москвы. Времена тогда крутые были, Яночка.

Оправдываться я не собираюсь, внучка, но сказать скажу. По-настоящему активных методов допроса к нему не применяли. Сердце может перестать стучать и от несправедливости. В процессе следствия Яновский вел себя на удивление достойно, поверь мне на слово, мало кто так мог.

К высылке его вдовы с детьми я не была причастна. Это дело контролировал центральный аппарат Госбезопасности. Кому-то из московских хомяков прадед твой стал поперек дороги, я так думаю.

Успех берется дорогой ценой. Люди — очень подлые животные. Считай, что это я так просто, к слову, ни о чем.

В КГБ я проработала до самого конца 50-х, уволилась уже при Лысом Кукурузнике. Уходила я „по состоянию здоровья“, не стала ждать, пока меня „уйдут“. Органы Госбезопасности тогда перетряхивали очень основательно. Суть, впрочем же, не в этом.

Под занавес своей карьеры я не без успеха провела несколько весьма неординарных дел, связанных с художественными ценностями. К живописи я всегда была неравнодушна и пристойно разбиралась в ней. „На гражданке“ я решила стать искусствоведом. Как ты знаешь, я добилась своего, репутация эксперта у меня вполне заслуженная.

Надеюсь, я не слишком утомила тебя своей биографией. Еще чуть-чуть.

Попытка выяснить в подробностях судьбу моей семьи была тогда достаточно спонтанной. На деле я давно смирилась с тем, что все мои — погибли.

Об этом я тебе рассказывала: я нашла сестру. Я опоздала, ты об этом знаешь. Умерла она от онкологии, у нас это, наверное, семейное. Я-то, правда, дожила считай что до глубокой старости, уж так мне повезло. Не обо мне здесь речь.

Вот о чем тебе я не сказала. Моя сестра Екатерина была замужем, и ее фамилия по мужу — Кейн: Екатерина Федоровна Кейн, ваша с Лерой бабушка по отцовской линии. Я для вас с сестренкой — бабушка двоюродная, это, внучка, факт, я всё очень тщательно проверила.

Вот так.

Смешная штука жизнь, как думаешь?

Хочу тебе сказать... С тех пор как мы с тобой соседствуем, ты заменила мне семью, которой я лишилась в сорок первом. Ты мне была родной по крови и по духу. Спасибо тебе, Яночка.

Вот, собственно, и всё.

Завещание на тебя оформлено, всё теперь — твоё. Реквизиты моих банковских счетов — на форзаце в третьем томе Достоевского. Будь особенно внимательна с картинами, расставаться с ними не спеши. Если всё же соберешься продавать — не ошибись с оценкой и оценщиком.

Леру крепко-крепко обними. Девочка она не слишком-то разборчивая и, пожалуй, несколько поверхностная, но вообще хорошая. Жаль, что у меня не получилось полюбить твою сестренку так же, как тебя. Это не ее вина, естественно. Так жизнь сложилась.

Что же...

Да, на этом точно всё.

Обнимаю и целую тебя, внучка. Я в тебя верю и люблю тебя».

Еще приписано:

«Уж ты меня прости».

Затем подписано:

«Твоя двоюродная бабушка».

Да, Яночка.

Такие вот дела.

Толком алкоголь меня не брал — да я и не усердствовала, честно говоря, перехотелось как-то. Сестренке тоже много не пилось. Оно и к лучшему, мне кажется...

И то: две пьяные бабы — это не для публики.

Захмелеть слегка мы, впрочем, захмелели.

— Слушай, мать, а Нарчакова не могла чего-нибудь того, от старости приврать? — между рюмками поинтересовалась Лера.

— Не тот случай,— отозвалась я.— Мозги у нее работали своеобразно, но — работали.

— Точь-в-точь как у тебя. Говорила я, что вы похожи,— сестренка фыркнула: — Нет, может, же быть так!

— Всё может быть. Но не всегда бывает.

— Угу. Сама-то поняла?

— Не знаю.

— Тяжелый случай,— бормотнула Лера.— Рюмочку налить? Ты выпей, выпей, может, поумнеешь.

— Да я уже пыталась. Не берет.

— Н-да, это клиника.

— Иди ты...

— Не пойду. Ну, разве за добавкой.

— В холодильнике. И не страшно тебе водку пить с убивицей, а, мать?

Сестренка без малого оскорбилась:

— Иди ты!

— Не пойду. Помянем Нарчакову.

— Вот ведь — бабушка... Как надо говорить-то?

— Царство ей небесное.

— Да, короче, со святыми упокой. Как думаешь, старушка заслужила?

— Не нам с тобой судить.

— И то. Не чокаясь...

— Аминь.
Мы чинно выпили.
Смешная штука — жизнь.
Иногда так вовсе обхохочешься.
— Однако, да: такие вот дела...— задумчиво произнесла сестренка.— Экий же выходит карамболь!
— Карамба — что?
— Что слышала. Ты дурочку не строй, это я у нас блондинка.
— Полная?
— Что?
— Полная блондинка?
— Ну... да.
— Ах, да.
Младшенькая хлопнула глазами:
— Но вообще я девочка хорошая. Несколько поверхностная только...— Характеристика Елизаветы Федоровны сестренку явно зацепила.— Я, кстати, до сих пор не поняла, откуда взялись эти, с автоматами?
— Я тоже.
— Тоже — что?
— Не поняла. Не знаю я, откуда они взялись. Будет случай, у Тесалова спрошу.
— Он тебе кто?
— Так. Просто человек.
— Ну, Янка, не темни!
— Ну, вроде как любовник.
Лера фыркнула:
— Понятно. Вроде как. Хрен тертый из Конторы, замечательно... Умеешь же ты связи заводить!
Н-да.
— Кто бы говорил. Извини, сестренка,— спохватилась я.
Сестренка отмахнулась с деланной беспечностью:
— Ты о Басмаеве? Промашка получилась. Хотя в постели он был в общем-то неплох. Прижимистым был, правда...
— Всё, проехали.
Сестра кивнула:
— Да. О мертвых — ничего... Но как ты их, а!
— Так уж получилось.
— Хотела бы я так уметь!
— Не надо. Ни к чему. Проехали, а, мать?

— Как скажешь, старшая.

— А так я и скажу.

— По водке?

— Надо бы.

Пилось, впрочем, впустую.

Обсуждать (а тем паче — заново переживать) перипетии минувших сумасшедших суток мне тупо не хотелось. Нарчакова бы меня, сдается, поняла. Сил не было. Эмоций, кстати, тоже: ни горечи, ни сожаления, ни печали, ни облегчения... короче, ничего. У кого-то было: скорбное бесчувствие. Оно, наверное, и есть.

Молчали мы с ней тоже о своем. Каждая о чем-то личном, собственном.

Мне было как-то зябко — на душе. Внутри как будто набухало понимание, что прежней я уже не буду. Никогда. Что-то для меня непоправимо изменилось, и с этим нужно будет научиться жить — и не сразу, надо полагать, и далеко не просто это у меня получится.

Еще из этой части вечера запомнилось...

Во-первых, Лерино:

— Придется ж хоронить...

— Кого?

— Да Нарчакову же!

— Нормально. Разберемся.

— Крива ты, мать.

— Я?! Ни в одном глазу!

— Оно заметно.

— Может, ты права. А ты?

— Я тоже. Врежем?

— Врежем.

— Принимается.

Мы дружно врезали.

И Лера — во-вторых:

— Ау, сестренка, студнем не сиди!

Похоже, я на некоторое время выпала-таки в осадок. В мутненький такой осадок, рыхлый и творожистый...

Отодвинув стопку в сторону, я объявила:

— Мне не наливать.

— Не очень и хотелось. Кофе? Чай?

— Не знаю. Что-нибудь. Попозже.

— Вот и ладненько.

Мы помолчали.

Я как будто выкарабкивалась из болота — настолько незаметно как ушла в себя.

— Не парься ты так, мать,— сказала Лера; сказала жестко, неожиданно всерьез.— Пустое всё. Что сделано, то сделано.— Сестра в упор смотрела на меня абсолютно трезвыми глазами.— По-любому ты была права. Да я бы и сама, ну, если бы умела, то поступила бы так же, Янка!

— Думаешь?

— А почему бы нет? Не веришь?

— Верю.

— Вот и замечательно. Не хочешь водки — сладкого сожри. У меня тут шоколадка завалялась.

— Запасливая ты, сестренка.

— Я-то? Ни фига. Это я сегодня в магазине стибрила.

— Сегодня?

— Ну. Мы ж водку покупали...

— Украла?

— Ну!

— А... как бы на фига?

Сестренка сделала честнейшие глаза:

— Ты не поверишь, мать: лежала плохо!

И вот тут меня прорвало, наконец...

....

Смех, застывая, превращался в снег. Снег поднимался вверх, и это не казалось чем-то странным: я сознавала, что я вижу сон. Что характерно, сон был тем же самым, уже виденным. Я опять была в полночном городе, узнаваемом и всё-таки в другом, ином, чужом, как будто бы смещенном; я знала здесь, казалось, каждый закуток, но всё равно блуждала, словно в лабиринте.

Вокруг было светло, но света не было. Был снег, похожий на овеществленный свет, кружащийся вокруг. Я не спеша брела в подвижной белой мгле, среди людей без лиц, домов без адресов. Здесь завершалось время. В белой тишине, теряя очертания, город плыл, деревья и дома подергивались рябью, сходя на нет.

Мир подходил к концу, я это понимала. Мне страшно не было — мне было всё равно, как будто я была уже не я, а просто кто-то на меня похожий, так, лишь прохожий, некто как никто. Но страшно не было.

Я всё еще брела — зачем, куда? Значения не имело. Мир медленно пустел. Я сознавала, что мне суждено остаться в этом мире в одиночестве, остаться навсегда, что значит — ненадолго, потому что время скоро истечет, и, наверно, это будет правильно; впрочем же, мне было всё равно.

Сменился миг, во мгле прошли века. Я уже была с изнанки времени — не я, а некто, кто-то без лица и имени. Мир постепенно гас, как будто слеп. Я видела, как то, что было мной, помалу истончалось, сходя на нет, я превращалась в свет, а мир... Но мир уже был безнадежно слеп. Всё было кончено. Я тихо засмеялась.

Смех застывал и превращался в снег.

Снег отчего-то поднимался вверх.

ГЛАВА 18. Вместо эпилога

Первый в этом году снег случился спустя сутки, наполненные мелкой суетой, не стоящей упоминания. Снег был большой, парадный, как во сне. Ну, если не считать, конечно, слякоти, шуги на тротуарах, промокшей обуви, обрывов проводов, заторов на дорогах, автецов — житейской прозы, словом. В общем, снег как снег, как водится, без умысла и смысла, обычный первый снег, не более того...

Я, впрочем, не о том.

Окружающая нас среда была четверг. В смысле, было утро четверга, стрелки на часах помалу двигались к полудню. Мы с Тесаловым сидели вновь в машине, для разнообразия на этот раз в его. Свою «шестерку» капитан припарковал на берегу Невы, на спуске возле Академии художеств. На лобовом стекле замызганной тесаловской лохматки красовался пропуск-«вездеход». Контора, блин... но ладно, суть не в этом.

Мне было о чем с ним поговорить. Ему, что характерно, тоже — ради этого мы, собственно, и встретились. Разговор пока не слишком клеился. Нева была черна и тяжела, как настроение с похмелья. Падал снег.

В машине было более-менее комфортно.

— Здесь стоянка вроде как запрещена?

— Не для нас. Мы здесь при исполнении.

Мы? Надо же.

— А я-то здесь при чем?

— При ком. При мне.— Тесалов заглушил мотор.— Поговорим? Здесь нам не помешают.

По-моему, Юрий тоже чувствовал себя слегка стесненно. А может, капитан сейчас действительно работал, а я была объектом разработки... Что ж, может быть. У каждого свой хлеб.

Закурив, Тесалов предложил:

— Если есть ко мне вопросы — спрашивай.

— А ты ответишь?

— Если что — совру.

Ну, так-то уже лучше. Значит, с шутками...

— Попробуем...

— Да, мужики тебе привет передавали. Дала ты звону им. Тогда, в спортзале.

— Ты про ваш спецназ?

— Бойцы не прочь с тобой поближе познакомиться.

— Что, так обиделись?

— Обидишь таких, жди.

— Какая-нибудь «Альфа»?

— «Вымпел» не устроит?

— По мне без разницы. Запутаешься в вас...

— Тренироваться с ними хочешь?

— Ты серьезно?

— Конечно. Допуск я тебе оформлю. Бойцы — сугубо за. Ты на них произвела большое впечатление.

Занятно было бы.

— Подумаю. Откуда вы все взялись? Тогда, в «Гусятнике»?

Блин, deus ex machine...

— Дело техники. Можешь понимать буквально. На самом деле все басмаевские телефоны были на прослушке. И не только телефоны, кстати, к этому моменту мы его вели конкретно и всерьез,— пояснил Тесалов.— Он хорошо сидел на наркотрафике, а это уже сфера наших интересов. Особенно когда на том конце цепочки маячит иностранная спецслужба. Подробностей, прости, не будет.

— Обойдусь[1].

— Разумно. Ну так вот, когда он позвонил тебе, я оказался в курсе. Понятно было, что ты сунешься на выручку сестре и наломаешь дров. При таком раскладе стало не до комбинаций. Плюс налицо захват заложников, опять-таки... Короче говоря, было принято решение вмешаться.

— Уж вы вмешались...

В общем, вразумительно.

Я ему поверила. Почти.

— Получается, я вам сорвала операцию?

— Все наломали дров. В отчетах пишут так: ситуация спонтанно вышла из-под нашего контроля. Вмешалась тут одна назойливая дамочка...

Забавы рыцарей кинжала и плаща.

Виноватой я себя не ощущала.

— В тех обстоятельствах ты действовала, если честно, потрясающе,— заметил капитан.— Почти... Да что там, просто профессионально, как хорошо обученный агент.— Тесалов улыбнулся: — Ты уверена, что никогда не проходила соответствующую подготовку? Ну, в ГРУ там или в ЦРУ?

— А то вы мою биографию насквозь не просветили! Наш разговор сейчас, случайно, не пишется?

— Тебя надо спросить.

Резонно, да.

— Я лично не пишу.

— Я тоже.

«Я» Тесалов тоном выделил: мол, понимай как хочешь. Возможно, кто-то из конторских нас сейчас и в самом деле слушает. А может, нет — кто ж штирлицев поймет.

Вообще-то это уже паранойя.

Тесалов вкрадчиво спросил:

— Тебе не интересно, кем на самом деле был тот журналист?

— Который Алексей? Полагаю, что не журналистом. Наверно, частный детектив какой-нибудь. Рискну предположить, что это фатер мой подсуетился, когда узнал, что у дочурки неприятности. Заслал страховки ради казачка... Я угадала, нет?

---

[1] А то еще кому-то неизвестно, что, например, афганский героин идет в нашу страну с благословения комбинаторов из Лэнгли, штат Вирджиния? *(Примеч. Дайаны Кейн.)*

— Отец тебе сказал?

— По телефону? Он же не дурак.

— А то я сомневался! Да, всё правильно. Личность «журналиста» мы установили. Товарищ из Самары, бывший мент, сотрудник детективного агентства. Толковый вроде мент...

— Да, потому и вляпался.

— Пора отстреливать. Уж слишком ты умна.

Интересно, это шутка юмора?

Усугубим:

— Да, между прочим. Слушай, капитан, ты ведь не капитан? На звание повыше, я так думаю?

— Вообще-то я майор. А здесь-то ты как...

— А просто догадалась. Слыхал о женской интуиции, майор? К тому же я умна...

Не там, где это надо. Ну, или не тогда.

— Да, доктор Кейн... с тобой не заскучаешь!

— А уж с тобой-то! Классика почти. Помнишь, песенка была, пародия такая: «Враг не ведал, дурачина: тот, кому всё поручил он, был чекист, майор разведки и примерный семьянин»,— не удержавшись, процитировала я; само просилось на язык.— Н-да, сущий водевиль, когда бы не кровища...

Тесалов покосился на часы:

— Ты мне напомнила...— Он вынул из бардачка пистолет, тот самый нарчаковский ствол.— Я тоже умный. И предусмотрительный: догадался втихаря тогда твою «копейку» осмотреть.

— Я же ее вроде запирала.

— Ну, Дайана...

— Ясно, извини. Морды бьем, замки вскрываем, телефоны слушаем... Интересная у некоторых жизнь!

— Ты на свою взгляни.

И то. Крыть вроде было нечем.

Тесалов, явно для проформы, уточнил:

— Пистолет принадлежал твоей соседке?

— Родственнице.

— Родственнице? Хорошо, пусть так. Выходит, всё же родственница... Кто она тебе?

— Двоюродная бабушка. Была. Я этого не знала.

— Занятный поворот. Расскажешь, что к чему?

— Когда-нибудь. Потом.

Тесалов не настаивал:

— Не к спеху... Ну так вот. Короче, пистолет. Между прочим, редкое оружие. Самый настоящий раритет, у знатоков приличных денег стоит. С секретом пистолетик. Вот, смотри...

Тесалов (он сидел со стороны Невы) открыл дверь «жигуленка», оттянул затвор.

— Стрелять собрался? Спятил, мы же в городе!

— Смотри сюда.

Майор спустил курок. Вместо грохота раздался тихий «чпок». Пуля, я так полагаю, ушла в воду — за снегом видно не было. Запахло порохом.

Он всё-таки пижон.

— Занятная игрушка, да? — Тесалов закрыл дверь.— Оружие диверсанта. Глушитель встроенный, как в наших ПСМ. Вполне надежно бьет.— Он протянул мне ствол: — Держи. Оставь себе на память. Сувенир. Разрешение тебе потом оформим, когда всё уляжется.

— Не думала, что это всё так просто.

Он пожал плечами:

— Не для всех.

Внушительно звучит.

— А ты непрост, майор. Даже и с поправкой на специфику твоей Конторы, как мне кажется...

— Простых у нас не держат. А кажется — крестись... Но в чем-то ты права. Знаешь, да: в былые времена кто-то должен был работать с диссидентами, а кто-то — с резидентами. Прочувствуйте, как говорится, разницу. Подразделение, в котором служу я, напрямую подчиняется столице... Ну да пока тебе эти нюансы ни к чему.

Это самое «пока» я про себя отметила.

Понятно, в общем-то, к чему шел разговор...

— Да, влипла я...— А это я уже вслух.

Тесалов понял мою реплику по-своему:

— Победителей не судят, доктор Кейн. Против нас у прокурорских руки коротки. Считай, что ты под нашей «крышей».

— За «крышу», говорят, приходится платить...

Майор подачу — явную — не принял. Счел, должно быть, что несвоевременно. Что ж, тогда еще поговорим, лично мне спешить пока что некуда.

О наркотрафике и том, что с этим связано, Тесалов больше не упоминал. Пришлось смириться с тем, что для меня во всей этой истории многое — возможно, навсегда — останется за скобками. Ну да в жизни вообще многое выносится за скобки, осмелюсь повторить — иной раз сама жизнь...

Пустое. Просто замечание между темами.

Во многом знании есть много ерунды.

Детально обсуждать ход следствия по «делу о квартирах» большого смысла не было — официально дело только-только начало раскручиваться. В прессу информация пока не просочилась. Было у меня такое подозрение, что подробности этой запутанной аферы не скоро и не все станут достоянием просвещенной публики, благо придержать их есть кому. Очень уж скользкая история.

Накануне мне пришлось еще раз побывать в прокуратуре — потребовалось уточнить кое-какие показания. Обращались и общались со мной бережно, как с тухлым яйцом. Следователю я передала отчет «старухи на проценте» (тот лист, который в бандероли был особняком), а также собранные Нарчаковой аудиозаписи. Дубликат компьютерного диска, поразмыслив, я оставила себе. На всякий случай.

А вот с письмом Елизаветы Федоровны мне я не рассталась. Следователю пришлось довольствоваться только ксерокопией, да и то лишь части этого письма — той, где Нарчакова объясняет свои действия. Всё остальное — личное — касается меня, моей семьи, однако же не следствия. Настоять следачка не смогла.

Удивительно, но мне вернули «раскидайчик». Он же вроде бы вещдок, орудие убийства... И тем не менее. Если честно, у меня сложилось впечатление, что на прокурорских сверху крепенько наехали. И не одна Контора: не исключено, что фатер тоже подключил свои отнюдь не маленькие связи. Пока об этом я могла только гадать. При случае спрошу, всё же интересно...

Так вот, о следствии по «делу о квартирах». Одним из его главных фигурантов являлся, очевидно, доктор Рудас. Теперь Альберт Михайлович помалу обживался в изоляторе. Держался он (во всяком случае, пока) весьма самонадеянно, успел обзавестись солидным адвокатом. Ни в чем виновным он себя не признавал, всё отрицал, включая очевидное. Кажется, достойный эскулап всерьез намерен был добиться оправдания. Что занятно, его призрачные шансы при ближайшем рассмотрении не казались вовсе безнадежными. Не хотелось бы впадать в грех публицистики, но в нашем небогоспасаемом отечестве и не такие преступления иным сходили с рук[1].

В результате не вполне понятного мне выверта прокурорской мысли была задержана и склочница Цуцко. Через трое суток — забегу вперед — старшую сестру благополучно отпустили. Хочется надеяться, что камерные впечатления госпоже Цуцко запомнятся надолго; по крайней мере, с этой стороны я могла себя почувствовать отмщенной. Хоть и мелочь, а приятно всё-таки.

Отделение «неотложной помощи» (да и вся поликлиника) пребывало в шоке. Достоверной информацией никто не обладал, зато сплетен было больше чем достаточно. Особо изощренные умы говорили чуть ли не о государственной программе по зачистке «бесполезных членов общества» — надо полагать, что с целью экономии пенсионных средств в бюджете государства, а заодно и ради разрешения извечного жилищного вопроса. Короче говоря, маразм крепчал. На таком нервозном фоне работа некогда вполне пристойного коллектива «неотложной помощи» шла наперекосяк, пациентам оставалось только посочувствовать. Но это — тоже к слову.

Зарина, безутешная вдова, в чьей причастности к квартирным махинациям никто не сомневался, слегла в больницу якобы с инфарктом. Для следствия она была пока что недоступна — гуманизм-с. Отлеживаться госпожа Басмаева могла довольно долго, благо главврачом помянутой больницы был опять-таки м-м... нерусский человек. Такое вот, простите, совпадение... но это тоже к слову.

Грустно жить на этом свете, господа.

Кстати, да: еще о совпадениях. Во всей нашей запутанной истории многие из этих совпадений, при кажущейся их многозначительности, оказались просто совпадениями. Невнятно изложила? Поясню. Взять хотя бы как пример автец с Калугиным. Он тогда показался очень «своевременным». Вы, надеюсь, злополучный ложный вызов помните? Так вот, именно Калуга мог бы подтвердить, что

[1] Вот именно, в особенности рыжим (*примеч. авторов*).

ларек в ту ночь, во-первых, не работал, а во-вторых, что я приехала на отделение не в два, как показала госпожа Цуцко, а почти за полтора часа до этого. В итоге Лешка легко обеспечил бы мне алиби, возникни в этом необходимость. Даже и Тесалов признавал, что *при желании* на показаниях ларечника и старшей медсестры меня можно было бы связать со смертью Соловец — если бы та смерть была квалифицирована как убийство. А отчего бы (при желании, опять-таки) ее и не переквалифицировать?

Всё так, однако же в конечном счете оказалось, что разбился Лешка по своей вине, в общем-то действительно случайно, без чьего-то умысла. Он сел за руль банально пьяным — сначала крепко вмазал и в результате вмазался. Из комы, как я слышала, Калуга уже вышел, всё вроде худо-бедно обошлось. Я рада за него.

Еще один пример. Возьмем опять события той ночи. Никто же ведь силком не заставлял Алису утверждать, что я тогда отсутствовала черт-те сколько времени. Обычная подлянка склочной женщины, по существу, не более того. Иначе говоря, никаких осмысленных, с конкретной перспективой целей Алиса не преследовала, однако при определенных обстоятельствах ее тупая ложь могла бы обернуться для меня изрядной неприятностью. Но «прицельно» меня подставлять — она не подставляла.

Если кто и втягивал меня тогда сознательно в криминал, так это господин Басмаев. К моему тогдашнему аресту покойный Руслан Ибрагимович прямого отношения не имел. Однако же, узнав об этом инциденте, Басмаев поспешил воспользоваться ситуацией. Связи в местном (и не только) отделении милиции почтенный бизнесмен, естественно, имел, причем весьма серьезные. По нашим временам сфабриковать на человека дело при таком раскладе — вопрос плевый. Ежу понятно, что помимо показаний наркоши-ларечника (и по случаю совпавшей с ними лжи мадам Цуцко) к нужному Басмаеву моменту на меня непременно отыскалось бы что-нибудь еще. Не по этому, так по другому поводу.

Нет, за решеткой я была ему неинтересна. Скорее г-н Басмаев готовил для меня поводок — или крючок, кому что больше нравится. Руслан хотел добиться, чтобы я от него всерьез и накрепко зависела. Подмять он под себя меня хотел, в том числе — в буквальном смысле слова.

Навряд ли лично я, при прочих равных, стоила бы всех этих хлопот. Вопрос тут даже не в том, *зачем* это было ему, а *почему*. Вероятнее всего, Басмаев не простил мне унижения — того нелепого нокаута. Непроизвольного нокаута, еще раз подтвержу. И крепенько ж его, должно быть, зацепило: ну как же, гордый горский человек, мужчина, вах! На части рвать таких. Что в конечном счете я и сделала.

Впрочем, планы в отношении меня у него могли быть в самом деле далеко идущие. Хотя бы и с прицелом на отца: банальнейший шантаж, простой и ненавязчивый, как тот советский сервис. Басмаев человеком был самоуверенным, элементарно мог не сознавать, что подобный номер с Кейном-старшим — дело гиблое. Теперь — я повторюсь, как жизнь спустя — вспоминая свои умозаключения в камере, я склонна видеть в них рациональное зерно. Заблуждалась я настолько же тогда, насколько в чем-то приближалась к истине...

Грустно, да. Тоскливо, господа.

— А знаешь, что меня еще во всей этой бодяге раздражает? — сказала я.— Что этот недопесок ваш, Козлов, был где-то в чем-то прав. На врача вредителя-то он по делу ведь нацелился...

Тесалов усмехнулся:

— Он не наш. Но следует признать — догадливый летёха. Ошибся адресом, но — да, упертый мент, хотя, конечно, малость отмороженный. Таких использовать вслепую хорошо... Кстати, мы его завербовали.

— На чем-то подловили?

— На фига? Позволили ему узнать чуть больше, чем полезно для карьеры. И для здоровья тоже, кстати говоря. Товарищ проявил благоразумие.— Майор пожал плечами.— Оформили ему подписку о сотрудничестве, нехай себе при случае стучит. Авось на что-нибудь сгодится в роли информатора. Вообще-то говоря, он нам не так уж интересен...

Хотела я спросить: «А я?» Но воздержалась.

Спросила вместо этого:

— А ты? Ты-то что забыл в милиции, Тесалов?

— Ну всё тебе скажи. Сама не угадаешь?

— И всё же, Юра?

— Ну, для начала я изображал прожженного мента, открытого для криминальных предложений. Внедрялся в группировку, так сказать. Похоже было?

— В первом приближении.

Ответ меня не удовлетворил. Шаблонно как-то очень. Сдается, что-то тут майор по-прежнему скрывал. А впрочем, черт то с ним, пускай этот сюжет среди других останется за скобками.

В жизни многое...

Да, раз уж зашла речь, то еще два слова о милиции. Кое-что Тесалов всё же рассказал. По делу о Басмаевской преступной группировке был арестован подполковник Новодворцев. А ведь на вид такой приличный гражданин...

— На самом деле Новодворцев — сволочь редкая,— сказал майор.— Стрелял бы я таких.

Он ведь всерьез.

— А кто тебе мешал? При задержании?

— Не я же его брал.

— Я как бы в принципе.

— Ну, если как бы... Как бы есть приказ. К тому же Новодворцев знает многое. Несмотря на скромный в общем чин, на должность, так сказать, районного масштаба, подполковник был накоротке с иными генералами. Сволоты и в Главке предостаточно. Навар туда, наверх, с «земли» идет, кому-то надо эту «землю» контролировать. Заметь, что деньги с криминала он имел немалые. Но никаких тебе особняков, крутых апартаментов в центре города, машин, блядей. Неброско жил, хитро, умел считать ходы. Касательно тебя...

— Я догадалась. Басмаев с его помощью готовил мне крючок. Не так ли, герр майор? — Майор кивнул.— Не слишком хитрый ход.

— Согласен, простенько. Тогда другой пример. Это было до твоей истории. При Новодворцеве начальником убойного отдела служил майор Юрзинов. Я с ним знаком еще по службе в армии. Юрзиныч — он из правильных ментов, встречаются еще такие, хоть и изредка. Так вот, майор под Новодворцева копал. Копал без шума, осторожно, грамотно. Но тот почуял... Дальше продолжать?

— Валяй.

Мне было не особо интересно. Хотя, опять-таки, коль скоро зашла речь...

— Майора было решено по-тихому убрать. Не здесь, не в городе. Мент — как-никак не бомж, всегда есть некий риск. Короче говоря, Новодворцев организовал ему командировку. На солнечный Кавказ, билет в один конец. Там было слово за людьми Басмаева. Никто и никогда концов бы не нашел. В Чечне всё спишется.

— Но тут вмешались вы?

— Юрзинов дал кое-какую информацию. Своим, ментам, майор не доверял. Да, тут вмешались мы. Времена теперь хоть и не те, былинные, но до сих пор мы кое-что могём. На днях культурно взяли исполнителей... Госбезопасность, знаешь ли, не спит.

— Ага, она обычно просыпает.

— Не в этом случае. Юрзинов жив-здоров. Кавказское звено в цепочке вот-вот вскроется. А заодно и здесь кое-кто с верхов слетит... Не так всё мрачно.

— Да? Хотелось бы.

Всё это, впрочем, не мои проблемы. Ну, разве косвенно...

(Нет, Дайана, всё-таки ты баба. Как ни пыжься, баба ты и баба, натуральнейшая баба ты и есть. Чем, признаться, лично я довольна.)

Неслышно падал снег.

— А знаешь, что меня порядком удивляет? — вернулась я к «своим» проблемам и делам.— Ты вроде бы сказал, что Басмаев хорошо сидел на наркотрафике. Это же какие деньги-то...

— Серьезные. Весьма.

— Тогда к чему ему квартирные аферы? Пожиже уровень. Ну, двадцать, тридцать, пятьдесят квартир, по семьдесят, допустим, тысяч долларов... Хотя и пара-тройка миллионов — тоже хлеб. Пожалуй, даже и с икрой.

— Вот именно. Не забывай, жилье растет в цене — процентов тридцать в год. Уже прямой резон... Я, правда, думаю, что фишка здесь не в этом. Не только в этом. Ты ж сама заметила: Басмай квартиры отдавал *своим*. Вполне возможно, кстати, что задешево. Условно говоря, он создавал свой тейп. Этакая, знаешь ли, карманная диаспора: все друг за друга, свой сугубо круг. Разумеется, своя же иерархия. С точки зрения среднесрочной перспективы Басмаев делал очень сильный ход.

А ведь пожалуй. Будучи врачом, сталкивалась я с подобной «черной» публикой. Обычно вся эта среда — голимый криминал. Народец наглый, исключительно нахрапистый. По отношению к *чужим* не брезгует ничем.

Живут в своем кругу, цивилизованный уклад не принимают. Ассимилировать их невозможно в принципе — скорее *нам* они навяжут шариат...

— Как опухоль. Злокачественная, с угрозой метастазов,— задумчиво сказала я.— Ты националист?

— Я русский офицер. А значит, патриот. Такой ответ тебя устроит?

— Более-менее. Их, кстати, выселят? Тех, кто урвал квартиры?

Тесалов приспустил стекло и закурил.

— Не думаю. Нет, вряд ли, власти не рискнут. А если и рискнут, диаспора откупится. Не в первый раз и не в последний. Всегда найдутся всякие... политики. Такая жизнь.

Что ж, я не удивилась.

Да, это тоже жизнь.

Любимый город может спать спокойно.

— Не стоит, Яна, даже не трудись. Легко могу представить, что ты скажешь. Поверь мне на слово, всё это так, вершки. Я как-нибудь тебе за-ради интереса дам посмотреть закрытый материал. Есть статистические данные об изменении национального состава населения по основным российским городам. По Питеру, Москве, по городам Сибири, Дальнего Востока. Ты приужахнешься.

Вот не было печали.

— Тебе не кажется, что я уже и так узнала больше, чем м-м... полезно?

— Привыкай. Смотри на вещи проще.

— Обязательно.

Парадно падал снег.

— И как тебе служить такому государству, а, майор? — спросила я.

— А как тебе лечить? Люди тоже временами сволочи. Тем более я присягал служить отечеству, заметь, не государству. А это — большее.

Пожалуй.

— Соглашусь.

— Знаешь, у меня один приятель был. Так он когда-то по такому примерно поводу говаривал: «Мы можем выстоять. Пусть и не победить, но выстоять мы однозначно можем...» Ну да, сейчас у нас такие времена. Но любые времена — они же временно.

«Блажен, кто верует»,— хотелось мне сказать.

Впрочем же, и верить мне хотелось.

Тесалов снова было глянул на часы, но тут, как по заказу, над Невой раскатился выстрел с Петропавловки.

Мне, признаться, это надоело.

— Майор, кончай коситься на часы. Лучше просто говори, чего ты хочешь. Я вообще-то человек отзывчивый. Местами.

— Местами?

— Хм. Ну ладно, временами.

— Хм, временами?

— Слушай, не грузи. Ведь что-то хочешь же?

— Не я. Но ты права — начальству хочется с тобой немного пообщаться. Формально дело как бы добровольное. Не думаю, что ты откажешься.

— Ты прав. Не откажусь.

— Ну что ж. Поехали тогда.

И мы поехали.

Направлялись мы, понятно, в Большой дом.

Говорят, что даже цвет коврового покрытия в этих коридорах являлся некогда гостайной. Не знаю. Может быть. А так — зеленый цвет, обычные ковровые дорожки. Глянуть не на что.

Тесаловским начальством оказался моложавый генерал в не по годам солидном кабинете. Подтянутый, на вид лет сорока, глаза близко посажены, типически продолговатое лицо, шевелюра оставляет желать лучшего. Никого вам не напоминает, кстати? Нет? А мне вот гражданин Гадюкин из мультфильма вспомнился. Был такой «шпионский» мультик много лет назад. А вы что думали?

Но Бог то с ним, не суть.

Настроение у меня, признаться, было ироничное. Защитная реакция такая, надо полагать. Заведение-то слишком уж серьезное.

Разговор был в общем-целом предсказуемым.

Вкратце выглядело всё примерно так.

— Дайана Германовна, здравствуйте. Прошу,— хозяин кабинета указал на кресло.— Майор, останьтесь.— Юрий тоже сел.— Ну что ж, давайте наконец-то познакомимся. Моя фамилия — Иванов...

Понятно, Иванов. А Петров и Сидоров — его однофамильцы.

— Я и в самом деле Иванов.— Он как будто просек мою реакцию.— Для вас, если угодно, Игорь Валентинович. По званию я генерал-майор.

Переделка мне не к месту вспомнилась: «Наш любимый генерал Иванов вновь ведет отряд наш в бой на врагов. Сорок ядерных ударов подряд — и вот в Париже наш отряд. Танки, в Париже танки...» — на мотив известного танго не то Эдит Пиаф, не то Мирей Матье, не помню в точности.

Серьезней надо быть.

— Прекрасно выглядите, доктор Кейн.

— Спасибо, если это комплимент.

— Нет, доктор Кейн. Сухая констатация. Обращение «доктор» вас не напрягает?

— С чего бы?

— Хорошо. Не хочу ходить вокруг да около. Я предлагаю вам сменить работу. Я вижу, что вы не удивлены.

— Не слишком, честно говоря.

— Отлично держитесь. Сразу подчеркну: я вас не в клуб, простите, юных барабанщиков вербую. Я вас серьезно приглашаю в штат. Вы лейтенант?

— Запаса. Медицинской службы,— подчеркнула я.

— К нам придете старшим лейтенантом. Уже *нашей* службы, разумеется. Подучитесь, конечно, через год-другой капитаном станете. А дальше — всё от вас зависит. Один из наших, если вы заметили, в Президенты выбился.

— Не настолько я амбициозна. А вы уверены, что я вам подойду?

— У вас — все данные. Отличный интеллект, физическая подготовка уникальна. Вы способны принимать решения и добиваться цели. Вы удачливы, а это качество, как правило, врожденное, такое же почти, как абсолютный слух. Плюс к этому незаурядные способности к аналитической работе, плюс ваше знание языков...

Всё это — я?

— А языки зачем? Вы же вроде не шпионская контора.

— А это как сказать. Контрразведка начинается на территории потенциального противника. Ну, хотя бы в Лэнгли, например. Не пугают вас такие перспективы?

— Я пока их не осознаю.

Что? *Пока?* Ты, Янка, точно спятила!

— Я не слишком-то удобный человек,— сказала я.— Вас это не смущает?

— Вы просто неудобный человек,— ответил генерал.— Потенциально вы агент, так скажем, штучной выделки. Если вам польстит — суперагент. Среди таких людей удобных не бывает.

— Я думала, у вас всё как-то приземленнее. Ну, всякие суперагенты — это так, кино.

— А так и есть. За редким исключением. Да, в целом результат дает система, усилия в основном середнячков. Но всякая система из одних середнячков теряет в эффективности. В конечном счете она нежизнеспособна. Такая мысль вам не приходила?

Я неопределенно покачала головой.

Чего только в нее ни приходило...

— А у вас занятное лицо, Дайана Германовна, вам не говорили? — заметил вдруг генерал.— Вы с вашей внешностью способны быть любой: от, пардон, дурнушки до красавицы. Между прочим, это комплимент.

Чересчур своеобразный, как мне кажется.

— Мы, впрочем, отвлеклись,— заметил генерал.— В деньгах вы выиграете по меньшей мере вдвое, причем сразу же. Наверное, не стоит объяснять, что в карьерном плане и в финансовом у вас здесь будет больше перспектив, чем у врача на «неотложной помощи»? Если, кстати, философски рассуждать, то мы в определенном смысле, доктор Кейн, коллеги. Государство — это тот же организм, подверженный своим заболеваниям. Мы тоже лекари — понятно, на свой лад. Уверен, вы у нас не затеряетесь.

Пора и отвечать.

— Допустим, это пряник. Где же кнут?

— А нет кнута. Во-первых, он не нужен. Работать из-под палки вы не будете, не тот у вас, коллега, психотип. А во-вторых — ну чем мне вас стращать? Поприжать вас с трупами в спортзале? Так у вас достаточно влиятельный отец. Мне ж еще и по рукам дадут. Я хоть и генерал, но есть чины и выше. Разочарую вас: не будет вам кнута.

Колхоз, известно, дело добровольное...

— Вы озадачили меня, товарищ генерал. Не уверена, что готова вам ответить,— сказала я.— Всё получилось как-то слишком вдруг. На меня за эти дни порядком навалилось. Теперь мне хочется перевести дыхание.

Другого он как будто не ждал.

— А вы подумайте. Я вас не тороплю.— (Подобное не так давно звучало; к чему бы это, а? Наверно, просто так.) — Вы нам нужны настолько же, насколько и мы вам,— добавил генерал.— Жить прежней жизнью вы теперь не сможете. Вам уже случилось побеждать... Заметьте, слово «убивать» я опускаю. Хотели вы того, Дайана, или нет, но вы нутром узнали, что это такое: взять верх над сильным, изворотливым противником. Взять вопреки всему. Поверьте, Яна, вы теперь отравлены, вкус победы — он у вас в крови. А с кровью спорить — дело безнадежное. На этом мы пока закончим, хорошо? Тесалов вас проводит.— Юрий встал, я поднялась за ним.— Майор не даст соврать, я редко ошибаюсь. Уверен, что мы с вами скоро встретимся. Поэтому надолго не прощаюсь, коллега Кейн.

— Всё может быть...

Хоть и не всё бывает.

Но в глубине души я знала, что он прав.

Я не сказала «да».

Я не сказала «нет».

С любой идеей есть смысл переспать, тем более с такой. Я не лукавила: мне нужно было время. Нет, я пока не собиралась скрупулезно взвешивать все «за» и «против», заняться арифметикой успеется. Сперва мне стоило саму себя принять, понять внутри себя, что изменилось — как изменилась я, и как менять мне жизнь. Излишне пафосно, а? Вы уж извините.

С Литейного майор отвез меня домой. На кофе-чай Тесалов не напрашивался, я не предложила. У меня осталось время съездить на работу (сердцем понимала — уже бывшую) и оформить отпуск за свой счет. С людьми общалась я... Ну, как через стекло. Отстраненное такое восприятие.

Ничего, сочтем, что это временные трудности. В жизни всё — лишь временные трудности. Жизнь сама — всего лишь временная трудность...

Других дел на этот день у меня не было.

Остаток дня я провела одна. Сегодня мне было уютно в одиночестве. Я неспешно прибрала квартиру — холл, свои комнаты. В задумчивости постояв у комнаты соседки... бабушки, я сорвала печать. Затем открыла дверь, вошла. Сначала было странно, затем я поняла, что это всё — мое. И приняла. Теперь я твердо знала, что от наследства Нарчаковой я не откажусь. И не в одном «материальном» смысле слова.

Под самый вечер я уселась у окна с привычной чашкой кофе.

Было пасмурно.

На крышах таял снег.

О чем я думала? Наверно, обо всем, равно как ни о чем. Я просто позволяла мыслям течь туда, куда им, мыслям, заблагорассудится. Я не мешала им, они, пожалуй, мне.

Я вяло думала, что високосный год есть високосный год, хотя иные врут, что это суеверие. Что этот високосный год меня в конце концов достал. Что жизнь не так проста, точнее говоря, и так-то не проста, а уж теперь...

Я думала о том, что я добротный врач, не более того; обычный врач, звезд с неба не хватаю, а стало быть, я заурядный врач. Что вся моя самостоятельность — иллюзия: не помогал бы фатер мне деньгами — как бы я жила? Уродовалась бы на две ставки? Так, как Эдичка? Так — до тех пор, пока не стану только лишь врачом? А как еще? Не замуж же идти, в конце-то расконцов...

В китайском многомудром языке слово «кризис» состоит из двух частей: «опасность» и, что характерно, «шанс».

За эти дни я сильно повзрослела.

Давно пора, что ж тут еще сказать...

Пожалуй что скажу.

Как говаривал приятель моего приятеля, который, судя по всему, еще и мой приятель: мы можем выстоять, пусть и не победить, но выстоять-то мы, по крайней мере, можем.

Я предпочту чуть-чуть перефразировать: есть смысл выстоять.

А то и победить.

Еще увидимся.   Ваша

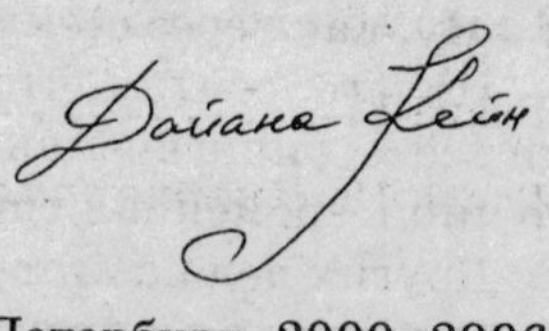

Санкт-Петербург, 2000–2006

СОДЕРЖАНИЕ

Литературно-художественное издание

Михаил Дайнека, Диана Вежина

БЕЗ ОЧЕРЕДИ В РАЙ

Ведущий редактор *В. Л. Пименова*
Художественный редактор *О. М. Бегак*
Технический редактор *В. В. Беляева*
Верстка *О. К. Савельевой, В. В. Третьяка*
Корректор *В. Н. Леснова*

ООО «Издательство АСТ»
141100, Россия, Московская область, г. Щелково, ул. Заречная, д. 96
Наши электронные адреса:
WWW.AST.RU E-mail: astpub@aha.ru

ООО «Астрель-СПб»
197373, Санкт-Петербург, Комендантский пр., 34,
корп. 1, ЛИТЕР А
E-mail: mail@astrel.spb.ru

Отпечатано в ОАО «ИПП «Курск».
305007, г. Курск, ул. Энгельса, 109
E-mail: kursk-2005@yandex.ru www.petit.ru